一不小心
和你
到永远

YI BU XIAOXIN HE NI

DAO YONGYUAN

夏悠然 著

XIA YOU RAN

百花洲文艺出版社
BAIHUAZHOU LITERATURE AND ART PRESS

图书在版编目（CIP）数据

　　一不小心和你到永远 / 夏悠然著. — 南昌：百花
洲文艺出版社，2017.8
　　ISBN 978-7-5500-2359-8

　　Ⅰ.①一… Ⅱ.①夏… Ⅲ.①长篇小说－中国－当代
Ⅳ.①I247.5

　　中国版本图书馆CIP数据核字（2017）第182597号

出 版 者　百花洲文艺出版社
社　　址　江西省南昌市红谷滩新区世贸路898号博能中心一期A座20楼　　邮编：330038
电　　话　0791-86895108（发行热线）　0791-86894790（编辑热线）
网　　址　http://www.bhzwy.com
E－m a i l　bhzwy0791@163.com

书　　名　一不小心和你到永远
作　　者　夏悠然
出 版 人　姚雪雪
出 品 人　柯久明　吴　铭
特约监制　郑心心
责任编辑　游灵通　程　玥
特约策划　郑心心
特约编辑　汪海英
封面设计　辰星书装
经　　销　全国新华书店
印　　刷　北京市平谷县早立印刷厂
开　　本　880mm×1230mm　1/32
印　　张　10
字　　数　200千字
版　　次　2017年8月第1版
印　　次　2017年8月第1次印刷
书　　号　ISBN 978-7-5500-2359-8
定　　价　39.80元

赣版权登字：05-2017-307

目 录

CONTENTS

目 录
CONTENTS

第一章 狭路相逢

1

秋风送爽，枫叶正红。

秋铭山漫山遍野的枫叶，让整座山看起来就像是一片红色的火，一直燃烧到天际。

一阵风吹过，枫叶簌簌飘落，仿佛是千万只红蝶在空中飞舞，美不胜收。

秋铭山山腰的一座大宅沉淀了近百年的岁月，仿佛成为了秋铭山的一部分，与之融为一体。一条蜿蜒的青石阶，一直从山脚通往山腰的宅子。

那些石阶经过岁月的打磨，光滑而圆润，上面布满了青苔，在阳光下散发着淡青色的光泽。从树上飘落的枫叶落在石阶上，静静地躺着，就像是一只只飞累了在小憩的红蝶。

方若童踩着红叶，拾阶而上。九百九十九阶台阶，一阶不少，不是一口气能够走上去的，好久没有来爬这里的台阶了，她禁不住有些气喘。

光滑白皙的额头上沁出了一片细密的汗，濡湿了细碎的刘海，她的脸不知道是因为气喘还是兴奋，红扑扑的，嫩得仿佛一掐就会流出水来。

看到枫叶掩映下的宅子终于露出脸来，黑水晶般透明无瑕的大眼睛中绽放出彩虹般美丽的光芒。

我回来啦！

她在心里对自己说，稚嫩的拳头用力握紧。

她一下子振作精神，朝山腰的大宅奔去。

走到大宅门口，她又一下子停住了，紧张而又激动地盯着面前经过岁月的镌刻有些凹凸不平的门槛，仿佛是在犹豫要用什么样的方式跨去。

蓦地，她抬起头，望着大门上方挂的那块牌匾。红楠木的牌匾，在岁月的沉淀下更加温润，上面刻着"花流院"三个典雅的大字，用的是篆书，让人赏心悦目。

盯着那块牌匾看了好久，方若童激动的心终于一点点平静下来，可是又有一种情绪在身体里慢慢涌现，以一种蓄势待发的态势，等待着把她席卷，淹没。

终于，她抬起了脚，以一种坚定而又虔诚的姿态跨进了花流院的大门。

院子里铺的鹅卵石踩上去依旧是那么光滑圆润，庭院里的花草依旧打理得那么的精心，每一株都以最美好的姿态开放着。师傅做事还是那么井井有条。

方若童走进院子时，小五正在鱼池边喂鱼。

池塘里养着许多鲤鱼，五颜六色，给庭院增添了几分生气。

"小小小……小童师姐！"看到方若童，小五震惊得差点一头栽进鱼池里，也惊得那些鲤鱼四散着离开，溅起了一片水花。

"小五，你长高了许多。"方若童走过去，拍了拍小五的肩膀。可爱的娃娃脸依旧像以前那么稚气，可是个子已经长到她下巴了，她离开时他明明还只到她的肩膀。

感受到肩头真实的触感，小五的脸上绽开了一抹阳光般耀眼的笑容："我不是做梦耶……真的是小童师姐！"

"小童师姐回来啦！大家快出来看呀——小童师姐回来啦！"小五把手拢在嘴巴边，朝四周大喊着。

不一会儿，就有一群年纪跟他差不多的小孩从各个角落里跑出来。

"小童师姐！"

"真的是小童师姐耶！"

大家见到方若童，就像见到了宝似的高兴，个个围着她雀跃不已。

"大家还好吗，好久不见。"方若童望着眼前一张张年轻的脸孔，也是一样的激动。

"我们很好，就是很想小童师姐。"一个扎着两个丸子的少女拉着方若童的胳膊，高兴得眼泪汪汪的。

"小兰，我也很想你们，师傅在哪？"虽然很想和师弟师妹们叙旧，但是她迫不及待地要见师傅。

"师傅在静思阁。"小兰抹了抹眼泪回答道。

"那我先去见师傅，一会儿再来找你们。"匆匆望了师弟师妹们一眼，方若童往静思阁走去。

来到静思阁，方若童看到楚爱荷正跪坐在屋子中央，面前放着一个陶盆，她正聚精会神地修剪着一根竹子往陶盆里插去，作品才完成了一半，可是已经能看出其中淡雅脱俗的意境。

方若童在门口脱了鞋，然后走了过去，虽然放轻了脚步，可是正在全神贯注插花的楚爱荷还是听到了动静，抬起头。看到方若童的那一刻，那双平静的眼睛里绽放出了一抹惊喜的光彩。

"师傅，小童回来了。"方若童跪坐在她对面，给她磕了个头。

"抬起头，让师傅好好看看你。"楚爱荷压抑着内心的激动，使她的声音有些沙哑。

方若童抬起头，微笑着望着楚爱荷："好久不见，您身体可好，偏头痛还经常发作吗？"

"老毛病了，师傅没事，倒是你，瘦了，脸小了，下巴都尖了。"楚爱荷摸着方若童的脸，有点心疼。两年没见，她看起来比以前沉稳多了，不再是那个急急躁躁的小丫头了，可能是经历的事让她成长了。

"师傅，您这么急找我回来是有什么事？"和师傅寒暄过后，方若童问道。

"师傅这么急叫你回来，其实是为了让你继承师门。"楚爱荷拨弄着陶器中的花枝，把它们扶正。

"继承师门？！师傅，你不是开玩笑吧？小童哪里来的能力继承花流院啊！"方若童瞠目结舌地望着楚爱荷，心里非常慌乱。她在插花界不过是个初出茅庐的小丫头，要她继承插花界名声最响历史最悠久的花流院简直就是天方夜谭啊！

楚爱荷的目光重新落到方若童身上，微笑着说："你是我最得意的门生，也是花流院最有才华的弟子，你不继承谁还有资格继承？"

"我不是花流院最有才华的弟子，花流院最有才华的弟子是……由希。"

"不要提那个孽徒！"一提到由希，楚爱荷顿时勃然大怒。

"师傅……"方若童咬紧了下唇，刚才在惊慌失措中她居然提起了由希的名字，在花流院中，易由希的名字仿佛成了个禁忌。

"花流院没有这样的弟子，他背叛师门，侮辱了插花艺术。他是花流院的耻辱，也是整个插花界的耻辱！"楚爱荷攥紧了五指，手里握的竹子啪的一声被折断，方若童的心也跟着狂跳了一下。

"对不起师傅，小童再也不会提起他了。"看到师傅那么生气的样子，方若童连易由希的名字都不敢提了。

看到方若童惊慌失措的样子，楚爱荷叹了口气，脸色也缓和了许多。她丢掉了手中折断的竹子，再次望着方若童说："当然，继承师门也不是那么容易的，在继承师门前，你还有一件事情要做。"

"师傅尽管吩咐。"方若童恭恭敬敬地低下头。师傅是这个世界上她最尊敬的人，无论什么事她都会去完成，哪怕是赴汤蹈火！

望着面前恭恭敬敬垂着头的方若童，楚爱荷眼底露出一丝喜意。到底和易由希不同，方若童是不会违抗她的命令的。

他们两个虽然同样聪慧，可是性子完全不同。

"下个月就是一年一度的全国插花比赛，我要你以未来继承人的身份代表整个花流院去参赛。"楚爱荷的声音里透着一丝不容抗拒的威严。

"全国插花比赛？花流院不是从来不参加任何比赛的吗？"方若童非常讶异，抬起头，不解地望着楚爱荷。

"时代不同了，花流院表面上风光，其实在一点点没落。"楚爱荷望着面前还没完成的作品，眼神有点黯然，"越来越少的人喜欢传统插花，而去追崇易由希开创的新派插花。"

方若童能够明白楚爱荷的心情，花流院的弟子越来越少了，师傅支撑着整个花流院非常的不容易。

楚爱荷突然指着方若童，义正言辞道："我要你去赢得比赛，让所有人都见识到真正的传统插花的精髓所在！哼，那不是新派插花能够比拟的。"提到新派插花时，楚爱荷眼里流露出明显的不屑。

"是，师傅。"方若童应声点头。

楚爱荷望着方若童，又叮嘱道："这次比赛很重要，关乎着花流院的名声，花流院是否能再次辉煌壮大，就看你的了。"

"小童明白，小童一定会竭尽全力的。"方若童认真地点头。

2

走出静思阁后，方若童就迫不及待地去找师弟师妹们，两年没见，她有太多话要跟他们说了。

果然，师弟师妹们都已经等在了后院，一看到方若童就迫不及待地把她包围了起来。

"小童师姐，这两年你去哪里啦？"

"你不在，花流院好寂寞哦！"

一张张稚嫩的脸仰望着她，仿佛她就是他们的偶像似的，方若童鼻子一酸，眼眶也湿润起来。

后院是弟子们休息的地方，她从小就在这里长大，望着熟悉的一景一物，她的心情突然有点怅然起来。

小兰坐在她身边，给她倒着茶。方若童喝了一口小兰倒的花茶，清甜的香味在舌尖化开，浓浓的香味在口腔里弥漫着，让人不知不觉陶醉起来。

"小兰，你泡的花茶还是那么香。"方若童闻着茶杯中袅袅升起的水汽，眯着眼睛赞叹道。

"我是用从院子里摘的新鲜茉莉和菊花泡的，知道师姐爱喝花茶。"小兰微微笑着，腮边浮现两个浅浅的梨涡，煞是可爱。

"小兰真有心。"方若童伸出手，疼惜地揉了揉小兰的头发。

"小童姐，你尝尝我做的桂花糕。"小惠端出一盘桂花糕，放在方若童面前，仰起可爱的娃娃脸说，"虽然是去年的桂花，不过香味保存得很好。"

"谢谢小惠。"方若童拿起一块桂花糕，轻轻地咬了一口，酸软的桂花糕入口即化，淡淡的桂花香弥漫在舌尖，非常的可口。

"师姐，师傅找你有什么事？"望着方若童吃糕点，小惠有点好奇地问道。

方若童放下了桂花糕，擦了擦嘴说："她让我去参加今年的全国插花比赛。"

"全国插花比赛？！听说由希师兄是评审呢！"小惠瞪圆了眼睛，惊呼道。

"不要叫那个叛徒师兄，他不配！"这时小五低吼了一声，整个院子一下子安静下来，静得连枫叶掉在地上的声音都清晰可闻。

"我……"小惠涨红了脸，半天都说不出话来，方若童心疼地摸了摸她的头发。她不知道她离开的两年花流院发生了什么事，她只是听说易由希突然离开了花流院，自己开创了新派插花，而花流院的所有人都把他当成了叛徒，恨得咬牙切齿。

"易由希辱没师门，他根本不配当花流院的弟子！"小五握紧了拳头，牙齿咬得咯咯响，仿佛易由希和他有不共戴天之仇似的。

"小童师姐难得回来，你就不要说那些不开心的事了！"小兰拍掉了小五的拳头，疾言厉色道。

小五这才恍然大悟，吃惊地望着方若童，接着慌慌张张地说："师姐，对不起……我、我不是想让你不开心！"看到方若童的脸色有点难看，小五急得不知所措，一张脸涨红像熟透的番茄似的。

"我没事。"方若童努力挤出一个微笑，可是淡淡的苦涩却在心里蔓延开来。

骄傲的，不可一世的易由希，怎么会容忍大家把他当成一个叛徒呢，他怎么能忍受大家如此辱骂他呢？

为什么，他到底是为什么要背叛师门呢？

接下去师弟师妹们说了些什么，方若童都没有听进去，她脑海里都想着易由希的事。他背叛师门的原因，方若童始终都想不通。

和师弟师妹们聊了大概一个小时后，方若童谢过了师弟师妹的招待回到了自己的房间。

推开沉重的门扉，映入眼帘的是个整齐而干净的房间，虽然她离开了两年，可是师傅依旧保留着她的房间，而且派弟子们天天打扫得干干净净。

望着几乎和离开时一模一样的房间，方若童的鼻子一酸，眼泪差点夺眶而出。

她伸出手，抚摸着每一件家具，仿佛在感受那些流逝的岁月。她的手指在书架上停下，书架第三层摆放的相框，像一块有魔力的磁石似的牢牢地吸住了她的视线。相框中一个稚嫩而青涩的少女和一个清秀俊逸的少年轻轻依偎在一起，笑得像水晶般透明。那是两年前的她和易由希。

她和易由希在相仿的年纪进入花流院，所以感情特别好，超过了亲兄妹，花流院的弟子无一不羡慕他俩。

刚来到花流院时她只有六岁，从来没有离开过爸妈身边的她非常地害怕和不安，当时，易由希就握着她的手，安慰她，说他会陪伴在她身边。虽然他也只比她大一岁而已，却那么的老成，让她瞬间就安心下来。

之后，两人就一起在花流院，生活，学习，形影不离。

易由希天赋异禀、聪慧过人，学习起来非常快，做出的作品也总是惹来众人的惊叹。为了能够跟上易由希的脚步，她也非常地努力，一直在他身后追赶着他。天赋上虽然比不上易由希，可是由于她的刻苦和努力，也经常受到师傅的称赞，两人被奉为花流院的金童玉女。

而如今，易由希已经离开了花流院，过去的一切如同幻影，只留下这张相片。

在她与世隔绝的两年时间里，易由希离开了花流院，进入了演艺圈，还创办了新派插花，成为了当今人气上升最快最受女性欢迎的偶像明星。

她不知道是什么一夜之间改变了他，让他变得那么世俗，曾经对传统插花那么痴迷的他，竟然放弃传统插花，创办与之背道而驰的新派插花。曾经那个高高在上，让她追逐和敬仰的几乎完美的少年，如今背负着一生的骂名，被所有同门弟子不耻，也被很多同行不屑。

她的世界因为他而美好，也因为他而顷刻塌陷，没有了追逐目标的她，已经不知道自己为什么而活，她就像一叶扁舟，在一望无垠的大海中迷失了方向。

……

高大的香樟树下，蹲着一个六岁大的小女孩，她抱着膝盖，像只躲避着现实的鸵鸟把脸埋在大腿中间，呜呜的哽咽声从她的双膝间断断续续地传出来。

"终于找到你了！"

这时，一个好听的声音从她头顶传来。

小女孩愣愣地抬起头，她看到一个长得像 SD 娃娃般精致面容的男孩站在他面前，笑得非常甜美温柔。

小女孩呆呆地望着她，就像被精灵勾去了魂魄似的。

"送给你的！"小男孩怀里抱着一盆花，他伸出双臂把花盆递到小女孩面前。

"好可爱啊……这是什么花？为什么长得像一条条小金鱼？"小女孩吸了吸鼻子，愣愣地望着花枝上开放的一朵朵小金鱼似的花。

"这叫金鱼草。"小男孩微微笑了笑，笑容像会发光似的，让她倍感温暖。

"金鱼草？"她奇异地睁大眼睛，第一次听到这样奇怪的名字。

小男孩把花盆塞到她手中，然后伸出一根手指轻轻地抚摸着花枝上的花朵，温柔地说："每朵花背后都有一个故事，还有浪漫的花语。从今天开始这盆金鱼草的生命就和你牵系在一起了，只要你用心照顾它，它就会为你开放得特别美丽。"

"哇——真的啊？！"小女孩睁大了眼睛，稚嫩的娃娃脸上漾开惊喜的笑容，"以后你还会教我认识其他的花吗？"小女孩抬头仰望着小男孩问道。

"会的，我会教你认识世界上所有的花，让你见识五彩缤纷的鲜花世界！"小男孩信誓旦旦地承诺道，漆黑的双眸落了满天星辰似的。

那一瞬间，小女孩就被他口中所说的世界迷住了，自此她疯狂迷恋上了鲜花。

而小男孩的笑容，就像烙印般永远留在了她心中。

……

你不是发誓要永远跟我在一起吗？

为什么这两年你都没有来看过我？

在我这么需要你的时候，你却一次都没有出现在我身边。

现在我终于知道了金鱼草的花语是什么。

是谎言和欺骗。

方若童触摸着冰冷的相框，连心也跟着凉了下来。

接下来的时间，方若童在花流院潜心学习，楚爱荷全心指导着她，似乎要把毕生的心血都倾注在她身上。

时间就像握在手里的沙子，迅速地从指缝中流走，很快一个月就过去了，迎来了一年一度的全国插花比赛。

今天，方若童就要离开花流院，去凤阳市参加全国插花比赛。

方若童和楚爱荷面对面地坐在静思阁内，墙上写着"静思"两个字，是楚爱荷亲手写的，一如她的性格般恬静淡然。

从山上引下的水，顺着竹管叮叮咚咚地滴落在池塘中，池面上漾开一圈圈涟漪。几片竹叶飘落在池面上，像叶扁舟似的打着转。

"这一个月你突飞猛进，可算是弥补了两年的空缺。"楚爱荷慢慢地沏着茶，一如她插花般姿态优雅，表情淡然。

"多谢师傅教导。"方若童接过楚爱荷递给她的茶，轻尝了一口，淡淡的苦涩的滋味在舌尖化开，入喉前又有点甘甜，亦如插花，先苦后甜。

"也不全是我的功劳，你自己也非常努力。"楚爱荷淡淡地笑了笑，端起茶喝了一口。

方若童捧着茶杯，望着院子里的景色，才回来一个月，又要离开这里，她突然有些不舍起来。

楚爱荷突然想到了什么似的，放下了茶杯，连脸色也变得严肃起来，"这次插花比赛，你要摒除杂念，全力以赴。"她望着方若童，淡漠的眸子透射着几分凌厉。

"是。"方若童放下茶杯，恭恭敬敬地低下头。对于师傅，亲切中她总是带着几分敬畏的。

陪楚爱荷喝完茶后，她就走出了静思阁，门外，小兰他们早就等候多时了。

"师姐，你的行李。"小兰把收拾好的行李交到了方若童的手中。

"谢谢你，小兰。"方若童接过行李，温柔地摸了摸她的头发。

"小童师姐，比赛加油，我们等你的好消息！"

"小童师姐，你要好好照顾自己！"

师弟师妹们你一言我一语，依依不舍地给方若童送行。直到送到花流院门外，大家依旧依依不舍地望着她，眼里含着晶莹的泪水，连方若童都鼻子酸起来。

"我不会辜负你们的期望的，你们放心吧，我很快就会回来的！"方若童向大家挥了挥手，然后狠心地转过身，大步往山下走去。虽然背对着师弟师妹们，可是她依旧能感受到那一道道灼热的目光，一直追随着她。

不管此行多艰难，她都不会犹像的！

3

凤阳市的百花闻名遐迩，每年举行的花展大大小小有几十次，广纳全世界的鲜花，特别是春天，整个城市百花盛开，美不胜收。

清晨，空气湿漉漉的，路边的鲜花淋着露水显得格外娇嫩。方若童提着高跟鞋，穿着华丽的礼服，在路人好奇的目光下，不顾形象地奔跑着。发髻散了，妆被汗水弄花了也顾不上，因为总决赛马上就要开始了！

从酒店刚刚出来，她就非常倒霉地丢了钱包，不过是跟个陌生人撞了一下，她根本没有想到就那么一秒钟的时间，钱包就会被偷掉，真是郁闷透顶了。

身上一块钱都没有，连公车都坐不起，她只好脱下高跟鞋，以最快的速度朝比赛地点跑去，希望老天保佑，能让她赶上。

边跑边胡思乱想着，她根本没有注意到红灯，直到如雷的喇叭声响彻在耳边，她才发现自己居然闯了红灯。

吱——

一辆银灰色的跑车在距她不远处骤然停下，方若童吓得脑袋一片空白。

"喂！你不想活啦！"直到车主骂骂咧咧地探出头，她才反应过来。出乎意料的是，车主非常年轻，看起来跟她年纪相仿，十七八岁的样子，俊逸的脸带着少年人独有的张扬，染成亚麻色的头发非常时髦，在阳光下闪烁着麦穗般的光泽。

"对不起对不起！"方若童连忙鞠躬道歉。

展韶华愣了愣，不再那么生气，"下次小心点！"丢下那么一句话，他重新钻回了车子，眼看着车子再次发动，方若童才反应过来，一个箭步冲到他面前，拉开了副驾驶座的门，就坐了进去。

"你干什么？！"展韶华惊诧地大叫，"你不会想乘机敲诈勒索吧？是你自己闯红灯，而且我根本没有撞到你！"

"送我去恒锦大厦，拜托了！"方若童双手合十，举在头顶，诚挚地恳求道。

"我又不是出租车司机！"他可还有很要紧的事，根本没有时间跟她耗。

"拜托了，求求你，我真的有很重要的事！"方若童放下手，晶莹的大眼睛泪光闪闪地仰望着他，像只楚楚可怜的小兔子。

可惜展韶华没有被她打动，他打开了副驾驶座旁的门，毫不留情地说："你自己下去打车！"

"你不送我去，我就一直坐在这里不走了！"方若童绑好安全带，重重地靠坐在副驾驶座上，一副同归于尽般决绝的表情。

展韶华顿时傻了眼，气得火冒三丈："你！你这个女人怎么这么不讲道理！"他指着方若童，手指止不住颤抖着，可是方若童却视若无睹地扭开了头，他愤愤地放下手，不甘心却不得不妥协，"算了算了，算我倒霉！"

他愤怒地扭动钥匙，发动了车子，算他倒霉，出门就遇灾星！

车子在马路上快速行驶着，如鱼得水般灵活，展韶华游刃有余地开着车，眼光不自觉地瞥向旁边的方若童，眉头忍不住皱了起来。

这女孩头发乱糟糟的，脸上的妆花了还不自知，一张脸像小丑似的可笑，明明有鞋子却不穿，提在手里，两只脚跑得满是泥。

不知道是遇上了什么事，弄成这样狼狈，不过他可没有多余的心思理会她，等会儿把她送到恒锦大厦，他和她就分道扬镳，桥归桥路归路，再也不要碰面。

"你叫什么，我以后怎么感谢你？"

"不用了。"展韶华冷冷地说。他可不想再见到这个倒霉女人！

被展韶华冷冷拒绝，方若童识趣地闭上了嘴，不再说话。这时，听到车后座有什么东西跌落的声音，转过头，她看到一条白色的裙子从一个纸盒子里滑落了出来，轻得像片羽毛，闪烁着流水般的粼粼光泽。

"哇！好漂亮的裙子啊！"她忍不住伸出手撩起了那条裙子。

"还给我！"可是还没有看清裙子的样子，就被展韶华一把夺了过去，然后塞回了盒子盖上。

"小气，不过看看而已。"方若童不悦地瞥了他一眼，却发现他脸色铁青，吓得她闭上嘴不敢再说什么，生怕他会一气之下把她丢下车，那样就不划算了。

他生气了吗？是因为她碰了那条裙子？真是个奇怪的人，虽然长得很好看，可是脾气却好差啊。方若童偷偷观察着展韶华，只见他又恢复了冷漠的样子，一声不吭地开着车，仿佛刚才的事从来没有发生过一样。

很快，车子就在恒锦大厦前停下。大厦前面来了很多人，还聚集了很多记者，非常热闹。

不知道今天是什么日子？展韶华不以为然地瞥了一眼。

"到了。"他握着方向盘，冷冷地说。

"谢谢你。"方若童赶紧下车，还想说什么，展韶华却砰的一声关上了门。

到嘴边的话硬生生吞下，方若童愣愣地望着车窗内的展韶华，而他似乎不想多看她一眼，迫不及待地发动了车子。车子噗的一声往前开去，把站在原地的方若童掠得一个趔趄。这时她才发现，她的裙摆被夹在了车门间！

"喂！等等！"方若童小跑着跟上去，用力拍着车门。

这女人又想搞什么！

不明状况的展韶华以为方若童又想找她麻烦，非但没有理她，反而还加快了车速。车外的方若童一下子就慌了，拍着车门的手更急了，慌慌张张地大叫："你夹到我的裙子了！快停车！停车！"

这回展韶华终于明白了方若童的意思，用力踩下了刹车，吱的一声，车子瞬间停下。可是方若童却听见裙子传来一声撕裂的脆响，大腿下方顿时凉飕飕，她低下头，看到自己的裙子被撕掉了一大块，像面小旗似的挂在展韶华的车门上，迎风飘啊飘。

"啊——"方若童无法控制地叫了起来。

刚下车，展韶华就被方若童杀猪似的叫声吓得差点跌回车子里，"你干嘛！"展韶华捂着耳朵，受不了地大吼。

"我的裙子，你把我的裙子——你让我怎么办啊！"方若童慌慌张张地捂着大腿，又急又羞，一张脸比熟透的番茄还要红。

展韶华心虚地撇了撇嘴，可是表面上依旧冷冰冰的，"关我什么事？是你自己不小心的。"他双手抱胸，饶有兴趣地望着她狼狈又落魄的样子，有种小小报复后的快感。

"没时间跟你争辩了！你的裙子借我穿下！"方若童一把推开了展韶华，钻进车子里拿出了那条白裙子。

"那裙子你不可以穿，还给我！"展韶华脸色一变，伸出手想夺回裙子，谁知方若童早有防备，一闪就躲开了。

"小气什么，我穿一下就会还给你的！"方若童抱着裙子，一溜烟地就跑进了大厦。

"喂！你这个女贼——把裙子还给我！"展韶华气得火冒三丈，这时手机震动了起来，他从裤袋中摸出手机，屏幕是显示有一条短信。

一看是瑞雪发来的，他赶紧打开短信他，可是短信的内容骤然让他大受打击——

我上飞机了，对不起，我们分手吧。
瑞雪。

展韶华心中一阵慌乱，立刻拨了瑞雪的电话，可是电话中却传来系统语音，提示他对方已经关机。

还是没赶上吗……

展韶华失落地挂上电话，倏地，心里又升起一股无名火，都是因为那个女人！

他拔腿往大厦里跑去，这个突然冲出来的女人不仅抢了他要送给瑞雪的礼服，还害他没有赶上时间为瑞雪送机，这笔帐绝对不能就这么算了！

可是跑进大厅，方若童的身影已经不见了，大厅内人来人往，脸上的表情形色各异，但无一不带着一丝期待和兴奋。

今天这里会举办什么宴会吗？

展韶华疑惑地在大厅内张望着，发现大厅中央竖着一块巨大的牌子，上面写着"全国插花大赛总决赛于 9：00 开始，地点：恒锦大厦二楼"。

原来今天这里会举办插花比赛，怪不得那么多人。

展韶华望着往来的人群，发现他们都是往二楼走去，他想刚才那个女孩应该也是因为插花比赛而来的吧，所以他也跟着人群往二楼走去。

4

方若童躲开展韶华后，就钻进了卫生间，她换上了从展韶华那里抢来的裙子，然后对着化妆镜整理着自己的头发，用清水洗干净了脸，然后重新化上了淡淡的妆。全部整理完后，她对着化妆镜照了照，甚是满意。裙子的做工非常精致，真丝的质地看上去非常华贵，稍微大了一点点，但是却非常适合她，镜子中的她看起来像朵清丽的百合花。

看了看手表，已经八点三刻了，比赛马上就要开始了，她看了眼镜子中的自己，然后转身走出了卫生间。

来到二楼的比赛会场，她才发现今天来了许多人，前来观看的观众有上千名，还有许多的记者，把整个会场挤得水泄不通。看着这么大的阵势，方若童有点紧张起来。但是她又想起了师傅的嘱咐，只能咬了咬牙勉励自己，好不容易进入了决赛，绝对不能前功尽弃！

她深吸了一口气，然后穿过了人群往赛区走去。

方若童在登记处签了名，拿了牌号，然后就和其他选手一起等候在一旁，做着赛前准备。

展韶华在人群中寻找着方若童的身影，可是找了很久都没有找到，当他终于要放弃时，却有一抹熟悉的影子映入了他的眼帘。

那是他亲自定制的礼服，他绝对不会认错的，而它此时正穿在一个陌生的女孩身上。

仔细看了看，他才发现那个女孩就是霸道地搭乘他的车子又抢了他的礼服的女贼！

可恶！

他在心中暗骂了一句，然后朝她跑去，可是却被一名工作人员当场拦下了。

"先生，比赛马上就要开始了，请你坐回自己的位置。"工作人员客客气气地对他说，手臂却一动不动地拦在他的胸前，阻挡着他的去路。

"一年一度的全国插花大赛总决赛马上就要开始了，请选手们做好准备，请观众们坐到自己的位置，不要影响比赛。"这时，广播里也传出了提示声。

展韶华看了不远处的方若童一眼，无奈地叹了口气，走到场外找了个座位坐下。

这个女孩居然是来参加插花比赛的，这样的人能创造出什么样的作品来呢？

展韶华不屑地哼了哼，却发现她头发也梳过了，妆也重新化过了，看起来整个人都不一样了，而且又穿着他亲自定制的礼服，看起来居然还挺漂亮的。

他饶有兴趣地笑了笑，这时才发现他身边已经坐满了人，所有人都是一副既紧张又期待的表情。他对插花没有什么兴趣，也不懂欣赏插花，所以不能理解这些人脸上的表情。他只是抱着一种看好戏的心情，坐在人群中，等着偷他礼服的女贼落败时的狼狈样子。

主持人拿着话筒走了出来，脸上漾着无懈可击的笑容。"欢迎大家来观看一年一度的全国插花大赛总决赛，这次比赛的选手数量超出了往年，一共有一百六十七位，最后进入总决赛角逐冠军的有十位，每位选手都过关斩将，具有深厚的功底，我想今天的比赛一定会非常的紧张激烈。"主持人笑吟吟地说着开场词，声音非常甜美。

可是展韶华却没有半点的耐心，他只想早点看到结果。而在这时，他又发现观众席上还坐着许多女孩子，手拿着鲜花和玩偶，兴奋得手舞足蹈，仿佛是来见明星的，而不是来看插花比赛的。

今天有什么大人物会来吗？展韶华费解地皱了皱眉。

主持人终于说完了又长又无聊的开场白，接着又介绍起嘉宾和评委，"有请全国插花协会会长刘芬华女士、插花研究会常务会长沈东洋先生、凤阳市插花学院院长尹晓芹女士，最后我们有请新派插花创始人易由希先生！"

"易由希"三个字就像是一支利箭，瞬间射穿了方若童的心脏。

她的手指微微颤抖起来，心跳声如雷般敲击着耳膜，两年没见了，这两年里她天天都在等他，盼着他会突然出现在她面前，依旧像以前那样对她微笑，叫她傻瓜。

此时，终于要跟他见面，她却非常地害怕，甚至不知道如何面对。

介绍前面三位评委时场面还很平静，当介绍最后一位评委时整个会场都沸腾了起来，观众席上即刻爆发了一阵尖叫，记者们也如同接到了指令似的冲到了台前，举起了相机，仿佛怕遗漏了什么惊天动地的画面似的。

在一阵期待声中，一名清秀的少年跟着三位年纪比他大好几轮的长者走了出来，所有的景物仿佛一瞬间都失色了。那是个美得像妖精般的花样少年，阴柔的脸让女人都要嫉妒，纤细的身材带着细微的青涩，干净得一尘不染，仿佛多看他一眼都是亵渎。

全世界一下子都安静了下来，仿佛只要一点点的声响就会惊动眼前少年的美丽。

他乌黑的头发闪烁着月华般的银白色光泽，细致的皮肤如同陶瓷般白皙光滑，那对妖娆而幽深的眸子里仿佛落了满天的星辰，璀璨得让人无法直视。

他的美，有一种魔力，让人无法呼吸，却又无法避开眼睛。

方若童的心脏就像被钝器用力敲了一下似的，沉沉地疼着。两年没见，他高了许多，比以前更加有魅力了，可是她所熟悉的他身上的温柔气息却不复存在了，取而代之的是冰冷和锐利，深深地刺痛了她的眼睛。

这就是由希吗？她所熟悉的那个由希吗？

方若童攥紧了垂在身侧的拳头，内心不知道为什么突然慌乱不安起来。

"易由希，我爱你，我愿意为你去死！"

"易由希，求求你跟我握个手！我特地坐飞机过来看你的！"

"易由希，我家很有钱，只要你愿意，我可以把我的一切都给你！"

一群女生举着鲜花和礼物疯狂地冲了上去，记者们也纷纷按下快门，噼噼啪啪的闪光灯晃花了所有人的眼睛。

方若童愣愣地望着被粉丝和闪光灯包围的易由希，虽然他就近在咫尺，可是却有种远在天边的感觉。

方若童突然明白过来，分离了两年，她还是以前那个她，而易由希已经不是以前那个易由希了。

她终于知道易由希为什么背叛师门，也背弃他们的誓言了，因为面前的这一切——荣耀和光环！

为了这些尖叫的歌迷，为了这些镁光灯！

方若童的心脏一阵阵地抽痛，永无止境的，像要把她淹没似的。她深呼吸了一口气，移开目光，不再去看混乱的评委席。

易由希的出场让场面差点失控起来，在工作人员极力的维持下，才勉强控制住。

不过是个插花的，居然这么受欢迎。

展韶华不解地在心里嘀咕着，怀疑自己是不是落伍了，难道现在插花那么流行吗？

待场面控制住后，插花比赛终于开始了。

主持人走到所有选手面前，宣布着比赛规则："各位选手应该已经看到你们的面前各摆放着四个花器和几十种花，接下来的半小时，你们就要根据面前的花创作出一件作品，最后由在座的四位评审打分，得分最高的就是此次比赛的冠军。现在比赛开始！"

易由希就在眼前，她不由得有点紧张起来，十指不由自主地微微颤抖，仿佛她的每一个动作都暴露在易由希的目光下。

这次插花比赛，你要摒除杂念，全力以赴。

倏地，师傅的声音如雷般回荡在她耳边。

原来师傅早就预料到她会因为易由希而分心。不行，花流院的将来就押在我身上了，我绝对不能认输！

方若童在心中鼓励了自己一句，然后收敛了心神，重新投入比赛中。

第二章 繁华落尽

1

方若童望着面前的材料，都是些常见的花材，桂花、雁来红、千日红、翠菊、九里香、狗尾红等几十种花，还配了些满天星、仙人草、枫叶、树枝、绿剑叶等，花器有藤编、陶土、陶瓷和玻璃四种器皿。

方若童望着那几枝火红的枫叶，想起了远方的秋铭山，于是她毫不犹豫地拿起枫叶枝和剪刀，干脆而利落地修剪起来。

展韶华坐在观众席上，修长的双腿随意地交叠着。他望着台上的方若童，嘴角扬起一个饶有兴趣的笑容。她认真的样子还挺可爱的，弯弯的柳眉微微蹙着，乌黑的大眼睛闪烁着认真的光芒，灵活的手指拨弄着花枝，看起来非常优美。

看来她还蛮有两下子的嘛！细长的手指摩挲着下巴，展韶华突然对这场插花比赛产生了兴趣。

半个小时很快就过去了，所有选手都完成了作品，背着手站在一边，方若童也放下了剪刀，看了看自己的作品，面无表情地站在一旁。

主持人拿着话筒，再次笑嘻嘻地站到台上："时间到了，现在我们请每位选手给我们展示下他们的作品！首先有请8号选手！"

8号选手端着一盆像盆景似的插花作品走到了台前，他把作品放在桌子上，然后接过主持人的话筒，望着台下的观众微笑着说："我这件作品叫作《感受自然的魅力》，它用几根大的 V 形树干和粗藤做成原始丛林的框架，树下有人们居住的小木屋，用情人草和满天星表现丛林所产生的氧气和湿润的水汽。丛林间生长着各种各样的奇花异草，有吊鸟、公主花、蝴蝶兰等，它们代表森林中的各种动物。用白色的小石子做成溪流，通向丛林深处。表示森林所涵养的水源顺流而下，汇入江河。用细藤做成一个龙卷风的形状，提示人们，天灾随时会来临，只有茂密丛林才能挡住它。人类从享受自然到征服自然再到改造自然，已使我们地球这个家园满目疮痍，大量森林被砍伐，造成水土流失，大片土地荒漠化，沙尘暴不断侵袭人类的家园。"

8号选手介绍完后，评委之一的全国插花协会会长刘芬华拿起话筒，微笑着点评道："8号选手的这件作品富有自然特色，非常诗情画意，提醒着人类应该与自然和平共处。"

霎时，台下响起了一片掌声。

8号选手微笑着捧着自己的作品走回座位后，接下来又由其他选手走到台前来展示他们的作品，展韶华坐在台下，听得都快睡着了。

"最后，我们有请23号选手来展示她的作品！"主持人激情高昂的声音一下子把展韶华唤醒。

23号！不就是那个女贼吗？！

展韶华睁开了眼睛，打了十二万分精神望向台上。

只见方若童捧着作品，缓缓地走到了台前，拖地的白裙像水中的睡莲似的轻轻摇曳着，顾盼生姿间静谧而动人。

展示在大家面前的作品似乎没有什么特别之处，非常普通的陶土花器中插满了枫叶，像团火似的火红撩人。

仔细看才发现她手里还握着一根枯枝，观众们全都疑惑地面面相觑，连评委也疑惑地蹙起了眉。

这女贼不会是来不及完成作品吧？展韶华摩挲着下巴，犀利的眸子饶有兴趣地盯着她。

只见，在一片疑惑的目光中，方若童举起了枯枝，用力地插进了花器中，顿时，所有的枫叶像被秋风扫过似的簌簌凋零，洋洋洒洒地落在了桌上，只剩那根枯枝静静地矗立在花器中。

所有人恍惚中看到了满山满树的枫叶在一瞬间凋零，天地间顿时落英缤纷，只剩下一片火红，颓废而奢华。

在场的所有人，包括评委都惊呆了，仿佛被那颓废而奢华的场景给摄住了灵魂。

坐在观众席的展韶华一动不动地望着台上的方若童，嘴巴微微张着，眼里写满了惊诧。刚才那一根枯枝仿佛插在了他的心里似的，带给他无比大的震撼。

那个娇小瘦弱的身体里，到底蕴藏着多少神奇的力量，会让她创造出这样美丽而神奇的作品，瞬间把他带到了那红叶飘飘的景色中。

恍惚中，他看到纷纷扬扬的落叶下，那个清丽的白色身影静静地站在他面前，如天使般美丽脱俗。

"请问这件作品叫什么名字？"在一片惊叹声中，一个清朗的声音如水般汇入所有人耳中，把所有人的灵魂从如梦般美丽的意境中拉了回来。

这时，大家才发现刚才说话的是易由希，而且一向冷漠而淡然的他此时居然用好奇的目光盯着方若童，惊诧声再次四起，镁光灯也争先恐后地闪烁起来。

没想到他会这么直接地问自己，方若童的心脏怦怦直跳，手心紧张地冒汗，可是表面上她依旧非常冷静，她面无表情地望着易由希，清澈的眸子如高山上的清泉般清冷，"繁华落尽。"她淡淡地回答道，没有多余的解释，可是那四个字刚才大家已经身临其境般切身体会到了。

"繁华落尽……"易由希重复着方若童的话，似乎是在细细品味，倏地，俊美的脸上漾开一个淡淡的笑容，他抬眸望着方若童，微笑着说，"非常好的名字，让我想起了一个地方。"

"这作品是由秋铭山的景色而来，秋铭山的秋季漫山遍野红叶飘零，非常的有名。"方若童黝黑的双眼直直地盯着易由希，她以为她提起秋铭山会让易由希露出不一样的表情来，谁知他依旧是一副淡漠的表情，似乎和他完全不相关似的。

"确实非常美。"易由希淡淡地呢喃着，不知道是在称赞方若童的作品，还是秋铭山的景色。

方若童的内心却针扎般的疼痛，一阵一阵的，不是非常强烈，却无法让她忽视。

两年没见，他完全变了，变得那么冷漠和疏离，仿佛他俩是完全不相干的陌生人。

整整两年没见，她以为会在他眼里发觉一丝惊喜，可是没有，他冰冷的眼中没有一丝波澜，他俊美的脸上写满了陌生。

分离了两年后，他看到她没有一点感觉。

方若童心里的波动没有任何人察觉，在别人眼里，台上他俩你一句我一句，淡淡地聊着，不顾周围所有人，好像现场只剩下了他们两个人。

这两个人是什么关系？他们认识吗？

展韶华敏锐的嗅觉，让他感受到方若童和易由希之间流转着不一样的气息。可是两人的对话始终围绕着作品，没有一句涉及到其他方面，展韶华又觉得似乎是自己多想了。

他怎么会在意起那个女贼的事来了，他不过是来要回裙子，顺便看看她是怎么失败的！

展韶华有点自嘲地笑了笑，似乎是自己做了件多余的事。

2

所有选手展示完自己的作品后，经过评委的商定，很快结果就定下了，主持人捏着得奖名单，激动得双手颤抖，台下也非常的安静，所有人屏息等待着最后的结果。

"最后得奖的名单已经出来了！"主持人颤着手指展开名单，用着压抑着激动而有点颤抖的嗓音宣读起来："本届全国插花大赛总决赛的冠军是——23号选手方若童！"

听到自己的名字，方若童抬起头，漆黑的眸子没有多大的波动，似乎早就已经预料到结局似的。

"现在有请23号选手方若童发表得奖感言！"主持人朝方若童用力招着手，似乎比她这个冠军还要兴奋似的。

方若童缓缓地走上前，所有人的目光霎时聚集到了她身上，镁光灯也追逐着她的身影，争先恐后地闪烁着。

只见她接过主持人的话筒，然后霍然转身，面向坐在评委席上的易由希，用全场都能清晰听到的声音说："我叫方若童，是花流院第三十七代弟子，我在这里向易由希宣战！请大家拭目以待，我会用花流院的传统插花打败易由希的新派插花！"

方若童伸出手，指向易由希，就像一支利箭瞬间把易由希射穿。坐在评委席上的易由希面不改色地望着她，俊美的脸上没有一丝波澜，幽深的眼中读不出任何情绪。

方若童乌黑的大眼炯炯有神地瞪着他，娇小瘦弱的身躯像颗松柏似的直直地站在台上，没有完全蜕去稚嫩的脸上写满了倔强。

展韶华愕然，没想到这个看似瘦弱的女孩子居然这么倔强，面对镜头和那么多观众能够说出这么惊世骇俗的发言来！

有意思，非常有意思！他摸着下巴，深邃的眸子里笑意浓浓，他对方若童越来越感兴趣了。

方若童的壮志豪言，霎时震惊四座，全场一片哗然。导播来不及切换镜头，刚才的宣言不但现场的上千名观众看到了，电视机前的千千万万观众也都看到了，必然会引起一阵轩然大波。

"这是怎么回事？方若童和易由希是仇家吗？"

"花流院可是插花界的名门啊！为什么要向易由希宣战呢？"

"易由希不也是花流院的弟子吗？为什么要向同门宣战呢？"

在场所有人惊诧地议论纷纷，整个会场一下子沸腾起来。

不满声、惊叫声、议论声，充斥在耳边，可是方若童只是一动不动地盯着易由希，对身边的声音充耳不闻，她等待着易由希反击，可是他没有，他只是淡淡地望着她，樱花般淡粉色的双唇紧闭着，一句话都没有说。

紧紧地咬着牙，双眼努力圆睁，眼泪才不至于掉下来。方若童的肩膀瑟瑟颤抖着，手指尖冰凉。

为什么背叛了师门，背弃了他们的誓言的他，可以那么平静地坐在她面前，仿佛什么事都没有发生似的。

刚才的对话，那么的疏离，仿佛他们俩是素不相识的陌生人。可是他们明明是从小一起长大的青梅竹马，感情比任何人都深厚，彼此比任何人都要熟悉。

两年没见，没从他眼里看出一丝的惊讶和高兴，他的目光是那么的平静，平静得让她心都凉了。她终于知道为什么两年里他没有来看她一次，因为他根本已经把她忘了。

他的世界里根本没有方若童这个人。

"请问你为什么要向易由希宣战呢？"

"请问是花流院派你来向易由希的新派插花宣战的吗？"

"易由希不是你的师兄吗？请问你为什么要向你同门的师兄宣战呢？是为了博人眼球吗？"

记者们蜂拥到台前，无数支话筒伸到方若童面前，镁光灯闪得更急了，整个会场鸡飞狗跳。

在助理的保护下，易由希走下了台，从后台离开，方若童也被工作人员带下了台，场面这才得以控制住。

只是这场插花比赛却由此变成了一出闹剧，成为了大家茶余饭后的话题。

在工作人员的保护下，方若童才得以摆脱牛皮糖似的记者和易由希的那些疯狂的粉丝，她完全没有想到她的发言会引来如此的轩然大波。

失魂落魄地走出恒锦大厦，方若童看到展韶华等候在大门口。颀长的身躯斜斜地依靠在银灰色的跑车上，染成亚麻色的头发在阳光下闪闪发光，在阳光下有点模糊的面容却尤其俊美。

他居然一直在等她，为了一条裙子？

方若童走到他面前，有点不好意思地说："你一直在这里等我吗？"

"你以为呢，你……"本来是为了找她好好算账才会一直等她，可是此时却一句话都说不出来。

"对不起，裙子我回酒店后马上换下来还给你。"想到自己之前情急之下做了很多糗事，方若童的脸骤然羞得通红。

"算了，不用还给我了。"展韶华不在意地摆了摆手，心中却无奈地叹了口气。唉，都被别人穿过了，瑞雪也不会接受了吧。

"噯？"方若童惊讶地愣住，特意等她那么久，不就是为了要回裙子吗，怎么突然又不要了？

"送给你吧，算是祝你夺得桂冠的礼物。"看到方若童不解的表情，展韶华补充道。

"你不要了？"方若童对眼前这个少年非常费解。还说女人心思难懂，男人的心思更难懂。

"说送给你，就是送给你，而且你穿起来还挺适合的！"展韶华斜斜地勾起嘴角，笑容带着丝邪气，狭长的眼睛撩人地盯着方若童。

"你别后悔啊，后悔了也别来找我哦！"方若童防备地瞥了他一眼，她倒也不是想占便宜，不过人家这么坚决地送给她，她也省了一来二去的麻烦。

展韶华不置可否地笑了笑，打开车门，毕恭毕敬地对她说："上车吧！"

"干什么？"方若童抬起眸子，疑惑地望着他。

"送你回去啊。"展韶华理所当然地说，仿佛他俩已经非常熟似的。

"谁要你……"刚想说出拒绝的话，方若童立刻住嘴，她突然想到自己身无分文，要是走回酒店的话起码要走一个小时。算了，反正人品那么差了，再差点也无所谓了。

于是方若童就毫不犹豫地坐进了车子里，展韶华笑了笑，关上了车门，然后绕到另一边，坐进了驾驶座。

车子肆意地在马路上行驶着，树影快速掠过车窗，纷繁炫目。

展韶华悠然地开着车，俊美的脸上始终漾着笑容，跟来时简直判若两人。方若童不知道他为什么改变那么大，不过这次搭便车她要自在多了，于是她也就很自然地开口："今天真是太谢谢你了，否则我肯定要错过比赛的，还不知道你叫什么名字。"

"不谢，我叫展韶华，展露的展，轩轩韶举的韶，华丽的华。"展韶华空出一只手来，在车窗上写下自己的名字，字体洒脱有力，一如他的性格。

"展韶华"三个字展现在方若童面前，似乎要她刻意记住似的。

方若童望着他写在车窗上的名字，笑了笑："我叫方若童。"

"我知道，今天你的名字已经让许多人印象深刻了。"展韶华转过头，朝她露齿笑了笑，笑容意味深长。

他的话让方若童一下子非常窘，她红着脸，不知道该说什么。而展韶华看到她这个样子，只是笑了笑，并不揭穿她。

车子很快就开到了酒店，展韶华突然觉得这条路太短了，其实他还想继续跟方若童聊聊，可是酒店已经在眼前，他还是不得不停下了车。

他刚刚为什么不开慢点呢？

"谢谢你送我，拜拜。"就在他这么想时，方若童打开车门走下了车。

驱赶的意味很明确，展韶华也只好无趣地摸了摸鼻子，朝方若童挥手道："拜拜！"

方若童朝他笑了笑，转身走进了酒店，白色的裙摆拖出一个华丽的弧度，就像静静绽放的白莲。

来日方长。

展韶华笑了笑，重新发动车子，开出了酒店。

3

回到酒店后，方若童立刻露出了疲态，她踢掉高跟鞋，仰面倒在床上，像个没有生命的傀儡娃娃般，睁大了眼睛，愣愣地望着天花板。虽然夺得了桂冠，可是她的心里却依旧有点失落。

为什么会在发表得奖感言时说出那种话呢？

她现在也不知道，只是那时候脑袋跟短路似的，什么都不知道了。眼里心里只有易由希，他的冷漠和疏离让她非常非常的不甘心，于是在激动和愤怒中就说出了那样的话。

企图用犀利和激愤的语言击破易由希伪装的面具，可是没有，那张冰冷而淡漠的脸一丝裂缝都没有，美丽得几乎完美，他就高高在上地坐在评委席上，平静而冷漠地望着他，就像在看一出闹剧。

这让她无地自容……

鼻子突然酸酸的，眼眶也热热的，此时的她根本不需要任何的伪装，任凭眼泪流出眼眶，弄花了她精致的妆容。

这时，手机铃声响了起来，方若童拿起手机看了看，屏幕上显示的是楚爱荷的名字，她赶紧抹了把眼泪，深吸了一口气接起电话。

"师傅。"她压抑着哽咽，尽量让声音听起来没什么异样。

"小童，师傅看了直播，你做得好！"电话那边的楚爱荷没有听出方若童的不对劲，语气充满喜悦。

"……小童谨记师傅教诲，多亏师傅指导。"

"你自己也很努力，你是我最出色的徒弟，这次花流院总算扬眉吐气了！"

"谢谢师傅夸奖。"

"还有你的得奖感言。"

一提到得奖感言，方若童顿时紧张得不知所措，她完全没有想到师傅也会听到那番得奖感言。"对、对不起，师傅……小童被胜利冲昏头了……"她语无伦次地解释着，以为电话那边的楚爱荷会责备她，可是她却没有。

"不，说得非常好，我们花流院的传统插花绝对不会输给那个叛徒的新派插花！"楚爱荷的声音中透露着骄傲，让方若童非常吃惊。

"师、师傅……"居然会被师傅称赞，她不知道该说什么才好。

"好了，明天就回来吧，我们给你庆功。"

"嗯，谢谢师傅。"

电话那边静默了一会儿，又响起了楚爱荷的声音："小童，你是花流院的希望。"楚爱荷的声音恢复了平静，却异常的坚定。

方若童的心头一暖，眼眶再度湿了，她含着泪说："小童不会辜负师傅的期望。"

"嗯，我知道我不会看走眼的。那就先这样了，你早点休息吧，明天还要起程。"楚爱荷说完就挂了电话。

方若童放下电话，感觉所有的力气一下子被抽掉了似的，全身无力。

晚上七点。

夜幕降临了整个城市，华灯初上，如繁星般点缀在夜色中。

展韶华开着车回到了位于市郊的私人大宅。气派的大铁门自动朝两边打开，铁门后是一眼望不到头的草地和花园。这栋宅邸占地几百平方米，配备非常齐全，极具奢华。

车子在白色的欧式别墅前停下，展韶华走下车子，把钥匙交到管家手中，然后大步走进了别墅。

佣人们纷纷向他鞠躬，可是他没有搭理任何人，径自走进自己的房间，关上了房门。

算准了瑞雪已经下了飞机，他拿出手机，拨通了瑞雪的电话。

"喂。"电话那边传来瑞雪的声音，一如往常，像竖琴般优美动听，可是语气却冷冷的，让展韶华心中一凉。

"对不起，路上发生了点事，没能赶上给你送机。"似乎是有什么东西梗在喉咙里似的，让展韶华觉得有点难受。

"没事。"那边的声音依旧是不冷不热的，简单的回答，没有多说一句废话。

这让展韶华非常受挫，他甚至希望瑞雪能够骂他两句，而不是这样不冷不热的，似乎对他毫不在意。

犹豫了一下，展韶华提了口气说："你说的，分手的事……是真的吗？"

"嗯。"那边的人淡淡地应了一声，接着又沉默了。

"你真的想好了吗？"焦急中，展韶华的声音提高了几分。

"韶华，我们已经不可能了，下个星期我就要接受法国皇家舞蹈学院的面试，然后我会顺利地进入法国皇家舞蹈学院，在这里学习舞蹈六年。"话筒对面的语气出奇的冷静。

"时间和距离都不是问题！我会等你的，我也会去看你的！"展韶华焦急地脱口而出。

"韶华，忘了我吧，我没有办法跟你谈异地恋，我经受不住相思之苦的，而且我不想因为爱情影响跳舞，我要站在巴黎大剧院的舞台上，让世人都记住我。"在谈起跳舞时，那边的人的情绪才出现了一些起伏。

展韶华的心，一下子沉入了湖底。

忍受着心里那份刀绞般的疼痛，他微颤着声音开口问道："为了跳舞，你就要放弃我们的爱情吗？"

"对不起，韶华，希望你能理解我。祝福我吧，跳舞对我来说真的太重要了。"

"不……我没有办法祝福你……"展韶华艰难地开口，声音带着丝哽咽。

"韶华……"

握着手机的手无力地垂了下来，那边的人还在说什么，他已经没有精力再听下去了。

无力地坐在地上，虽然地上铺着厚厚的羊毛地毯，可是他还是觉得很冷。风从敞开的窗子灌进来，撩起背后的窗帘，掩去了他的脸。

啪嗒——

手机摔在地上，背光灯闪了两下，又暗了下去。

房间恢复一片漆黑。

门板被敲响了两下，没有得到任何回应。

于是，再也没有被敲响。

展少爷生气的时候，是没有任何人敢打扰的。

骄傲的展韶华，平生第一次失恋。

受挫的不知道是他的感情，还是他的骄傲。

比赛的第二天，各大报纸的头条都是方若童向易由希发出挑战宣言的新闻，这条新闻就像一块沉重的巨石投入了平静的湖泊中，激起了惊涛骇浪。群众议论纷纷，有称赞的，有鄙视的，褒贬不一，顿时满城风雨。

以十七岁就夺得全国插花大赛冠军的方若童一夜成名，顷刻间成为了众所瞩目的焦点。

而当事人却完全不知情，在整个娱乐界和插花界被她搅得天翻地覆的时候，她早就带着荣誉骄傲地回到了与世隔绝的秋铭山。

"小童师姐万岁！"

所有的花流院弟子举起杯子，为方若童干杯。花流院上上下下所有弟子都聚集在一起，为方若童庆祝胜利，整个花流院喜气洋洋热闹非凡，连一向严肃少笑的楚爱荷都笑得格外开怀。

"小童师姐，你真是太厉害了，那盆'繁华落尽'真是美极了，简直就是秋铭山的缩影啊，小童师姐你真是天才！"小五撑着桌子，激动得满脸通红。

"小童师姐，你让花流院再次名声大噪，今早就有两个人强烈要求加入花流院，他们说是因为看了你的作品后非常地感动！"小兰拉着方若童，迫不及待地跟她说着好消息。

"小童师姐，你的那番得奖感言真是太帅了！我们花流院所有弟子都被你迷倒了！"阿四崇拜地仰望着方若童，简直就要拜倒在她的石榴裙下。

"是啊是啊，小童师姐你简直就是我们的偶像！"听了阿四的话，其他弟子也纷纷点头，一双双纯真无邪的眼睛中闪烁着崇敬。

"哪有……"方若童不好意思地笑着，如凝脂般白皙的脸上浮起了两片红晕。

"今天还有个好消息要宣布。"一直看着弟子打打闹闹的楚爱荷突然放下了杯子，脸色恢复了严肃，所有人立刻静了下来，好奇地望着楚爱荷。

楚爱荷看了眼坐在身边的方若童，微微笑了笑，然后望着所有弟子宣布道："从今天起小童就要继承我的位置，成为花流院第十六代掌门人。"

此言一出，所有弟子都露出了羡慕的眼神。

方若童一下子酒醒了三分，不知所措地望着楚爱荷。她明明对师傅说过她没有能力继承师门，为什么师傅还是执意要她继承花流院呢……

"恭喜小童师姐！"阿四抱着拳，朝方若童恭喜道。

可是他的话才说出口，就被小五重重地拍了一下脑门，"不对，现在要叫掌门了！"小五在他耳边大声提醒道。

"恭喜掌门！"大家反应都非常快，很有默契地一齐向方若童道喜。

方若童的表情非常僵硬，她转过脸对笑得非常开怀的楚爱荷说："师傅，小童暂时还不能继承师门。"

"为什么？"楚爱荷脸上的笑容霎时凝固了，她冷着脸望着方若童问，"你不愿意吗？"

她知道师傅有点生气了，可是有些话还是不得不说。方若童望着楚爱荷，不卑不亢地说："不是，只是小童还只是个学生，我希望师傅能够继续掌管花流院，等我毕业了再继承师傅的衣钵也不迟。"

"……"楚爱荷垂下眼帘，静静地沉默了会儿，半晌才点了点头说，"那好吧。"

只是她的语气中有点夹杂了一丝失落，方若童听了有点内疚。

4

金色的秋天，街头的梧桐树叶撒满了狭长的街道，金色的叶子层层叠叠地铺在地面上，就像铺了张厚厚的金色地毯，阳光穿透茵茵密密的树叶，斑驳地洒了一地。

今天是开学的日子，莘莘学子夹着书本、背着书包，踩过满地金黄色的落叶，陆陆续续地走进校园。方若童也像一名普通学生一样，回归了学生的样子，踏进了新学校。

新学校就在她的家乡丰岚市，是一所风纪严格的高中，这是她和易由希当初约定了要一起读的学校，可是后来易由希去当了艺人，也理所当然地进入了贵族学校。

似乎只有她一个人傻傻地遵守着约定。

方若童望着门上"丰岚高中"几个烫金大字，自嘲地笑了笑。

"快看快看，那个好像是今年插花大赛的冠军方若童耶！"

"天呐，她穿的是我们学校的制服耶，难道她也是我们学校的学生？！"

这时，方若童听到有人在叫她的名字，她收回目光，转过头，看到周围好多学生都指着她议论纷纷。

她已经这么出名了吗？被那么多双眼睛盯着，方若童变得不自在起来，她故意忽视掉周围的目光，快步走进了学校。

在走到教室的一路上，时不时有人认出她，这让她非常的不舒服，她根本不会想到参加一个比赛会让她名声大噪，而她只不过想当一名普通学生而已。

正所谓，人怕出名猪怕壮，方若童这下终于体会到了，刚跨进教室，里面的人顿时安静了下来，像看外星人似的一动不动地盯着她。

"你你你你……你不会是方若童吧？！"一个刺猬头的男生指着她，绿豆似的眼睛瞪得滚圆。

"你好，我就是方若童。"不想跟新同学关系闹僵，方若童微微笑了笑。

可是她的话刚说完，就引来了一声尖叫。

"哇——真的是方若童耶！我居然跟方若童是同班同学！"那个刺猬头男生兴奋得跟中了五百万元的彩票似的。

而其他人在确定了是方若童本人后，也都一窝蜂地把她围了起来，好奇地东问西问——

"你跟电视上一模一样耶，不不不，比电视上还要漂亮！"

"你怎么会来我们学校的，像你这样的人应该去上贵族学校耶！"

"你怎么会学插花的，是不是从小就很有天分？"

问题花样百出，方若童一时间无力招架，还好手机适时响了起来，把她从窘境中解救出来。

"不好意思，我要去接个电话！"方若童握着手机，风似的逃出了教室。

"唉，真是的……"大家顿时非常沮丧。

跑出教室，方若童看了看手机屏幕，居然是楚爱荷打来的。师傅怎么会这个时候打来？手机铃声连续不断地响着，方若童来不及多想，赶紧接起了电话。

"师傅。"

"小童，新学校还好吗？"

"嗯，挺好的，谢谢师傅关心。"

"今天电视台的人打电话过来，邀请你去参加节目录制。"

"我？"

"嗯，我帮你答应下来了，时间是明天下午四点，他们要求你带上自己的作品。"

"嗯，我明白了，师傅。"

"那就这样了，你去上课吧。"

挂上电话，方若童无奈地叹了口气。

虽然很不想去，但是她还是不得不去，因为她知道师傅的用意，她这么做是为了让落魄的花流院能够再次繁盛起来。

新学校比她想象中要可爱多了，虽然同学们都对她很好奇，可是除了会问一些乱七八糟的问题外大家都对她很亲切，这让她有种回到花流院的感觉。

放了学，方若童跟同学们道别后，就独自回到了位于市郊的家。她家是个很普通的家庭：父亲是公司小职员，母亲在家当家庭主妇。虽然家境很一般，但是却很幸福。

绿树的掩映下，露出了一栋白墙红瓦的两层小房子，不豪华，但是看起来非常温馨。方若童望着那栋两层小屋，露出了一个温暖的笑容。

"妈妈，我回来了！"走进家门，她朝屋里喊着。

"小童回来啦！"邱淑芬从厨房里探出头，笑眯眯地说，"快去洗手吧，饭马上就要好了！"

邱淑芬年轻时候很漂亮，岁月没有在她脸上留下多大的痕迹，年过四十的她看上去依旧还是那么年轻漂亮。

"姐，新学校怎么样？"方若奇正趴在茶几上拼装着他的飞机模型，看到方若童进来，抬起头笑着问道。方若奇个子小小的，非常清瘦，因为从小体弱多病皮肤非常苍白，他拥有着一张和方若童非常相似的脸，毕竟他和方若童是孪生姐弟。

从在胚胎中开始，他和方若童就在一起了，方若童只比他早出生了十分钟，于是方若童成为了他的姐姐。

"还不错！"方若童把书包丢在沙发上，然后走进卫生间洗了个手。

洗完手出来，邱淑芬已经把饭菜端到了桌上，方若童赶紧帮忙摆碗筷。

"你爸爸也应该回来了吧。"邱淑芬望着墙上的钟，就在说话的同时方祈明正好打开门走了进来。

"说曹操曹操就到！"方若童高兴地笑了笑，邱淑芬也笑了出来。

"什么事那么开心啊？"方祈明刚走进家门，就看到邱淑芬母女俩笑得特外开心，不禁好奇起来。

"没事，吃饭了，爸爸！"方若童笑着摇了摇头，方祈明顿时丈二和尚摸不着头脑。

他放下了公文包走进卫生间洗了个手，然后和大家围坐在一起。

"今天是什么日子啊，这么多菜？"方祈明望着满桌丰盛的菜肴，笑着问。

"今天我们为小童庆祝第一天开学。"邱淑芬给每个人倒着饮料。

"是啊是啊，小童今天开始是高中生了呢！"方祈明赞同地点了点头，然后转过头用温柔而慈爱的目光望着方若童。

"姐，学校里有没有帅哥啊？"方若奇用手肘撞了撞方若童，嬉皮笑脸地问。

"小不正经！"邱淑芬用筷子敲了敲方若奇的脑袋，佯怒道。

方若童眉开眼笑地望着其乐融融的家人，心里暖洋洋的。

吃完晚饭，方若童在房间里准备着明天参加节目用的作品。每朵花在她神奇手指的摆弄下，仿佛被赋予了第二次生命似的，格外的娇艳灿烂，组合成一幅绮丽的风景。

方若奇走进来时，看到方若童正聚精会神地在插花，于是放轻了脚步。

"姐，妈让我给你端甜汤过来。"他把一碗甜汤放在旁边的桌子上，然后欣赏着方若童插花。

"谢谢。"方若童继续着手里的活，头也不抬地说。作品已经初步成型，方若童用满天星填补着空隙。

"姐，你见到由希哥了吗？"在旁边看了很久，方若奇终于忍不住问道。

方若童的手指滞了滞，易由希冷漠的脸浮现在她脑海里，心脏像被针扎似的痛。

僵硬的表情在她的脸上只停留了片刻，很快她又恢复了淡然，"算是吧。"方若童淡淡地说，继续着手上的动作。

方若奇苍白的脸上漾开笑容，清澈的眸子里也绽放出光彩来："由希哥现在怎么样？他过得好吗？"

方若童修枝的动作顿了顿，面无表情地说："不知道，不过看起来不错。"

敏感地感觉到了方若童的异样，方若奇清秀的眉微微蹙了起来，他侧着头，观察着方若童的脸色，小心翼翼地问："怎么了，你们没有聊天吗？"

"他现在是大明星，怎么可能跟我聊天呢？"方若童自嘲地笑了笑，"或许，他已经忘记我们了吧……"

"不会的！"从小就崇拜的人这样被诋毁，方若奇一下子就激动地站了起来，"由希哥不是那样的人，就算他现在是大明星了，也不会忘记我们的！"

方若童放下剪刀，望着激动的方若奇，冷静地说："小奇，你太天真了，这个世界上有很多东西会改变一个人，比如名和利。"

方若奇的脸色瞬间苍白如纸，他紧紧地咬着下唇，清澈的大眼睛睁得更大了，却依旧无法控制它一点点变得潮湿。

"由希哥不会为了名和利而改变自己的！我不相信！"方若奇含着泪，朝方若童大吼着。可是由于情绪太激动，心脏一下子不堪负荷，刀绞般剧烈疼痛起来，方若奇立刻痛得缩起了身子。

方若童心里一惊，赶紧跑进方若奇房间，取出了放在书桌抽屉里的药，然后慌忙地倒了杯水。火速地冲回方若奇身边，她看到方若奇早已经痛得满头大汗。她赶紧把药塞进方若奇口中，然后喂他喝了一口水。

方若奇吃下药，过了好几分钟才慢慢好转起来。

方若童撩开方若奇额头被汗濡湿的刘海，心疼地说："对不起，要不是因为把心脏让给了我，你早就已经好起来了。"

她和方若奇天生就有心脏病，两年前终于盼来了匹配的心脏，可以做移植手术，可是捐献的心脏只有一颗，方若奇放弃了机会，最后，那一颗心脏被移植在了方若童的身体里。

"我是男子汉，不怕病痛……"病发后的方若奇脸色如纸般苍白，他伸出软弱无力的手，握着方若童的手放在自己胸口，"虽然我的心脏不好，不过我会坚强地活下去，我们从出生就已经在一起了，以后也会一直在一起。"

方若奇的话让方若童莫名地安心下来，交握在一起的手心传来温暖。她想：没出生前，她和方若奇在胚胎中时，一定也是这样握着手拥抱在一起的。

她要用全部的生命来珍惜这只手。

一定要赚很多很多的钱，然后给小奇做心脏移植手术。

一定要让他比自己还要健康。

第三章 花期物语

1

翌日，方若童放学后就带着她的作品来到了电视台。

电视台对她非常地殷切，一到那边编导就拿着节目上要问的问题清单给方若童看，跟她确定没有问题后，就让化妆师给她化妆。

经过化妆师的巧手，方若童变得更加清丽可人。她望着化妆镜中的自己，满意地笑了笑，突然觉得录制节目也没那么可怕。

"我们可以出去了吗？"编导走进化妆间，微笑着询问方若童。

"嗯，可以了！"方若童笑了笑，从椅子上站了起来，跟着编导走出了化妆间。

编导带着她来到影棚，可是刚走进影棚，方若童就呆住了。

易由希就坐在影棚里，聚光灯让他整个人看起来光彩照人，方若童如被雷劈了似的，一动不动地站在原地，仿佛变成了一座石像。

为什么易由希也在这里？师傅和编导都没有告诉她易由希也来参加这个节目！

"方小姐？方小姐！"编导在她身边大声叫了两声，方若童才惊醒过来。"方小姐，你没事吧？"看到她脸色苍白的样子，编导担忧地问。

"没，没事……"方若童讷讷地摇了摇头，浑身冰凉，连手指尖都凉透了。

"那我们进去吧。"编导拍了拍她的胳膊，带着她走了进去，方若童跟在他身后，突然觉得双腿有千斤重似的，每一步都迈得那么艰难。

"让您久等了，易先生。"编导走到易由希面前，客气地赔笑道。

"没事。"易由希双腿交叠着坐在沙发上，职业性地淡淡一笑，嘴角牵起一个性感而妖娆的弧度。两年过去了，他褪去了稚气，多了许多男性的魅力，让他整个人更加魅力难挡，任哪个女人看了都要疯狂。

"那我们就开始吧！"编导高兴地笑了笑，然后跑了下去。

方若童愣愣地站在不远处，不知道该怎么办，她始终没有勇气去看坐在沙发上的易由希，一下子竟然尴尬万分。

还好这时主持人走了进来，微笑着对她说："坐这边吧！"

方若童顺着主持人手指的方向望过去，竟然是易由希身边的位置！

"呃……"方若童犹豫不决地望着主持人，双腿灌了铅似的抬也抬不动。

"怎么了？"主持人疑惑地蹙起眉。

"……没事。"方若童暗暗地叹了口气，硬着头皮走到易由希身边坐下，尽量的离他远点。

几台摄像机对准了他们三人，编导坐在监视器后举起手大声说："大家做好准备！预备——开始！"

编导一说开始，主持人脸上就立刻挂上了职业性的笑容。

"大家好，本期的明星访谈我们请来了新派插花的创始人易由希先生和本届全国插花大赛的冠军方若童小姐，跟我们一起聊聊最近非常热门的插花！"

随着主持人的话，镜头移向了易由希和方若童，方若童对着镜头挤出了一个局促而僵硬的笑容。

易由希在镜头面前从容不迫，笑容完美得无可挑剔，举手投足间都散发着明星的气质，冷艳而疏离。明明离得那么近，可是方若童感觉两人面前似乎有一道屏障，把他们隔离在两个世界。

"由希，听说方若童是你的师妹？"主持人突然这么问道，方若童的心脏咯噔猛跳了一下。

她侧过脸，偷偷地观察着易由希的脸色，只见他依旧是云淡风轻地笑了笑，然后很直接地回答："嗯，我们师出同门。"

"你说的应该是花流院吧，听说它在插花界非常有名。"主持人目不转睛地盯着易由希，眼里闪烁着好奇的光芒。

"嗯，是历史很悠久的插花门派，在插花界很有声望。"易由希不紧不慢地回答，谈话间他习惯性地拨弄着无名指上的一枚银色指环，精致的指环在他细长而白皙的手指间闪烁着银色的光泽，看起来无比的优雅。

"那你后来为什么又离开了花流院呢？"主持人的问题一个比一个犀利，方若童紧张地望着易由希，双手不自觉地握成了拳头。

易由希粲然一笑，轻松地说道："我不才，被师傅赶了出来。"

"呵呵呵，由希真有趣，真爱开玩笑。"主持人掩着嘴，巧笑不已。

方若童有点惊讶地望着易由希，她以为他会避开这些尴尬的问题，可是他却没有，反而像在谈论别人的事情似的不痛不痒。

主持人突然伸出一根手指戳了戳易由希，然后偷笑着说："比赛上有自己的同门师妹参加，你在打分的时候有没有徇私呀？"

易由希看了坐在身旁的方若童一眼，笑着说："绝对没有，小童的实力我想大家都见证过了，她获得冠军绝对是实至名归。"

方若童的心脏就像被针扎了一下似的，隐隐地疼痛着。

他突然叫她小童，像以前一样亲昵，恍惚中她突然有种错觉，仿佛回到了两年前那段快乐而无忧的日子。

"哈哈哈，看来由希对这位小师妹非常的有信心呢！"主持人似乎没有感受到两人之间不一样的气氛，乐呵呵地笑着。

"方若童，你对你的这位师兄是不是非常敬仰呢？"主持人突然转向了方若童，微笑着问道。

方若童惊讶地一愣，转而冷冷地笑了笑："他曾经是我敬仰的对象，可是现在我们是敌人。"

主持人愣了愣，似乎是被方若童的话给震惊到了，但是职业素养很好的她一下子就反应了过来，笑着问："你的意思是说你把由希当成竞争对象？"

"也可以那么说。"方若童面无表情地点了点头。

"那让你用一种花来形容由希的话，你觉得由希像什么花？"主持人突然间好奇地问道，然后用期待的目光望着方若童。

"金鱼草。"方若童毫不犹豫地回答，然后冷冷地望着易由希。满口的谎言，用金鱼草来形容他真是太合适不过了。

"好可爱的花哦，你竟然会用金鱼草来形容由希！"主持人掩着嘴笑了起来，可是方若童却一点都笑不出来。

易由希依旧云淡风轻地微笑着，笑容美丽得毫无破绽。

这让方若童很火大，明明是他背叛了师门，背弃了他们的誓言，而他现在却云淡风轻地把一切都抹去了。

笑了一会儿，主持人接着说："你今天是不是带了作品，可不可以拿出来给观众们展示一下。"

"可以。"方若童微笑着点了点头。这时工作人员把方若童带来的作品拿了上来，放在中间的茶几上。

"哇，这盆插花作品好特别哦！"主持人一看到方若童的作品就惊叫起来。

作品没有用平常的插花器皿，而用了一个球形的鱼缸，鲜花被插在鱼缸里，然后在鱼缸里注满了水，随着水波的晃动，里面的花朵也轻轻荡漾起来，美得像个梦境。

"嗯，确实不错。"易由希也赞赏地点了点头，漆黑的眸子里第一次泄露出发自内心的笑意。

"真的太美了！而且你用的插花器皿居然是鱼缸！花插在鱼缸里竟然这么美！这件作品叫什么名字呢？"主持人望着方若童，好奇地问道。

听到主持人毫不吝啬的夸赞，方若童心里非常骄傲，"水中花。"她笑了笑回答。

"很好听，很有诗意的名字。"主持人陶醉地笑着，突然又转向易由希问道，"由希没有带自己的作品来吗？"

"不好意思，最近忙着拍戏，所以没有时间插花。"易由希抱歉地笑了笑。

一旁的方若童却不屑地扯了扯嘴角，冷笑道："你不会是江郎才尽了吧，易师兄？"

方若童的一句话，让气氛一下子冷了好几度。

主持人的笑容一下子僵在脸上，张了张嘴，一时不知道该说什么话来解围。连编导和摄像师也僵在原地，脸上一阵红一阵白的。

易由希可是大牌，他要是被惹怒了，拍拍屁股离开，那他们这档节目就完蛋了！

可是易由希依旧没有生气，只是不以为然地笑了笑："可能吧，长江后浪推前浪，我这前浪可能要死在沙滩上了。"

他一句话就化解了全场尴尬的气氛，主持人也立刻配合地笑了起来："由希真谦虚呢，你可不是前浪，你是姜，越老越辣！"

主持人说完呵呵笑着，易由希也配合地微笑着，反倒是方若童非常尴尬地坐在一旁，脸色比纸还要苍白。

她明明每句带刺，而他依旧微笑着，好像是在处处忍让着她似的，反衬着她那么的幼稚，像个闹情绪的小孩子。

他真是太虚伪了！

"对了，由希的新片要上映了，能否给我们大家介绍下这部新片？"

"可以啊，这部片子是由一部浪漫的爱情小说改编的。讲述的是一对年轻的男女在爱上对方之后发现他们两家是世仇，在家族的压力下依旧不肯分离，为了爱与命运作斗争。是一部非常感人的电影。"

主持人和易由希聊着他的新电影，而方若童一句都听不进去。她像座雕像似的一动不动地坐在一边，一句话都说不出来。只觉得全身冰凉，连指尖都凉透了。

"听起来不错呢，希望大家能够多多支持由希的新电影！"

主持人说了一番总结的话后，节目终于录完了。

2

走出影棚，方若童迫不及待地追着易由希，他在助理的陪同下进了电梯，可是当方若童追过去时，电梯门却关上了。她焦急地冲进旁边一部电梯，她要追到易由希，她要亲口问他为什么要背叛师门！

好不容易来到了一楼，可是当电梯门打开时，方若童却愣住了，大厅里聚满了人，全是年轻的女孩子，大波浪的卷发、挑染的金发、蕾丝短裙、公主袖衬衫、粉红色的指甲，眼花缭乱，整个大厅瞬间都被粉红色的气氛给包围了。

那些女孩子个个手捧着鲜花和礼物，兴奋得满面红光，以一个包围圈的形状站立在大厅内，争前恐后地往中间挤，有几个还抱着跟人等高的玩具熊，挤得满头大汗还是不放弃。

方若童被眼前的情景吓到了，愣愣地从电梯里走出来，她朝暴风圈的中心望去，看到易由希正从容不迫地站在人群中，似乎对眼前的情景早就习以为常了。

"由希，给我签个名！"

"由希，能不能跟我合张影？"

"由希，我想和你握个手可不可以？"

"由希，这是我给你买的礼物，里面有我给你写的信，你一定要看哦！"

粉丝们你争我夺地拉扯着易由希，易由希淡定地回应着她们的要求，脸上始终漾着职业性的微笑，应对得游刃有余。

方若童站在人群外，根本没有办法靠近易由希半步，刚才激动的情绪也随之一点点流出体外。

易由希已经不是以前那个易由希了，他现在是好多女孩子心目中的偶像，悬挂在天上的巨星，那么的遥不可及。

随着那些情绪一点点涌上心头，方若童的身体也一点点凉下来，心里闷闷的，就像是下雨天潮湿的天气。

易由希在助理和工作人员的保护下，一点点移出了人群，然后走出了大楼。粉丝们依旧不甘心地追了上去，伸出手拉扯着易由希，喊着他的名字。

如潮的人群和喧闹的叫喊声一点点远离，呆呆地站在原地的方若童这才慢慢清醒过来。

大厅里只剩下她一个人，高大而空旷的大厅一下子显得格外寂静。她拖着沉重的脚步，慢慢地走了出去。

才走出大楼，天空就传来一阵轰隆声。

下午还晴空万里的天气，这一刻却乌云密布，闪电如银蛇般扭动着划过天空，紧接着瓢泼的大雨就倾泻了下来。

方若童站在屋檐下，雨幕就像一道帘子，阻挡住了她的脚步。

这场阵雨来得太突然了，她没有准备伞，所以只能站在屋檐下躲雨。

景物在雨幕下渐渐变得模糊，方若童收回了视线，无意地张望着，发现屋檐下有一株小野花。黄色的小野花坚韧地迎立在风雨中，娇嫩的小花瓣被雨打湿了，绿叶被泥水溅脏了，细细的花枝依旧直直地挺立着。

方若童突然有点疼惜起眼前的小野花，她蹲下了身子，伸出手掌像把小伞似的遮挡在小野花上方，帮它挡去风雨。

展韶华开着车经过时，正好看到了这一幕。

隔着被雨幕冲刷得有点模糊的挡风玻璃，展韶华看到一个熟悉而娇小的身影蹲在电视台大楼的屋檐下，头发和衣服都被雨打湿了，瑟瑟颤抖着。

吱——

他用力地踩住刹车，车轮发出一声刺耳的摩擦声，停了下来。

展韶华从车子里拿出一把伞，然后打开车门，撑着伞跑了出去。大雨立刻当头浇下，他不顾大雨，撑着伞跑到了屋檐下。

果然是她！

看到那张被雨水淋得有点苍白的脸，展韶华心里漾开一种复杂的情绪，有点心疼，又有点欣喜。

他伸出手，把伞举到她头顶。

头顶的雨突然停了下来，方若童愣了愣，讷讷地抬起头，一张如阳光般灿烂的笑脸霎时闯入了她的视线。

"你每次都要给我一个惊喜是不是？上次是突然坐上我的车，这次是一个人蹲在这里淋雨。"展韶华打量着她，性感的嘴角扬起一个玩味的笑容，深邃的眸子里漾着饶有兴趣的神色。

方若童愣愣地望着她，不知道该说什么，娇小的身躯在风中微微瑟缩着。被雨水濡湿的发丝贴在脸上，显得她的脸更加白了，苍白得接近透明。

"你一个人在这里做什么？"见她不回答，展韶华微笑着问。

方若童缓缓地伸出手，指向脚边的那株小野花。

展韶华突然想起刚才走近时，看到她正伸着手遮挡在那株小野花上方，难道……她刚才是在给那株小野花挡雨？！

"你，刚刚不会是在帮这株野花挡雨吧？"展韶华的眼角轻轻抽搐了两下。

方若童抱着双肩，轻轻地点了点头。

居然被他猜中了……

展韶华无奈地扶额，他突然有种敲开方若童的脑壳，看看她脑袋里装了什么的冲动。

是不是搞艺术的人都那么浪漫和不切实际呢？

"起来吧，你这样会淋雨的，我送你回家。"展韶华伸出手，把方若童扶了起来。

展韶华把方若童塞进了车里，然后坐进驾驶座，他打开了暖气，然后递了一盒纸巾给方若童。方若童默默地接过纸巾，一声不吭地抽出几张，擦了擦自己的脸和头发。

展韶华察觉出了方若童的不对劲，上次见到她，她是那么的活泼，话也那么多，而这次却那么安静，脸色也很难看，似乎是经受了什么打击。

"怎么了，失恋了吗？"展韶华边开着车，边装作随口无意地问道。

方若童低着头坐在一旁，过了半晌，才慢吞吞地摇了摇头。

"那是怎么了？一副失落的表情。"

方若童低着头，没有吭声，凌乱的发丝遮挡住了她的眼睛，展韶华无法从她的脸上探测到什么表情。

大雨刷过车窗，刷刷的雨声掩盖了窗外所有的声音。

方若童低着头，一动不动地盯着自己苍白的手指，双眼迷离。

易由希的脸一遍遍地闪过她的脑海，就像一块石头落进了平静的湖泊，顿时搅乱了一池的湖水。

师傅没有告诉她易由希也会来参加节目录制，电视台也没有按照问题单上的问题来提问，她根本不知道娱乐圈的规则，她没有办法那么从容不迫地面对所有问题。

她想这次她一定会在电视上丢很大的脸。

"今天我在电视台丢脸了……"沉默了好久，方若童突然开口说道，可能是被雨淋了，又可能是情绪低落，声音低低的，有点沙哑。

"噗……"展韶华忍不住笑了出来。原来她在为这个事不开心，上次比赛时她当着所有观众的面能说出那样的话，她还怕丢脸吗？

"你还笑，我以后都没脸见人了！"看到展韶华笑得那么开心，方若童有点火大。

"对不起对不起，我不是故意的。"展韶华拼命忍着笑意，装作认真地开着车，但双肩还是一颤一颤的，让方若童更加火大了。

方若童咬着下唇，郁闷地瞪着车前窗，不想再和展韶华说话了。这时，展韶华递了一张卡片过来，方若童惊讶得愣了愣。

"这是什么？"方若童愣愣地接过卡片，粉红色的卡片上印着几个烫金的字，字体娟秀而优雅，"华、逸、宾、馆。"方若童念着卡片上的字，疑惑地蹙起了柳眉。

"我们家的宾馆星期天开张，我希望你能在开张那天来担任嘉宾，表演插花。"就在方若童疑惑时，展韶华这样说道。

"我？"方若童惊讶地睁大眼睛，这样商业性的表演她并不想出席，可是她又想到上次比赛她欠了他人情，于是就点头答应了下来，"好吧。"她收起了卡片。

"谢谢，我想开张那天一定会很热闹的！"展韶华笑了笑，似乎非常高兴。

车子很快就停在了方若童的家门口，外面的雨也停了。

方若童打开了车门，正要下车，却听到车里的展韶华说："星期天我来接你，你留个手机号给我吧。"

"好。"方若童把自己的手机号报给了展韶华，然后走下车。

展韶华在车里朝她挥了挥手，然后就开着车离开了，方若童目送着他离开后，转身走进家门。

3

方若童怎么都没有想到节目播出之后，会给她之后的生活带来多大的波折。

节目播出后的第二天，方若童依旧像往常一样去上学，可是刚踏进校门，她就感觉到周围的气氛变得不一样了。

大家用异样的目光盯着她，虽然之前她走到哪里都会引人注目，可是和现在的注目不太一样，她感觉到一道道注视的目光变得犀利了，就像刀子一样，似乎会割伤她的皮肤。

心里隐隐有些不安，方若童攥紧了书包，快步往教室走去。

教室里叽叽喳喳的，非常喧闹，可是当她一走进去，所有人都避开了目光，说话声也故意压低了。似乎有一些秘密在他们之间偷偷流传着，这种感觉让方若童非常难受，好像自己被所有人孤立了起来。

她咬着下唇，走向自己的座位，然后在一道道偷偷注视的目光中坐了下来。

为了忽视掉那一道道目光，方若童打开书包，整理着课本，可是手刚伸进桌肚里，就有一个滑腻腻的东西从手背上划过，"啊！"方若童吓得缩回手，惊叫声响彻了整个教室。

她看到一条蛇从自己的桌肚里爬了出来，长长的、滑腻腻的身体荡了下来，顿时，有一种阴冷的感觉从脊梁骨蔓延开来，她全身都冒起了鸡皮疙瘩。

那条蛇啪嗒一声落到她脚边，方若童的头皮一麻，尖叫着从椅子上跳了起来。

"嘻嘻嘻……"

周围传来一阵窃笑声，方若童恼怒地转过头，却看到大家都低下了头，嘴角偷偷上扬着。

所有人都一个表情，仿佛戴上了一副鬼魅的面具，一股冷意袭向方若童。

方若童紧紧地咬着牙，忍受着胸口窒息的感觉。她从书包里翻出了一个塑料袋，然后用笔拨着那条蛇，把它赶进塑料袋里，待蛇游进塑料袋里，她赶紧扎紧了袋口，然后把它扔进了垃圾桶。

她把这件事当作一个恶作剧，然后像往常一样上课，可是诸如此类的事情却接二连三地发生，书包里被放青蛙、衣柜里的运动服被剪了一个个破洞、甚至还有人趁她不在时在她桌子上放白菊花。

她不知道她做了什么，得罪了学校里的人，她非常生气，可是又无处发泄，因为大家似乎都串通一气似的，所有人都离她远远的，似乎只要接近她就会惹祸上身。

终于熬到放学，方若童提着书包，垂着头，有气无力地走出学校。

可是，刚走出学校，她就被一群女生拦住了。

那群人大概有十几人，带头的是个个子高高的女生，她站在方若童面前，趾高气扬地说："今天的礼物都收到了吗？"

"礼物？"方若童疑惑地蹙起眉，突然想到那些恶作剧，眼神也变得戒备起来，"那些东西都是你们放的？"

"是的，那只不过是给你的一些警告！"

"哼！我不知道你们的意思。"方若童不屑地别过头。

那高高的女生冷冷地笑了笑，讥讽道："愚蠢的女人，你连得罪了什么人都不知道吗？那我就告诉你吧，当是可怜你的愚蠢。"

"……"方若童瞪着面前的女生，暗暗地攥紧了拳头。

那女生的眼神一下子犀利起来，盯着她，严肃地说："你得罪了所有易由希的粉丝。"

方若童的心脏咯噔猛跳了一下。

"你在电视上那些攻击性的语言已经惹怒了易由希的所有粉丝，从今往后你不会再有好日子过了！"高高的女生伸出手指着她，像是在宣判她的罪名一样。

这让方若童觉得很可笑，她冷冷地说："我没有攻击他，不过是公平竞争而已。"

"你有什么资格和由希争！完美而高高在上的由希岂是你可以攀比的？！"

"不要以为你是易由希的粉丝就可以为所欲为！"

"由希那么温柔善良你就以为可以欺负他吗？我们不会让你伤害他的！"

旁边的女生按捺不住了，你一言我一语地大嚷道，就像是一只只捍卫着自己领地的母狮子。

方若童冷冷地扫了所有人一眼，不屑地牵起嘴角："他真有那么善良吗？你们了解他的为人吗？他不过是用虚伪的面具欺骗所有人而已！"

"不许你诽谤他！"一个矮胖的女生瞬间被惹怒了，挥手就甩了方若童一巴掌。

那一巴掌非常用力，方若童的头都被打偏了，剧痛让她半边脸都麻痹了，殷红的血丝从嘴角流了下来，衬得她的皮肤更加苍白。

方若童扭过头，恶狠狠地瞪着她，冰冷的目光让矮胖的女生打了个寒噤。"我没有诽谤他，我说的都是事实！"她忍着嘴角的疼痛，一字一句清清楚楚地说。

"你说够了没有！"那个矮胖女生气疯了，甩手又给了她一巴掌，"由希不是这样的人！他才不是你口中那种人！由希正直坦然，他是我们所有人心目中的天使！不许你污蔑他！不许你污蔑他！"她抓着方若童的头发，疯了似的用力拉扯着。

头皮剧痛，天旋地转，方若童的身子就像破布娃娃似的在矮胖女生手中晃荡着，她伸出手用力抓着，却什么都抓不到。

终于，那个矮胖女生似乎一下子耗尽了力气，双手松开放了方若童。

方若童直直地倒在地上，衣服乱了，头发散了，嘴角裂了，非常狼狈。她一动不动地躺在地上，双眼像蒙了一层雾气，没有一丝光彩。

"这女人太嚣张了！"那几个女生望着狼狈地躺在地上的方若童，依旧很不解气。

"不如给她一点教训吧。"带头的女生从口袋里摸出一把美工刀，"毁了她的容，看她以后还怎么骄傲！"刀刃滑了出来，在阳光下闪烁着冰冷的光芒。

迷离的双眼被刺痛，方若童一下子惊醒过来。她从地上爬了起来，戒备地望着所有人，手心直冒冷汗。

"把她给我抓住！"带头的女生一声令下，身边的几个女生立刻朝她走来，方若童一个激灵转身就跑。

"别想跑！"那群女生恼怒地追了上去。

4

方若童在大街上跌跌撞撞地跑着，后面一群女生气势汹汹地追赶着，路人惊诧得纷纷躲开。

感觉身后紧追的人像尾巴似的，怎么甩都甩不掉，方若童渐渐无力起来，一不留神，脚下绊了一下，扑倒在街边的一个水果摊上。

"方若童，你逃不掉的！"追逐的脚步声迅速逼近，方若童顾不得身体的疼痛，赶紧爬了起来，抓起几个苹果就朝追来的人丢去，然后扭头继续往前跑。

在跑过一个小巷时，方若童被一个竹篓绊了一下，她朝身后张望了一眼，看到那些女生还没追来，赶紧躲进了竹篓里。

没过一会儿，那群女生就追到了小巷，她们在小巷里张望了一会儿，没有察觉到竹篓里的异样，很快就跑出了小巷。

听着脚步声渐渐远离，方若童才推开竹篓，从地上站了起来。

她拖着疲惫的身子慢慢地走出小巷，脑袋昏沉沉的，看东西也有点模糊。

眼前的景象倏地虚晃了一下，方若童脚下一软，跌倒在地上，就在身体接触地面的前一刻，一双有力的手托住了她的肩膀。

方若童缓缓地抬起头，在看清眼前的人时，一下子就僵住了。

"易由希！"方若童难以置信地睁大眼睛，瞳孔一下子放大，那倒映着易由希的缩影的瞳孔深处闪烁着不安和震惊。

"你怎么会弄成这个样子？"易由希微微地蹙起精致如画的眉，平静无波的声音在寂静而空旷的小巷内回响着，冰凉如水。

方若童一下子像被针扎到似的，弹跳了起来，"不关你的事，你放开我！"她用力挣扎着，想挣脱易由希的手。

她根本不想让他看到她此刻狼狈不堪的样子。

她不想让他看她的笑话，她要在他面前骄傲地活着！

而不像现在这样。

易由希没有理会她，他弯下腰，打横抱起她，然后抬起脚走出小巷。

"放我下来！你要带我去哪里？"方若童又惊又羞，巴不得挖个地洞钻进去。

可是，易由希置若罔闻似的，抱着她一路往前走，直到走到一辆黑色的跑车前，他才停住脚步。

方若童僵在他怀里，睁大了眼睛愣愣地望着他。他打开了车门，把方若童塞进了车子里，然后坐进了驾驶座，发动了车子，扬长而去。

当方若童缓过神时，她已经被易由希带到了家里，他把她抱到沙发上，这才放开了她。

方若童有点生气地瞪着他，她从来都不知道易由希居然那么霸道。是他以前就这样，还是后来变了呢？

易由希故意忽视掉方若童恼怒的视线，走进了房间。方若童这才放下了戒备，细细地打量着他的家。

易由希居住的地方很大，可是很空旷，除了些必要的家具，没有多余的摆设，给人一种很寂寞的感觉。

易由希一个人住在这里会寂寞吗……

脑海里突然闪过这么个想法。

心微微的刺痛，仿佛被针扎似的，方若童紧紧地咬住下唇。

这时，易由希从房间里走了出来，手中捧着一个药箱。他在方若童面前蹲下，然后把药箱放在沙发上。

方若童愣愣地望着他，突然有种窒息的感觉。

易由希打开药箱，从里面拿出了棉签和消毒药水，他捏起一根棉签，在消毒药水里蘸了蘸，然后仔细地帮方若童擦着伤口。

两年后，第一次和他靠得那么近，似乎能感觉到对方的呼吸。以前天天黏在一起，也不会觉得不自然，而现在却微微紧张起来。

两年了，易由希身上多了许多她不认识的东西，明明还是同一个人，却让她觉得非常陌生。

两年里他越来越帅气，五官精致到让人惊叹。

这还是两年后，她第一次这么近距离地观察他。

墨黑的发丝随着他的动作轻轻拂过精致如画的眉，挺直的鼻梁如玉雕般完美，轻抿的双唇如樱花般透着淡淡的粉色，饱满欲滴。微微敞开的衬衫领口露出细白的脖子，如天鹅般优雅修长。

捏着棉花棒的手指如同是象牙雕刻出来似的，纤细白皙，散发着莹白色的光泽。

一个连指尖都完美到极致的少年，怪不得那么多少女为他疯狂。

似乎是没有发觉方若童在暗暗观察他，易由希非常认真地帮她擦拭着伤口，动作极其轻柔，似乎是怕弄疼了她。

一股暖意从身体里涌现出来，方若童的鼻子酸酸的，什么话都说不出来。

小时候她被人家欺负了，跌破了膝盖，撞破了头，易由希就是这样默默地给她擦着伤口。

眼前的情景，一下子把他们拉回到了几年前。

"你为什么要离开花流院？"方若童盯着易由希，质问道。

易由希捏着棉花棒的手滞了滞，随即淡淡地说："待腻了，不想再待下去了。"他的脸上没有任何表情，继续给方若童擦着伤口。

这么不负责的回答，让方若童很生气，她拍开了易由希的手，大吼道："真的是这样吗？你明明那么喜欢传统插花，为什么要离开，为什么要去开创新派插花？与花流院为敌，你真的一点都不在意吗？"

易由希放下了手，抬起头望着她，漆黑的眸子像深邃的夜空，一眼望不到底："花流院几百年了不知变通，老是守着一些老旧的想法，插花是创新，而不是墨守成规。"易由希的声音在空旷的客厅内回荡着，凉得能透到人心底深处。

他的一席话，让方若童哑口无言。花流院确实非常保守，所以才会渐渐失去吸引力，被人们淡忘。

那她呢？

为什么两年里，他一次都没来看过她？

难道他已经背弃了他们的誓言了吗？

这些问题在她的脑海里回转了好久，甚至都到了嘴边，可是此时易由希就在她面前，她却怎么都问不出口。

她怕再次换来无情的回答。

见方若童不再开口，易由希继续为她擦伤口，所有伤口消毒完后，他从药箱里拿出创口贴，轻轻地贴在方若童的伤口上，非常地小心翼翼，仿佛她是一碰就碎的瓷娃娃似的。

第四章 开到荼蘼

1

"我回家了。"

处理完伤口，方若童从沙发上站了起来。

"今天就睡在这里吧？"易由希慵懒地斜靠在沙发里，一只手随意地搭在沙发上，下巴微微上扬着，线条非常美，露出的脖子非常性感。他微眯着眼睛望着方若童，脸上的表情漫不经心的，浑身上下散发着妖娆而邪魅的气息。

"不用了，不太方便。"方若童拿起了外套，正要转身离开时，背后又传来易由希的声音。

"你这个样子，不怕阿姨看了会担心吗？"

"这个不用你操心。"方若童穿上外套，直直地走到门口，易由希表情有点无奈地从沙发上站了起来，朝她走了过去。

"那我开车送你回去吧。"他单手撑着门板，居高临下地望着方若童，漆黑的眸子在昏暗的光线下看起来更加深邃。

"不用了。"方若童冷冷地望着他，表情没有丝毫商量的余地。

易由希看了她一会儿，默默地放下了手，方若童没有再去看他的表情，打开门就径直走了出去。

虽然没有回头，但是她能感觉到易由希的视线一直追随着她，直到电梯门关上，她才松了一口气。可是身体里的力气也一下子被抽干了似的，她连站立的力气都没有，勉强靠在电梯里，双肩无法抑制地轻颤着。

为什么要对她那么温柔呢……明明已经把她抛弃了……

现在的温柔是怜悯吗？

回到家已经很晚了，客厅里只亮了一盏灯，邱淑芬趴在餐桌上，呼吸轻轻浅浅的，似乎已经睡着了。

方若童放轻了脚步走进客厅，可是趴在桌子上睡觉的邱淑芬还是听到了声响，醒了过来，方若童赶紧低下头，让垂下的发丝挡住脸上的伤。

"小童，今天怎么这么晚回家？"邱淑芬揉了揉有点迷离的双眼。

"呃……今天轮到我值日，所以晚了。"方若童撇开脸，支支吾吾地说。

似乎是感觉到了方若童的不对劲，邱淑芬从椅子上站了起来，朝她走过去："晚饭吃了吗，妈妈给你留了晚饭，我去给你热下吧。"

"不，不用了，我已经吃过了，我有点累了，先回房睡觉了。"方若童还没等邱淑芬靠近就转身跑上了楼。

方若童躲进了房间，关上房门，才松了一口气。要是被妈妈发现，一定会非常担心的，她让母亲操的心已经够多了，不能再给她增添负担了。

脱掉了脏兮兮的外套，方若童走进卫生间，望着镜子里狼狈的自己，她无奈地叹了口气。伤口被仔细处理过了，贴上了创口贴。方若童颤巍巍地伸出手，轻轻地触上了创口贴，上面似乎还残留着易由希的气息似的。

两年过去了，他还是像以前一样出色，引人注目。可是一切又不一样了，他们已经不能像以前那样了。

过去的那些时光，已经一去不复返了。

接下来的几天，为了不让家里人发现脸上的伤，方若童一早就起床去了学校，回家后又把自己关在房间里，声称自己要创作，家里人也不敢打扰她，于是，竟然就这么躲了过去。

幸好，脸上的伤不是很严重，经过了几天的休养，在星期日前就好得差不多了。

星期日，展韶华如约来接方若童，见到方若童时他被小小地惊艳了一下。

方若童穿着一袭海蓝色的长裙，裙摆随着她的步伐翩翩飘动，乌黑如墨的长发没有经过任何染烫，折射着健康的光泽，柔顺地披散在背后。

略施粉黛的脸清丽脱俗，恍若是林间走出的精灵。

"你今天好漂亮。"展韶华斜靠在车上，微笑着望着她，颀长的身躯在阳光下如雕塑般完美。

方若童的脸微微一红，不好意思地低下了头。师傅知道她要出席表演，特地寄了她以前年轻时表演穿过的礼服过来，还叮嘱她一定要穿。可是……似乎隆重了一点……

看到她羞怯的样子，展韶华不再拿她玩笑，伸出手帮她打开了副驾驶座的门，方若童红着脸坐了进去。

来到宾馆，方若童才发现现场聚集了许多记者，他们一看到展韶华的车，就立马一窝蜂地围了上来。

宾馆的保安上前拦住了记者，一条长长的红色地毯一直铺到车前，保安打开了车门，然后恭恭敬敬地站在两边。一系列的动作，训练有素。

方若童被这阵势吓到了，呆呆地望着眼前豪华而高大的宾馆，直到展韶华牵起她的手，她才回过神来。

展韶华朝她笑了笑，然后牵起她的手，踏着精致的红毯走上了阶梯。

记者们立刻按下快门，镁光灯嚓嚓嚓闪烁着。

工作人员递上了两把剪刀，展韶华把其中一把交到方若童手中。

方若童站在展韶华身边，和宾馆其他的经理站在一起，拉着一根长长的彩带。

在镁光灯和爆竹声中，他们一起剪断了彩带。

剪完彩后，展韶华拉着方若童走进了宾馆。宾馆内铺着光可鉴人的白色大理石，大理石的柱子恢宏而壮丽，硕大的水晶吊灯从天花板上垂落下来，在灯光下折射着迷人的光芒。

"请问展先生，你为什么会邀请方小姐担任宾馆开张的表演嘉宾呢？"记者们早已迫不及待，一走进宾馆就开始问问题。

展韶华接过员工递过来的话筒，从容不迫地回答："因为方小姐的插花作品非常的美丽优雅，我希望我们的宾馆也会因为方小姐的作品更加美丽优雅。"他的举止从容而淡定，似乎早已习惯了这样的场面。

"方小姐，前段时间你在节目上的发言惹怒了易由希的粉丝，还带来了不少麻烦，请问对于这件事你有何看法呢？"突然，有位记者问出了这样一个问题。

"是啊，方小姐你是不是对易由希有些不满呢？"霎时，所有记者的矛头都指向了方若童。

方若童不知所措地站在台上，望着台下一双双犀利的眼睛，紧张得脸色苍白。

"今天是我们宾馆开张的日子，请不要提牵涉其他事情的问题。"就在方若童难以下台时，展韶华的声音再次响起，低沉的嗓音非常具有震慑力，让台下的记者都闭上了嘴。

他伸出手，握住了方若童冰冷而僵硬的手。

方若童愣愣地抬起头，看到展韶华朝她展露了一个自信而灿烂的微笑，顿时不那么紧张了。

回答完记者的问题后，方若童就开始了插花表演，她的表现非常好，从头到尾镁光灯就一直闪个不停，宾馆顿时人气大增。

表演完后，为了答谢方若童，展韶华邀请她一起共进晚餐。

夜已黑，江边燃放着烟火，烟花冲上天空，然后瞬间炸开，点亮夜空，在无边的夜际里开出一朵朵绚烂的花朵。

"好漂亮！"方若童趴在车窗上，陶醉地赞叹道。

展韶华停下了车，随着方若童一起注视着夜空。

方若童高兴地仰望着夜空，漫天的烟火倒映在她漆黑的眸子里，随着一朵朵烟花在夜空崭开，她毫不掩饰地欢呼着，像个天真无邪的孩子。

"你为什么会喜欢插花呢？"倏地，背后传来展韶华的声音。

方若童讶异地回过头，倒映着漫天烟火的眸子比水晶还要澄澈明亮。她望着展韶华的脸，微微地歪起了嘴角，似乎是在考虑展韶华的问题。

她这个样子看起来很天真，很无邪，像个调皮的精灵。

当又一朵烟花再次在夜空绽开时，方若童开口说："插花是和花的相会。"

展韶华微微愣了愣，方若童转过头，继续望着窗外，风撩起她的长发，和深邃的夜色纠缠在一起。

"每朵花都没有一样的时候，人也是一样。不管是心，还是想法，或者是长相，总是随着时间不断地改变。"方若童怔怔地望着夜空，声音变得遥远起来。她的表情非常寂寞，就像夜空中的烟花，美丽而脆弱。

展韶华静静地听着，似乎是怕打断她似的，没有开口。

方若童继续仰望着夜空，自顾自地说："所以，在那一瞬间相会的偶然，是不会有第二次的。我觉得，不管是人还是花，都要好好地珍惜，这瞬间的相会。"

"那现在，也是一瞬间的相会吗？"展韶华忍不住问道。

方若童再次转过头，望着展韶华脸上认真的表情，沉默了半晌，说："是的。"

展韶华怔了怔，心底似乎有些东西一瞬间酝酿而生，迅速地结成茧，等待着破茧而出。

这个女孩，每次都以不同的姿态出现在他面前，每次都给他惊奇。

在她身边，永远不会知道，下一刻会发生什么事。

2

易由希的走红是悄无声息的，就像他的妖娆和美丽，静悄悄地浸透到每一个人的心底。

随着他的电影《泣伤》即将上映，街头巷尾贴满了电影的宣传海报。一时间，易由希再次成为最热门最有话题性的男星。

方若童和弟弟一起逛街时，正好看到了张贴在商厦上的电影宣传海报。海报上的易由希穿着复古的黑色丝绒礼服，黑羽般的头发闪烁着神秘的光泽，漆黑的双瞳像深邃的黑洞让人不知不觉被吸引进去。他的身边依偎着一位有着神秘气质的少女，大波浪的棕发，陶瓷般白皙的肌肤，猫咪般淡棕色的眼睛。

这张海报看起来更像是一幅油画，两人看起来就像是住在古堡中的伯爵和公主，散发着高贵而又神秘的气质。路过的人，无不抬起头仰望着海报，眼中流露出赞叹的神情。

"姐，由希哥的电影今天上映耶！"方若奇拉住方若童，指着商厦上张贴的巨型海报，兴奋地说，"而且今天还有首映礼耶，我们也去看吧，说不定能够碰上由希哥！"

"不去，无聊的爱情电影，没啥好看的。"方若童瞥了眼海报，不冷不热地说。

"由希哥的电影，一定不会无聊的，我们去给由希哥捧场嘛！"方若奇拽着方若童的胳膊，不顾方若童的反对，就拉着她走进了电影院。

电影院里挤满了人，几乎都是年轻的情侣，排队买票的同时都在谈论着即将上映的电影和电影的两位主角，个个都是非常期待的样子。

队伍很长很长，方若童站在人群中，无聊地望向电影院内张贴的电影海报，看着上面的简介，突然想起这部就是上次节目中易由希宣传的新电影。主演写着易由希的名字，还有一个名字叫泰蕾莎，应该就是海报上那位少女的名字。

排了一个多小时的队，方若童终于买到了电影票，她拿着电影票和方若奇一起随着如潮的人群走进了放映厅。

放映厅内座无虚席，连第一排都坐满了人。随着观众的坐定，首映礼很快就开始了，主持人、演员和导演一同走上了台，易由希和海报上的那位少女站在一起，如同一幅画般完美，台下立刻爆发出一阵阵尖叫。

"哇，是由希哥耶，姐，你快看！"方若奇指着台上的易由希兴奋地大叫。

方若童面无表情地看着台上，主持人向导演提着一些关于电影的问题，然后问了演员一些电影拍摄过程中的趣事，那个叫泰蕾莎的女明星外表非常冷艳，性格却非常开朗，和所有的演员以及导演调笑打趣着，整个摄制组的气氛非常融洽、热络。

"听说电影中，有你和由希的接吻镜头是吗？"主持人突然问了这么个问题，现场的气氛一下子热烈起来。

面对几百位观众关注的目光，泰蕾莎大方而坦然地说："是的，这对于我和由希都是银幕初吻。"

现场的观众同时爆发出一阵讶异。

易由希笑而不语，笑容依旧是那么有魅力。

方若童一动不动地盯着台上光彩照人的易由希，只有躲在人群中，她才敢如此明目张胆、毫不掩饰地注视他。

心微微的刺痛，有一种陌生的情绪在心里蔓延开，苦涩而又压抑。

"姐，你不开心了吗？"方若奇望着方若童冰冷而苍白的脸，小心翼翼地问道。

"嗯？"方若童讶异地睁大眼睛。

"只是拍戏而已，你不要当真，由希哥只喜欢姐姐你一个人。"方若奇微笑着鼓励方若童，黑白分明的大眼睛像水晶般纯净。

方若童无力地笑了笑，笑容脆弱得仿佛一碰就碎。

当初的誓言早就不复存在了，易由希也早就不是她一个人的了。

当初，她天真地以为一个誓言就代表永远。

却不知道，誓言在人心的变化面前，脆弱得不堪一击。

"接下来，我们有一个互动的小游戏，让大家能够有机会跟我们的明星零距离接触。"主持人手里捏着两个毛茸茸的球，笑吟吟地望着台下说，"看过电影预告的观众应该已经看到电影中男女主角有一段唯美的华尔兹，接下来我会把这两个球丢下来，接到球的影迷就能上来跟由希和泰蕾莎现场跳一段浪漫的华尔兹！"

主持人的话刚说完，现场就沸腾了起来，所有影迷都从座位上站了起来，迫不及待地伸长了双臂。方若奇也兴奋地挥舞着胳膊，牢牢盯着球的动向。

主持人用力地扔出了第一个球，观众们立刻像海浪般往一边倒去，最后抢到那个球的是个打扮新潮的男生，他拿着球高兴地奔到了台上。方若奇有点惋惜地叹了口气，方若童不以为然，依旧事不关己地坐在位子上，冷眼旁观着那些为了一个球你争我夺的影迷。

倏地，一颗红色的绒球从天而降，不偏不倚地落入了方若童的手心。正在疯抢的观众通通跌破了眼镜，像木头人似的一动不动地望着淡然地坐在位子上的方若童，心里又气又嫉妒。

"哇！姐，你居然拿到了！"方若奇激动地大叫，反倒比她还要兴奋。

"请那位拿到球的观众上台！"主持人站在台上，指着方若童说道。

"姐，快上去！你可以和由希哥跳舞了！"方若奇把方若童从椅子上拉了起来，然后推着她走上台，方若童就这样莫名其妙地被赶上了台。

台上的易由希愣了愣，似乎也是没有预料到上台的会是她，方若童尴尬地低下头，恨不得挖个地洞钻下去。

台上响起了舒缓而优美的音乐，易由希抬起修长的腿跨上前，伸出手执起方若童的手。

方若童愣了愣，抬起头，毫无预兆地撞上了易由希的视线，顿时连耳根子都红了起来。虽然和易由希一起长大，可是她从来没和易由希一起跳过舞，因为他们根本不会跳舞。

就在她僵在原地，不知所措时，易由希的另外一只手搭在了她的肩上，然后带着她跳了起来，舞步轻缓流畅。

方若童讶异地睁大眼睛，她不知道易由希居然还会跳舞，而且还跳得那么好。似乎不用考虑任何事，只要跟随着易由希的脚步，方若童发现自己居然也慢慢地会跳舞了。

周围的声音和视线一点点远去，整个世界仿佛只剩下他们两人。

被易由希修长的胳膊圈抱在怀里，他身上散发的气息笼罩着她，淡淡的柑橘香，让人不知不觉沉醉其中。

忘却了仇恨和背叛。

方若童感觉自己仿佛漂浮在海面上，被温暖的海水怀抱着，非常的平静。

3

音乐戛然而止。

方若童顿住了脚步，一下子从梦境中清醒过来。

"今天的活动全部结束了，接下来将上映万众期待的电影《泣伤》，让我们一起认真观赏！"主持人的话说完，所有人都走下了台，方若童把自己的手从易由希手里抽了出来，然后仓皇地奔下了台。

那支华尔兹，就像是一块大石，投入了方若童的心湖中，之后，她的心里再也没有平静过。就连电影放了什么她都不知道。

电影结束，观众们边走出放映厅边意犹未尽地讨论着电影内容。

方若童木然地跟在人群后，像丢了魂魄似的。

"姐，我们去找由希哥吧！"方若奇拉住就要走出影院的方若童。

"不可以，被别人看到了不太好。"方若童严厉地说。要不是他拉着她来看首映礼，也不会发生那么丢脸的事，她可不想继续丢脸下去了。

"有什么关系,由希哥可是和我们从小一起长大的,难道当了明星连面都不能见了吗?!"方若奇不顾方若童的反对,转身跑向后台。

"小奇!"方若童担忧地追了上去。她很担心方若奇这样莽莽撞撞地跑进后台,会被工作人员轰出来,她不想让方若奇受伤。

可是,事情完全和她想象中不一样,当她急匆匆地冲进后台时,看到方若奇正和易由希还有电影中的其他几位演员有说有笑的。

"姐,由希哥让我们一起去参加他们的庆功宴耶!"方若奇看到方若童跑进来,高兴地朝她说道。

方若童大步走上前,拉起方若奇的手,严肃地说:"小奇,我们走吧,不要打扰大家了。"

"没有关系,人多热闹。"易由希望着方若童,温和地说。站在他旁边的泰蕾莎狐疑地打量着方若童,猫咪般的眼瞳警惕似的微微眯起。

"是呀,由希哥都这么说了,去嘛去嘛!"方若奇拽着方若童的手,撒娇道。

方若童最后还是拗不过方若奇,被拉去参加了易由希他们的庆功宴。

庆功宴在酒店里,请来了很多名人和赞助商,所有人衣着光鲜,打扮得很隆重。易由希和泰蕾莎被一群记者包围,半天都脱不了身。

方若童和方若奇坐在角落里,漫不经心地望着来来往往的名人。

"由希哥好棒啊!没想到由希哥会成为大明星,而且还这么受欢迎!"方若奇盯着被记者包围的易由希,崇拜之情溢于言表。

从小他就很喜欢易由希,把他当哥哥似的崇拜,易由希也确实很厉害,长得好看,头脑又聪明,从小到大无论谁都很喜欢他,似乎他身上就有着明星的特质,不知不觉就会吸引所有人的目光。

"对不起,冷落了你们半天。"易由希好不容易从记者中间脱身,走到了方若童他们面前坐下,"小奇,无不无聊?"他伸出手,宠溺地摸了摸方若奇的头发。

"不无聊,这里有很多明星,看得我眼花缭乱。"方若奇仰起头,望着易由希,笑得非常甜。

这时,泰蕾莎也走了过来,在易由希身边坐下。她换了一套黑色的短裙,上身是马甲的设计，下身是层层叠叠的纱，和她神秘的气质非常符合。

"蕾莎小姐，你能不能给我签个名啊？"方若奇掏出一个小本子，递到泰蕾莎面前。

泰蕾莎弯起嘴角，微微笑了笑，随即接过本子，签上了自己的名字。她的签名非常漂亮，像花藤般缠绕着。

签完名，她把本子还给方若奇，方若奇捧着本子，高兴得整个人都飘飘然的。

"由希哥、蕾莎小姐，你们的演技太好了！刚才的电影太感人了，我差点就哭了！"方若奇望着坐在一起的易由希和泰蕾莎，一脸的崇拜之情。

"差点，就是没哭，看来我们还欠点火候呢！"易由希拿起面前兑着冰块的马丁尼，喝了一口，漫不经心地开着玩笑。

"没没没！我不是那个意思！"方若奇用力摇着手，焦急地解释着，白皙的脸涨得通红。

"我开玩笑的！"易由希笑了笑，晃动着酒杯，杯子里的冰块碰撞在一起，发出清脆的响声。

泰蕾莎在一旁给易由希倒酒，脸上漾着迷人的笑容，像猫咪般乖巧。两人之间流动着一种无形的默契。

方若童仓皇地撇开脸，不去看眼前暧昧的一幕。

"由希哥真讨厌！"方若奇佯怒地瞪大眼睛，嘟起娇嫩的红唇。他抓起身边的酒杯就要喝，却被方若童一把夺了过去。

"小奇，你不能喝酒！"她把一杯果汁放到他面前，用长辈般的语气说，"喝果汁。"

"我又不是小孩子，已经长大了！"方若奇盯着面前的橘子汁，流露出嫌弃的表情。

"酒精对你身体不好！"方若童严厉地说，语气中没有一丝商量的余地。

方若奇郁闷地拿起果汁，心不甘情不愿地喝了一口。

"不要生气了，你姐也是为了你好。"看到方若奇这个样子，易由希温柔地笑了笑。

"我知道啦……"方若奇有点惭愧地瞄了眼身边的方若童，方若童故作老成地绷了绷脸，方若奇偷偷地吐了吐舌头。

倏地，他又转过脸，一本正经地望着易由希，问："由希哥，你为什么不来我们家玩了呢？"

捏着酒杯的手滞了滞，易由希的脸上闪过一抹不易察觉的忧郁，随即，他又恢复了温和的笑容，抱歉地对方若奇笑了笑："对不起，因为工作比较忙，所以一直没有空过来。"

"由希哥，你现在是大明星了，是不是以后都不会跟我们这些普通人在一起了？"方若奇嘟着唇，水晶般透明的大眼睛里闪烁着泪光，像只受伤的小鹿。

"怎么会？"易由希淡淡地笑了笑，伸出手安抚地摸着方若奇的头发。

"真的吗？"听了易由希的话，方若奇一下子恢复了神采，抓着易由希地手，高兴地说，"那你以后要多来我们家玩哦，不管多忙！"

"嗯。"易由希笑着点了点头。

"呀！那不是飞鸟乐队吗？我最喜欢他们的歌了！"方若奇突然从椅子上跳了起来，盯着不远处的一群奇装异服的少年，双眼闪闪发光。

"我认识他们，想要他们的签名吗？"泰蕾莎单手支着尖尖的下巴，优雅地笑着，卷翘的睫毛像蝶翼般颤着。

"真的可以吗？太好啦！"方若奇高兴得手舞足蹈。

小孩子的注意力总是转变得非常快，很快他就拉着泰蕾莎去找飞鸟乐队要签名了。

只留下方若童和易由希两个人。

易由希望着方若奇欢快的背影，脸上漾着好看的笑容，昏暗的光线下，他的脸忽明忽暗的，精致的五官显得更加深邃，如雕塑般完美。

"果然是演员，演技真好。"方若童冷眼望着从头到脚完美得无可挑剔的易由希，嗤之以鼻地笑道。

易由希脸上的表情僵了僵，他缓缓地转过头，望着一脸冷笑的方若童，漆黑的眸子隐忍着伤痛："我只是……不想让小奇伤心。"

方若童在他脸上看到了一丝受伤，心里被针扎了一下似的，隐隐作痛，心里的堤防差点就沦陷了。还好，她及时稳住了心神。

仿佛听到了个很可笑的笑话似的，方若童嘲讽地笑了笑："你许下不可能实现的诺言，就不怕他伤心吗？"

易由希隐忍地咬了咬牙，目光一下子变得犀利，他盯着方若童的眼睛，眸子深处闪烁着黑色的火焰："为什么在你的世界里，是与非一定要分得那么清楚呢？"

方若童迎视着易由希的目光，冷漠而犀利地说："我只是不喜欢像你一样自欺欺人。"

似乎是被方若童犀利的目光刺痛了，易由希撇开脸，缓缓地说："我只是想维护小奇的世界，他的世界要比我们美好脆弱。"他的声音有点无力，仿佛随时都要消融在周围喧闹的谈笑声中。

突然有种窒息的感觉，方若童深呼吸了一口气，冷冷地说："小奇已经长大了，不再需要别人给他建造虚伪的美丽世界。"

易由希突然有点恼怒，伸出手，一把抓起方若童的手腕。方若童心里一惊，抬起头，毫无预兆地对上了易由希有点悲愤的双眼。

"你难道忘了，小奇有心脏病吗？"易由希盯着她的眼睛，狠狠地说道。

他的话让方若童浑身一僵，她的脸上一下褪去血色，原本苍白的脸此时更加毫无血色。易由希有点不忍，放开了她。

方若童抽回手，抓着被易由希握过的手腕，脸色苍白地咬着下唇。很快，娇嫩的下唇就留下了一排清晰的牙印。

4

"由希，你在这里呀！"一个留着络腮胡的中年男子突然跑了过来，搭住易由希的肩膀，方若童认出来，他就是首映礼上出现过的《泣伤》的导演。

"什么事，刘导？"易由希抬起眼，望着搭着他肩膀的男子。

"有两位导演想认识你，跟我一起过去见见吧！"没等易由希回答，刘导就拉起他，挽着他的肩膀往人群中走去。

一下子，只剩下了方若童一个人。方若奇也不知道跑哪去了，方若童只能坐在原地，等着他回来。

方若童百无聊赖地捏起牙签，有一下没一下地戳着盘子里的水果，没多久可怜无辜的水果上就留下了许多密密麻麻的小洞。

"水果又没得罪你，你何必这么折磨它们呢？"

倏地，头顶传来一个熟悉的声音。

方若童愣愣地抬起头，霎时，眼前出现了一张玩世不恭的笑脸，亚麻色的发丝在昏暗的光线下闪烁着暗金色的光泽。

"展韶华！你怎么在这里？"方若童惊讶地睁大眼睛。

"我家老头子投资了这部电影，派我来应酬。"展韶华长腿一跨，在方若童对面坐下。他今天穿得很正式，黑色的西装，真丝的领带，使他整个人更加英气风发。

"这也算是瞬间的相会吗？"展韶华突然靠近，俊美的脸上漾着邪气的笑容。他的表情虽然玩世不恭，可是眼神非常认真。

方若童愣了愣，随即，淡淡地笑了笑："算……是吧。"

边上传来热闹的笑声，方若童随着笑声望去，看到易由希和泰蕾莎和几位导演还有其他几位明星坐在一起，互相敬着酒，聊得很开心的样子。

泰蕾莎的手搭在易由希的肩上，像只猫咪般依偎在他身边，姿态非常亲密。两人看起来不仅仅是合作伙伴的关系。

不知道为什么，心微微地刺痛起来，仿佛卡了一根刺在心脏上。只要轻轻的一个呼吸，疼痛就无法克制地传递到身体的每根神经。

两年时间，是条无法跨越的鸿沟。易由希早就离开了他们的世界，去了一个她所不熟悉的世界。

而她还傻傻地坚守在那个小小的世界中，等待着一个永远都不会回来的人。

外面的世界五彩斑斓，去过的人，又怎么会不被吸引住呢。

似乎是看出了方若童的漫不经心，展韶华英气的双眉不悦地蹙了起来，深邃的瞳眸深处跳动着黑色的火焰。

他伸出手，用细长的手指勾起方若童的下巴，让她的视线对准自己。

方若童回过神来，惊讶地望着展韶华，他的眼神非常霸道，眼底深处跳动着她从来没有见过的东西。

"从今以后，只看我一个人，好吗？"展韶华的嗓音低沉而沙哑，手指霸道地钳制着方若童的下巴。

方若童的心里一颤，像只慌张的小鹿般看着展韶华，眼里闪动着惊慌和害怕。

"你太无礼了!"方若童从展韶华手里挣脱出来,有点恼怒地瞪着他,脸颊因为羞愤而泛着粉红色,样子更加惹人怜爱。

不知道为什么,看到方若童这个表情,展韶华越是想逗弄她。

"你已经有喜欢的人了吗?"展韶华摩挲着下巴,俊美的脸上漾着漫不经心的笑容。

"……"方若童咬着下唇,不想回答他任何问题。

"是那个演员?"展韶华斜过眼,瞥着不远处被人群包围的易由希,嘴角勾起一个不屑的冷笑。

方若童的脸色瞬间苍白,黑水晶般半透明的眸子里闪烁着被看穿后的不知所措。

"被我猜中了吗?"展韶华饶有兴趣地盯着她,眼底的笑意更冷了几分。

"不是,你不要瞎猜了!"方若童撇开脸,恼火地低声说。

方若童的表情明明显就告诉他,他猜中了,展韶华冷冷地笑了笑,毫不留情地揭穿她:"你还真是不擅长撒谎呢。"

"不要说了!你凭什么来猜测我的感情呢!"方若童站了起来,双眼赤红地瞪着展韶华。

"恼羞成怒了?"展韶华翘起腿,斜靠在椅子里,冷眼打量着恼羞成怒的方若童,"其实你很喜欢他,所以才会处处针对他,挑战的宣言和恶意嘲讽不过是为了引起他的注意,不是吗?"

"胡说八道!你知道什么!我们之间的事你知道什么!"方若童双手撑着桌子,生气地大吼。

"我是不知道你们之间发生过什么事。可是你的心,我看得很清楚,不清楚的只有你自己而已。"展韶华的目光犀利得仿佛能穿透方若童的心脏。

展韶华的话就像是一道雷,劈得方若童目瞪口呆。她就像座石雕似的,站在原地,一动不动,脸色苍白得接近透明,微张的双唇瑟瑟颤抖着,双眼空洞洞地望着前方,瞳孔没有焦距。

这时,易由希带着方若奇走了回来,看到展韶华坐在他的位置上,而方若童脸色苍白地站着,敏感的他嗅到了空气中异样的气氛,不悦地皱了皱眉。

"姐,你怎么了?"连方若奇也看出了方若童的不对劲,走到她身边,担忧地拍了拍她的肩膀。

"没事。"方若童淡淡地摇了摇头，神情有点低落，似乎是大受打击的样子。

"你们慢慢聊吧，我先走了。"展韶华站了起来，两手插着裤袋，转身离开。

易由希不悦地瞥了他一眼，心里多了份戒备。

"姐，刚才那个男的欺负你了吗？"方若奇扶着失魂落魄的方若童坐下，提起展韶华时咬牙切齿的。

"没有。"方若童讷讷地摇了摇头。

"刚才那个人是谁，看起来拽拽的，真让人讨厌！"方若奇对展韶华有种莫名的敌意。

"一个朋友而已，我们回去吧，小奇。"方若童苍白地笑了笑。

"呃啊！"方若奇突然大难临头似的惨叫了一声，"差点忘记了，明天要交的作业我还没有做！"他苦恼地抱着脑袋，哀号着。

易由希笑了笑，对方若童说："我送你们回去吧，小奇也该回家做作业了。"

方若童看了易由希一眼，淡淡地点了点头。

易由希拿起外套，三人正要离开，泰蕾莎却跑了过来，挡住了易由希的去路。

"由希，你要去哪里？"望着易由希手里拿着的外套，泰蕾莎的双眼犀利地眯了起来。

方若童有点心虚地低下了头，不知道为什么，她总觉得泰蕾莎看她的目光有点犀利。

"我送小童和小奇回家。"易由希看了眼泰蕾莎，带着方若童和方若奇从她身边走过。

"可是庆功宴还没有结束，你是主角，怎么可以离开呢？"泰蕾莎在他身后生气地大喊。

"你帮我向制片人和导演说一声，我有事先离开了。"易由希背对着她扬了扬手，然后带着方若童两人走出了酒店。

泰蕾莎瞪着三人消失的方向，不甘地咬住了下唇。

第五章 消失彼岸

1

走出酒店，夜空下起了淅淅沥沥的小雨。

展韶华躲进车中，望着窗外的雨滴，莫名地烦躁起来。

不知道为什么，看到方若童倔强的眼神，他就忍不住想要打击她。明明知道这样会被她讨厌，可是，他还是忍不住。

那双如幽潭般清冷的眼睛，却拥有着磐石般坚定的眼神，时不时的流露出一股倔强，真希望那双眼睛永远注视的人是自己。

可是，只要一想起她的目光追随的永远是那个艺人，他的心中就有一股无名火燃起来，就像野火燎原般激烈。

他拿出手机，拨通了助理的电话。

"展少爷，有什么吩咐？"电话那边传来毕恭毕敬的声音，是非常好听的青年的声音。

"帮我查两个人。"展韶华望着打在车窗上的雨丝，冰冷的声音像窗外的雨声，没有起伏。

"叫什么名字？"那边的声音除了恭敬外，没有透露任何情绪。

"方若童、易由希。"展韶华缓慢而清楚地念出两人的名字。

挂断电话，展韶华的嘴角扬起一个冰冷的笑容，似乎将一切掌握在手中似的自信。

这时，手机震动了起来。

他翻开手机，看了看，来电赫然显示着瑞雪的名字。

他怔了怔，很快又恢复了冷静，接起了电话。

"韶华，我面试通过了，今天，我正式收到了法国皇家舞蹈学院的入学通知了，明天开始我就是法国皇家舞蹈学院的学生了！"电话那边的声音听起来很雀跃，很少听到她的声音会如此兴奋，一般都是清冷，没有太大起伏的。

"恭喜你了，瑞雪。"展韶华却没有多大的惊喜，只是平静地祝福着她。

"谢谢你，韶华，你为我高兴吗？"那边的人用愉悦的声音问道。

"嗯，我为你高兴。"嘴上这么说，可是他的脸上没有一丝笑容。

那边沉默了一会儿，再次响起时，情绪平复了许多："听说法国皇家舞蹈学院很严格，训练强度很大，以后可能很少有机会给你打电话了。"

"没有关系，训练更重要，等你有空了再给我打电话也不迟。"被伤过一次，他的心似乎有点木然了，听到这些话，已经没有太大的感觉。

"嗯。"那边的声音似乎有点失落，但是又很快恢复了元气，"那我去训练了。虽然我顺利进入学院了，但是我也不能懈怠，学院里面每个都很出色，为了超越他们，我要更加努力。"

虽然被伤害过，但是心里依旧对她有些不舍，他忍不住安慰道："那你加油了，我会在这里祝福你的。"

"嗯，那我挂了，拜拜。"说完，那边毫不犹豫地挂断了电话。

展韶华松了一口气似的，靠在驾驶座上，细密的雨丝在车窗上交织出一张大网，模糊了窗外的世界。

看着窗外的雨，他就忍不住想起方若童。

在这样下雨的夜里，方若童在哪里呢？

会不会还是像上次一样蹲在屋檐下，为一株小野花遮雨呢？

这次应该不会了吧。

因为她身边有保护她的王子陪着她。

这天，下课后，方若童接到了楚爱荷的电话。电话里楚爱荷告诉她，她已经到了丰岚市，并且约她在市中心的咖啡馆见面，方若童非常意外。

当赶到咖啡馆时，方若童看到楚爱荷已经坐在了咖啡馆内。她穿着白色的羊毛连衣裙，外面罩着粉蓝色的开衫，柔顺的长发盘在脑后，看起来非常的高贵温婉，虽然年过四十，可是风韵犹存。虽然坐在靠窗的角落，却依旧吸引了许多瞻仰和爱慕的目光。

"对不起，师傅，我来晚了。"走到楚爱荷面前，方若童恭恭敬敬地鞠了个躬。

楚爱荷抬起眼，眸子如一汪平静的幽泉。"不，是我早到了，坐吧。"她温和地说道。

方若童在她对面的椅子坐下，服务员拿来饮料单，方若童随意点了杯咖啡。楚爱荷把鬓边的一绺发丝撩倒耳后，轻呷了一口咖啡。

交还了饮料单，方若童望着楚爱荷，好奇地问："师傅怎么突然来丰岚市了，怎么不提前通知我一声，我好去接你。"

楚爱荷放下杯子，脸上漾开淡淡的笑容："胜林艺术学院请我去他们学校开两堂插花讲座，我想你要上课，所以就没有通知你。"

"师傅要开讲座？我也要去听！"方若童惊喜地说道。

"今天找你，是还有件事要交给你。"楚爱荷望着方若童，郑重其事地说。

"什么事，师傅？"看到师傅这个表情，必然是有重要的事，方若童不免有点紧张起来。

"星期天有个慈善义演，本来我要去的，可是我要开讲座，所以我希望你能代我去。"

"我？我可以吗……"方若童有点犹豫，现场表演跟平时插花不一样，需要插花技巧和肢体表演结合起来，她从来没有试过。

"你可以的，你可是花流院未来的继承人。"楚爱荷伸出手，握住了方若童放在桌子上的手。

"嗯，我会努力的，师傅。"看到师傅这样信任的目光，方若童不想让师傅失望，用力点了点头。

这时，服务员端上了咖啡，楚爱荷收回了手，端端正正地坐着。

方若童往咖啡里加了两包糖，拿起调羹慢慢搅着。"最近过得怎么样？身体还好吗？"耳边再次传来楚爱荷的声音，听起来像春风般温柔。

方若童抬起头，甜甜地笑了笑："我最近身体挺好,过得也挺好,师傅呢,身体好吗？”

　　"师傅很好，就是最近花流院有点忙，收了好几个新弟子。"楚爱荷淡笑着，轻呷了一口咖啡。

　　"那不错啊！花流院一定更加热闹了，好想念大家呀……"想起那群可爱的师弟师妹，方若童心里就非常温暖，真希望马上能飞到他们身边。

　　"等你有空去看看他们吧，他们也很想你，一天到晚念着你呢。"楚爱荷笑吟吟地说，提到弟子们，脸上不知不觉流露出幸福和疼爱。

　　"嗯！"方若童用力点了点头，心里已经计划起来利用哪个周末回秋铭山一趟。

　　"那我也该回宾馆了。"楚爱荷看了看手表，说道。

　　"咦？师傅不住我家吗？"方若童放下咖啡杯，惊讶地望着楚爱荷。

　　"胜林学院给我订了宾馆。"楚爱荷淡淡地笑了笑。

　　"那我送师傅回宾馆吧。"师傅好不容易一次丰岚市，却不住她家，让她有点失望。

　　"好的。"楚爱荷淡淡地点了点头，然后结了帐，和方若童一起离开了咖啡馆。

　　2

　　把楚爱荷送回宾馆后，方若童又在宾馆内陪楚爱荷聊了一会儿，可是想到楚爱荷旅途劳顿，怕打扰到她，所以没有坐多久，就独自离开了宾馆。

　　回到家，天色已经黑了，刚打开家门，就听到餐厅内传来热闹的谈笑声。

　　有客人吗？

　　看到玄关放着一双陌生的黑皮鞋，方若童疑惑地蹙起眉。

　　她带着疑惑走进餐厅，当看到坐在小奇和母亲中间的人时，骤然惊讶得愣在了原地。

　　"你回来了，今天怎么这么晚？"易由希转过头，望着傻站在面前的方若童，脸上漾开温柔的笑容。

　　书包从手里掉落，重重地砸在地板上，发出沉闷的声响。

　　方若童心里升起一股无名火，伸出手，指着易由希质问道："你怎么会在这里？你来我家做什么！"

"小童，由希是客人，你怎么一点礼貌都没有！"邱淑芬低沉怒斥道。

"姐，由希哥等了你很久了。"方若奇嘟着嘴望着满脸怒容的方若童，眼里也带着责备。

"谁要他等我了！"方若童瞪了易由希一眼，仿佛跟他有着不共戴天之仇似的。

"我好像不太受欢迎。"易由希也不生气，只是淡淡地笑了笑。

"怎么会，我们都很欢迎你的，由希哥！"方若奇立刻焦急地安慰他。

"谢谢小奇，不过我还是先回去了，免得你姐不高兴。"易由希温柔地摸了摸方若奇的头，然后从座位上站了起来。

方若童始终戒备地瞪着他，仿佛易由希侵占到了自己的领地似的。

"我回去了。"经过方若童身边时，易由希轻轻地说。

方若童的身体轻轻一颤，心中某块地方瞬间松动了，可是她还是倔强地咬着下唇，不去看易由希一眼。

"由希哥！"方若奇从椅子上站了起来，焦急地追了上去。

"我走了，小奇，下次再来看你。"

背后传来关门的声音，方若童松了一口气，可是却一点都高兴不起来。

"姐，你怎么可以这么对由希哥，我讨厌你！"方若奇回过头，瞪着方若童吼了一句，然后气冲冲地跑上了楼。

方若童张了张嘴，什么都说不出来，只能望着方若奇的身影消失在楼梯转角处。邱淑芬沉默地望着他们，脸上蒙着淡淡的忧愁。

完全没了食欲，方若童也上了楼，把自己关在房间里。

心情非常烦躁，她拿起桌子上的花插在容器中，可是花刺不小心扎到了手指，十指连心，小小的伤口却让她疼得皱起了眉。望着指尖渗出的殷红色小血珠愣愣出神，方若童的脑海里浮现了那天狼狈万分地被易由希带回家的情形，一点一滴，依旧是那么清晰，仿佛历历在目。

易由希的手指是那么的柔软，那么的温柔，似乎可以把触碰过的一切都融化。

为什么要对她那么温柔，为什么……

事到如今。

所有的温柔不过是残酷。

　　如果他能对她冷酷点，或许她可以恨他更彻底些。

　　而现在，又算是什么？

　　时而冷漠，时而温柔。

　　不能爱，也恨不彻底。

　　仿佛被铐在刑架上一样痛苦。

　　方若童捂住了脸，可还是控制不住眼泪流下来。

　　慈善义演当天，方若童盛装出席，师傅对她寄予厚望，她不敢有丝毫的怠慢。

　　来到会场，方若童才发现来了许多人，大多都是名人，还有许多插花界的前辈，不免让她有点紧张起来。

　　所有人的穿着都非常正式，会场布置得非常隆重，可以想象今天的义演有多么重要，怪不得师傅特地叮嘱她，还好她事先就有准备。

　　方若童穿过衣香鬓影的人群，义演的筹办人迎了上来，微笑道："你是楚老师的弟子吗？"

　　"嗯，你好，我叫方若童，代替我师父过来。"

　　"我知道，楚老师已经跟我说过了，今天就麻烦你了。"

　　"不客气。"

　　正在客套时，方若童在人群中看到了一个熟悉的身影，整个人顿时一僵。

　　易由希颀长的身影穿梭在人群中，如同鹤立鸡群般让人无法忽视，他穿着白色的礼服，乌黑如墨的发丝衬得脸更加白皙如玉，他游刃有余地和周围的人客套着，举止优雅而高贵，巨星般的风采让所有人都为之倾倒。

　　"易由希也是来参加义演的吗？"方若童忍不住脱口问道。

　　"是呀，易先生真是个善人，他主动提出来参加义演的，像他这样的名人一般都不肯出席这种免费表演的。"主办人提到易由希时脸上掩不住的高兴。

　　方若童的心中却颤了颤，时隔两年，她还是第一次和易由希站在同一个比赛场上。

　　以前的她总是败给易由希，不知道现在易由希的技艺怎么样，是进步了，还是退步了呢……

"表演快开始了，方小姐，请随我去做准备吧。"主办人的声音拉回了方若童的思绪。

"好。"方若童点了点头，跟主办人走出了人群。

在后台做足了准备后，作为花流院的代表，方若童打头阵，第一个上台表演。

台下黑压压的一片观众，方若童的手指有些微微颤抖，易由希坐在第一排的位置，可以非常清楚地看到他的眼神和表情，不想在他面前丢脸，方若童深吸了一口气，强打起精神。

方若童穿着鹅黄色的纱裙，宽大的袖摆一直垂到地上，随着她的举手投足，轻纱袖摆在半空轻轻摇曳着，仿佛是天上瑰丽而缥缈的彩霞，让下面的观众看得心神恍惚。

插花的容器是个长长的竹筒，竹筒中间掏空，非常的特别，朴质而不失高雅。方若童只选用了黄色的菊花和绿色的枝条，插在竹筒中，竹筒中段的镂空处一枝，竹筒顶端一枝，两朵菊花面对面，遥遥相望，像开放在悬崖两端的两株野花，神圣而又高雅，又如鹊桥两头的牛郎和织女，弥漫着深深的思念和忧愁。

表演完毕，方若童面对着所有观众鞠了一个躬，台下的观众才瞬间回过神。

主持人笑吟吟地走上台，走到方若童面前，问道："方小姐，请问这件作品叫什么？"

"遥望。"方若童的声音清清冷冷的，说话的时候她的眼睛一动不动地注视着坐在第一排的易由希。

在听到"遥望"两个字的时候，他似乎也触动了一下，面具般完美的表情差点就松动了。可是除了这细微的触动外，方若童没有在他的眼中和脸上看到任何其他情绪。恍惚中，方若童认为她和易由希就像那两朵菊花，只能遥遥相望，永远不可能有交集。

方若童下台时发现易由希不见了，等她坐定后却又看到他出现在了台上。

台上的易由希艳光四射，只是静静地站在那里就抓住了所有人的心，夺去了所有人的目光。方若童坐在第一排，能够清晰地看清楚他的一举一动。她疑惑地蹙起柳眉，因为她没有在台上看到任何插花的器皿，甚至能当容器的任何东西都没有。

就在她疑惑时，工作人员扛上了一根根高大的竹子，台下的观众窃窃私语起来，方若童面不改色地注视着易由希，想看看他到底会创造出怎样一件作品。

出乎意料的是，花没有中规中矩地插在容器里，而是被组合成了一篇自然竹林的形状，用整根的柱子和黄色的野花，在给人一种大气磅礴的感觉后，又有一种清雅恬静的美。

易由希毫不费劲地给大家展示了一件气势磅礴的插花作品，震撼了在场的所有观众。

易由希以近乎完美的姿态站在台上，英俊绝伦的脸上漾着清风般淡淡的清爽笑容，几乎和他的作品融在了一起，美得好似一幅画。

方若童颓然地坐在观众席上，脸色比纸还要苍白，她经受了从来没有过的挫败感。

她输了，输得彻彻底底。

接下来的作品，没有一件能够超越易由希的。

和易由希的作品比起来，其他所有作品都像是泡过了好几遍的茶，淡而无味。

慈善义演结束后，方若童并没有参加主办方准备的宴席，一个人失魂落魄地离开了。

3

轰——

在一个响雷后，天空下起了倾盆大雨。

方若童毫无知觉地淋着雨，走在空荡荡的街头。

雨幕笼罩着整个城市，所有的景物都变得模糊起来，所有的心事和秘密在这样的大雨天似乎都被掩盖了起来。

雨淋透了她的身体，浸透了她的衣服，似乎连内心都要被淹没了。

如墨般乌黑的长发湿透了贴在脸上，衬着她的脸苍白得接近透明。她像个没有灵魂的木偶似的，机械地往前走，没有任何的方向和目的。

易由希依旧像小时候那样厉害，他的才华和创意是她永远都超越不了的。

现在想起当初在节目上自己对他的炫耀和嘲笑，真觉得自己是个小丑。易由希一定在心里冷冷地嘲笑着她，他冷眼看着她炫耀着她的雕虫小技，心里一定非常不屑，而这次他又彻彻底底地打败了她。

她可以说是输得体无完肤，输得一点尊严都不剩。

她仅剩的一点骄傲，也被易由希剥夺了。

如果不是易由希离开了花流院，她根本就没有资格继承花流院。

眼前的景物骤然天旋地转，方若童一个趔趄摔倒在地上。膝盖在粗糙的地面上磕破了，暗红色的血丝从伤口处渗出来，混合着雨水在地面上绽开一朵朵妖异的花朵。

感觉不到疼痛，因为心已经麻木了。

这时，一双黑色的皮鞋出现在她眼前，头顶的雨滴停了下来，方若童讷讷地抬起头，展韶华不知道什么时候，静静地立在她面前，他身上穿着黑色的西服，手中打着一把黑色的雨伞。伞撑在她头顶，帮她挡去了雨滴，而他自己则浑然不知地站在大雨中，很快，质地高档的西服就被雨打湿了，而他毫不在意。

"你走吧……我想一个人静一静。"方若童低下头，不再去看展韶华，她的声音有点嘶哑，就像是没有调音的小提琴。

"我陪你。"展韶华没有走，倔强地站在她面前，望着她固执的眼神。

"你就这么想看我狼狈落魄的样子吗？"方若童倔强地昂起头，双眼闪烁着水光，不知道是泪水还是雨水。

展韶华抿着双唇，没有说话。在慈善义演的会场他就看到她了，而她却没有注意到他，她的目光始终追随着易由希。他看了她的表演，也看了易由希的表演，方若童的作品非常出色，可是和易由希的作品相比，她的作品就显得缺少了一些气势。

骄傲的方若童肯定经受了很大的打击，他似乎能看到她脆弱的尊严被瞬间击了个粉碎。就像他的尊严被瑞雪无情践踏一样。

他以为看到方若童受挫他会高兴，可是他一点都高兴不起来，他反而非常同情她，甚至想安慰她。

方若童跪倒在地上，泪水混合着雨水顺着苍白得没有一丝血色的脸流下来，此时的她是那么的狼狈不堪，完全没有台上的半点从容和优雅，可她根本不在乎。

展韶华曲起膝盖，蹲了下来，看到方若童这样折磨自己，他非常心痛。他是多么想把她搂在怀里，用心地呵护，细心地安慰。

望着她因为没有血色的双唇，展韶华颤巍巍地伸出手后，执起了她的下巴，望着那双盈满了泪水的双眼，他低下了头，吻住了她的双唇。

方若童骤然僵硬，像尊雕像似的一动不动的，眼睛瞪得很大。泪水混合着雨水，流进嘴里，苦苦的，咸咸的。

展韶华轻闭着双眼，浓黑卷翘的睫毛就像是黑色的蝶翼，沾满了水珠，轻轻颤着。

他的表情非常深情，双唇又轻又柔，似乎要把她融化。

蓦地，方若童像是猛然惊醒了似的，用尽了全身的力气一把推开了展韶华。

毫无防备的展韶华被推倒在地上，伞从手里脱落，被风卷走，在半空翻滚着，就像只展开了翅膀飞翔的黑鸦。

方若童愤然瞪着他，泪光盈盈的双眼充满了恨意，瘦弱的肩头在大雨中微微颤抖着。

展韶华从地上爬起来，走到她面前，小心翼翼地说："对不起，我……"

啪！

话还没有说完，他的左颊就重重地挨了方若童一巴掌。

"羞辱我你很开心吗！"方若童用力咬着下唇，尖俏的下巴倔强地上仰着，骄傲的她不允许自己在展韶华面前流泪。

"我没有在羞辱你，我是真的喜欢你。"展韶华又逼近了一步，高大的身躯散发着强烈的压迫力，让方若童忍不住退了一步。

"不要开玩笑了，耍我你很开心吗，展大少！"方若童扭头，避开展韶华咄咄逼人的目光。

展韶华一个箭步走到方若童面前，抓起她的手腕，强迫她看着自己："我没有耍你，我是认真的，我再次告诉你，我爱上你了方若童，我真心地爱上你了。"

"不要说了！不要再说了！"方若童挣开展韶华的手，捂起了耳朵，声嘶力竭地吼着。

"我知道你喜欢的是易由希，可是没有关系，我依旧会爱你，不会放弃，直到你爱上我的那天。"展韶华的目光非常认真和坚定，让方若童整个人都愣住了。

但是，很快她就清醒了过来，冷冷地笑道："没有用的，我不会爱上你的，你不要白费力气了。"

"我相信我会打动你的，我会为你做一切事情，只要是你的愿望，我都会想尽办法帮你实现。"

豆大的雨滴击打着路边的绣球花，脆弱的花瓣在雨中散发着荧荧的光泽。展韶华的眼神非常倔强，方若童的心脏漏跳了一拍，心底深处最柔软的一块地方被触动了一下。

4

那个大雨天之后，展韶华真的如他所说那样开始猛烈地追求方若童。每天放学后，他都会捧着一束鲜花出现在方若童的面前，玫瑰、郁金香、百合……恨不得把整个花园都送给方若童。无论方若童怎么奚落他怎么无视他，他依旧雷打不动，羡煞了周围所有女生。

这天放学后，方若童刚走出校园，就看到展韶华一如既往地等在校门口。如雕塑般完美颀长的身躯轻依在银色的法拉利跑车上，亚麻色的短发在阳光下闪烁着麦穗般的光泽，他一手插在裤袋里，一手捧着一束蓝色妖姬，完美得仿佛一幅画。路过的女生纷纷回过头，爱慕的目光在他身上流连不去。

方若童提着书包，当作没有看到他似的，目不斜视地从他边上走过。

"小童！"展韶华叫了她一声，可是她依旧没有回头。看到方若童越走越远，展韶华赶紧坐进了车里，发动了车子追了上去。

"小童，上来吧，我送你回去！"展韶华驾驶着跑车和方若童保持着一段距离，缓缓地并排行驶着。

"不用了。"方若童目不斜视地望着前方，语气冷冷淡淡的，让展韶华有点心凉。

"这是送你的花，之前送你的花你一束都没有收，我猜你喜欢蓝色妖姬，我这次买对了吗？"展韶华把花递出车窗外，讨好地望着方若童。

"不对。"方若童停了下来，终于转过头望着展韶华，"我不喜欢蓝色妖姬。"

"那你喜欢什么花？你告诉我，无论什么花我都会把它带到你面前，只要你高兴，你的所有愿望我都会帮你实现！"展韶华凝视着方若童，黑曜石般乌黑的瞳仁里闪烁着希冀的光芒。

方若童垂着眼帘沉默了会儿，才开口说："金鱼草。"

"金鱼草？你喜欢的花叫金鱼草吗？"展韶华激动得双眼放光，"好的，我知道了，你等着，我会把它带到你面前的！"说完他就一踩油门，很快连人带车消失在了街道的尽头。

望着银色法拉利消失的方向，方若童勾起嘴角，嘲讽地笑了笑。这个季节哪来的金鱼草呢，他肯定会空手而归的。

和方若童道别后，展韶华就开着车来到了市中心的花店，走进花店，他颀长的身躯和俊美的外形立刻就吸引了花店内所有顾客的注目。

"这位先生，请问有什么需要吗？"女店员笑吟吟地走上前询问道，脸上带着一丝羞涩。

"金鱼草有吗？给我包一束，包得漂亮点，我要送人。"

"金鱼草？"女店员愣了愣，接着又抱歉地说，"不好意思先生，这个季节没有这种花，只有在春天时才有。"

"咦？这个季节没有！"展韶华惊诧的叫声再次引来了店内所有顾客的注目。

展韶华本人却浑然不知，他焦灼地握着拳头，倏地恍然大悟，方若童一定是故意耍他，所以才会提出要这个季节根本不会开的花。

可是他不是那么轻易就认输的，就算不是当季的花，他一样会找出来，带到方若童的面前！

展韶华提起脚，大步走出了花店，女店员愣愣地望着他的背影，被他的气势震住了，半天都没有回过神。

走出花店，他拨通了助理的电话，电话响了三下后就被接起。

"少爷，有什么吩咐？"电话那边传来温润而又毕恭毕敬的声音。

"帮我找一种叫金鱼草的花。"

"金鱼草？"那边的声音有点讶异。

"嗯，要快，今天内我要看到。"展韶华特别强调道。

"是，我一定尽力而为。"电话那边的人毕恭毕敬地应道。

挂上电话，展韶华就迫不及待地等待着助理的电话，他从来也没有过这样的心情，那么迫切地希望得到对方的肯定。

就连相恋了三年的瑞雪都没有过。

为什么会这样呢？

方若童到底有什么特别的呢……

就连他自己都说不清楚。

只是一闭上眼睛，那对明亮而又倔强的眼睛和那在雨中瑟瑟颤抖的娇弱身躯就会浮现在脑海里，挥之不去。

等了两个小时后，他终于等到了助理打来的电话。

"少爷，我联系了全国所有的花店和鲜花种植基地，可是都没有这种叫金鱼草的花。"

电话那边传来的消息立刻撩起了展韶华的怒火，他对着电话大吼："你的能力就只有如此吗！"

"对不起，少爷。"那边的声音依旧毕恭毕敬的，就像一片平静的湖面，没有一丝波澜，"不过经过我的调查，东郊有片不出售的私人花田可能会有这种花，我现在马上派人过去找。"

"不用了，我自己去找。"

不等对方说完，展韶华就利落地挂上了电话，然后开着车往东郊进发。

只花了半个多小时，展韶华就赶到了东郊的那片花田，花田被管理得整整齐齐，各种鲜花争相开放着。一个年纪大约七旬的花农蹲在花田里，专注地打理着鲜花。

"老伯，你这里有金鱼草吗？卖给我一束，多少钱都无所谓。"展韶华走到花农身边，居高临下地望着他。

花农仰起头，眯起浑浊的双眼，望着面前倨傲的少年，笑眯眯地说："年轻人，不是所有东西都能用金钱买到的。我这里没有金鱼草，这个季节是不会有这种花的。"

"没有？那我应该去哪里找这种花呢？我知道这个季节没有金鱼草，可是我一定得找到，这对我来说很重要。"展韶华语气真挚，让老花农怔了怔。

老农沉思了会儿，倏地伸出手，指着远处的山野说："你或许可以到那里去找找，如果你用心找，或许可以找到。"

"谢谢！"展韶华感激地点了点头，然后就扭头往山野跑去。

山野里长满了半人高的芦苇，在这些茂密的芦苇里还隐藏了许多的荆棘，一不小心就会被那些长满了细密倒刺的荆棘钩住皮肤，然后在上面留下细细的伤痕，如被毒蛇咬过一样，又痒又痛。

展韶华弯着腰，捋高了袖子，全神贯注地寻找着金鱼草，却总是在不注意时被荆棘刮破皮肤，细长的伤痕布满了胳膊手背，就像一张红色的网。太阳开始西落，过会儿便会看不清，他顾不上身上的伤痕，焦急地寻找着金鱼草。

终于，他在野草丛中看到了金鱼草，那些娇嫩的小花羞涩地隐匿在野草丛中，如果不是仔细寻找根本不会有人发现。展韶华欣喜若狂地伸出手，轻轻地抚摸着金鱼形状的花朵，动作非常地小心翼翼，生怕把花朵揉碎了似的。

第六章 出乎意料

1

当方若童打开门，看到站在门口的展韶华时，整个人都愣了愣。

下弦月已经悬在了夜空，她根本没有想到展韶华会这个时候突然出现在她家门外。

他的样子看起来非常狼狈，高档的西服上沾满了泥，头发上还粘着草，像是刚跟别人打了一架似的。

"给。"展韶华伸胳膊，把手里的花束递到方若童面前。

方若童的双眼不可思议地睁大，如水晶般纯净剔透的瞳仁中折射出不可置信的光芒来："你……你怎么会找到金鱼草的……这简直不可能……"

这个季节根本不可能有金鱼草，她是故意为难展韶华的，可是他居然找到了！

方若童呆呆地望着展韶华，半张的朱唇因为惊讶半天都合不上。

"我说过，只要是你的愿望，我都会想尽办法帮你实现。"展韶华没有把寻找金鱼草的波折经过告诉方若童，只是风轻云淡地笑了笑，沾满了污泥的脸上笑容却无比倨傲。

方若童怔了怔，缓缓地伸出有些颤抖的手，接过展韶华手中的金鱼草，却注意到他的手背和胳膊上布满了细长的伤痕，像是被荆棘刮伤的。

柔软的心脏被触动了一下，她骤然抬起头，望着倨傲的展韶华，问道："这花是哪里来的？"

"随便在一家花店买的。"展韶华双手插着口袋，不以为然地说。

"真的?"方若童怀疑地望着他。

"嗯，我骗你干什么!"展韶华撇开脸，避开她质疑的目光。

方若童张了张口，想说什么，可是最后还是什么都没有说，她低下头，愣愣地望着手中的金鱼草，心里突然有种说不出来的滋味。

"你说你喜欢金鱼草是吗? 没想到你会喜欢这种不起眼的花。"展韶华望着捧着花束的方若童，突然觉得一切的努力都是值得的。

"不是这样的。"方若童抬起头笑了笑，"金鱼草是种不可信赖的花。"她边说边用手指拨弄着娇嫩的花朵，幽黑的瞳仁中闪烁着不屑的光芒。

展韶华愣怔了一下，疑惑地蹙起剑眉："可你不是喜欢金鱼草吗?"

"这种花表面看上去纯洁可爱，其实善于伪装和欺骗。"方若童若有所思地望着手中的金鱼草，月光下白得接近透明的脸蒙着一层如雾般的忧郁。

"你在说什么呢，真是愚蠢!"展韶华突然有种莫名的怒意，他伸出手抓住方若童的手，望着她透明的似乎能一眼看到底的瞳仁，严肃地说，"鲜花为了人们而开放，为了让人知道它的爱意，不管对方接受与否，有着无与伦比的伟大精神。而人类就不一定能够做到，没有相当的勇气是做不到的。"

手中的花束掉到了地上，方若童却浑然不知，她怔怔地望着怒气腾腾的展韶华，不知道他为什么突然那么生气。

展韶华紧攥着方若童的手腕，如黑洞般深邃的瞳孔深处跳动着怒火。这个女孩总是能轻易地撩起他心中的怒火，牵动他的情绪，而她自己却浑然不知!

看到方若童的脸色骤然苍白，展韶华心中又有点不忍起来，他轻轻地放了方若童，用轻得几乎不可闻的声音说："对不起。"

方若童这才回过神来，微微拧着眉，不明所以地望着展韶华。

可是展韶华没有再说什么，只是匆匆地说了句，我回去了，晚安，然后就转身离开了。

银色的法拉利很快就消失在浓浓的夜色中，方若童收回了视线，正要转身进门，倏地又想到了什么，停住了脚步。她低下头，望着脚边的花束，月光下，金鱼形状的花朵散发着盈盈的光泽，那么的娇嫩，似乎一触就碎。

再次看到金鱼草，深藏在内心深处的匣子突然被打开似的，许多情绪一下子涌现出来，如汹涌的潮水，似乎要将她淹没。

　　这叫金鱼草。每朵花背后都有一个故事，还有浪漫的花语。从今天开始这盆金鱼草的生命就和你牵系在一起了，只要你用心照顾它，它就会为你开放得特别美丽。

　　记忆的胶片再次在她脑海里放映，清晰得似乎昨日重现。
　　金鱼草还是跟记忆中一模一样，只是许多事情已经物是人非了。
　　她弯下腰捡起了地上的花束，转身进了门。

　　翌日，方若童带着忐忑的心情来到火车站送楚爱荷。师傅对她寄予那么大的厚望，可是慈善义演上她的表现比易由希要逊色许多，她不知道该怎么面对师傅。
　　候车室人头攒动，方若童看到楚爱荷在人群中朝她招了招手，她赶紧快步跑了过去。
　　"对不起，师傅，我来晚了。"方若童气喘吁吁地望着楚爱荷，因为奔跑两颊透着两片粉红的霞晕。
　　"没事，还早，火车还要十多分钟才开，我们还可以聊一会儿。"楚爱荷温柔地笑了笑，无论何时她都沉静得像一面深幽的湖泊。
　　"嗯。"方若童这才安心下来。
　　"我们坐一会儿吧。"楚爱荷拉着她在一旁比较安静的角落坐下。
　　候车室人来人往，广播里播报着检票通知，方若童焦虑不安地交握着双手，很快手心就沁出了一片汗水。
　　"对不起，师傅，我让您失望了。"挣扎了很久，方若童还是开口说道。无论师傅生不生气，她一定要道歉，就算师傅不怪她，她还是觉得很对不起师傅的厚望。
　　"没事，我知道你已经尽力了。"楚爱荷微微笑道，弯弯的眼角流露着能融化人心的温柔。
　　"我……"没想到师傅一点责怪的意思都没有，方若童反而不知道该说什么了。

"慈善会给我写了感谢信，说你的表演很出色。"楚爱荷拉起方若童的手，慈爱地说。

"弟子惭愧。"方若童惭愧地低下头。

"凡事尽力而为便是。"楚爱荷轻轻地拍了拍她的手，倏地又说，"师傅临走前还有件事要拜托你。"

方若童抬起头，望着楚爱荷，信誓旦旦地说："什么事，师傅尽管吩咐，我一定尽力而为。"

"有家公司找我，说是希望你能代言他们公司的产品。"

"做代言？"方若童惊讶地望着楚爱荷，疑惑地问道，"可是我们花流院不是从来不参加商业活动的吗？"

"唉……"楚爱荷幽幽地叹了口气，脸色一下子深沉了许多，她望着方若童，缓缓地说，"你也知道我们花流院大不如前了，而且随着弟子的增多花流院的开支也越来越大，如果能接下这个代言，可以暂时缓解花流院的困境。"

方若童完全明白师傅的忧虑，最近几年花流院只是表面风光，其实花流院最近几年都没有什么收入，都是靠着师傅过世的丈夫留下的家产支撑着花流院，而且早就快要支撑不下去了。

"小童明白了，师傅安排便是，小童一定会遵照师傅的安排尽力而为。"方若童望着楚爱荷坚定地说。

楚爱荷的脸色一下子缓和了许多，她握着方若童的手，眼里盈动着激动的泪水："小童，花流院诸多弟子当中就你最懂事了，以后花流院交给你我也就安心了。"

"D5149号列车就要开动，请诸位乘客尽快上车，以免延误旅途。"

这时广播里响起发车提示，方若童赶紧提醒道："师傅，车快开了。"

"嗯，师傅走了，这是那家公司的联系方式，你自己打电话给那家公司联系吧。"楚爱荷从随身包里拿出一张名片塞进方若童的手中。

"好的，我明白了。"方若童看了眼手中的名片点了点头，然后把一个纸盒递给楚爱荷，"师傅，这是妈妈做的蛋糕，她让我带给你，说让你车上吃。"

"好的，替我谢谢你妈妈，我走了，你要照顾好你自己。"楚爱荷接过方若童手中的纸盒。

"我会的，师傅你也要注意身体。"

楚爱荷点了点头，依依不舍地看了方若童一眼，然后转身上了列车。

看着楚爱荷的身影在视线中消失，方若童的眼睛突然酸涩起来。

列车很快就发动了，带动起一阵风疾驶出她的视线，她一动不动地站在站台上，依依不舍地望着载着楚爱荷的列车消失。

2

走出火车站后，方若童拿出了楚爱荷交给她的名片。

雪白的名片上印着金色的几个字——"缪斯化妆品有限公司"。

方若童讶异地睁大眼睛，"缪斯"是最近几年在年轻女孩子中非常热销的一个化妆品品牌，他们的产品包括了彩妆、护肤品和香水，凭着包装新颖亮丽，以及产品品质卓越，在年轻人当中非常热销。几乎没有一个女孩子会不知道"缪斯"这个牌子的。

为什么"缪斯"会找她做代言人？

方若童望着手里的名片，百思不得其解。

可是，最后她还是下定了决心，给那边打个电话。

她望着手机，伸出了微微颤抖的手指，输入了名片上的电话。

电话很快就拨通了，方若童紧张得心脏怦怦直跳，连手机都有点握不住。

"你好，这里是缪斯化妆品有限公司。"电话突然被接起，传来一个温柔好听的青年声音，方若童紧张得手机差点掉在地上。

"喂，你、你好……我叫方若童，是我师傅让我联系你们公司的……听说你们找我……"方若童紧张得无语轮次。说完她恨不得找个地洞钻下去。

为什么她会那么紧张呢，真是丢脸死了……她在心里极度地唾弃自己。

"哦，是方小姐，您好您好。是的，我们之前有找过您师傅，希望您能担任我们公司的代言人。"一听到方若童的名字，对方的态度一下子就热情起来。

方若童紧张的心情才渐渐缓和下来："嗯，我听我师傅提过这个事，我就是为了这个事给你们打电话的。"

"这事电话里说不清楚，不如我们约个时间见面聊吧，方小姐您看怎么样？"电话那边的声音温和动听，能让人卸下所有的戒备。

"好的。"方若童不知不觉，想也不想就答应道。

"那我们就约在星期六的下午两点怎么样？"

"嗯，可以。"

"那我们就约在世纪广场二楼的意浓咖啡厅见面怎么样？"

"嗯，好。"

"好的，那我们到时候见。"

"嗯，好。"

挂上电话，方若童终于松了口气。

可是挂上电话后方若童就更加疑惑了，她之前还在想是不是对方搞错了，可是经过刚才的对话，对方态度里的意思确实是想找她担任品牌代言人。

可是她既不是明星也不是模特，缪斯公司为什么会找她担任代言人呢？之前缪斯公司的代言人不是当红的明星就是美艳的模特，而她只是个默默无闻的高中生，名不见经传，一下子要成为一个知名的化妆品品牌的代言人，简直是天方夜谭啊！

想来想去还是想不通，方若童打算回家，反正不可能想出答案的，还不如等见了面直接问对方最清楚。

"姐，你不是开玩笑吧？'缪斯'居然要找你做代言人！"听到方若童要当代言人的消息，方若奇无法置信地叫了起来。

"是啊，我今天跟他们公司的人通过电话了，我们约在星期六下午见面。"方若童得意扬扬地点了点头。

"这怎么可能！他们之前的代言人可是我最爱的模特安琪丽娜耶，她可是像女神般高贵有气质，你也和她差太多了吧！"

"你这是什么话，意思是我没气质吗？"方若童拿起筷子敲了敲方若奇的头。

"哎哟！"方若奇吃痛地叫了声，"我不是说你没有气质啦，不过离女神还是远了些……"方若奇睁着泪汪汪的大眼，委屈地望着方若童。

"哼！说不定我还能成为维纳斯呢！"方若童不服气地仰起下巴，叉着腰摆出一个"S"造型。

"呃……"方若奇捂着嘴，做出呕吐状。

"好小子！敢嘲笑我！"方若童拿起筷子就往方若奇头上敲去，方若奇赶紧从椅子上跳了下来，一溜烟就跑了。

"看你往哪跑！"方若童举着筷子追了上去。

邱淑芬端着菜从厨房里走出来，看到方若童和方若奇打打闹闹的，不由得笑了起来。

星期六下午，方若童来到约定的地点——世纪广场二楼的意浓咖啡厅。

意浓咖啡厅内装修得非常高雅，散放着沙发座位，用绿色的植物隔出私密的空间。咖啡厅内非常安静，零星地坐着几个人，香浓的咖啡香味流溢整个咖啡厅，让人为之沉醉。方若童刚走进咖啡厅就看到一名西装笔挺的年轻男子朝她挥了挥手。

方若童愣了愣，朝那名男子走去。

"您是方小姐吧，我是缪斯公司的策划部经理，我叫艾伦。"那名男子看到方若童走上前，站了起来微微笑道。儒雅的脸上流露出温和的笑容，让人感觉非常地舒服。

看到对方西装笔挺的样子，方若童不免有些紧张起来："你好。"

"请坐。"男子比了个请的姿势。

她在男子对面坐下，有点不知所措。

服务员拿着饮料单上前，方若童点了杯拿铁，然后望着服务员离开。

很快咖啡就端了上来，方若童搅拌着杯子里的咖啡，掩饰着内心的紧张。

望着方若童喝了一口咖啡，那名男子再次开口道："上次在电话里提过，我们公司希望您能担任我们公司的形象代言人。"

"为什么会想到我呢？"方若童打断了男子的话，问道，"我既不是明星也不是模特，会不会有点不适合……"

男子了然于心地笑了笑："不会，我们总经理认为您的气质非常符合我们品牌所宣传的理念，高雅而超脱不凡，在娱乐圈这个龙蛇混杂的圈子内，所有人都沾满了名利味，一般的明星和模特身上很难找出您这样的气质。"

"……您过奖了。"方若童害羞地红起了脸。

"这是我们公司最新产品的简介，还有签约的内容和合同，您先过目一下。"男子拿出一份资料递到方若童面前。

方若童接过资料，低头翻阅起来。

一张宣传图映入方若童的眼帘，全是缪斯公司最新一季的产品，有唇膏、眼影、指甲油，还有香水，每一件都是那么让人心动。

"这是我们公司这季主打的产品，为了表现产品的高贵与纯净，所以我们用蓝色还有雪花作为主题，我们希望您为我们代言的是这一季的香水，名叫'蓝色雪莲'，香味非常清新淡雅，适合十六到二十岁的少女使用，代言的酬劳是一百万元，代言期限是一年，详细的签约内容都写在了合同里。"在方若童翻看资料时，艾伦在一旁讲解着。

看完合同，方若童合上了资料，艾伦挑了挑眉，望着方若童问道："请问方小姐还有什么疑惑吗？"

"没有了……"方若童咬着下唇，犹犹豫豫地说，"可是我不知道自己能不能胜任。"

艾伦处变不惊地笑道："您要相信您自己，也要相信我们公司的眼光。"

方若童愣了愣，突然感觉艾伦整个人都在闪闪发光，仿佛有一团神奇的光芒围绕着他，让他拥有着一种神奇的力量。

"如果没有问题，就请在合同上签字吧。"艾伦微笑着望着方若童。

方若童犹豫了一会儿，拿起了桌子上的笔，深呼吸了一口气，最后终于在合同上签上了自己的名字。

"好的，那我们的签约就算完成了，明天上午九点请您准时来公司，我们的造型师会把您打扮得漂漂亮亮的，然后会有最好的摄影师帮您拍摄新一季的平面广告。"艾伦微笑着叮嘱道，然后拿着合同离开了咖啡厅。

直到走出咖啡厅，方若童依旧感觉自己仿佛是在做梦，她直到现在都不能相信她已经成为"缪斯"最新一季的香水代言人了，这简直就是天方夜谭啊！

可是激动和期待的心情还是有的，怎么说"缪斯"也是最近几年年轻人最热爱的品牌之一，能够成为他们的代言人还真是非常荣幸。

3

翌日，方若童压抑着激动和期待的心情来到了缪斯公司，方若奇因为非常好奇拍摄的过程所以也吵着要去，最后方若童没有办法也只好带着他一起来了。

"姐，这真是天下掉下来的好机会啊，说不定你会因此一炮而红成为大明星也说不定哦！"一路上方若奇都兴奋不已。

方若童哭笑不得，要不是为了花流院她根本不会接下这个广告，更没想过要成为明星了。

来到缪斯公司，两人都目瞪口呆。

出乎他俩的意料，缪斯公司的装修没有非常亮丽和新潮，几乎和其他公司没有什么两样，就是比一般公司稍微大点豪华点。

除了大厅里摆设的最新一季主打香水的巨大模型，几乎没有看到其他化妆品的影子，银灰色的装修反而看起来像个高科技的 IT 公司。

前台小姐非常高挑漂亮，化着无可挑剔的精致妆容，笑起来非常优雅有气质。在她通报后没多久，艾伦就从上面下来了。

他带着方若童和方若奇进了直达电梯，直达电梯一路向上，方若奇非常的兴奋，而方若童却越来越紧张。

来到二十七楼，早已经有好多人在电梯口等候，方若童和方若奇有种受宠若惊的感觉。

"这位就是'缪斯'新一季的代言人方若童小姐。"艾伦把方若童介绍给所有人。

大家都非常好奇"缪斯"新一季的香水代言人是谁，可是见到方若童后大家都流露出了失望的表情。来的人既不是什么明星也不是模特，而且长相也没有十分出色，不过就是个非常普通的学生。

大家心里都非常疑惑，公司为什么会找这么个女孩子来当"缪斯"的代言人。

方若童也在大家脸上看出了失望的表情，她尴尬地站在众人面前。

"这是化妆师苏珊。"艾伦把一位打扮非常新潮时尚的女子介绍给方若童。

"你、你好。"方若童紧张地望着苏珊，有点不知所措。

"方小姐，你先随苏珊去化妆换衣服吧，小奇我会照顾的。"艾伦吩咐道。

"好的，谢谢你了。"

"请跟我来！"苏珊朝方若童招了招手。

方若童赶紧跟了上去，她跟着苏珊来到了化妆间。

"请坐这边。"苏珊让方若童坐在梳妆台前，然后拿出了很多化妆品和化妆工具，接着有条不紊地帮方若童化起妆来。

方若童的皮肤非常好，如雪般无瑕，吹弹可破，苏珊只擦了薄薄的一层粉底，然后用蓝色眼影还有银色眼影勾画方若童的眼睛。

化完妆后，苏珊开始打理方若童的头发，苏珊没有做繁杂的发型，只给方若童的长发微微烫了点弧度，然后喷了一点定型发胶，最后用手指把方若童的长发微微揉乱，整个发型就完成了。

"换这条裙子吧。"苏珊把一条水蓝色的长裙递给方若童。

方若童望着手里的长裙，有点着迷。裙子的料子是真丝的，非常柔软顺滑，散发着月光般的光泽。上面缀满了施华洛世奇的水晶，让人一眼就为之沉迷。

她换上了苏珊给她的长裙，然后走到了镜子前。望着镜子里的自己，她无法置信地睁大了眼睛。镜子里的人美得仿佛是落入凡间的精灵，洁白无瑕的肌肤，纯净无瑕的眼睛，随着睫毛的颤动，睫毛上粘着的几颗水晶闪闪发光，好似晶莹剔透的泪珠，楚楚可怜，让人心疼。水蓝色的长裙一直拖到地上，剪裁非常流畅，穿在身上如女神般高贵，而水藻般的波浪长发更是让她看起来如同是童话故事中的美人鱼。

方若童简直不敢相信，镜子里的人竟然是自己！

"真漂亮，一定会让所有人大吃一惊。"苏珊笑着望着镜子里的方若童。

方若童微微地羞红了脸。

当方若童走进摄影棚时，所有人都目瞪口呆，连方若奇都差点没认出方若童来。所有人连连称赞苏珊的化妆技术好，一下子能把一个普通女孩改造得比明星还要耀眼。

影棚里摆满了玻璃做的冰凌和冰山，工作人员在半空撒着人工雪花，方若童一袭蓝裙，长长的卷发在半空飞扬着，美得如同女神降临，所有人都看得出神。

　　而在此时，同一栋楼的三十二楼，展韶华正在监视器内观看着影棚内的摄影过程。

　　"少爷，真的要用这个女孩作为'缪斯'新一季的代言人吗？"助理方士站在一旁毕恭毕敬地问道。

　　"我相信自己的眼光，方若童的形象非常符合我们这季主打的香水'蓝色雪莲'。"展韶华目不转睛地望着监视器说道。

　　"可是她只是个名不见经传的普通女孩，对我们'缪斯'的推广没有任何用处，更何况'潘朵拉'这次请的代言人是最近非常火的明星泰蕾莎。我怕我们会被'潘朵拉'给压下去。"方士忧虑地皱起了眉。少爷一向非常任性，决定了的事很难改变，以前他的决定一向都是明智的，而这次却未免太感情用事了。

　　展韶华的视线终于离开了监视器，他抬起头，面无表情地瞥了眼身边的方士，然后漫不经心地问道："方士，你跟在我身边几年了？"

　　方士低下头，毕恭毕敬地回答："四年了，少爷。"

　　展韶华望着面前毕恭毕敬地低着头的方士，冷冷地说："那你就要相信我的判断力。"

　　方士愣了愣，想了想又说："可是老爷要是知道了这件事会不高兴的。"

　　展韶华不悦地皱了皱眉："他既然把公司交给我打理，就不该再插手公司的事。"

　　广告拍摄完后，艾伦就把一百万的支票交给了方若童，然后送方若童兄妹下楼。

　　"姐，你刚才的表现实在太棒了，简直就像个专业的模特！"方若奇在电梯里兴奋得手舞足蹈。

　　"其实我前面好紧张啊，笑得脸部肌肉都僵硬了。"方若童不好意思地捧着脸，感觉一切都像是在做梦似的。她感觉自己就像童话故事中的女主角，仙女挥舞了一下魔法棒，让她一下子变成了一位公主。

　　"不会啊，姐笑得很漂亮，广告出来后一定会大火的！"方若奇拉着方若童的胳膊，笑着嚷道。

　　叮！

倏地，电梯应声而开，很快就已经来到了一楼。

三人走出电梯，这时正好迎面走来两个人，走在前面的少年穿着笔挺的白色西装，亚麻色的短发经过精心打理，散发着麦穗般的光泽。跟在后面的男子戴着金边的眼镜，穿着笔挺的黑色西服，毕恭毕敬地跟在少年身边。

展韶华！

方若童难以置信地望着迎面走来的少年。

展韶华显然也已经看到了她，冲她笑了笑。

"好巧啊！"他冲她挥了挥手。

"你怎么会在这里？！"方若童警惕地望着展韶华，心里有种说不出的不舒服的感觉。

方若奇也警惕地盯着展韶华，这个花花公子天天都缠着他姐，看起来就不是什么好人！

"总经理。"这时，身边的艾伦毕恭毕敬地叫道。

总经理？难道是缪斯公司的总经理来了！

方若童转过头看了看，却没看到其他人，她循着艾伦的目光望去，却看到艾伦用恭敬的目光望着展韶华。

难道……一直在他们口中听到的那名缪斯公司的总经理就是展韶华？！

方若童一下子有种天旋地转的感觉。

4

"今天的拍摄过程还愉快吗？"似乎已经观察到方若童得知了自己的身份后，展韶华并不掩饰地笑了笑。

"告诉我，这一切到底是怎么回事？！"方若童一个箭步冲到他面前，瞪着他气势汹汹地问道。

"就这么回事，你不用多想。"展韶华摊了摊手，一脸无辜的表情。

"这一切都是你策划的是不是？"看到他无辜的表情，方若童更加恼火了。

"是的。"展韶华并不想骗她，于是直截了当地回答道。

方若童终于明白过来一切到底是怎么回事，怪不得知名的缪斯公司会找她这么个名不见经传的普通女孩当代言人，原来全是展韶华一手策划的！

"你为什么要这么做？"方若童质问道。

"只是觉得你的形象非常符合我们的产品，仅此而已。"面对着方若童的怒火，展韶华不紧不慢地说道。

方若童才不相信展韶华的屁话，她突然想起自己口袋里的支票。那张一百万的支票就像是一团火焰，灼伤了她。她从口袋里摸出支票，然后一把甩在展韶华的脸上。

"你别以为用钱就能收买我！"说完她就扭头走出了大厦，方若奇看到怒气冲冲的姐姐不敢说什么，赶紧跟了上去。

展韶华望着方若童的背影，伸出手摸了摸被支票甩过的脸，嘴角微微扬起，俊美的脸上漾开一个不以为然的笑容。"真是个有性格的女孩。"他自言自语道。

而站在旁边的艾伦早就吓傻了，大气都不敢出一下。他绝对没有想到一个说话都会脸红的女孩子发起脾气来火气会那么大，而对象是以火爆脾气著称的展家少爷，最让他不可思议的是展韶华并没有为此发火，反倒是非常高兴的样子。这个世界真是越来越让人匪夷所思了。

晚霞在天际弥漫开，绚丽得像幅油彩画。喧闹的街头行人络绎不绝。

"姐，你走慢点！"看到方若童怒气冲冲地望前走，方若奇小跑着追了上去，"姐，你为什么那么生气呀？"方若奇望着方若童难看的脸色，忍不住问道。

"我被耍了，什么天上掉下来的好机会，根本就是阴谋！"方若童气得咬牙切齿。她当初怎么没有问清楚就接下了广告呢，真是太大意了！

"什么阴谋？到底是怎么回事，姐，你为什么看到刚才那个花花公子就突然那么生气？"望着方若童咬牙切齿地表情，方若奇丈二和尚摸不着头脑。

方若童停下脚步，用力捏起拳头："都是他一手策划的，是他让我成为了缪斯公司的代言人！"

"就算是这样你也不用那么生气呀，姐，说起来你又没吃亏！"方若奇嘿嘿笑了笑，希望能平息方若童的怒火，谁知道方若童却更加生气了。

"士可杀不可辱！展韶华明显是在用钱侮辱我！"方若童越想就越气，用力挠着身边的墙壁泄愤。

"说不定他不是这个意思呢……"方若奇的额头慢慢地爬上三条黑线。

"他就是想用钱收买我，我才不会被他的钱收买！"方若童捏紧了拳头，仰望着天空，一脸刚正不阿的表情。

方若奇忍不住噗嗤一声笑了出来："姐，他是不是在追你？"

"呃……"方若童的脸一下子从脖子红到了耳根，就像只被扔进了沸锅中的龙虾般好笑，"小孩子别管那么多！"方若童恼羞成怒地吼道。

方若奇无辜地吐了吐舌头。他突然觉得展韶华挺可怜的，碰到他姐这种骄傲自尊心又高的人，搞不好没打动她反而被她记恨一辈子。

缪斯化妆品公司的"蓝色雪莲"香水上市后一下子就风靡了开来，纯洁而又绝美的广告吸引了许多少女购买，连很多成熟的女性都忍不住购买一瓶希望追忆少女般梦幻的感觉。

繁华的商业街贴满了"蓝色雪莲"的海报，瞬间，方若童的脸就占据了众人的视线，纯净的眼神，纯洁的脸，女神般高雅的姿态，让所有人都记住了这个女孩，并为她着迷。少女们纷纷抢购"蓝色雪莲"，希望能拥有方若童一样纯洁高贵的气质。

而与此同时，潘朵拉化妆品公司推出的"黑罂粟"香水也在同一时间上市，"黑罂粟"的代言人是最近非常火的女明星泰蕾莎，传递的概念是性感魅惑。黑色的包装，魅惑的香味，也非常地吸引人。泰蕾莎的代言，让"黑罂粟"成为了年轻女孩追捧的香水。"黑罂粟"的海报贴满了街头巷尾，和"蓝色雪莲"明里暗里较劲，可是与"蓝色雪莲"相比，还是逊色了许多。"蓝色雪莲"的销售越来越火爆，一下子成为了最抢手的香水，平均一秒就能卖出一瓶，成为了香水销售史上的奇迹。

看着"蓝色雪莲"的销售表，展韶华露出了满意的笑容。

"少爷果然眼光独到。"方士站在展韶华身侧，眼里流露着敬佩的目光。这个十八岁的少年拥有着让人难以置信的商业头脑，果然是商业巨子展瑞祥的儿子，虎父无犬子，这个少年将来一定会有一番大作为。

最近突然刮起了一阵香水热潮，我们可以看到商场周围张贴满了香水广告，更甚的是有些香水柜台还排起了长龙。据营业员介绍，最近销售最火爆的是这款名叫"蓝色雪莲"的香水，许多女孩子为了买一瓶"蓝色雪莲"甘愿排队排上一个多小时……

吃完晚饭，方若童一家人坐在电视机前面看着晚间新闻，新闻里正好在播报着"蓝色雪莲"的新闻，新闻记者采访着销售员和正在排队选购的几位女孩子，大家都对"蓝色雪莲"赞不绝口。

"哇，最近'蓝色雪莲'好红哦，我们班上的女生也都在用'蓝色雪莲'，几乎到处够看到这款香水的身影呢！"方若奇转过头，兴奋地对方若童说道。

听了方若奇的话，邱淑芬笑着说："隔壁的蒋妈妈也在向我打听，问'蓝色雪莲'的代言人是不是小童呢，还问我要你的签名，说是她家女儿很喜欢你呢！"

"不要啦，我又不是明星，太不好意思了。"方若童羞红了脸。

叮铃铃……

这时电话铃声响起，从卫生间里走出来的方祈明接起了电话，问了对方是谁后，他叫方若童接电话。

"是谁啊？"方若童疑惑地问道。

"不知道，说是经纪公司的。"方祈明把话筒递给了方若童。

"又是经纪公司……"方若童硬着头皮把话筒放在耳边，"喂，你好，我是方若童。"

"你好，方小姐，我是常鸿经纪公司的经纪人，看了你拍摄的'蓝色雪莲'的广告，我觉得你很有当明星的潜力。如果你能和我们公司合作，我保证你在短时间内大红大紫，成为一名闪耀的明星！"对方一听到方若童的名字就侃侃而谈道。

"不好意思，我并不想当明星。"方若童打断了他的话，淡漠地说道。

"方小姐，这是个很好的机会，我希望你能好好考虑，错失了这个机会对你来说是个很大的损失，有好多人挤破了头都想当明星，但就是没有这样的机会。"

"我想得很清楚，我不想当明星，我只想当个普通人。"

"哦，是这样吗。"对方听到方若童的答复，语气中透露出惋惜，"那真是太可惜了，不过我还是希望你不要太快给我答复，能再考虑考虑。"

"谢谢您的好意，不用考虑了，拜拜。"方若童不想再多说什么，干脆地挂断了电话。

第七章 流言蜚语

1

自从方若童拍摄的"蓝色雪莲"的广告进入大众视线后，就有很多经纪人找上门，邀请方若童成为他们公司的艺人，可是都被方若童一一拒绝了。因为她热爱插花，她不想成为易由希那种为了名利而抛弃花流院的人。

突然觉得心情有点烦躁，她对家人说了句我先回房了，就转身上了楼。

从书柜里找出相册，这本好久都不曾打开的相册，上面积攒了许多灰。愣愣地望着相册的封面好久，方若童才鼓起勇气翻开相册。

里面全是她和易由希的合影，一张张，从孩提时代到少年时期，每一张都笑得那么灿烂，当时的场景历历在目。

……

"你为什么要离开花流院？"

"待腻了，不想再待下去了。"

"真的是这样吗？你明明那么喜欢传统插花，为什么要离开，为什么要去开创新派插花？与花流院为敌，你真的一点都不在意吗？"

"花流院几百年了不知变通，老是守着一些老旧的想法，插花是创新，而不是墨守成规。"

……

那日和易由希的对话再次回荡在耳边，让她心碎。

　　还有易由希帮她处理伤口时，轻轻触在皮肤上的手指，那柔软而细腻的感觉，让她的内心漾开涟漪般的波动。

　　想忘记，却怎么都忘不了。就像是铭刻在心里的伤痕，一辈子都磨灭不了，时不时地提醒着它的存在。

　　那个任性的，说离开就离开，说背叛就背叛的人，激起了所有人心中的恨，而他自己却一直无动于衷，仿佛一切都和他没有关系。

　　世界上为什么会有那么任性的人。

　　一直认为他很成熟，原来一直表现得成熟的人任性起来会比任何人都任性。

　　"小童，电话！"楼下传来邱淑芬的叫声，打断了方若童的思绪。

　　方若童烦躁地皱了皱眉，往楼下喊道："不接，跟他们说我不想当明星，让他们别打来了！"

　　"是楚老师的电话！"楼下的邱淑芬再次嚷道。

　　"师傅！"方若童心里一惊。师傅为什么会突然打来电话？

　　她接起了床头柜上的电话，恭恭敬敬地对着电话叫了声师傅。

　　"小童，晚饭吃了吗？"电话那边传来楚爱荷笑吟吟的声音，听起来似乎心情很好。

　　"吃了，师傅您怎么会突然打来电话？"

　　"我是来感谢你上次的事的。"

　　"什么事？师傅。"

　　"就是上次代言的事，支票我已经收到了，足以应付花流院的开支了。"

　　"支票？什么支票？"方若童疑惑地问道，她不是已经把支票还给展韶华了吗？

　　"前几天缪斯化妆品公司寄来了支票，他们说是你让他们把支票直接寄给我的，所以我就替你收下来了。"

　　听到这里，方若童基本上已经知道是怎么回事了，一定是展韶华把支票寄过去的。难道他是因为知道花流院有难处，所以才请她当代言人，而且还开了那么高的代言费。难道是她误会展韶华了……

　　楚爱荷的声音里充满了笑意，让方若童不忍心把真相告诉她。

　　"嗯，是这样的，最近有点忙我忘记把这事告诉师傅了。"

"没事，最近辛苦你了，你要照顾好你自己。"

"我知道了，师傅，您也要注意身体，不要太操劳了。"

"嗯，那就这样了，师傅要给弟子们上晚课去了。"

"好的，师傅，再联系。"

挂上电话，方若童的内心久久都无法平静。

她的脑海里一次又一次地浮现出，她把支票甩在展韶华的脸上时他当时的表情，有点震惊，眼神里有点受伤。

或许他真的没有什么恶意，都是自己太敏感了。

她想给展韶华打个电话赔礼道歉，却怎么都鼓不起勇气来。

翌日，当方若童来到学校时，发现同学们再次用异样的目光打量着她，并且对她指指点点议论纷纷。

又发生什么事了吗？

方若童心里莫名不安起来，她握紧了手里的书包，穿过议论纷纷的人群，大步往教室走去。

"狐狸精来了！"方若童刚走进教室，就听到班上的一个男生大声嚷了一句。

她抬起头，看到全班的同学都用异样的目光看着她，包含了不屑、唾弃和鄙夷，让她心中骤然一冷。

"勾引完了展氏集团的少爷又勾引易由希，真是只狐狸精！"班花宋薇薇踱着步子走到她面前，阴阳怪气地说，微微上扬的嘴角边漾着一个讥讽的笑容。

方若童的脸骤然通红："你说什么呢！嘴巴放干净点！"

"做了还怕别人说吗？"宋薇薇睨了方若童一眼。

"我做什么了？"方若童倔强地瞪着她，黑水晶般晶莹的大眼里闪烁着泪光，原本就白皙的脸因为屈辱而显得苍白如纸。

被方若童倔强的眼神惊了一惊，宋薇薇撇开脸，冷冷地笑了笑："你自己心里明白，不要脸的狐狸精！"

"谁不要脸呢，你不要含血喷人！"被人左一句狐狸精右一句狐狸精地骂，方若童心里又气又委屈，很快眼里就泛起了雾气。

随着上课铃响起，这场纷争才落下帷幕。

可是周围投来的一道道怀有敌意和鄙视的眼神，却让她如坐针毡，半句上课内容都没有听进去。

一下课，方若童就迫不及待地冲出了教室，那一道道讥讽的目光和一句句犀利的闲言碎语，几乎要让她窒息。

可是无论走到哪，似乎都有人用异样的目光打量她，并且在她背后窃窃私语着，那一双双嘲笑的眼睛和不断开合的嘴巴，似乎要将她整个人淹没。她疾步在校园内行走着，却一个不留神，脚下被绊了一下，狼狈地摔倒在地上。

恍惚中，她看到一只穿着红色皮鞋的脚从她身边抽回，她忍着疼痛仰起头，看到一个穿着红色毛衣的少女掩着嘴，笑吟吟地转身离开。

这个学校的各个角落，都充斥瞧她不顺眼，对她怀有敌意的人。

方若童突然觉得好累好累，居然就这么趴在地上，半天都爬不起来。

路过的人都像看到神经病一样，用狐疑的眼神望着她，然后讥笑着走过。

方若童感觉整个人都麻木了，浑身冰冷得像冰块。

"你没事吧？"这时，一个甜甜的、温柔的，好似棉花糖般的声音，从她头顶传来。

方若童怔怔地抬起头，看到一个可爱的女生正蹲在她面前，朝她温柔地微笑着，她愣怔了一下，有点傻兮兮地望着她。

"站得起来吗？"那女孩朝她伸出手，手指修长而白皙，让人有伸出手握住它的冲动。

鬼使神差地，似乎有一种神秘的力量牵动着方若童，让她伸出手握住了面前那只白皙的手。

握住的那一刻，方若童感受到那只手非常的柔软、温暖，冰冷的心似乎一下子就被温暖了。

好久好久，都没有这样的感觉了。

方若童突然鼻子一酸，有股想哭的冲动。

"是不是摔疼了？你的脸色好难看。"女孩看到她愣怔的样子，蹙起了眉询问道，水汪汪的大眼里流露着担忧。

"没事，谢谢你……"方若童有点窘迫地低下头。

"呀！"这时，女孩爆发出一阵惊叫，"你的膝盖摔破了，还流血了！"她指着方若童的膝盖，方若童低下头，才发现自己的膝盖磕破了，还有丝丝般红的血从伤口处渗出来。怪不得刚才摔倒时那么疼……

"不能不处理，伤口会感染的，我带你去医务室处理下伤口！"没等方若童回答，女孩就牵起了方若童的手，往医务室跑去。

跑进医务室，才发现校医不在，整个医务室空荡荡的，空无一人。

"哎呀，怎么办呢？"女孩急得团团转，"你先坐着！"她把方若童按在椅子上，然后往墙边的柜子跑过去，翻箱倒柜了一会儿，从里面找出了棉花、消毒药水和纱布。

窗子微微敞开着，白色的窗帘被风撩起，像海浪般轻柔地翻滚着。

女孩蹲在方若童面前，用棉花蘸了酒精，小心翼翼地帮方若童消毒着膝盖上的伤口，动作非常轻柔。

方若童内心一阵温暖，似乎有一股温暖的泉流流过。

进入新学校以来，还从来没有一个同学对她这样亲切友好过。

方若童仔细地打量起面前的女孩来。她长着一张苹果般可爱的圆脸，眼睛又大又圆，永远是水汪汪的，似乎有水汽在瞳仁表面流淌，让人的心也跟着平静下来。

"我叫方若童，请问你叫什么名字？"方若童望着女孩，轻轻地问道。

女孩仰起头，笑了笑，笑容像三月里的阳光那么灿烂："我叫艾雨，你就叫我小雨吧。"

"小雨，好可爱的名字。"方若童轻声念着艾雨的名字，白皙无瑕的脸上漾起一个美好的笑容。

"我可以叫你小童吗？"艾雨仰着脸望着方若童，水汪汪的大眼炯炯有神，像只可爱的小兔子般惹人怜爱。

"可以啊。"方若童微笑着点了点头，突然有种伸出手想摸摸艾雨的头发的冲动，就像对弟弟方若奇那样，艾雨给她一样亲切的感觉。

"我们已经知道对方的名字了，那以后就是朋友了，好吗？"艾雨伸出手，边抓着方若童的手边问道，表情水晶般纯洁无瑕。

"嗯！"方若童用力点了点头，由衷地笑着。

阳光从窗帘的缝隙里流泻进来，洒在两人身上，把两人笼罩在一团蒙眬的金黄中。

2

放学后，方若童和艾雨结伴离开学校，可是刚走出校门，两人就被眼前的场景给惊呆了——校门口聚集了一大批的记者，扛着摄像机、拿着话筒，个个都是蓄势待发的姿势，他们一看到方若童，就像是饿狼扑食般朝她冲了过去，一下子就把两人包围在人群中间。

"方小姐，请问你和易由希是不是在谈恋爱？"

"你们的恋情是不是从小就开始了？你是不是就是易由希的秘密恋人？"

"你们表面不和，其实就是为了掩盖你们的恋人关系吧？"

记者们你一句我一句，问得方若童一头雾水。

周围照相机的闪光灯不停地闪烁着，记者们依依不饶地追问着，让方若童非常地不舒服。她用手挡着刺眼的闪光灯，大声嚷道："我不知道你们在说什么，我和易由希没有关系！"

可是记者们显然不相信她的话，有个记者笑嘻嘻地说："方小姐，你不用隐瞒了，报纸上已经登了你和易由希的亲密照片，还有你从易由希家出来的照片为证，你们的关系绝对不简单！"

记者的话让方若童的脸色骤然苍白，要说从易由希的家里出来，那也只有那一次，难道被拍下了照片……

方若童心中一惊，望着如狼似虎的记者，一下子不知道该说什么。

"一切无可奉告！你们别来打扰小童了！"这时，艾雨牵起了她的手，推开面前的记者冲了出去。

"方小姐，不要走，请回答我们的问题！你和易由希到底是什么关系？"可是记者们依旧不甘心地追了上来。

在艾雨的帮助下，方若童好不容易才甩开了记者，回到了家。

"今天谢谢你了，小雨，要不是你，我真不知道该怎么办了。"站在大门外，方若童非常感激地望着艾雨。要不是她，自己肯定没那么容易就脱身的。

"没事，小事一桩！"艾雨不在意地摆了摆手，笑着说，"我们不是好朋友吗？"

"嗯。"方若童微笑着望着她。

"那我先回家了，拜拜。"刚转身没走几步，艾雨突然又想到什么，回过身提醒道，"你要小心那些记者再来纠缠你！"

"好的，我会小心的，拜拜。"方若童笑了笑，向她挥了挥手。

艾雨这才朝她挥了挥手，放心地离开。

望着艾雨离开，方若童才摸出口袋里的钥匙，打开了大门走进屋子。

"姐！你总算回来了，出大事了！"刚进门，方若奇就十万火急地冲到她面前。

"怎么了？"方若童抬起眼，表情依旧波澜不惊。刚发生过校门外被记者围堵的事，再发生其他事情她也不会惊讶了。

"你看报纸！"方若奇把一份报纸塞进方若童的手里。

方若童展开报纸，占了整版的新闻立刻跳入了眼帘，新闻的标题赫然写着"当红炸子鸡易由希和同门师妹恋情曝光"，还有几张引人遐想的照片，照片内容有易由希抱着她的，还有她从易由希家走出来的，正是她被易由希救下那天的情景，而报纸上登出的几张照片却使两人的关系看上去暧昧不清。

这下可能跳进黄河都洗不清了……

方若童突然感觉很头痛。

"现在所有的人都在对你和由希哥的绯闻议论纷纷。"方若奇的语气里透着担忧。

"……"方若童攥紧了手里的报纸，因为过分用力，指关节微微泛白。

"姐，你真的和由希哥在谈恋爱吗？"看着方若童的脸色变得越来越难看，方若奇小心翼翼地问道。

"没有。"方若童果断地回答道。

"那这些照片是怎么回事？"方若奇指了指她手里的报纸。

"这只是误会，我俩很清白。"方若童看了眼手里的报纸，把它丢到沙发上。

"我相信你，姐！"看到方若童心情烦躁的样子，方若奇连忙安慰道。

望着弱不禁风，却为了让她安心而挺起胸膛的弟弟，方若童突然心中一暖。她走上前，伸出手，摸了摸方若奇苍白得接近透明的脸，轻声说："谢谢你，小奇。"

方若奇抱着方若童，把脸贴在她胸口，就像小时候一样紧紧依偎着，他们是孪生姐弟，从在胚胎中时就依偎在一起了。每当遇到挫折和困难，只要这样相互依偎着，似乎一切的烦恼都能烟消云散。

"姐，我们是孪生姐弟，你伤心的时候我也会心痛，所以，有什么事就告诉我，不要一个人伤心难过好吗？"方若奇埋在方若童胸口，低低地说。

"嗯，谢谢你，小奇。"方若童心口一暖，眼泪差点流下来。她心中的痛苦和难过，只有小奇能够切身体会。

"姐，我想问你一件事，可以吗？"方若奇仰起头，望着方若童的脸。

"什么事？"方若童低着头，望着方若奇，和她非常相似的脸，比她还要苍白几分，似乎一触就会消失，脆弱得让她心痛。

"你还在恨由希哥吗？"望了方若童一会儿，方若童轻声问道。

方若童抿了抿嘴，淡淡地说："没有了。"

两年的恨，让她迷失在过去的回忆里，等她猛然发现时，易由希已经走得很远很远，远得她已经无法追逐了。

原来恨过之后，什么都不会留下。

方若奇望着方若童惆怅的表情，张了张口，欲言又止。

晚上，方若童洗好澡刚睡下，手机突然响了起来。

她拿起书桌上的手机看了看，是个陌生电话，犹豫了一下，她还是按下了接听键。

"小童吗？睡了吗？"那边传来温柔而富有磁性的声音，轻易地就撩动了方若童平静的神经。

"你怎么会有我的手机号？"方若童的语气里充满了戒备。她不记得她有给过易由希自己的手机号，而且她也不可能给。

"是问小奇要的。"那边的声音依旧非常平静，就像是森林里的幽潭，冰凉、深沉，没有一丝波澜。

"有什么事吗？"方若童用不耐烦的语气问道。

那边的人沉默了一会儿，接着说："这次的新闻给你造成了困扰，对不起。"

方若童心中一颤，两年以来，她还是第一次从易由希口中听到"对不起"三个字。可是，为的却是这件事，而对于过去的两年，他却没有任何解释，甚至只字未提。

方若童攥紧了拳头，用冰冷的语气说："不是你的错，你不用向我道歉。"

"……"电话那边再次陷入了沉默。

漫长的沉默，让两人都非常尴尬。

方若童紧紧地握着手机，心里很不是滋味。

什么时候，两人已经没有了默契，连沉默都会尴尬起来。

曾经他们一天不说一句话，只要轻轻依偎着，就能明白对方的心意，而现在，这些默契已经随着时间烟消云散。

"那你早点休息吧，如果有记者追问，什么都不要说。"沉默了半晌，那边的易由希终于再次开口。

沉默了好久，以为他会说一句安慰的话，可是却只是一句没有任何温度的叮嘱。

方若童心中骤然一冷，无情地冷嘲热讽道："你放心吧，易大明星，我不会乱说话坏你名声的！"

"我不是这个意思……"易由希的声音透着一丝挣扎，可是话说到一半又停住了。

"那是什么意思？我不明白。"

"……没什么。"那边的人传来一声深深的叹气声，似乎有点无奈，方若童期待着他能够说些什么，可是他只是说了句："你休息吧，晚安。"然后就挂上了电话。

手机里传来嘟嘟嘟的忙音，方若童颓然放下手，突然觉得全身的力气被一下子抽空了似的无力。

洗完澡只穿了一件薄薄的睡裙，在房间里站了很久，全身冰凉，连指尖都没有一丝温度。

她放下手机，钻入了被窝中，却久久无法入睡。

只为易由希的一通电话。

方若童愣怔地望着天花板，没有一丝睡意。在这样宁静的深夜里，似乎特别容易陷入回忆。

突然想起九岁的时候，自己不小心打破了师傅心爱的花瓶，吓得躲在衣柜里不敢出来。是易由希替她背了黑锅，告诉师傅花瓶是他打破的，于是，被师傅用戒尺打了一顿。然后把她从衣柜里找出来。

当她看到易由希通红的手心时，吓得哭了，非常后悔自己没有主动承认错误，让由希背了黑锅。可是由希却没有哭，反而还安慰她，对她说一点都不疼，她就以为由希真的不疼。后来长大了她才知道，手心都被打得肿起来了，由希当时一定很疼，说不疼只是不想让她难过。

方若童突然鼻子一酸，有股想哭的冲动。

人为什么要长大呢？如果永远在师傅身边做个无忧无虑的孩子，那该多好。

如果不用长大，那她和易由希也就可以永远地快乐下去，而不是像现在这样，形同陌路。

3

随着照片的曝光，易由希和方若童在花流院青梅竹马的过去也被挖了出来，对于两人恋情的描述更是添油加醋，以至于大家纷纷认为两人肯定是情侣。

以为只要回避，这些事情就会过去，谁知事情越闹越大，记者们的热情也越来越高亢。方若童无法安心上课，连花流院也无法平静。

方若童坐在座位上，不时能感觉到窗边有记者探头探脑，还有照相机的偷拍，这让她很烦躁，做什么事都无法专心。

方若童用力一拍课桌站了起来，吓得躲在窗后偷拍的记者一屁股跌坐在地上，脸上的眼镜也可笑地滑到了一边。方若童却一点笑的心思都没有，她转身走出了教室，往卫生间走去。

走进卫生间，她看到几个女生围在墙壁前议论纷纷，一看到她走进来，立刻一哄而散。方若童狐疑地往墙壁上望去，才看了一眼，脸色骤然煞白。

　　墙上写满了污秽的字眼和骂人的语句，而这些全是冲着她而来，许多内容甚至不堪入目。每一句话，每一个字，都像一只只无情的手扇在她脸上，让她屈辱得无地自容。

　　方若童紧紧地攥紧了垂在身侧的拳头，仿佛有一把刀在剐着她的心脏，痛得不能呼吸。

　　她仰起头，用力深吸了一口气，才不至于让眼泪滚出眼眶。

　　"小童，你怎么了？"走进卫生间，就看到方若童直愣愣地站着，艾雨走上前拍了拍她的肩膀，"是不是身体不舒服，那个来了？"她担忧地询问着，可是方若童没有回答，她发现方若童双眼直直地望着前方，于是顺着她的视线望去，才看一眼，艾雨顿时尖叫起来，"呀！这些是谁写的——太过分了！"艾雨冲到墙壁前，伸出了手，用力抹着墙壁上血红的字句。

　　字是用油漆写上去的，没有那么容易擦掉，艾雨擦得手掌都红了，方若童赶紧冲上前，握住了艾雨的手，看到她的手心通红一片，非常心疼。

　　"不要擦了，由它去。"方若童握着艾雨的手，低声说。

　　"小童……"艾雨望着脸色苍白的方若童，脸上流露着担忧。

　　"我没事，我没有那么脆弱的，别人要骂就让他们骂去，又伤不到我一分一毫！"方若童倔傲地昂起头，再次恢复了骄傲。

　　"我们出去吧。"艾雨拉着方若童走出卫生间。

　　回到教室，艾雨把便当递给方若童，说道："吃点东西吧，别饿坏了。"

　　方若童望着手里的便当，一点胃口都没有："因为我，害得花流院也不平静了，我真对不起师傅和师弟师妹们。"

　　才几天而已，她整个人就瘦了一圈，艾雨深深地叹了口气。她伸出手，摸了摸方若童的头发，安慰道："这不是你的错，你不用责怪自己。"

　　"可是事情因我而起，我也有责任。如果我当初小心点，就不会发生这样的事。"方若童垂头丧气地望着手里的便当。

　　艾雨拉起她的手，微笑着说："放心吧，事情很快就会过去的。易由希的绯闻那么多，说不定过两天又有其他绯闻传开了，记者们就会忘记你了。"

　　望着艾雨如彩虹般灿烂的笑容，方若童愣愣地点了点头，叹气道："希望如此吧……"

放学后，方若童甩开了一大群的记者，离开了学校，可是，走出学校没多远，就被一辆红色的跑车拦住了去路，方若童心里一惊，停住了脚步。

车门打开，一个穿着紧身洋装的少女从车子里走出来，微卷的长发披散在肩头，眼神如猫咪般慵懒。

是泰蕾莎，方若童很清楚地记得她，和易由希一起演电影的那个女演员！

"上车吧。"泰蕾莎望了她一眼，有点倨傲地说。

方若童心里有点不爽，但还是照着她的话坐进了车里，因为她预感到泰蕾莎找她，一定是有事要说。

泰蕾莎带着方若童来到了一家僻静的咖啡店，下车时泰蕾莎戴上了大号的墨镜，遮住了大半张脸，因为咖啡店地处偏僻，里面没有多少客人，所以没有人认出她来。

两人在靠角落的位置坐下，看到没人注意，泰蕾莎才把脸上的墨镜取了下来。

方若童突然觉得，做个明星还真累，出个门都要遮遮掩掩的。

"你今天特地来找我，有什么事？"虽然跟泰蕾莎不熟，可是对方的态度明显不是很友善，所以方若童不想浪费时间，开门见山地问。

"我是想警告你，离由希远一点，你会影响由希的事业。"泰蕾莎语气傲慢而冰冷，精致的脸完美得无懈可击。可能是因为太完美了，所以总让人觉得有距离感，而摆出冰冷的表情时就显得更加凌厉。

"你这是什么意思？我又不是故意接近易由希。"泰蕾莎的话让方若童非常生气，她话里的意思好像是她缠着易由希不放。

"我想你是聪明人，不需要我多说。你和由希是两个世界的人，既然你们已经分开了，那么就没有必要再在一起了，由希已经不喜欢你了，你再怎么缠着他，你们也不可能回到过去了。"泰蕾莎的语气漫不经心的，可是句句如利箭，把方若童射得体无完肤。

方若童用力咬着下唇，不让屈辱的泪水流出眼眶。

她深呼吸了一口气，微笑着说："你放心吧，我不会缠着易由希的，我知道我和他的身份不同，他是大明星，而我只是个普通人。我也知道我和他早就结束了，他也早就不把我当一回事了。"

"你能明白，很好，这次我也不算白来。"泰蕾莎高兴地笑了笑，笑容非常美丽。

不用猜，方若童也知道泰蕾莎一定是喜欢易由希，她和易由希也非常般配，俊男美女的组合，同样是当红的偶像明星，如果能够在一起，对对方的事业都很有帮助。

心脏突然一阵阵抽痛，痛得她无法呼吸。

"那我先走了，你要是高兴可以再坐一会儿。"泰蕾莎抽出一张钞票放在桌子上，然后戴上墨镜转身离开。

望着泰蕾莎的身影走出咖啡馆，方若童突然松了一口气，却又觉得好累。

原来，微笑也可以让人那么累。

方若童愣愣地望着面前已经冷掉的咖啡，突然觉得自己好可笑，就像个滑稽的小丑。

表演了一出荒诞的戏，全场观众都在笑，而自己却浑然不知。

脸上的笑容是虚假的，谁都不知道她的心在流泪，因为没有人会探究。

4

就在方若童和易由希的绯闻传得满城风雨的时候，又有一个新闻，如一块大石投入一片平静的湖泊中，激起了千层惊涛骇浪。

新闻的内容是展氏集团的未来继承人展韶华和瑞氏集团的千金分手的消息，曾经所有人都非常看好这段恋情，俊男美女的搭配，加上两大实力雄厚的财团作为背景，称得上是天作之合。如今两人分道扬镳，必定引来诸多舆论。

"姐，这不是经常给你送花的那个有钱少爷吗？"方若奇指着报纸上头版的照片，惊讶地朝方若童嚷道。

方若童接过报纸，看着报纸上的新闻，眉头慢慢地蹙了起来。

在这个时候，偏偏又出现这样的新闻，只是巧合吗……方若童心里疑惑着。

"这个有钱少爷还真是花花公子，自己有女朋友，还来追你！"方若奇愤愤不平地说，因为生气，白皙的脸上浮现薄薄的红色。

方若童心里倒没有什么不悦，她本来就对展韶华没有什么感觉，只是对于这条新闻有点介意，总觉得哪里不对。

随着展韶华和瑞氏集团千金分手的新闻的出现，记者的注意力纷纷被转移了过去，渐渐地，很少有人来关注方若童和易由希的绯闻了。随着时间的逝去，两人的绯闻也慢慢淡去了。

周末，方若童接到了展韶华的电话，电话里，展韶华约她一起吃晚饭，本想拒绝的，可是想了想她还是答应了下来。

放学后，走出校门，方若童看到展韶华的车子已经停在了校门口。今天，他特别打扮过了，精致的发型，精致的西服，让他整个人看上去像是时装杂志上的模特般俊美。

看到方若童走上前，展韶华风度翩翩地帮方若童打开了车门，方若童说了声谢谢，坐进了副驾驶座。展韶华转身绕到另外一边，坐进了驾驶座里。

车子嗖的一声冲上了马路，惹来众人一片羡煞的目光。

展韶华带着方若童来到一家很有情调的西餐厅，看着餐厅内的布置和装潢，方若童就知道这家餐厅的消费肯定不菲。

展韶华似乎是常客，刚走进餐厅就有服务生上前热情招待，服务生带着他们走到靠窗的位置。展韶华亲自帮方若童拉开了椅子，这样的殷勤让方若童有点不知所措。

餐厅内灯光很微弱，每个餐桌上都点着蜡烛，视线处于能看见东西，但不至于很清晰，整个餐厅弥漫着朦胧和暧昧，非常适合情侣约会谈恋爱。

方若童真的觉得展韶华在追求女孩子这方面很有一手，怪不得小奇不喜欢他，他看起来真的像是个花花公子。

服务生往他们的杯子里倒葡萄酒，展韶华端起杯子和方若童碰了碰酒杯。方若童轻轻地喝了一小口，甘醇的葡萄酒顺着舌尖流进喉咙，在口腔中留下馥郁的芳香。

只是一小口酒，方若童略显苍白的脸上就浮现了一抹粉红色，让她比平时看上去更加娇羞迷人。

喝了点酒，似乎就自在了很多，许多话就自然而然说出口了。方若童放下酒杯，望着展韶华问道："那个新闻是你故意放出去的是吗？"

展韶华扬起嘴角微微一笑，笑容俊美得让人移不开眼睛，他放下酒杯，笑着说："真是什么事都瞒不过你的眼睛。"

"为什么要这么做？"

"你还不明白吗？为了你，我愿意做任何事。"

望着那双清澈的，不加掩饰的眼睛，方若童突然有点心虚。她撇开脸，冷冷地说："我没有要求你为我做任何事。"

"这都是我心甘情愿的，不奢求你任何回报。"展韶华自嘲地笑了笑，笑容脆弱得仿佛是透明的水晶，一触就碎。

听到一向不可一世的展韶华这样低声下气地跟自己说话，方若童突然有点不忍。

这时，服务生端上了菜，两人的谈话被打断。

气氛一下子变得沉默而尴尬，服务生在一边忙碌着，而两人谁都没有开口，似乎是在僵持着，看谁先妥协。

服务生上完菜离开，最终还是展韶华先妥协，他无奈地叹了口气："我不知道这么做会让你生气，对不起。"

方若童的心轻颤了一下，惊诧地抬起头，视线和展韶华撞在一起。那对子夜般漆黑的眸子，深邃得似乎能让人一眼深陷下去。

他的表情非常温柔，俊美的脸上透着淡淡的忧伤，从来没有见过展韶华流露出这样的表情，就像是个做错了事的小孩子。

方若童的心骤然一缩，仿佛有一只无形的大手一下子握住了她的心脏，让她无法呼吸。

方若童一下子心软下来，垂下头，吞吞吐吐地说："我……不是这个意思，其实，你不用为我做那么多……"

"我只是做了我想做的事情，你可以接受，也可以不接受。"展韶华的表情非常坚决，灿若星辰的眸子里闪烁着坚定的光芒，让人无法直视。

方若童无奈地看着他，这样强烈而执着的爱，就像是火焰，不但会灼伤展韶华自己，也会灼伤别人，让她不敢靠近。

"上次的事是我误会你了，对不起……"

这时，展韶华的口袋里传来手机铃声，展韶华皱了皱眉，摸出手机，只扫了手机屏幕一眼，他的脸色骤然一变。

望着展韶华不太自然的脸色，方若童有点疑惑，不知道会是谁打来的。

"对不起，我接下电话。"展韶华抱歉地看了方若童一眼，才接起电话。

不去看展韶华打电话，方若童低下头，吃起盘子里的料理，展韶华讲电话的声音却传进了她的耳朵里。

"瑞雪，你到底想怎么样？"展韶华的声音里透着一丝无奈。

方若童拿着叉子的手顿了顿，瑞雪这个名字很熟悉，好像就是和展韶华分手的那个富家千金。

"……我们不是分手了吗？你不要无理取闹好不好，我喜欢谁，跟谁在一起，已经不关你的事了……"

展韶华不耐烦地皱起眉，表情有点无力。方若童放下了叉子，突然没有胃口起来。

"……你不要再多想了，我不想因为这些事影响你的学业……"

说了十多分钟，展韶华终于挂上电话，可是表情看上去很疲惫。

"对不起，影响你吃饭了。"看到方若童盘子里的菜没吃多少，展韶华抱歉地说。

"没关系，只是你的菜凉掉了。"方若童淡淡地摇了摇头，眼睛瞥向展韶华的餐盘，里面的菜一动都没有动过，却连一丝热气都没有了。

"是啊，要不我们让服务生撤了再上一份吧。"展韶华不在意地望了自己的餐盘一眼，抬起头望着方若童询问道。

"不用了，我已经吃饱了。"方若童拿起餐巾，拭了拭嘴角。

展韶华诧异地一惊："就吃这么点，是不是因为我？"

"不是，我没什么胃口。"方若童淡淡地摇了摇头。

"那我们换个地方，去喝杯咖啡吧。"展韶华丢下餐巾，用眼神征询着方若童的意思。

"不用了，时间太晚了，我该回去了。"方若童望了望窗外的天色，淡淡地说道。

窗外已经一片漆黑，黑丝绒般的夜空上缀满了繁星。几盏路灯在路面上投下淡黄色的光晕，街上行人寥寥无几。

"……那我送你吧。"展韶华沉默了一会儿，有点黯然地说道。

把方若童送回家，望着方若童的背影，展韶华张口想说什么，手机却响了起来。

展韶华有点烦躁地摸出手机，接起电话，而这时，方若童已经打开了家门，走了进去。展韶华望着方若童关上门，身影消失在冰冷的门板后，心里突然觉得有点空荡荡的冷。

而这时，手机里传来瑞雪略显尖锐的声音——

"展韶华，你实话告诉我，你是不是已经有了别的女人？"

"我告诉你多少遍了，没有，你不要多想了。"展韶华无奈地叹了口气，突然觉得很烦很累。

"那你为什么要把我们分手的消息公布于众，你知道这会让我多难堪！"一向优雅而从容的瑞雪，这次显得有点歇斯底里，这是展韶华从来没有见过的。

"这件事是我不对，可是这也是事实。"展韶华的语气也变得有点强硬起来，这让电话那边的瑞雪更加气愤。

"你肯定喜欢上其他女人了，否则你为什么要把我们分手的消息公布于众！"电话那边的声音听起来咄咄逼人。

女人的直觉总是很敏锐，展韶华无奈地叹了口气。

"分手不是你提出的吗，为什么现在却来过问我的事？"展韶华冷冷地反问道。

电话那边的人哑然，接着又生气地尖叫道："展韶华！你这么做是在报复我吗！"

"我没那么无聊。"展韶华失笑道，突然发觉再怎么优雅而高贵的女人有时候也很孩子气。

"韶华，我知道你一直都很爱我，跟你提出分手是我不对，我也很内疚。"那边的声音明显软了许多。

展韶华哑然一笑，有点打趣地说："我还要谢谢你甩了我。"

"什么？你说什么？"那边的人没有反应过来，展韶华却已经挂上了电话。

他放下手机，抬头望着二楼亮起的窗子。窗帘被拉上，只有些许灯光从窗帘的缝隙中透射出来，展韶华猜想那是方若童的房间。

他朝那扇窗子笑着挥了挥手，然后转身离开。

第八章 抄袭事件

1

午后的阳光透过高大的窗子，透射进插花教室，在木地板上投下一片片淡金色的光影。空气中飘浮着细小的微尘，在阳光下无所遁形。

教室中弥漫着淡淡的花香，在这温暖的午后，有点醉人。

方若童拿起一枝百合花，插进了花泥中，又拔了出来，这么反反复复了好几次，容器中居然都没有插上一枝花。

那次慈善义演，见识了易由希的花技后，她一下子失去了所有的信心，只要一拿起花朵，脑海里就会一片空白，什么创意和构思都想不出来。脑海里不断浮现出易由希创作的那件气势磅礴又独特新颖的插花作品。

方若童放下手中的百合花，紧紧地咬着下唇。师傅让她创作一件作品，到下个星期的花展上去展出，可是照这个样子下去，她根本就赶不上下个星期的花展……

"怎么了，小童？"看到方若童的脸色一片苍白，艾雨担忧地询问道。

"我想不出来，什么都创作不出来。"方若童垂头丧气地望着自己的双手，突然觉得自己的双手好陌生，连自己都无法驾驭。

"不要着急，创作这东西是急不出来的，你越急就越是什么都想不出来。"艾雨握着方若童的手，微笑着安慰道，圆圆的苹果脸在阳光下透着淡淡的光晕。

"嗯。"方若童默默地点了点头，可是心里依旧很郁闷，仿佛有一块石头积压在胸口，很沉，很闷。

"我倒有个主意，不知道怎么样。"艾雨突然眼睛一亮，竖起一根手指说道。

"什么主意？说说看。"方若童疑惑地睁大眼睛。

"把花插在餐盒中怎么样？"艾雨拿起一旁空空的餐盒说道。

"餐盒……好主意！"方若童如陶瓷般白皙光滑的脸上绽放出花朵般的美丽笑容，她接过餐盒，边打量着边说，"这种黑色的餐盒古朴而高雅，非常适合插花，一定会别有一番味道！艾雨，你好聪明啊！"方若童高兴地拉起艾雨的手。

"嘿嘿，我也是看到桌子上的餐盒突然想到的，对你有帮助就好。"艾雨眼中盈动着星光，像个调皮的精灵。

有了艾雨的提议，方若童一下子有了灵感。她用百合花作为主花，细长的枝条作为构架，缀以蓝色的勿忘我、黄色的番红花和白色的波斯菊。

"完成了，怎么样？"作品全部完成后，方若童望着艾雨询问道。

"呃……"艾雨打量着方若童的作品，微微地蹙起了眉，"如果把百合花换成马蹄莲会不会更好？"

"马蹄莲……对啊！我怎么没想到！"方若童把百合花换成了马蹄莲，整件作品看上去更加和谐而素雅了，"这样好多了呢，艾雨，你真有天分！看来以后我要多听取你的意见了！"方若童拉着艾雨高兴地说。

"嘿嘿，我只是个门外汉，我只是把我的感觉说出来。"艾雨不好意思地挠了挠头，白皙透明的脸上透出两片霞云。

"你的感觉真敏锐，艾雨，你真有插花的天分呢！"方若童望着艾雨的眼睛，真诚地说。

"瞧你把我夸得，我都要不好意思了……"艾雨的脸更红了，就像熟透的番茄。

"哈哈哈，我是实话实说，小雨真的有天分！"看到艾雨羞红了脸，方若童有趣地笑了起来，她还是第一次看到艾雨害羞的样子，实在太可爱了！

作品完成后，就送到了千景公园举办的花展上展出。花展当天，方若童和师傅也应邀去参加。

千景公园占地 143 公顷，设有湖泊、音乐喷泉、林间溪流等。前来观看花展的客流如潮，还有许多插花界的名人应邀参加，场面十分热闹。

方若童挽着楚爱荷的手臂，陪她逛着公园。

秋高气爽，菊花清幽的香气幽幽地飘散在微凉的空气里。

花流院事务繁多，方若童很少有机会和楚爱荷这样慢悠悠地逛公园。

刚走到银杏大道，方若童就看到易由希和助理远远地走来，秋风吹落了一地的银杏叶，地面上铺着厚厚的一层，金黄一片，奢华而绚烂。

易由希穿着灰色的休闲服，黑羽般的头发在阳光下闪烁着低调而华丽的光泽，一副超大号的墨镜遮去大半张脸，但依旧俊美得让人惊艳。金黄的银杏叶从他身边缓缓飘落，时间仿佛在那一刻被施了魔法，每一个镜头都变得那么缓慢，只为了留住这美好的一刻。

易由希也在同一刻看到了她们，朝她们微笑着挥了挥手，美丽的嘴角上扬出一个妖娆的弧度。

方若童停下脚步，望着易由希走到她们面前，楚爱荷全身绷紧，严肃的神情流露出戒备。

"师傅，小童，真巧啊！"易由希摘下墨镜，俊美到让人窒息的脸是上帝最完美的杰作。

"不要叫我师傅，我可受不起！"楚爱荷不屑地扭开头，嘴角刻薄地紧抿着。

易由希笑了笑，不以为意，转而望着方若童，淡笑着说："听说这次你的作品也参展了，希望这次能够胜过我。"

"这个是肯定的！"方若童倨傲地扬起下巴，信心满满地瞪着比她高出一个头的易由希。

"那就一会儿见了！"易由希重新戴上墨镜，然后朝她们扬了扬手，转身带着助理离开。

"这个小子真是越来越嚣张了！"楚爱荷气得浑身颤抖，秀丽的脸上透着薄怒。

"师傅，你不要生气，小心气坏身子。"方若童伸出手，帮楚爱荷捋着后背。

"花流院怎么会出现这么个孽徒，我真是教导无方啊！"楚爱荷捶着胸，深深地叹了口气。

"师傅，这不是你的错。"方若童轻声安慰道，这时，她看到有暗红色的液体从楚爱荷的鼻翼中流出来，骤然惊叫道，"师傅，你流鼻血了！"

楚爱荷愣了愣，伸出手抹了抹鼻子，她看了眼手指上的暗红色液体，不在意地说："没事，一点点鼻血而已。"

"师傅，快把头仰起来，不然会血流不止的！"方若童从口袋里摸出纸巾，捂住楚爱荷的鼻子，然后抬起她的下巴，让她的脸尽量上仰。

过了大概五六分钟，鼻血终于止住了，方若童才松了一口气。

她陪着楚爱荷来到卫生间，帮她清理着脸上的血迹。

"师傅，你怎么会突然流鼻血啊？"方若童用沾湿的手帕帮楚爱荷擦脸。

"可能是最近有点上火吧。"楚爱荷接过方若童手中的帕子。

"师傅，你要小心自己的身体啊。"

楚爱荷淡淡地笑了笑，伸出手摸了摸方若童如陶瓷般白皙无瑕的脸，温柔地说："师傅没事，倒是你自己要小心，虽然动了手术，可是你的身体还是很虚弱。"

"放心吧，我已经没事了。"方若童望着楚爱荷慈祥而美丽的眼睛，心里觉得好温暖。楚爱荷对她来说不止是教她插花的师傅，更是她重要的亲人，她把师傅当母亲般看待。

"还是要注意点。"楚爱荷摸了摸她的头发，叮嘱道。

方若童柔顺地点了点头。

2

从卫生间出来后，方若童和楚爱荷来到广场上，那里聚集了很多人，正在观赏着方若童他们为了这次花展创作的插花作品。

可是最让人关注的，还是诸位插花界的名家，而其中最受瞩目的莫过于插花界和影视界的两栖明星易由希。记者簇拥在易由希的周围，镁光灯把他包围在一团模糊的光雾中，使他整个人看起来更加虚幻。

"由希，你这次带来了什么作品？"一位女记者踮着脚尖，朝易由希大声提问道。

"这件便是我为了此次花展而创作的作品。"易由希指了指身后的一件半人高的插花作品，由上百枝玫瑰花组成，看起来就像一只回眸的凤凰，无比华丽，给人一种窒息的冲击力，让人一眼难忘。

"太漂亮了！请问这件作品的名字是什么？"另外一位记者看了易由希的作品后惊叹道。

"回眸。"易由希微笑道，全身被光芒包围般耀眼。

方若童再次觉得易由希离她好远好远，仿佛隔着一个世界，永远都不可能跨越。

"这件作品好像由希去年的作品啊！"这时，人群中传来一个质疑的声音，所有人都循着声音望去。

只见几个女孩围在一盆参展的插花作品周围，愤愤不平地议论着。

"这个抄袭实在是太明显了，太无耻了！"

"这件作品的创作者叫方若童！"

方若童听到自己的名字心里一惊，楚爱荷的脸色也骤然铁青。

方若童不敢置信地冲了过去，拨开人群，望着自己创作的那件作品，一瞬间，她成为了众所瞩目的焦点。

"她就是方若童！"其中一个女孩指着方若童大声叫道。

"太不要脸了，居然抄袭由希的作品！"旁边的几个女孩子叫叫嚷嚷地骂道。

"我没有抄袭！"方若童骤然转过身，瞪着面前的那几个女孩子吼道。

"黑色的餐盒，还有马蹄莲，由希去年就用过了！除了细节，其他几乎一模一样！很明显的抄袭，你不用狡辩了！"其中一个扎着马尾的女孩，指着方若童义正辞严地说道。

方若童的脸色骤然惨白，刚才还坚定的意志转瞬就动摇了。

这么多人说她抄袭了易由希的作品，难道她真的无意中抄袭了……怎么会这样？怎么会有这么偶然的事情？

"看吧！说不出话来了吧！"

"被我们说中，无话可说了吧！"

"抄袭真无耻！还拿来展出，真够不要脸的！"

一群粉丝把方若童围在中间，指着她犀利地指责道，句句就像是锋利的箭，把方若童射得体无完肤。

方若童突然感觉到胸口很闷，呼吸困难，心脏跳动得越来越快，似乎要爆裂开来。

楚爱荷赶紧拨开人群，冲到方若童身边，扶着她摇摇欲坠的身子。"你们不要胡乱猜测，我们花流院的弟子不会抄袭的，这纯粹是巧合！"楚爱荷望着那群咄咄逼人的粉丝，用力大吼。

"谁管你们是疯人院还是精神病院，事实摆在面前，方若童就是抄袭了，无从狡辩！"

"就是！居然抄袭由希的作品，今天你们就要给我们一个交代！"

粉丝们围着楚爱荷和方若童，不依不饶，个个都是一副要吃人的架势。

"我也是从花流院出来的，被传授的很多东西跟方若童是一样的，所以会出现这样的巧合，也是非常有可能的。"

这时，一个清朗的声音传来，让在场的所有人骤然安静下来。

只见，易由希从容不迫地走了过来，拥挤的人群立刻像潮水般往两边分开，让出一条道来，被人群仰望的他就像个高贵而优雅的王子，以居高临下的姿态走到方若童面前。

他望了方若童一眼，眼神中传递着某种讯息，使得方若童整个人骤然一颤。

那是她懂得的眼神，小时候只要她做错了事，或者闯了祸，易由希都会用这样的眼神暗示她，然后帮她背下所有黑锅。

她难以置信地望着易由希，双眼睁得大大的，半晌都一动不动。

"由希，你为什么要帮那个不要脸的女人说话！"

"由希，你真是太善良了，我们不会让你被欺负的！"

粉丝们依旧非常不服气，个个用杀人般的目光瞪着方若童。

"谢谢大家，不过我说的是事实，不是为了包庇方若童。"易由希淡淡地笑了笑，用不紧不慢却坚定不移的声音对所有人说道。

他的话让在场所有人顿时无话可说，所有粉丝依旧是一副不甘心的表情，却没有人再提出异议。

事情终于这样落幕，花展也得以继续进行。

晚上，方若童独自回到家，虽然抄袭事件被澄清了，可是她心里依旧非常在意。

　　易由希说的那些话纯粹就只是为了堵住大家的嘴，出现这样的巧合，和他们师出同门完全没有半点关系。

　　两年里，她为了养病，几乎和外面的世界隔绝，她完全没有关注过那两年里出现的插花作品，也完全不知道那两年里易由希创作过什么作品。

　　可是，既然有那么多人指责她的作品和易由希去年创作的作品相似度很高，那肯定是有根据的，不会是空穴来风。

　　方若童打开了电脑，输入了易由希的名字，网页里立刻跳出了很多易由希的资料、照片，以及他的作品。

　　按照日期查找，在去年的作品里，方若童就看到了一件和她今天所参展的作品如出一辙的插花作品，一样用黑色的餐盒当插花器皿，一样的马蹄莲，只有细节方面有些细微的出入！

　　方若童无法置信地睁大眼睛，虽然已经做好了心理准备，可是当看到和自己创作的作品几乎一模一样的插花作品出现在自己的眼前时还是无法接受，她刚开始以为只是某些地方有神似，没想到整个构架和主题几乎是一模一样，任谁看了都会认为是她抄袭了易由希的作品。

　　方若童颓然地坐在椅子上，两眼迷离地望着电脑屏幕，瞳孔空洞而茫然，似乎是一只迷失在海面上的海鸥，迷茫而又绝望。

　　怎么会这样呢……

　　难道她真的没有才华吗？

　　从小到大，她都追逐着易由希的脚步，听着师傅和各位老师对他赞不绝口。在易由希身边没有人能够看到她的光芒，因为易由希的光芒太强烈了，掩盖了周围所有人的光芒。

　　在全国插花大赛上她大获全胜，就以为自己才华横溢，可是跟易由希比起来，她的所学根本就是雕虫小技。

　　3

　　清晨，当艾雨走进教室时，就看到方若童一个人望着窗外发呆，原本白皙的脸更加苍白，在阳光下接近透明，眼睑下有点点的青紫色，整个人看起来很憔悴。

　　她走了过去，在方若童面前坐下，伸出手拍了拍她的脸，轻唤道："小童，昨晚没有睡好吗？脸色这么难看。"

方若童怔怔地抬起头，双眼像没有生命的傀儡娃娃似的空洞。

"……没有。"她淡淡地说，声音有气无力的。

"那是怎么了？有什么心事吗？"看到方若童这个样子，艾雨也跟着忧愁起来。

"我的作品被指责抄袭易由希的。"方若童紧咬着下唇，蝶翼般的睫毛轻轻颤动着，脆弱得仿佛一碰就碎。

"怎么会这样？"艾雨惊愕地睁大眼睛，拉起方若童的手，紧张地问，"会是巧合吗？"

"我在网上搜了易由希的作品，跟我这次创作的作品确实很像。我也不知道……为什么会这么巧呢……"方若童抱着自己的头，痛苦地埋进双臂中，就像一只逃避现实的鸵鸟。

看到方若童这个样子，艾雨一下子急得不知如何是好，她拉起方若童，安慰道："不要难过了，小童，世界上就是有那么巧的事不是吗？只要你知道自己没有抄袭就行了，我相信你小童！"

"谢谢你，小雨。"方若童一把抱住艾雨，眼泪像断了线的珍珠，扑簌扑簌地掉了下来。

"我们是朋友，说什么谢谢呢。"艾雨回抱住方若童。

"我是不是没有天分呢？我根本超越不了易由希……"方若童的声音那么哽咽，让人听了都心疼。

"怎么会呢？你忘记了你是史上年纪最小的全国插花比赛的冠军吗？你比任何人都有天分，迟早有一天能够超越易由希的。"艾雨轻轻地拍着她的背，语气温柔得能把人融化。

"真的吗？"方若童抬起头，半信半疑地望着艾雨。

"嗯，你要相信你自己！"艾雨用力点了点头。

方若童弯起了嘴角，终于露出了这两天来的第一个笑容。向艾雨哭诉了一通后，她感觉心里轻松了许多，几天来压抑的委屈也一下子宣泄了。

放学后，艾雨陪着方若童回到家，方若童还是第一次带同学回家，邱淑芬非常热情地招待艾雨，连方若奇都表现得非常热情好客。

吃完晚饭，艾雨坐在方若童的房间里。方若童坐在桌前，桌子上铺满了各种各样的花朵，可是方若童就是没有办法伸出手拿起任何一枝花，在她眼里那些花朵都长满了刺，尖利地布满了花枝，让她不敢触碰。

而那些花刺就是花展上的那些严厉的指责和犀利的怒骂，虽然事情已经过去，可是抄袭的指控却一直留在了她的心里，就像一道深可见骨的伤疤，就算痊愈，也会留下难以磨灭的疤痕。

骤然间，方若童似乎看到桌子上的花朵咧开了嘴，嘻嘻哈哈地嘲笑着她，就像那天花展上的那些女生，带着一脸的讥笑和冰冷的眼神。

方若童捂起了脸，再也无法控制自己的情绪。

"怎么了小童？"艾雨搂住方若童的肩膀，担忧地大声唤道。

"我办不到！我办不到！"方若童呜咽道，双肩剧烈颤抖着，就像一只可怜的受惊的小兔子。

"小童，不要害怕，你从小就开始学习插花，你很有天分，这对你来说简直就是家常便饭！"艾雨抓着她的肩膀，坚定地鼓励道。

"我做不到，一想到那天花展上被指控抄袭，我就害怕！"方若童用力摇着头，泪湿的睫毛轻轻颤抖着，像是被雨淋湿的蝴蝶，扑扇着翅膀飞不起来。

"你做得到的，我相信你做得到的，不要害怕，小童！"艾雨从桌上拿起一枝睡莲，递到方若童面前，双眼如绽放着绚丽光芒的宝石那么美丽，"你办得到的，相信我！"

方若童怔怔地望着艾雨，犹豫了很久，似乎是鼓起了所有的勇气，颤巍巍地伸出手，一点点朝艾雨手中的那枝睡莲探去。

似乎是一个神奇的魔法，那些花刺在艾雨的手中消失了，那朵淡黄色的睡莲在艾雨的手中散发着荧荧的光芒，那么的温暖，那么的美丽，似乎在召唤她！

方若童从艾雨手中接过睡莲，她感受到一股神奇的力量注入了她体内，让她不再担心和害怕，反而充满了信心。

"小童，我似乎看到你重生了！破茧般的新生！"艾雨眼中绽放着惊喜的光芒，如彩虹般耀眼。

"重生？我有灵感了！"艾雨的话如同一道灵光划过方若童的脑海，她望着手中的睡莲，脸上漾开喜悦的笑容，"我要创作一件叫《重生》的作品！"

她从柜子里找出了很多枯枝，做出了一个破碎蛋壳的形状，然后把半开的睡莲放在"蛋壳"中间，很快，一件作品就完成了！

"哇！太美了！小童你真是太有才华了！"艾雨拉起方若童的手，由衷地称赞道。

"这都是你给我的灵感，艾雨，你是天才！"方若童望着艾雨，双眼闪闪发光。艾雨就像是她的精灵，总在她最需要的时候给她帮助，为她创造奇迹！

艾雨轻轻地摇了摇头，微笑着说："不，这些才华都是你自己的，小童，你要相信你自己！"

"嗯！"方若童用力点了点头，在艾雨的帮助下，她再次恢复了信心。

楚爱荷看到了方若童的作品，非常地高兴，并把它送到了插花艺术交流会展上展出。可是，在展会上展出没几天，就有各方的电话打来，询问方若童的作品是不是抄袭了易由希的。报纸上更是刊登了两件作品的对比照片，楚爱荷看了报纸后差点就晕了过去，两件作品神似到一眼难以辨认！

抄袭的矛头再次纷纷指向方若童，这次的巧合，加上上次花展的巧合，没有人相信会有两次巧合，方若童这次就算是跳进黄河都洗不清了。插花界的各位名人和前辈，没有听楚爱荷的解释，一致把方若童给封杀了，坚决地表示不再接受方若童的任何作品。

花流院的电话都要被打爆了，门槛也要被踏破了，各方流言不断，花流院几百年来累积的名声，一夜间一落千丈。

得到消息的方若童赶紧赶回了花流院，刚走进花流院，就看到好多家长带着孩子从花流院里走出来。

"你们门派居然教出这样的徒弟！我不希望我的孩子以后也变成一个骗子！我们不学了，走！"

"当初以为你们花流院是几百年的名门才让我女儿来学艺的，没想到是金玉其外败絮其中！我可不能让我的女儿被你们给耽误了！"

家长们带着孩子骂骂咧咧地走出花流院，似乎里面有瘟疫蔓延似的，唯恐躲避不及。

挂了几百年的牌匾摔了下来，横倒在门口，任凭出入的人无情地践踏，方若童看了一阵心酸。那是师傅最钟爱的牌匾，看得比自己的生命还要重要。

她走了过去，捡起地上的牌匾，从口袋里摸出手帕，轻轻地擦拭着上面的灰尘和脚印。

"小童师姐，你总算回来了！"正在收拾杂乱的院子的小五，看到方若童顿时又喜又悲。

"小五。"方若童把牌匾放在墙边，走进了院子。

"你去看看师傅吧！"小五的眼中隐隐透着焦虑。

方若童心里一惊，有股不好的预感冲击着她的心脏，她抓起小五的手，紧张地问："师傅怎么了？"

小五的眼眶一红，哽咽地说："师傅病了……"

"师傅在哪？快带我去！"

小五赶紧带着方若童，往后院走去。

4

走进楚爱荷的房间时，小兰正在喂楚爱荷喝药。才半个月没见，楚爱荷整个人看上去就消瘦了许多，也苍老了许多。

她的脸苍白得没有一丝血色，方若童心疼地走上前，泣声叫了声师傅。

楚爱荷推开了面前的药碗，颤着手，指着方若童说："我没有你这样的徒弟，你真的太让我失望了！"

"师傅，我没有抄袭，你要相信我！"方若童扑通跪倒在楚爱荷面前，泪眼汪汪地抓着楚爱荷的袖子。

楚爱荷咬着牙，甩开方若童的手："花流院的名声全被你给败坏了！几百年的基业，因为你一败涂地！"

"对不起，师傅……可是我真的没有抄袭！你要相信我啊！"方若童有口难辩，只能跪在地上乞求师傅原谅。

"师傅，我也相信小童师姐不会抄袭的！你就原谅了小童师姐吧！"小兰跪在方若童身边，替她一起求情。

看到两人这个样子，楚爱荷的心一下子也软了。她深深地叹了口气："就算我相信你，外界也不相信。现在不但是你，连花流院都没有办法在插花界立足了……"

"对不起，师傅……我对不起花流院……"方若童低下头，眼泪像雨滴般，一滴滴砸落在地上。

从楚爱荷的房间出来，已经接近黄昏了，天色暗沉沉的，云层低得要压下来，似乎积蓄着一场大雨，随时会骤然而至。

"小兰，我走了。"方若童转过身，对小兰淡淡地说，哭过的双眼有点红肿。

小兰有点讶异："师姐，你不住几天吗？"

方若童淡淡地摇了摇头："不了，我还有很多事情要做，帮我好好照顾师傅。"她轻轻地拍了拍小兰的肩膀。

"嗯，你放心吧师姐。"小兰用力点了点头，然后望着方若童转身走出花流院，心里突然有点酸酸的，眼眶再度潮湿了。

秋铭山的枫叶掉得所剩无几了，只有寥寥无几的几片挂在枝头，在风的吹动下扑啦啦地摇晃着。

风中透着刺骨的寒气，让人忍不住缩起脖子。

方若童的身影在蜿蜒的山路上越来越模糊。

秋天非常的短暂，像辉煌而华丽的烟火，在眼前一闪而逝。

而冬天，就这样悄无声息地来到了身边。

冬日的午后，原本应该肆意享受的阳光，却钻在厚厚的云层下，不肯露面。萧索的街头，被雾气笼罩着，光秃秃的枝丫孤零零的。

方若童穿着厚厚的米色大衣，独自走在街头，面前是十字路口，可是她却像迷失了似的，一下子不知道何去何从。

她已经旷课三天了，不敢去学校，也不想待在家里，每天都这样漫无目的地游荡在街上。

一辆黑色的加长林肯在她面前停下，穿着黑色大衣的少年从车子里走下来，亚麻色的短发在黑色大衣的衬托下如金子般华丽耀眼。

冬日的街头，因为这抹金色，带来了一丝的光彩。

"我找了你三天了。"展韶华看到颓废的方若童，脸上流露出一丝不悦，却一点不有损他的俊美，反而让他看起来有种傲慢的帅气。

方若童并没有因为他的话而停下脚步，似乎根本没有看到他似的，从他身边走过，视线始终没有停留在他身上。

"你要逃避到什么时候？！"展韶华有点恼怒地转过身，对着她的背影大吼。

方若童的脚步停滞了一下，脊背微微一僵。

展韶华对着她的背影继续说："这么点挫折你都无法面对吗？那个倔强而孤傲的方若童去哪里了？"

方若童的双唇紧紧地抿着，双眼直视着前方。

倏地，她提起脚，大步地往前方跑起来，大衣的下摆随着她的步伐展开，就像是她飞不起来的翅膀。

展韶华并没有追上去，而是在她身后大喊："只要你一句话，我就会实现你所有的愿望！"

方若童没有停下脚步，而是更快地往前跑，仿佛在逃离什么可怕的东西似的。

展韶华看了她一眼，坐进了车里。

"少爷，要追上去吗？"司机望着后视镜里的展韶华，恭恭敬敬地问。

"不用，迟早她会来找我的。"展韶华的嘴角扬起一个胜券在握的笑容。

回到家，天已经黑了。

邱淑芬和方若奇焦急地坐在客厅里，下午接到学校打来的电话，才得知方若童已经翘课三天了。

方若童一向很乖，从来没有让他们担心过，这次会这样反常，他们都知道是什么原因，所以更加担心了。

看到方若童拖着疲惫的身子走进家门，两人立刻从沙发上站了起来，围到她身边。

"姐，你去哪里了？我们担心死你了！"

"小童，你晚饭吃了吗？肚子饿吗？"

"不饿，我有点累。"方若童有气无力地摇了摇头，然后推开他们走上楼。

看到方若童消沉的样子，两人心里一沉。

"我去看看姐。"

"嗯，好好安慰她。"

方若奇追了上去，跟着方若童一起进了房间。

看到方若童没有理会他，躺到了床上，方若奇黏了过去，"姐，星期六我们去海洋馆好不好？我同学送了我两张票。"他坐在床边，推了推背对着他的方若童。

"不去，你找你同学一起去吧。"方若童没有转过身，淡淡的声音飘过来。

方若奇不悦地嘟起嘴，撒娇着说："可是我想跟姐你一起去耶！"

"我不想去。"方若童拉起被子，蒙住了自己的头。

方若奇黯然地叹了口气，转过头漫无目的地看着方若童的房间，却发现她房间里所有的花都不见了。"姐，你的花呢？"方若奇疑惑地问。

"扔了。"闷闷的声音隔着被子传来。

"为什么都扔了？"

"我以后都不会插花了。"

"为什么？！"方若奇扯掉了她蒙住脑袋的被子，大声问道，"你把插花看得跟你的生命一样重要，为什么说放弃就放弃了？"

"我不适合插花，我没有天分。"凌乱的发丝颓然地贴在方若童脸上，那对黑色的眸子一点神采都没有。

方若奇看了一阵揪心的痛，他咬了咬牙，想说什么来，却苦恼找不到安慰方若童的话。

方若童失神地望着天花板，瞳孔没有焦距地涣散着，脸上的表情让人看了心痛。

那张跟自己神似的脸更加瘦了，原本丰满的双颊棱角分明，脸色苍白得接近透明，长长的睫毛就像脆弱的蝶翼，在眼睑处投下淡淡的阴影。淡青色的黑眼圈使她看上去很憔悴，虽然天天见她很早就睡了，可是那越来越深的黑眼圈任谁都知道她其实天天都在失眠。

方若奇看了她一会儿，幽幽地叹了口气。

方若童依旧沉浸在自己的世界中，似乎没有感觉到坐在身边的方若奇，方若奇无奈地站了起来，走出了方若童的房间。

姐，我一定会帮助你的！

关上房门，方若奇隔着门板对方若童暗暗发誓。

第九章 两两相忘

1

周六，一早方若奇就起了床，走到方若童的房前，他看到方若童的房门紧闭着，没有一丝动静，应该还在睡觉。

方若奇走下了楼，邱淑芬正在厨房里做早餐，煎蛋的香味从厨房里飘出来，让人垂涎三尺，可是方若奇却一点兴趣都没有。

"小奇，这么早就起床啦，早餐马上就好了！"看到方若奇下楼，邱淑芬笑着说。

"我不吃了，我要出门。"方若奇应了一声，他手里握着两张海洋馆的门票。思量了一会儿，他还是把门票放在了客厅的茶几上，然后出了门。

邱淑芬从厨房里走出来时，方若奇已经出了门，没听清楚方若奇说了什么，只看到茶几上多了两张票。

她拿起票看了看，发现是两张海洋馆的门票，邱淑芬疑惑地皱了皱眉，把门票放回了茶几上。心里想着，或许是小奇忘记拿的，可能等会儿就会回来拿了。

出了门后，方若奇就直奔易由希家，他坚定地认为，只要是易由希，就一定能帮上方若童。

来到易由希家，方若奇有点紧张地站在门口，犹豫了好久，才伸出手按下了门铃。

　　很快，里面就传来一阵脚步声，然后门被打开了。易由希穿着清爽的白色运动服，未经打理的短发有点凌乱，看到方若奇，他的脸上闪过一丝惊讶。

　　"小奇，你怎么来了？"

　　"由希哥，我是为了我姐来找你的。"

　　"进来吧。"犹豫了一下，易由希退开一步。

　　方若奇望了易由希一眼，走进了门。

　　易由希带着方若奇走进客厅，然后指了指沙发说："坐吧。"

　　方若奇在沙发上坐了下来，易由希倒了杯果汁放在他面前。方若奇有点紧张地绞着手指，寻思着该怎么开口。

　　"你姐怎么了？"见方若奇别扭了半天没有开口，还是易由希首先打破了沉默。

　　"我姐最近很消沉，也不上学，也不插花，似乎对什么都失去了兴趣……我不忍心看她这个样子下去。"方若奇抬起头，泪眼汪汪地望着易由希，"由希哥，你能不能帮帮我姐？"

　　"你让我怎么帮她？"易由希平静地反问道，却让方若奇一下子哑然。

　　他只是直觉觉得由希哥能够帮助姐，可是却从来没有想过帮助她的方法。

　　"我姐没有抄袭。哪有人会那么笨的，抄袭那么明显，还抄袭你的。你那么出名，很快就会被发现的。"

　　"虽然是这样，可是不是任何人都会跟你一样想。"易由希从茶几上拿起香烟，点了一根抽起来。

　　客厅里立刻弥漫起淡淡的香烟味，云雾缭绕着他，使他看上去更加神秘而富有魅力。

　　"我知道，所以我希望你能想办法帮帮我姐！"方若奇的双眼紧紧地盯着他，似乎他身上具有一种让他深信不疑的魔力。

　　"我也没有办法帮她。"易由希弹了弹烟灰，轻笑道。

　　"不可能，你一定会有办法的！"方若奇用力抓着易由希的手，焦急地说。烟灰从烟头掉落，掉在易由希手上，可是他没有皱眉。蓦地，方若奇脑海种闪过一个想法。他的眼睛一亮，一动不动地望着易由希说："你能不能说是你借鉴了我姐的创意，而我姐之前并不知道，所以撞在了一起？"

易由希无奈地笑了笑，似乎是在嘲笑他的幼稚："这怎么可能，你让我毁了自己的事业吗，而且我这么说外界也不会相信。"

"只要你一口咬定，外界自然而然就会相信的！"方若奇依旧不放弃地说。

易由希抽回自己的手，淡淡地说："小奇，你太天真了，那些记者没有那么笨的，而且我为什么要为了你姐牺牲那么多呢？"

看到易由希一副事不关己的样子，方若奇有点心凉："你不是还喜欢我姐吗？由希哥。"

"我已经不喜欢你姐了。"易由希靠进沙发，深深地吸了一口烟，脸上的表情依旧是冰冷而淡然的。

以前的易由希可以为了方若童赴汤蹈火，可是，现在的他变了。

方若奇一下子恼火起来，他冲着易由希大吼："你胡说！你明明还是喜欢我姐的，我知道！"

望着脸红脖子粗的方若奇，易由希面无表情地说："你什么都不知道，感情的事你根本就不懂。"

"我知道！我知道你还喜欢我姐，我姐也还喜欢你！"方若奇从沙发上站了起来，暴跳如雷地朝易由希大吼。

蓦地，他弯下腰，脸色骤然涨红，整张脸几乎皱在了一起，似乎是痛得无以复加。

"小奇！是不是心脏病发作了？你不要激动！"易由希大惊，赶紧接住方若奇倒下的身子，焦急地问，"药呢？"

方若奇捂着胸口，痛得说不出话来，易由希焦急地在他身上摸索着，心里慌乱不已。

一上午，方若童的心脏就怦怦直跳，莫名地心慌，似乎要有不好的事情发生似的，让她坐立难安。

她往花流院打了电话，询问了花流院和楚爱荷的情况，小兰告诉她花流院的事已经平静了许多，楚爱荷的病情也好转了许多。

方若童放下了电话，可是心里依旧放心不下。

"小童，吃饭了！"这时，楼下传来邱淑芬的叫声。

方若童应了一声，走下楼。

走到餐厅，她发现方若奇不在，于是疑惑地问："小奇呢？还在睡懒觉吗？"

"没有，一早就匆匆忙忙地出门了。"邱淑芬盛了一碗饭递给方若童。

"哦。"方若童接过饭，突然想起昨天方若奇对她说过的话，"他好像说要去海洋公园，可能跟同学去海洋公园玩了吧。"

"海洋公园？可是我看到他的门票放在茶几上没拿。"邱淑芬指了指茶几上的那两张票。

方若童疑惑地望了邱淑芬一眼，走到茶几前拿起那两张票，看到票上写的确实是海洋公园。

"我以为小奇是忘记把票带出去了，可是过了一上午了他都没有回来拿。"邱淑芬边盛饭边嘀咕着。

听了邱淑芬的话，方若童心里的慌乱莫名地更加强烈起来。

这时，她感觉到有什么东西碰了她脚尖一下，低下头一看，发现是个茶色的瓶子滚到了她脚边。瓶子上贴着白色的标签，看上去非常眼熟。

小奇的药！

方若童心头一震。

她捡起了瓶子，扭过头望着邱淑芬："小奇忘记带药了。"

"哎呀，这孩子怎么那么粗心呀！"

"我去给他送药，你先吃吧，妈！"方若童握着药品就冲出了门。

冲出了家门她才发现自己忘记穿外套了，沁人的寒气逼向她，冷得刺骨，可是她顾不得。

心跳声咚咚咚如擂鼓般敲击着她的大脑，她慌乱地差点没了方寸。

她摸出手机拨通了方若奇的电话，可是响了好久都没人接，她挂上电话。

刚挂上电话，她的手机就响了起来，她看了看来电显示，发现是易由希打来的。

她接起电话，不耐烦地说："我现在要去找小奇，有话等一会儿说。"

"小奇在我这里。"

"什么？"

"小童，你要冷静。"

易由希的话让她莫名地不安起来，她战战兢兢地问："小奇……他怎么了？"

"小奇心脏病突发……过世了……"

易由希的话就像是一道晴天霹雳，劈在方若童头顶。

她的脑袋一度空白一片，接着所有情绪一同翻江倒海地向她涌来，几乎让她崩溃。她对着手机大吼："你说什么！你胡说八道！"

"小童，你冷静点！"电话那边的易由希提高了音量。

"你骗我！你一定是在报复我！"

"我没有必要报复你！"

"你骗我！你骗我！你骗我！你骗我！"方若童站在人来人往的街头，声嘶力竭地大吼，根本顾不得别人把她当疯子看。

可是，吼完了，所有的力气也随着声音，从她的身体抽离，她虚弱地蹲了下来，对着手机绝望地说："你一定是在骗我……"她的声音是那么的沙哑而低沉，就像鸦雀凄厉而绝望的叫声。

"对不起……"

电话那边的易由希沉默了很久，只说了这么三个字。

天空晴朗得发白，却什么都看不到。

空荡荡的。

半只鸟都没有。

周围的景物一下子消失了，连来往的行人似乎也跟着消失了。

方若童一个人蹲在街头，手机掉落在身边。

她从来也没有像这一刻，感觉这么绝望过。

那个从出生前就跟自己在一起的人，就这么从世界上消失了。

悄无声息的，没有一丁点预兆。

方若童似乎怀疑，这或许只是一个噩梦。

睡醒，或许会发现什么事都没有发生。

所有的一切还跟往常一样，贫乏得让她疲倦。

2

赶到医院，方若童看到病房内一片刺目的苍白，病床上躺着一个人，从头到脚都被白色的床单盖着，只有一个模糊的轮廓。

那个轮廓看起来有点陌生，或许揭开床单会发现只是个毫不相干的陌生人。

站在病床前，方若童依旧还在侥幸地想着。

虽然这么想着，她伸出的手依旧颤巍巍的，仿佛面前摆的是潘朵拉的盒子。

床单被揭开，露出了一张跟她神似的脸，表情很安详，似乎只是睡着了。

"啊——"身边传来邱淑芬凄厉的尖叫声，接着是撕心裂肺的哭声，还伴随着父亲方祈明压抑的哭声。

可是方若童却哭不出来，心在那一刻似乎是麻木了，忘记了该有的反应。

她静静地打量着面前那张和她神似的脸，那么熟悉，每个轮廓都刻画在心里。可是她依旧不忍心眨眼，每一眼都显得那么珍贵。

以前从来没有这么仔细地看过眼前的这张脸，跟她那么神似，但是还是有些微区别的。面前这张脸比她稍微硬朗点，多了点男孩子的英气。眉毛比她上扬一点，颧骨比她稍微高一点，棱角也比她分明许多。

身边的哭声突然停止了，邱淑芬哭得岔气，晕了过去，被方祈明和护士扶出了病房。

病房内只剩下方若童一个人，空荡荡的病房静得连根针掉在地上都清晰可闻。

方若童跪倒在地上，伸出手，拥住方若奇的身子，就像往常一样毫无缝隙地贴合在一起，就像在胚胎中时一样赤裸裸地拥抱。

眼泪再也控制不住，像洪水决堤一样，汹涌地涌出眼眶。

"你不是说好要永远跟我在一起吗……你不是说要当我的骑士永远保护我吗……你怎么可以对姐姐食言！"

方若童抱着方若奇冰冷的尸体，失声痛哭起来。

绝望和痛苦的哭声回荡在病房内，任谁听了都要心碎一地。

易由希走进病房，正好看到了这让人心碎的一幕，再也无法用冷漠的面具掩饰自己的感情。他走上前，伸出手搭上方若童的肩膀，心痛地安慰道："小奇走得很平静，你不要过度伤心了，不然他在天之灵也无法安心的。"

方若童的肩膀骤然僵硬，撕心裂肺的哭声也随之停止，过了好久她才缓缓地转过头。

易由希被她的眼神吓得整个人一震——那是一双被仇恨燃烧得通红的眼睛，仿佛要毁灭眼前的一切！

"你为什么不救他……为什么！"方若童的声音低沉而沙哑，就像是一只被逼到绝境的野兽。

"我也想，可是还是晚了一步。"易由希心虚地低下头，避开方若童咄咄逼人的视线。他的内心也非常非常愧疚，可是他知道这一切都无法弥补了。

"借口！借口！一定是你没有尽力！如果你尽力了小奇就不会死！"方若童声嘶力竭地咆哮着，眼泪汹涌地从眼眶里流出来。

易由希的心被狠狠地剜了一刀，他的嘴唇轻轻地颤抖了一下："对，是我的错，是我没能救小奇，对不起……"

方若童冲到她面前，抓起他的前襟，吼道："对不起有什么用！你以为一句对不起就能换回小奇吗！"

"我知道……"易由希的嘴唇嗫嚅了一下，俊美而苍白的脸上弥漫的全是伤痛。

仿佛全身的力气一下子被抽空，方若童扑通一声跪倒在地上。"小奇再也回不来了！再也回不来了！呜呜呜……"方若童捂着脸失声痛哭起来。

"小童……"易由希跪倒在地上，伸出手把她揽在怀里。

冰冷的病房内非常安静，回荡着方若童撕心裂肺的哭声，方若奇的脸色苍白却非常安详，像睡着了一样。

方若奇的葬礼非常简单。

神父祷告完后，黑色的棺材就沉入了土中，亲朋好友绕着墓坑一个个走过，把手中的白色玫瑰花丢进坑中，然后土就被铲进了墓坑。

很快，黑色的棺材就被泥土淹没。

天空阴沉沉的，没有一丝阳光。

方若奇就在这样一个没有阳光的午后，永远地沉睡在了泥土中。

方若童怔怔地站在墓碑前，突然感觉自己离周围的一切都那么的遥远。

眼前的一切都变得不真实起来，就像是在看一部苍白的电影，不知道该怎么抒发自己的情感。

宾客都走光了，只剩她一个人站在原地，似乎忘记了时间的存在。

没多久，天空下起绵绵细雨。

一个少年，撑着一把黑色的伞，远远地走来。

一个迟到的送客。

他走到方若童身边，把伞举到她头顶。

不用转头，方若童也知道是谁，她一动不动地盯着墓碑，没有说话。

"不要太伤心了，否则小奇看了也会难过的。"易由希试图说些安慰方若童的话，可是，显然他的安慰没用，方若童依旧空洞地盯着墓碑，似乎连她的灵魂也跟着方若奇一起葬入了土中。

"小奇死前，为什么去找你？"沉默了半晌，方若童终于开口。声音是那么的缥缈，以至于易由希差点认为是幻听。

"他来求我帮你。"易由希有些艰难地说。直到现在，他依旧觉得那天发生的事如同一场噩梦。他很希望能够挽回，可是他心里也很清楚，失去的生命是永远不可能挽回的，所以他比谁都痛苦。

"那他为什么会心脏病发？"方若童扭过头，狠狠地质问着他。

易由希的嘴唇动了动，低沉地说："我没有答应他，我们发生了点争执。"

"你明知道小奇有心脏病！"方若童的声音一下子变得尖厉，像看仇人般瞪着易由希。

易由希心中一痛，低低地说："对不起，都是我不好……"

"是你害死了小奇！"方若童的双眼赤红，似乎能够滴出血来，让易由希感到害怕。

"小童……"易由希还想说些什么，却被方若童的怒吼声打断了，她指着易由希愤怒地大吼："你给我滚！再也不许出现在小奇墓前——"

易由希望着视他如仇人的方若童，张了张嘴，想说什么，可是最终还是什么都没有说，黯然地转身离开了。

方若童扑通跪倒在地上，她望着方若奇的墓碑，眼泪像断了线的珍珠，扑簌扑簌地掉落。

"小奇……都是我不好！"方若童非常地悔恨，悔恨得心都要碎了，她用力抓着地上的泥土，似乎在压抑着撕心裂肺般的疼痛，"是我连累了你……我不该不发现你的担忧……我太自私了……我只看到我自己……"

她突然想起方若奇以前对她说过的话。

他们是孪生姐弟，彼此最了解对方的想法，其中某一方伤心难过，另外一方首先能感受到。

可是，一直以来都是小奇感受着她的喜怒哀乐，而她从来没有体会过小奇的喜怒哀乐。

而这一切，已经再也没有机会了。

方若童跪在方若奇的墓碑前，不顾一切地痛哭着。

任由时间的流走，似乎一切的美好都在方若奇离开的那一天崩塌了。

3

方若奇死后，方若童整个人就像是没有灵魂的木偶，一整天都对着窗外的天空发呆。

随着方若奇离开的还有笑声。家里变得死气沉沉，通常安静得只剩下脚步声和桌椅的碰撞声。

母亲邱淑芬经常会炖了东西忘记关火，或者拿着扫帚站在原地扫半天。方祈明也变得非常忙碌，经常早出晚归。

整个家就像一根绷紧的弦，仿佛随时都会崩断。

绵绵细雨下了一个星期，就像是方若童心中不放晴的天空。

展韶华再次见到方若童，简直不敢相信自己的眼睛。方若童整个人就像是变了一个人似的，曾经的那些温暖和期待完全消失无踪了，只剩下冰冷和仇恨，似乎痛恨着世界上的一切。

行人稀少的街头，方若童穿着黑色的大衣，头发只剪到了齐耳的长度。

"你说只要我愿意，你就可以帮我实现所有愿望，这话是真的吗？"方若童盯着展韶华，冷冷地问道。

"是真的。"展韶华走到她面前，望着她的眼睛说，似乎是想让她透过他的眼睛，看到他的心意。

"那你帮我翻身吧，我要名扬插花界和影视界，我要超越易由希，我要让他没有立足之地！"方若童嘹亮而坚定的声音回荡在空荡荡的街头，似乎能够穿透苍白的天空。

"愿为你效劳，我的公主。"展韶华执起方若童的手，在手背上印下一吻。

方若童有点仓皇地后退了一步，望着自己的手背，似乎上面被烙下了一个无法磨灭的烙印似的。

"天下没有白吃的午餐，你需要我实现愿望，总得拿点什么来交换吧？"展韶华侧过脸，睨着方若童坏坏地笑了笑。虽然他知道这样很卑鄙，可是为了得到方若童，无论多么卑鄙的事情他都做得出来。

他相信，总有一天方若童会爱上他的。

钱虽然不是万能的，可是有时候有钱很方便。在展氏集团的威慑力下，那些插花界的名人和老前辈都得了健忘症，很快就忘记了方若童抄袭的这件事，并且把她当作一个很有潜力的后起之秀，纷纷地提拔她。

方若童不但回归了，而且带着一身的光辉，让所有想看她落魄下场的人大跌眼镜。在展韶华的帮助下，花流院再次名声大噪，方若童遵照了楚爱荷的意思继承了花流院，出入于各种上流场所，一时风头无两。

夜晚七点，市中心最好的威尼斯酒店灯火通明。据说是政界一位颇有分量的政客在举办酒会。

芬芳馥郁的美酒砌成水晶锥塔，衣香鬓影，觥筹交错。展韶华带着方若童一起参加酒会，为她招揽人气。

方若童的头发盘了起来，露出了整张美丽的脸，还有白皙细长的脖子。一件宝蓝色的真丝长裙把她整个人衬托得如月亮女神般高贵迷人。

一走入会场，两人霎时就成为了众所瞩目的焦点。展韶华拉着方若童朝几位政要走去，正在谈笑的几位政要看到两人走近，微笑着举起酒杯。

"蒋伯伯、刘叔叔、方叔叔，好久不见！"展韶华从侍者盘中拿起一杯香槟，和他们碰了碰杯，然后小呷了一口，接着向所有人介绍道，"这是花流院的新掌门方若童。"

"方小姐，真是年轻有为啊！"

"又漂亮又能干，以后一定会大有一番作为！"

三位政要纷纷称赞道，方若童露出微笑，却发现自己的笑容很僵硬，心里也很平淡。

对于这样的场合她一向是不习惯的，展韶华要她习惯起来，因为这是成为名人的必经之路，于是她试着习惯，可是每每回到家，她都觉得好累，身心都非常疲惫。

"听说易由希退出插花界了，好可惜啊，不知道什么原因。"

倏地，一个议论声飘进了方若童的耳朵。方若童如遭了晴天霹雳，骤然僵硬在原地。

"怎么了？小童，身体不舒服吗？"看到方若童的脸色骤然苍白，展韶华轻声在她耳边问道。

侍者拖着盘子从方若童身边走过，方若童把酒杯放回托盘里，然后头也不回地冲出了会场。

"小童！你去哪里？"展韶华还没反应过来，就看到鱼尾般妖娆的蓝色裙摆消失在人群中。

展韶华追了上去，却没有在人群中找到方若童。周围的人都诧异纷纷，用奇怪的眼神望着展韶华。但这只是个小小的插曲，豪华的晚宴很快就恢复了热闹和欢笑。

只是展韶华的内心再也欢乐不起来，他独自站在人群中，表情难掩落寞。

不顾一切地从宴会冲出来后，方若童就疯狂地寻找着易由希，她一定要找到他，当面问他为什么要退出插花界！

找到易由希时，他正在影棚为某知名杂志拍写真，镁光灯下，他如同梦中才会出现的美丽妖精。

故意揉乱的黑发贴在古瓷般光滑无瑕的脸上，迷离的眼神带着暧昧的勾引，微微上扬的嘴角让人为之沉迷疯狂。白色的衬衫随意地敞开着，露出修长的脖子和白皙而结实的胸膛，就像一把火焰，燃烧着所有人的眼睛。

他就像是纯洁而又妖娆的妖精，只要一眼，就会被他勾去所有的魂魄，甘愿为他奉献一切，包括生命。又像是一片迷人的花海，心甘情愿沉迷在他所编织的梦境中，永远都不想醒来。

方若童等他休息的片刻冲了上去，一把抓住了他的衣领，易由希似乎早已经发觉了她的存在，所以没有太大的惊讶。

几个工作人员见状冲上去想要拉开方若童，却被易由希挥手制止了。

"没事，抱歉，我离开一下。"

易由希拉着方若童来到化妆间，然后反手关上了门，阻绝了外面嘈杂的声音。

"为什么要退出插花界！"门一关上，方若童就死死地盯着易由希，厉声问道。

"不想再插花了，很简单。"易由希从化妆台上拿起香烟盒，抽出一根叼在嘴里，然后从裤袋里摸出 Zippo 打火机，随意地点燃。

"你骗我！到底是为了什么？！"易由希漫不经心的态度，惹得方若童非常生气。

"没有为什么，就是不想插花了！"易由希吸了一口烟，然后朝半空吐着烟雾，白色的烟雾缭绕在他身边，具有让人沉沦的性感。

"你怎么可以随随便便退出！我不许你退出！"方若童简直就要疯掉了，她冲了上去，重新揪起易由希的衣领，"告诉我为什么？"雾气从她眼底升起，易由希的脸变得一点点模糊起来。方若童突然有种想哭的冲动，可是她还是忍住了。

"小姐，难道我退出还要经过你的批准吗？"易由希掰开方若童的手，轻笑道。

"你真的要放弃插花吗？你不是把插花看得比你的生命还重要吗！"方若童挺直了脊梁，不甘心地瞪着易由希，清澈的大眼睛闪烁着让人无法直视的光芒。

"要得到一些东西，就必须割舍一些东西。"易由希弹了弹烟灰，不以为意地说。

"你是为了在演艺圈更好地发展，所以才退出插花界的吗？"方若童心里突然升起一阵无名火，把她仅存的耐心和理智一点点燃尽。

"你可以这么理解。"易由希没有肯定也没有否定，他拉出一把椅子坐下，然后叼着烟，置身事外地望着双眼通红的方若童。

眼中的雾气越来越浓，几乎要模糊了她的视线，方若童瘦弱的身躯微微颤抖着，她极力压抑着体内汹涌澎湃的怒意。

易由希继续抽着烟，似乎是没有感受到方若童的怒意似的。

化妆间内弥漫着一股一触即发的古怪气氛。

在雾气化作泪水流下来的前一刻，方若童朝易由希吼了一句："你真是垃圾！"然后就摔门冲出了化妆间。

摔门声回响在耳边，易由希依旧坐在椅子上抽着烟，只是脸上再也没法保持什么都不在乎的表情。

我把插花看得比自己的生命还重要吗？易由希自嘲地笑了起来，眼神却难掩忧伤和痛苦。

什么是比我自己的生命还重要的东西，你根本就不懂。

易由希怔怔地望着方若童的身影消失的方向，烟灰从烟头掉落，落在手背上都没有发觉。

4

冲出摄影棚后，方若童就一个人失魂落魄地走在大街上。

夜深人静，几盏路灯散发着微弱的光芒，如霜般洒落在冰冷的地面上。

夜里温度骤降，呵出的哈气在空气里形成雾气。

完美的发髻散了下来，凌乱地贴在脸颊上，真丝的长裙皱了，脸上的妆也被泪水弄花了，可是这些方若童都不去管它。

她的心就像是一只被遗弃在天空的风筝，飘飘荡荡的，不知何去何从。

易由希一直是她的目标，小时候是追逐的目标，之后是要打败的目标，可是他却中途退出了，自私而任性地放弃了。

她对小奇发过誓，一定会打败易由希，让他没有立足之地。

可是如今，她连打败他的机会都没有了。他是那么的狡猾，半途就弃权了。

就在这时，一辆黑色加长林肯在她身边停下。

展韶华从车子走出来，手中拿着一件白色的皮草大衣。

看到冻得嘴唇都发紫的方若童，他的心被针扎似的疼痛。他把大衣裹在方若童身上，然后轻轻地把她拥进自己怀里，仿佛是要把全身的温度都传给她似的拥紧。

方若童木然地靠在他怀里，涣散的瞳孔没有一丝光彩，就像是被雾气遮蔽的月亮。

看到她这个样子，展韶华更加心痛了，"下次不要再任性了好吗？"他拥着她，在她耳边轻声说。

方若童的身躯轻轻地战栗了一下，眼泪再次控制不住，像断了线的珍珠落了下来。

虽然方若童什么都没有说，可是展韶华心里很明白，她这个样子，一定是又被易由希给伤了。

心里燃起嫉妒的火焰，像是最残酷的酷刑，让他生不如死。

他多想永远把她保护在自己的羽翼下，让她不受一丁点伤害。

可是，不管他怎么用尽全力，还是无法避免她受伤。因为他无论付出多大的努力，都无法抵挡易由希的一丁点伤害。

因为方若童心里爱的那个人是易由希。

只有自己爱的那个人才能真正地伤害自己。

在感情世界里，方若童被易由希伤害着，而他也无法避免地被方若童伤害着，而他没有改变的能力。

以前的他是那么的自信，而现在的他是那么的无力。

就算是当初瑞雪为了跳舞而离开他，他也没有这么难过过。

他从来没有这么爱过一个人，爱得那么的痛，爱得那么无力。

"我不甘心……我好不甘心啊……"就在展韶华以为方若童不会开口时，他听到方若童嘶哑着声音说，带着让人心碎的哭腔。

展韶华箍紧了双臂，紧紧地抱着方若童。

"他害死了小奇，可是我没有办法替小奇报仇……他已经退出了插花界，我再也没有机会了……他好狡猾！好狡猾啊……"方若童紧紧地攥着拳头，精心打磨过的指甲陷入了手心中，可是身体的疼痛并没有消除内心的疼痛，反而更加痛得无以复加，似乎要把她整个人都撕裂。

她的小奇，她的孪生弟弟小奇，她身体的另一半，灵魂的另一半，他就那么死了，永远地离开了他，而她连给他报仇都办不到。

展韶华已经彻底地沦陷了，他已经不想征服方若童了，在她面前他注定就是个输家，一点余地都没有。

就算她的眼睛只注视着易由希也没有关系，就算她的脚步只追逐着易由希也没有关系，只要她高兴，他会把整个世界都双手奉上。

因为她的泪水，会让他心碎。

原来心真的会碎，而且那么痛，没有一点声音，却无法忽视。

"有机会的。"展韶华轻轻地拍着方若童的背，就像在哄一个小孩般温柔，"我们有机会的，只要他还在圈子里，他退出了插花界，可是他还在娱乐圈。我们没有办法让他在插花界一败涂地，就让他在娱乐圈一败涂地。只要你一句话，我就在娱乐圈封杀了他！"展韶华咬着牙说，带着一份残忍的决然。

"不！我要亲自打败他，我要亲手让他一败涂地，我要亲手为小奇报仇！"方若童的声音带着想要燃烧一切的仇恨，她心里的伤疤血淋淋地流淌着血。

"可以，我会帮助你的。"

夜空没有月亮，只有灯光从林立的摩天大楼里透射出来，冰冷地点亮这个不夜城。

第十章 伤城秘密

1

展氏集团的经营范围覆盖全球各地，可是从来没有涉足过娱乐圈，这次突然宣布要投资娱乐产业，立刻引来了各方媒体的注目。

而且展氏集团一开始就砸重金投资了曾获奖多次的著名导演李斯的电影《空城》，男主角由当红偶像易由希扮演，而女主角则是从来没有演过戏的方若童。

展氏集团的少爷和方若童的关系一直被外界猜测着，对于两人的绯闻更是传得沸沸扬扬，再加上男主角是也曾经和方若童传过绯闻的易由希，所以这部电影还没开拍就已经受到了很多人的关注。

记者招待会当天，会场几乎被记者给挤爆了，展韶华和导演李斯坐在中间，方若童和易由希坐在两边。

看到那么多的记者，方若童脑海里就浮现了之前因为和易由希的绯闻被记者逼得无处可逃的场景，不禁紧张起来。

"请问方小姐，你从来没有演过戏，你有能力担当女主角吗？"这时，一个记者站了起来，提出了这样一个犀利的问题。

方若童心中一颤，额头沁出了一片细密的汗水，睁大了眼睛紧盯着那个记者半天，脑海里就是一片空白，什么话都说不出来。

展韶华看出了她的紧张，悄悄地伸出了手握住了方若童搁在桌子上的手，他感受到方若童的手非常冰冷僵硬，还带着微微的颤抖。

"不要紧张，有我在，想说什么就说什么，不要担心。"展韶华轻轻地在方若童耳边安慰道。

展韶华的声音拉回了她的思绪，方若童用力咽了一口口水，深吸了一口气，发现自己好多了，不像刚才那么紧张了。

她重新注视着那名提问的记者，镇定地说："虽然我是第一次演戏，可是我非常有信心，而且有李斯导演的指导，我想我会扮演好我的角色的，请各位拭目以待。"

那位记者立刻被方若童说得哑口无言，虽然他对方若童的演技很质疑，可是对于李大导演的能力是非常信任的。那名记者没有再说什么，悻悻然地坐下。

方若童搬出李斯，一下子就堵住了在场所有记者的嘴，再也没人敢提对她演技质疑的问题，方若童无疑是非常聪明的。

"说得非常好。"展韶华笑着在她耳边轻赞道，方若童的脸刷地红了。

"由希，你和方若童以前是同门师兄妹，这次在《空城》里扮演一对情侣，是不是本色出演啊？"一位女记者笑嘻嘻地问易由希，其他记者也都非常感兴趣地望着易由希。

易由希镇定自若地笑了笑："我和小童以前纯粹是兄妹感情，而《空城》里需要演绎的是一段刻骨铭心的爱情，是不一样的。"

"之前你和方若童就传出过绯闻，你敢说你们真的只有兄妹之情？"那位女记者不依不饶地继续追问。

"之前的传闻完全是无中生有，我和小童确实感情很好，虽然我们没有血缘关系，可是我们无话不谈，但是我们不来电，这也是没办法的。"易由希摊了摊手，脸上露出无奈的表情。

听了易由希这番话，记者们面面相觑，都是一副将信将疑的表情。

"李斯导演，听说《空城》原本的女主角是泰蕾莎，为什么现在又换掉了呢？"在一阵沉默中，一个记者站了起来，朝李斯大声提问道。

所有记者纷纷露出惊讶的表情，显然这件事很少人知道。

李斯导演清了清嗓子，然后掰了掰面前的麦克风，眼睛扫了在场的记者一眼，说道："《空城》原本定的女主角确实是泰蕾莎，可是考虑到角色问题，我们后来还是认为方若童更加适合。女主角的设定是个开花店的少女，而方若童从小学习插花，和花为伴，她身上带着一种天然、纯真的气质，就是我寻找的……"

"胡说八道！"李斯导演的话被一个尖厉的叫声骤然打断，只见一个身穿黑色蕾丝短裙的少女怒气腾腾地冲进了会场，记者纷纷露出震惊的表情，因为那正是话题的女主角泰蕾莎！

泰蕾莎伸出手，指着招待席后的李斯，大声说："根本不是这样！你们不要相信李斯说的话！他们把我换掉完全是因为受了展氏集团的压迫，他们想拉展氏集团的赞助，所以才把我换掉，用了展氏集团推荐的方若童！"

"黑幕，绝对是黑幕！"记者们纷纷记下泰蕾莎的话，互相传递着信息，明天的报纸头条一定会非常精彩。

"这是《空城》的记者招待会，你不要在这里捣乱！你已经不是《空城》的演员了，请你赶快离开！"李斯脸上再也维持不住平静的表情，朝泰蕾莎怒吼道。

泰蕾莎在娱乐圈任性妄为是出了名的，他可真怕泰蕾莎做出什么出格的事情来。

"你想堵住我的嘴，没那么容易！这么多年来你收了多少钱，你的那些奖项根本就是用钱买来的！你的才华根本就是狗屁！"泰蕾莎显然被逼急了，说话口无遮拦起来。

李斯的脸色顿时铁青，他指着泰蕾莎暴跳如雷地朝身边的工作人员吼道："快把她给我赶出去！"

几个工作人员立刻慌慌张张地跑过去拉泰蕾莎。

"放开我！拿开你们的脏手！"泰蕾莎凄厉地尖叫着，却还是被工作人员粗鲁地拉出了会场。

方若童一动不动地坐在招待席后，脸色比纸还要苍白，她从来没有看见过泰蕾莎这个样子，失去了所有的优雅和骄傲，就像一只受伤的天鹅，从高空摔落下来，满身是泥，流着悲痛的眼泪，再也保持不了高贵。

而这一切，都是因为她。

她突然地出现，夺走了原本属于她的角色，用了卑鄙的手段。

她突然觉得自己好无耻。

记者招待会因为这场闹剧而不得不中途停止，记者们带着一脸的兴奋离开会场，方若童等人也在工作人员的护送下离开。

　　2
　　泰蕾莎坐在地上，轻轻啜泣着，就像一只被遗弃的猫。
　　黑色的纱裙就像她被折断的翅膀，疼痛无声无息地把她整个人包围。
　　天空，突然飘起了雪。
　　这个冬天的第一场雪。
　　洋洋洒洒的雪花，就像是天使掉落的羽毛，寂寞地飘荡着。
　　整个城市因为这场雪而静默起来，所有的景物在雪花下有点模糊。
　　"起来吧。"
　　一个好听的声音在头顶响起，伴随着一只白皙的手出现在眼前。
　　不用抬头也知道是谁。
　　泪水不争气地掉落，泰蕾莎用力抹了一把脸，抓住面前那只手。
　　易由希把她从地上拉了起来，然后掏出手帕，轻轻地擦拭着泰蕾莎脸上的泪水。睫毛膏被泪水濡湿了，一道道流下来，在白皙的脸上黑得触目惊心。
　　看上去有点滑稽可笑，可是易由希的心却隐隐刺痛着，一点都笑不出来。
　　易由希温柔的举动，再次击溃了她理智的防线，她一头撞进他怀里，痛哭起来。
　　她真的非常非常委屈，童星出身的她，从小就是众所瞩目的焦点，八岁就已经小有成就，十四岁红遍全国各地，走到哪里她都是所有人追捧的对象。
　　而这一次，她却受了这样大的屈辱，一个刚踏入娱乐圈的新人就抢走了她的角色。
　　呜咽的哭泣声从怀里传出来，就像是天鹅最痛的悲鸣，易由希的心就像被针扎似的痛着。
　　他可以说是泰蕾莎一手带红的，当时他还是个初出茅庐名不见经传的新人时，泰蕾莎已经是红极一时，在娱乐圈占有一席之地的巨星了。那么高高在上的她，不顾经纪人的反对，硬要他和她搭戏，否则就辞演，在她的坚持下，他第一次担任了男一号，并且一炮而红。那之后泰蕾莎依旧力捧他，无论什么活动她都会出席助阵，可以说他有现在的成就泰蕾莎功不可没。
　　可是现在，他却帮不了她。

"为什么你们都那么喜欢方若童呢？她到底有什么魅力？她不过是个什么都不懂的小屁孩而已！"泰蕾莎用鼻音质问道。

泰蕾莎的话让他忍不住想笑，明明她自己跟方若童一样大，却把自己当成大人似的。

"好了，你是娱乐圈老前辈了，至于跟个新人赌气吗？"易由希伸出手，揉了揉泰蕾莎头顶柔软的发丝，泰蕾莎却扭开头躲开了他的手，就像一只高傲的猫。

"这不光是赌气！"泰蕾莎仰起脸，望着易由希非常认真地说，"这是女人间的较劲，我在乎的不是她抢走了我的角色,我更在乎的是她抢走了你！"

易由希的心猛地一震，就像被狠狠地击了一拳似的，凹下去一块，很久都起不来。

泰蕾莎炯炯有神的大眼，一动不动地盯着易由希，就像是在等待着他的回答。

而易由希没有给出答案，只是深深地叹了口气。

雪花落进她的脖子，冷得刺骨，泰蕾莎失望地低下头。

"你心里还是只有她，是不是？"

"对不起。"易由希伸出手，想拉起她的手，突然却发现自己没有资格，所以只能落寞地放下手。

"无论我做什么，都没有办法取代她在你心里的位置，是不是？"泰蕾莎重新仰起头，泪眼汪汪地望着易由希。此时的她不再是艳光四射的明星，只是个受伤的小女人。

易由希有种深深的无力感，他叹了口气说："蕾莎，你是我最好的朋友，我希望我们永远能够做朋友。"

朋友两个字就像是一把锋利的刀，扎在泰蕾莎心上，又狠又准。

泰蕾莎痛苦地扬着下巴，维持着骄傲的姿态，一如几年前第一次见到易由希的样子。她望着美得一尘不染的易由希，嘶哑着声音说："你知道的，我不仅想做你的朋友……我喜欢你。"

"对不起……"易由希不知道该说什么话来平复泰蕾莎心中的伤痛，只能道歉。

泰蕾莎扑了过去，一把抱住易由希，"你太过分了！为什么你对她那么温柔，对我那么残忍！你太过分了！"她握着拳头敲打着易由希，宣泄着心中的不满。

易由希没有阻止她，默默地承受着泰蕾莎怨恨的拳头。如果这会让她好受一些……

方若童坐在车里时，正好看到了易由希和泰蕾莎在街边拥抱的画面。

飘雪的街头行人寥寥无几，他们两个就像是一对私奔的恋人，在街头紧紧相拥着，雪把两人紧紧地包围，唯美得好似一幅画。

泰蕾莎穿着单薄的裙子，易由希敞开了黑色的厚大衣，把泰蕾莎包在里面，那么亲密，那么自然。

方若童的心脏就像被一支利箭瞬间穿透，半天都回不过神来。

等缓过神来，才发现自己已经鲜血淋淋。

车子从他们身边驶过，拥抱在一起的两人并没有发觉。方若童转过身靠在座位里，不去看那刺眼的一幕。

她早知道泰蕾莎喜欢易由希的，可是当真的看到事实摆在面前时，还是无法去正视。

她终于知道那两年为什么易由希一次都没有来看望过她。

那是因为他早就已经变心，喜欢上了其他女人。

而她却一直自欺欺人着，相信着他一定有他的苦衷。

在心里猜测着他的难处。

原来一切都只不过是她自己为自己编织的谎言。

"怎么了？"正在开车的展韶华，看到方若童的脸色突然变得难看，有点担心地问道。

"没什么。"方若童低下头，掩饰着脸上的悲伤。

"是不是冷？突然下雪了，好像降温了。"展韶华把暖风开得大了些，然后微笑着问，"好点了吗？"

"嗯。"方若童轻轻地点了点头。

"噢，对了！"展韶华突然像是想到了什么，从车里找出了一个包装精美的盒子，递到方若童面前。

方若童睁大了眼睛，愣愣地望着面前的盒子。

"生日快乐！今天是你的生日吧？"展韶华笑了笑，把盒子放入了方若童手中。

"谢谢……"方若童怔怔地望着手里的盒子，连她自己都忘记了今天是她的生日。

展韶华笑了笑，继续开车。

车子一路在马路上蜿蜒行驶着，往西郊的方向驶去。

展韶华把方若童送回家后，就开着车离开了。

雪依旧在下，似乎永远不会停歇似的。

3

回到家，方若童打开了盒子，蓝丝绒的盒子里躺着一条镶钻的白金手链，款式特别新颖，是由一朵朵可爱的金鱼草串联起来的，拎在手里时像一串小巧的风铃，花蕊处镶嵌的一颗颗碎钻，在灯光下夺目地闪烁着。

方若童非常喜欢，可是她只是拿在手里看了半晌，然后合上盒子放进了梳妆台的抽屉里，并没有打算要佩戴它。

她一直都非常明白展韶华的心意，可是那颗受伤过的心已经紧紧地闭上了门，很难再次打开。

翌日，是《空城》开拍的日子，展韶华亲自开车送方若童去剧组，再次引来了一阵议论纷纷。

"不过是别人包养的小情人而已，有什么了不起，还真以为自己是大明星了。"扮演女二号的陈佳佳看着从车里走下来的方若童，非常不爽地嘀咕着。

"你说话小声点，被别人听到就不好了。"助理小声在她身边小声地提醒着。

"听到就听到了，我才不怕！"陈佳佳不屑地哼了哼，然后开始打量起自己擦了金色指甲油的手指，似乎上面生出了花似的。

这时，易由希的红色法拉利也在剧组门口停了下来，身穿白色休闲服的易由希从跑车里走了出来，脸上戴着琥珀色的大墨镜，遮住了大半张脸，帅气得无可挑剔。

在展韶华的陪同下走进剧组的方若童和他不可避免地打了个照面，脑海里骤然浮现昨天飘雪的街头那抹画面，心像被针扎了一下似的刺痛。

"早！"易由希并着两指碰了碰眉毛，笑容美丽得无可救药。

方若童低下了头，面无表情地走进剧组，展韶华朝易由希笑了笑，跟了上去。

易由希不在乎地耸了耸肩，也走进了剧组。

化妆师给方若童和易由希化妆，展韶华找了个边上的位置坐下，然后漫不经心地玩着手机打发时间。

趁着化妆的时间，方若童拿出剧本背起台词，而易由希只是闭目听着Ipod，一副非常悠然的样子，显然早就适应了剧组紧张的生活。

李斯导演拿着剧本走过来，给方若童和易由希讲戏："第一个场景是女主在花店里整理花，一身是伤的男主突然冲进店里，寻求女主的帮助，让他躲起来。女主惊慌失措，但是还是帮助了男主。明白了吗？"

方若童和易由希点了点头。

"好的，摄像机、灯光准备！"化妆完毕，导演挥了挥手，旁边的摄影师和工作人员立刻就位。

一开始就是和易由希的对手戏，方若童不禁紧张起来，可是想到不能输给易由希，她在心里拼命鼓舞着自己，给自己打气。

对着摄像机，方若童深吸了一口气，尽量让自己表现得自然。

"Action！"导演一挥手，摄像机就启动起来。

方若童在临时搭建的花店里摆弄着鲜花，葱葱玉指轻抚过百合花，如玉雕般的十指比香水百合的颜色还要白皙，在阳光下半透明。为了更加贴近角色中清纯可爱的形象，化妆师给她戴上了平刘海的黑色长假发，化了半透明裸妆的脸如陶瓷般光滑细致，配上平刘海的假发，整个人如洋娃娃般可爱。

黑色的发丝拂过面颊，黑白分明的大眼目光清澈，她如花仙子般纵身在花海里，周围的人都看呆了。

她活脱脱就是剧本里的女主角啊！

美得如梦境般的场景里，易由希满身是伤地跌进花店，百合花被撞翻了，撒了一地。鲜红的血溅在白色的花瓣上，红得触目惊心，就像是一朵朵盛放的曼珠沙华，无声无息地妖艳。

"啊!"方若童尖叫了一声,惶恐得浑身发抖。

"唔……"易由希支撑不住伤痕累累的身躯,跌倒在方若童面前。

方若童尖叫着后退了一步,这时她才看清了少年的面容,天使般美丽的脸,妖精般具有诱惑力的眼睛,曼珠沙华般妖娆的红唇,纤瘦的身躯。他浑身是伤,蝶翼般的睫毛脆弱地颤抖着,就像是个折翼的天使,毫无预兆地从天上掉下来,落入了她的生命中。

一刹那,方若童不再害怕他了,而是非常爱怜他,她蹲在他身边,伸出颤巍巍的手,轻轻地推了推他,问道:"你怎么样了?要不要紧?"

"帮帮我……"少年骤然伸出手,一把握住了方若童的手腕,方若童心里一惊,少年气若游丝地说,"帮我躲起来……不要让他们找到我……拜托了……"

方若童的心脏被毫无预兆地击了一拳,如一团柔软的棉花,好久都弹不来。

那一刻,她仿佛就是剧本里的女主角,而易由希就是男主角,她在那一刻深深地爱上了他,好想用生命保护他。

不行!你不能爱上他!

内心的另一个人大声制止她,方若童骤然清醒。

我不能爱上他,他是杀死小奇的凶手!

方若童挣脱了易由希的手,用力地抱着自己的头,痛苦地蹲在地上。

"卡!"导演赶紧喊停,然后怒火冲天地冲了过来,指着方若童大吼道,"你是怎么回事!刚刚还演得好好的,你抽什么风呢!"

方若童死命地闭着眼睛,脸色比纸还要苍白。

"怎么了,是不是哪里不舒服?"在一旁观看的展韶华赶紧冲了过来,把方若童从地上扶起来。

"……对不起。"方若童低着头,低低地说,"我演不下去。"

"搞什么呀,小姐!"导演几乎要跳起来,"记者招待会都开了,全天下的人都知道你是《空城》的女主角,你现在跟我说你演不下去。你让我怎么办呀?"

"对不起……"方若童只能低着头道歉。演戏太容易让人陷进去了,如果真的和易由希演爱情戏,她会把这出戏当作真实,然后再次无可救药地爱上他。可是爱上他注定是痛苦,错了一次,她不想再错第二次,因为她已经没有什么东西可以失去的了，她已经为了易由希失去一切了，包括她最爱的这个世界上最亲近的小奇。

导演差点被她气得吐血，他深吸了一口气，平心静气地问："你前面不是演得很好吗？你很有天分啊，为什么突然就演不下去了？给我个理由好不好！"

"我没有办法跟他搭戏。"方若童望了易由希一眼，他已经从地上站了起来，恢复了平常冷漠的表情。

听到方若童的话，易由希没有太大的惊讶，似乎早就预料到。

可是导演却差点跳了起来，他用剧本砸了砸自己的手心，粗着嗓子说："可是他是男主角，你不能和他搭戏，那这出戏你怎么演，演独角戏吗！"

方若童紧闭着嘴，没有说话。

"呵呵呵……"在一旁等戏的陈佳佳幸灾乐祸地笑了笑。她早就等着看方若童出丑了，没想到事情比她想象中还要有趣。

4

方若童和导演僵持着，摄像师点了根烟，耐心地坐在摄像机后等待着，似乎早就对这些习以为常。

因为展韶华在场，李斯还是敬畏三分，不敢像对待其他演员一样骂方若童，只能在一旁气得青筋暴起。

气氛非常压抑，充斥着一种一触即发的紧张感，所有人都不敢说话，就怕撞在李斯的枪口上。李斯大导演脾气大可是在圈内出了名的，就连幸灾乐祸的陈佳佳也只能在心里偷笑，边磨着已经磨得无可挑剔的指甲，边偷偷坐在一旁观战。

"算了，我退出！"

就在这时，易由希站了出来，用平静而坚决的声音宣布。

所有人顿时跌破了眼镜，个个瞠目结舌地望着易由希。

方若童不解地望着易由希，不知道他唱的是哪出戏。

"你说什么？！由希，你也抽风啊！"导演瞪着易由希，眼珠子都要瞪出来了。

"李导，不能因为我一个人让戏拍不下去。"易由希耸了耸肩，云淡风轻地说。

"这……"导演一时语塞，不知道该说什么，其他人也面面相觑，找不到更好的方法。

"好了，我走了！"易由希转过身往外走去，"祝大家一切顺利！"他背对着所有人，潇洒地挥了挥手。在那一刻所有人都非常佩服易由希，这才是影视界巨星，有担当一切的勇气。

"由希！由希！"导演在后面大喊着，可是易由希走得很坚决，颀长的身影很快就消失在炽热的阳光下，如一个幻影般消失得无影无踪。

方若童怔怔地站在原地，脸色一片煞白。她完全没有想到易由希会因为她一句话而辞演。他走得那么果断坚决，不给任何人一丝挽留的余地。

"快，打电话给由希的经纪人，一定要把由希劝回来！"

导演和制作人找了易由希好几次，可是易由希的态度很坚决，他再也没有回到剧组，制作方不得不换人。

最终选定了从小移居国外，具有贵族血统的偶像明星樊逸顶替了易由希的角色。樊逸自出道以来，凭借着出众的外貌和与生俱来的贵族气质吸引了大批粉丝，人气急升，大有赶超易由希的气势，而这次借机上位，人气再次提升了一大截，已经直逼易由希。

而与此同时，易由希接拍了一部新晋导演执导的文艺片《初夏》，投资远远赶不上《空城》，可是易由希的加盟，加上执导的导演曾靠一部小投资的文艺片一炮而红，所以关注度依然非常之高。

两部电影又安排在同一档期上演，在拍摄期和宣传期的时候就暗地里较劲，记者和影迷们对于两部电影的猜测也各有说法，两部电影的影迷不相上下，还有影迷差点为了维护自己所支持的电影而打了起来。于是两部电影更是被炒翻了天！

十二月二十四日，平安夜。

终于迎来了《空城》和《初夏》的公映日。电影院人满为患，排队买票的人络绎不绝，除了好莱坞大片，国内的电影从来没有出现过这样万人空巷的景象，电影院的老板全都乐开了花。

夜空飘着鹅毛大雪，情侣们抱着爆米花和可乐拥进影院，有几个女孩子手里还抱着玫瑰花和布娃娃，手被体贴的男朋友牵着，看起来非常的甜蜜，让人恨不得回到十七岁那段初恋。

李斯带着方若童、樊逸还有其他演员走进影院时，立刻就引爆着一阵掀翻天的尖叫。

影迷们争先恐后地冲上前，一下子就把方若童和樊逸给包围了，樊逸微笑着和影迷握手合影，轻车熟路的样子。而方若童却有点不知所措，从一个普通人蜕变成一个明星，她还没有适应过来。

这时，《初夏》剧组也走进了电影院，可谓是冤家路窄。

易由希的出现，让原本就已经兴奋不已的影迷再次疯狂得几近失控，他穿着烟灰色的西服，头发经过精心打理，如鸦羽般闪烁着迷醉的光泽；完美得无可挑剔的笑容，邪魅的眼神。纵使当初主动退出《空城》剧组，他仍旧光彩夺目，再次骄傲地出现在方若童面前。

方若童的心里突然有种说不出的落寞感，就仿佛当初她取得了全国插花大赛冠军，可是看到早就在插花界占有一席之地的易由希的那种落败感。此时这样的感觉依旧强烈。

易由希还是那个高高在上、光彩夺目的易由希，永远都站在顶端俯视着她。

无论她多么的努力，他永远都超出她一大截，出道比她早所致，亦或者是天分比她高所致，她已经分不清楚。

又或者是命中注定。

命中注定的相遇。

命中注定的追逐。

命中注定的背叛。

他们命中注定地纠缠在一起，互相地伤害和折磨，直到玉石俱焚。

"由希！由希！我爱你！"

"由希！给我签个名，一定要签在我的T恤上，我要保存一辈子！"

"由希！求求你一定要跟我握个手，我保证一辈子都不再洗手！"

影迷们疯狂地把易由希包围，争先恐后地往前挤，只为了跟他靠近一公分，宁愿挤破头也无怨无悔。

易由希顺应着影迷的要求，可是电影就快要放映了，工作人员只好上前维持秩序。在工作人员的保护下，易由希走出了人群，走进了放映厅。

　　方若童也在工作人员的护送下，跟着剧组走进了另外一边的放映厅。

　　电影开始放映，影院内黑漆漆一片，所有的光源都集中在银幕上。

　　展韶华坐在方若童身边，陪她和一起看《空城》的首映。

　　从来没有在大银幕上看过自己，也不知道自己演得怎么样，方若童免不了紧张起来。

　　"别紧张。"展韶华握住了方若童的手。

　　感受到展韶华的手心传来的温暖，方若童的心也跟着柔软起来。

　　从《空城》开拍至今，展韶华都一直陪伴在她身边，默默地支持着她。说不感动是假的，可是她依旧没有办法回应展韶华的那份感情，所以，在她心里最多的是对他的愧疚。

　　她经常会想，她何德何能，让一个集万千宠爱于一身的集团大少为她付出那么多。

　　可是他真的那么做了，付出了他所能给的一切，而且无怨无悔，不求回报。

　　或许这辈子欠他的，只能来世再还了。

　　方若童再次把注意力放回到银幕上，银幕中自己的脸有点陌生，可能是化妆和发型的缘故，方若童感觉自己不在看自己，而是再看另外一个人，一个陌生的、单纯的，为爱不顾一切的女孩。

　　她对突然闯入自己生命中的神秘少年一见钟情，明知对方神秘而危险，却控制不了想要靠近。

　　银幕上演绎着浪漫而凄美的爱情故事，故事的开始就注定了结局的悲惨。

　　少年的身份是个杀手，女孩知道了少年的身份，依旧无怨无悔地爱着少年，在看到少年的第一眼她就沦陷了，这段爱情注定万劫不复。

　　女孩最终为了少年牺牲了自己，在少年得知了女孩的死讯后，悲痛地哭了起来，放映厅内发出了一阵阵的抽泣声，观众们也跟着少年哭得肝肠寸断。

　　方若童也默默地流下了眼泪，不知所谓，可能是为了电影中凄美的爱情。

　　很多东西失去了才知道珍惜，很多爱情错过了才觉得美好。

　　那些被血染红的百合花，少年带着伤痕俊美得妖异的脸，女孩纯真而又无辜的大眼睛，深深地烙在了所有观众的心里。

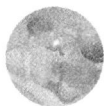

第十一章 意外跟踪

1

电影放映完后，看完了《空城》的观众个个流着泪走出影院，而看了《初夏》的观众则个个带着匪夷所思的表情，失望地走出了电影院。

第二日的报纸，新闻播报了《空城》和《初夏》上映后的反响，观众对于《空城》的评价非常高，看过的人纷纷表示刻骨铭心，感人至深，希望自己也能拥有这么一份轰轰烈烈的爱情。而看过《初夏》的观众纷纷表示并没有看懂，从头到尾电影都非常枯燥苍白，除了俊美的易由希和美丽的画面，什么印象都没有留下。

《空城》轻而易举地打败了《初夏》，成为了这个档期最成功的商业电影，而《初夏》的惨败败在导演过度强调文艺和深度，完全忽略了观众看电影的心态，成为了一部让人期望过高失望太大的电影。

方若童本色的表演和清纯的气质，在演了《空城》后一炮而红，而偶像派明星樊逸也因为《空城》一跃成为了炙手可热的一线明星，人气一下子超过了易由希。

广告商纷纷找上了两人，代言一下子多得接都接不过来。街头巷尾几乎到处能够看到两人的广告。

《空城》最后创下了一亿七千万元的高票房，制作方为此举办了一场豪华而隆重的庆功宴。庆功宴除了《空城》剧组的所有演员和工作人员，还邀请了娱乐圈的各大名人，可谓是光彩夺目，热闹非凡。

方若童穿着白色的花苞裙，头发在脑后绾成个花团，就像一朵含苞待放的花朵，粉红色的透明妆容让她面色如天生般自然。樊逸穿着黑色的西服，领口处镶满了施华洛世奇的碎水晶，一顶缀着黑色羽毛的礼帽把他的脸修饰得更加完美。

两人如一对金童玉女，在记者的要求下站在一起拍照。

展韶华端着水晶酒杯站在一旁，望着被镁光灯包围的方若童，突然心里涌起了一阵落寞。

方若童越来越美丽了，也越来越成熟了，当初第一次见到方若童时，她还是个冲动的，对什么都懵懂的小女孩，现在的她已经褪去了稚嫩，已经能够一个人翱翔在宽广的天空。

总有一天，她会不再需要他。到那个时候，他还能以什么身份站在她身边呢？

这么想着，心中的那份落寞感更加深刻了。

"谢谢你为我所做的一切。"不知什么时候，方若童已经摆脱了那群记者，走到他面前。她手里端着一杯香槟，举到他面前，笑得非常美丽，比任何一颗钻石都要耀眼夺目。

展韶华收敛了那份落寞，露出一个无懈可击的笑容，举起酒杯和她碰了碰。轻轻呷了一口香槟，他用不以为然的口气说："你也帮我赚钱了，我们算是共赢互利。"

方若童喝着香槟，笑而不语。

"小童，你在这里呀，快来跟我见几位制作人，他们可都是金牌制作人！"这时方若童的经纪人雪华走了过来，不由分说地拉着方若童走开。

方若童回过头，对展韶华抱歉地笑了笑，然后就跟着经纪人离开了。

展韶华站在原地，望着她离去的背影，突然觉得她离他越来越遥远，似乎要就此走出他的生命中似的。这感觉让他恐慌，让他无助，他仰起头，一口饮尽了杯中的香槟，却依旧无法压制心中那股恐慌。

和几位金牌制作人寒暄完后，方若童回去找展韶华，可是却发现他不见了。

这时，她却看到易由希举着酒杯朝她走来，依旧是一副什么都不放在眼里的姿态，完美的笑容无懈可击。

"祝贺你旗开得胜！"易由希走到她面前，举高手里的水晶杯。琥珀色的香槟在水晶杯中晃动着，映照着他美得如梦似幻的脸。

今天的荣誉本来是易由希的，是她逼走了他，方若童突然有点愧疚起来，不知道该怎么面对他。

"谢谢。"她快速地和他碰了碰杯，然后低下头饮着杯里的香槟，掩饰着脸上的慌张。

易由希呷了一口香槟，望着人来人往的人群说："你演得非常好，虽然是第一次演戏，可是非常自然，一点也不做作，我看了电影，也有点被感动了。"

方若童讶异地抬起头："你不恨我吗？"

"为什么要恨？"易由希转过头，望着她笑了笑。

方若童低下头，避开他清澈如水的眼睛，低声说："原本你是《空城》的男主角，这些荣耀原本是你的。"

原本以为报复易由希之后，她心里会很痛快，可是没有，报复之后换来的是深深的愧疚感。

她越来越不知道自己在做什么了。

更加不知道自己想得到什么。

在这让人目眩神迷的娱乐圈，她迷失了自己。

易由希依然是云淡风轻地笑了笑，仿佛对什么都无所谓："这就是命运，在这个浮华而复杂的娱乐圈，谁都不可能永远站在高处，谁也不可能永远享受荣耀和掌声。起起落落是这娱乐圈必然的法则。"酒杯晃动，琥珀色的光反射在他俊美无瑕的脸上，他的眼里有一些很深刻的东西，是方若童看不懂的。

她突然觉得，易由希比她要成熟许多，他能坦然地面对挫折和失败，笑着看淡一切。

"祝你今天心情愉快！"易由希抬了抬手里的水晶杯，然后一口饮尽了杯中的香槟。方若童张口还想说些什么，可是他却已经转身离开了，背影是那么洒脱，似乎不带任何的负担。

方若童的心脏隐隐疼痛起来，就像是一根刺卡在心脏中，时时刻刻在提醒着她疼痛的存在。

庆功宴结束后，方若童独自走出酒店，她看到展韶华靠在他的保时捷上，一个人抽着烟。

她从来没有看到过他抽烟，他抽烟的样子让她有点心疼，烟雾包围着他，他仰着头望着没有任何星星和月亮的夜空，样子是那么的落寞。

她走了过去，装作轻松地说："嗨，你太狡猾了，我在里面应酬忙得要死，你却一个人躲在这里抽烟？"

展韶华低下头，望着她疲惫地笑了笑："我们的小鸟儿已经成为一个大明星了。"

方若童的心像是棉花突然被击了一拳，一下子陷下去一大块，半晌都反弹不起来。

他第一次叫她小鸟儿，她的鼻子酸酸的，有一股想哭的冲动。

她知道他在担心什么，他是怕她翅膀长硬了，飞离他的保护，再也不需要他了。

那种被呵护着的感觉，让她感觉好温暖好温暖。

小奇死后，家里失去了温暖和笑容，父亲没日没夜地忙着工作，母亲天天浑浑噩噩地活在过去的回忆里。只有展韶华一直关心着她、呵护着她，要不是他，可能她就会支撑不下去。

方若童就像一支射出去的箭，一下子撞进展韶华的怀里，差点把他撞得仰面跌倒在地。

"怎么了？"展韶华惊讶地望着怀里的方若童，却听到怀里响起低低的抽泣声，很快他的前襟就被方若童的泪水濡湿了一大块。

展韶华伸出手，抚摸着方若童的头发，温柔地安慰道："你现在可是个大明星，不能动不动就哭了，被记者看到，拍下你哭的糗样，脸可就丢大了。"

"呜呜呜……"似乎是压抑太久了，听到展韶华这么温柔地安慰自己，方若童更加无可救药地哭起来，似乎要把所有的委屈都宣泄出来。

展韶华听着非常心疼，那一颗颗晶莹的眼泪，就像是冰珠敲打在他心上，疼痛一下胜过一下。

他知道他真的爱方若童，爱得无可救药。

想逃都逃不了。

2

当易由希从酒店里走出来时，正好看到了方若童和展韶华拥抱的这一幕。

那温馨而唯美的一幕，就像是一支利箭，瞬间射穿了他的心脏，疼痛

来得那么突然，以至于他一下子都感觉不到，只是大脑一片空白，不知道
该怎么逃脱，才不至于被眼前的一幕伤得遍体鳞伤。

他用了很大的力气，才能不让自己继续去看那温馨的一幕，他坐进了
自己的法拉利跑车，虚脱而无力地坐在柔软的真皮驾驶座上，仿佛全身的
力气被抽光了似的。

怔怔地坐了好久，他才发动了车子，避开拥抱的两人，驶出了酒店。

天空下起了绵绵细雨，在这天寒地冻的夜里，让人冷得打颤。

他从口袋里摸出一包烟，然后把一支烟从烟盒里抽了出来，他放下烟
盒继续寻找着打火机。寒冷让他的手有点打颤，在口袋里摸索了半天，他
才找到了那只 Zippo 打火机。那是泰蕾莎在他生日时送给他的礼物，银色
的冷光打火机上刻着一只幽蓝色的蝴蝶，如她般妖艳魅惑。

他打燃了打火机，点着了烟。

缓缓燃起的烟雾给他带来了丝丝温暖，却暖不进他的心底。

就像这纷杂的娱乐圈，让他沉沦，却永远无法让他快乐。

在这娱乐圈跌爬滚打了那么久，连他自己都要忘了他是谁了。

他好像回到过去，在花流院那段无忧无虑的日子。

可是他知道，他再也回不去了。

有些事，选择了就永远也无法回头。

回到家，他看到客厅里一片狼藉，地上到处都是空酒瓶，茶几上的烟
灰缸里，烟头堆得都掉了出来。

泰蕾莎没有形象地躺在沙发里，头发乱糟糟的，身上穿着酒红色的真
丝睡衣。这个样子，谁会相信她是个当红的明星呢？

"起来，到房间里去睡。"易由希走过去，推了推她。可是她只是轻
轻地动了动，然后继续昏昏沉沉地睡着。

易由希叹了口气，弯下腰把她从沙发上抱起来，然后往卧室走去。

垂在身侧的双臂突然挽住了他的脖子，让他整个人一惊，他这时才发
现泰蕾莎并没有睡着，她正睁着一双大眼，清醒地望着他。

借着墙角落地灯发出的微弱的光，他看到泰蕾莎眼里的雾气越来越浓。

"由希，我们退出娱乐圈，移居到加拿大好不好？"泰蕾莎搂着他的
脖子，楚楚可怜地望着她。此时的她完全不像舞台上那个高傲而冷漠的万

人迷泰蕾莎，而像一只被遗弃的小猫。

"蕾莎，不要说任性的话。"易由希有点无力地叹了口气。

"你不舍得这个圈子？"泰蕾莎有点生气地瞪着他。

"蕾莎，你知道的，这圈子对我来说可有可无，我从来没有在乎过。"

"那为什么？"泰蕾莎瞪大了眼睛，炯炯有神地瞪着易由希，而他只是避开了她的视线，并没有给她回答。

泰蕾莎心里一阵疼痛。

"我知道了，你是放不下她，对不对？"她冷眼望着他。

"蕾莎……"易由希张了张口，却不知道该说什么。他知道他说什么都是掩饰，而蕾莎那么聪明，不会看不穿的。

泰蕾莎用力地搂紧了他的脖子，把脸埋进他怀里。

她悲痛地说："由希，我爱你，我比任何人都爱你，这个世界上我是最爱你的人。那个方若童，不值得你为她牺牲那么多！"

她爱易由希，爱得快要死掉了。恨不得把一切都给他，包括自己的生命。

可是易由希心中那个人，永远都不是她，这让她好伤心好伤心，伤心得都快要死掉了。

在爱情世界里，她真的好无力，她不知道怎么做，才能争取到自己的所爱。

所能付出的她都已经付出了，可是她依旧无法得到易由希的心。

"你喝多了，好好睡一觉吧。"易由希把她放到床上，然后给她盖好了被子。

"由希！"泰蕾莎抓住他的袖子，雾气汇合成泪水从眼眶里滚落下来。

"睡吧。"易由希挣脱了她的手，然后转身走出了卧室。

望着那道门被关上，泰蕾莎的眼泪再也控制不住，像决了堤的洪水，汹涌地涌出眼眶。

把方若童送回家后，展韶华开着车回到家。

淅淅沥沥的小雨下个不停，雨丝飘在脸上，冰冷刺骨。

展韶华把车交给警卫后，就走进了大宅里。

客厅的地上铺着白色的大理石，一尘不染，水晶灯的灯光让它们闪闪发光，好似光滑的白玉。

展韶华看到客厅的沙发上坐着一个熟悉的身影，曾经在他的梦里出现了无数次。

不可能，她不可能在这里！

展韶华不敢置信地睁大眼睛，他以为这只是他的错觉，可是沙发上那个身影依旧那么的清晰，好似昭示着她的真实。

"韶华，你回来啦！"瑞雪转过头，正好看到展韶华全身湿漉漉地走进来。

"瑞雪……你怎么会在这里？"展韶华一动不动地站在原地。

"我想你，所以回来了。"瑞雪从沙发上站了起来，走到他面前。

一年多没见，她出落得更加漂亮迷人了。完美得无可挑剔的脸蛋，因为跳舞而异常柔软纤细的身段，任哪个男人看了都会深深地恋慕。

可是展韶华却突然发现，他早已经没了对她的恋慕之情，此时的他望着她，早已经没了任何感觉。

"你的学业呢？"他面无表情地问道。

"我申请休学了！"瑞雪轻巧地答道，声音听起来很欢愉。

"你放弃了？为什么？那不是你梦寐以求的学校吗，好不容易考进去了，为什么又放弃了？"展韶华不解地望着她，他突然非常不理解她到底在想什么。

"韶华，我回来你不高兴吗？"瑞雪嘟起了嘴，有点委屈地望着他。以前的他从来不会对她这么凶巴巴的，就连大声说句话都不会。

"不是，只是你为什么回来？"展韶华突然有点头痛，以前的瑞雪要成熟内敛许多，怎么去了国外一年多，她反而变幼稚了？

"我说了，我想你，所以我回来了。"瑞雪伸出手，抱住了展韶华。

"瑞雪，你到底在搞什么？！"展韶华有点恼怒地从她的双臂间挣脱出来。当初是她抛弃了他，现在反而说想他，女人都那么阴晴不定吗？

"我想你我想你我想你！"瑞雪重复地喊着，似乎在强调她的心意，"跟你分手后我才知道我是多么地爱你，我后悔了！"她再次伸出手，抱住了展韶华，似乎是害怕他跑掉似的，她把脸埋在他怀里，楚楚可怜地说，"跟你比起来跳舞根本不算什么！为了你，我放弃了跳舞，我要永远和你在一起，永远都不再分开！"

"不要任性了，你快给我回去！"展韶华抓着她的手腕，恼羞成怒地吼道。这个任性的千金大小姐，他实在受不了了，每次都想做什么就做什么，从来都不考虑别人的想法！

"不要！"瑞雪抽回自己的手，生气地大吼，"我不回去，我要和你在一起！"

"回去！"展韶华也耐不住自己的性子了，提高了声音。

展韶华恼羞成怒的吼声，吓到了瑞雪，她的眼里顿时泛起了雾气。

"……你不再爱我了吗？"她用受伤的目光望着他，哽咽地问。

"是的。"展韶华冷冷地说，并不打算欺骗和隐瞒。

展韶华的回答，就像是一道晴天霹雳劈在她头顶，她踉跄地后退一步，脸色比纸还要苍白。

她不顾一切地申请休学，回来找他，可是得到的却是冷酷无情的拒绝。当初那个信誓旦旦地说爱她，愿意等她的展韶华去哪了？为什么才分开一年多，就变了……

她不能接受！不能接受！

她含着泪望着他问道："为什么？因为我当初的任性吗？我知道我错了，是我不对，你原谅我好不好？我以后再也不会跟你提分手了，我们重新再来，好不好？"

"瑞雪，不要任性了，我们已经不可能再复合了，有些事过去了，就不可能再回头了。"展韶华语重心长地说，他伸出手搭在瑞雪肩膀上，试图让她冷静下来。

"不要！只要你愿意，我们还是可以复合的，我保证，我以后会对你好，再也不任性，再也不会和你说分手！我真的很爱很爱你，韶华，我不能失去你！"瑞雪扑到展韶华怀里，用力地抱着他。如果一切能够重来，她当初绝对不会离开他。失去了之后，她才知道，他在她生命中是最重要的。错过了一次，她不想再错过了。

"我们已经不可能了。"虽然瑞雪哭得很伤心，可是他还是推开了她。因为他知道"长痛不如短痛"的道理，让她早点明白，对她更好。

"韶华……"瑞雪泪流满面地望着展韶华，可是他却不为所动。

展韶华突然觉得有点冷，被雨淋湿的衣服贴在身上太久了，让他有点头痛。

"刘管家，叫司机把瑞小姐送回去。"怕再拖下去会引起感冒，展韶华不想再和瑞雪纠缠下去。吩咐完管家后，他就转身往楼上走去。

"韶华！"瑞雪凄厉的叫声从背后传来，可是他没有回头，脚步毫不犹豫地往楼上走去。

不是他心肠硬，只是有时候心软对别人和自己反而是种伤害。

等以后，瑞雪会明白他的。

3

周日，方若童难得清闲，可能是公司也觉得她太累了，所以给她放了一天假，允许她自由支配这二十四个小时。

天空万里无云，一望无际的碧蓝，就像一块一尘不染的蓝水晶。

初春的空气非常清新，带着淡淡的花香，鸟儿在枝头歌唱，让心情都跟着欢愉起来。

方若童捧着一束黄色的小雏菊来到了一栋白色的别墅前，她伸出手按了下门铃，然后压抑着紧张和雀跃的心情等待着。

为了给艾雨一个惊喜，她事先没有告诉艾雨要来找她，不知道艾雨看到她之后会是什么表情。

没过多久，大门就被打开了，艾雨穿着粉红色缀着白色蕾丝花边的家居服，样子看上去非常可爱，就像个精致的洋娃娃。

方若童微笑着看着她，等待她露出惊喜的表情，可是艾雨的表情却骤然阴沉下来。

"你来干什么？"她冷冷地问道，语气非常不和善。

方若童愣了愣，随即想到可能是自己的突然到访太唐突了，所以并没有放在心上，她笑了笑，把花递给艾雨："我来看你，小雨，好久不见，你好吗？这是为你挑的花，希望你能喜欢。"

可是艾雨并没有接过花，而是冷漠地扭开了头。"我很好，谢谢你的关心，你可以走了。"她的脸上流露出不耐烦，深深地伤到了方若童。

艾雨是怎么了？为什么对她那么冷漠？

是因为她工作太忙，而疏忽了她，惹她生气了吗？

想到艾雨可能是在和她耍小脾气，方若童也不生气了，她伸出手，拉了拉艾雨的袖子，微笑着说："小雨，你生气了吗？是因为我好久没有来看你吗？"

可是她的手立刻被艾雨用力甩开，她踉跄地后退一步，差点摔到在地上。

缓过神来，她看到艾雨用嫌恶而愤怒的眼神瞪着她。

只见艾雨冷冷地瞥了她一眼，讥笑道："你真是自作多情，谁想你来看我了，我巴不得你永远不要出现在我面前！"

方若童的脸色骤然苍白，费解地望着艾雨："小雨，你怎么了？我们不是朋友吗？"

"谁是你朋友了，不过是你一厢情愿而已！"

"不是你说要和我做朋友的吗？为什么你当初……"

"呵呵！"艾雨冷冷地笑了笑，仿佛听到了一个很好笑的笑话，"方若童，你是真傻还是假傻，我当初不过是假意接近你而已，我从来没有把你当成朋友过！"

艾雨的话就像是一道晴天霹雳，骤然劈在她头顶，劈得她瞠目结舌。

"为什么……"她的脸色比纸还要苍白，玫瑰花瓣般的嘴唇微微颤抖着。就像是在风里被雨水吹打的百合花，脆弱而又无助。

"我接近你不过是想让你一败涂地，而且我也做到了！你不知道吧，你的抄袭事件是我一手安排的，我让你的作品模仿了易由希的。"

她的每一字每一句都像是一支利箭，射在方若童心上。

"为什么？你为什么要这么做！"方若童愤怒地大吼。她把她当朋友，而她居然怀有这样的目的来接近她。

"当然是看你不顺眼！你算什么东西，不过是觉得自己有点才华而已，就处处和易由希作对，试图超越天才易由希！"艾雨的眼神愤怒而不屑，似乎跟她有着不共戴天之仇似的。

"你喜欢易由希？"方若童终于明白过来。其实她早就该猜出来，艾雨每当看到电视上的易由希都会流露出爱慕的眼神，而她之前的作品也都听取了艾雨的意见，只是她一直在逃避，从来不敢想。因为她把艾雨当作朋友。

"是的，他是我心目中的偶像、我的神，我不许你玷污他！"艾雨通红的双眼里充满了仇恨，似乎要在她身上烧出两个洞似的。

"小雨，我不知道……我真的不知道！"

"别假惺惺了！我受不了你那一套！一开始我的计划成功了，你真的一败涂地，名声狼藉，我以为你会从此一蹶不振，再也爬不起来。可是你的运气实在太好了，连展氏集团的少爷都帮你，我真的不知道你有什么魅力！你明明虚伪又卑鄙，可是处处都有人帮你！"艾雨不甘心地冲方若童大吼大叫，她已经不再是方若童认识的那个艾雨了。

"你真的那么讨厌我吗？"方若童伤心地望着她。她感觉自己全身冰凉，连指尖都凉得颤抖。

"是的，我很讨厌你，巴不得你永远从世界上消失！"艾雨瞪着方若童，恶毒地说。

方若童落寞地望了艾雨一眼，淡淡地说："我知道了，我们不再是朋友。"

"我们从来都不是朋友！"艾雨讥讽地冷笑道。

"曾经我把你当作我最好的朋友，可是，你不配！"方若童把花扔在地上，然后转身离开了艾雨家。

太阳从窗帘的缝隙中溜进来，惊扰了睡梦中的展韶华。

展韶华皱了皱眉，睁开了眼睛，刺眼的阳光立刻又让他眯起了眼睛。

他挣扎着从床上爬起来，却发现头痛欲裂，意识昏昏沉沉的，似乎还游走在梦境中。

想到下午还约了方若童，带方妈妈去医院，他还是挣扎着下了床，换好了衣服。

拉开窗帘，阳光瞬间流泻进屋子，把整个房间照得通亮。他抬头看了看天，发现太阳已经悬挂在半空，才发现自己竟然睡了那么久。

当他头痛欲裂地下楼时，却看到瑞雪又出现在客厅里，就像是她自己家似的，颐指气使地让佣人做这做那。

展韶华不悦地走下楼梯，瑞雪看到他立刻从沙发上站了起来，像只雀跃的小鸟似的跑到他面前。

"韶华，你起来啦？我都等你好久了，我吩咐了佣人做了你爱吃的菜，我们一起吃午饭吧！"她搂着展韶华的胳膊，含情脉脉地望着他。

说真的，展韶华还是喜欢以前那个冷傲的瑞雪，她现在这个做作的样子反而让他有点反感。

"不吃了，我还有事要出去。"展韶华想把胳膊从瑞雪手中抽出来，可是她紧抓着不放。

"什么事这么重要，就算再重要的事饭总归要吃的吧！"瑞雪生气地瞪着他，脸上浮现着薄怒。

"我吃不下，你一个人吃吧。"她尖厉的嗓音让他的头更痛了，展韶华把胳膊用力从她手中抽了出来，然后转身往大门走去。

"韶华！你站住！"瑞雪跺了跺脚在他身后大喊，声音充满着威胁，可是这并没有让展韶华停下脚步。

"韶华——"

背后继续传来瑞雪的叫声，他打开了大门，毫不犹豫地走出了宅子。

4

走进车库，他把他最爱的那辆银色保时捷开了出来，然后一路开出了大宅。

脑袋还有点晕，他打开了车窗，让风吹进来。

初春的风非常清爽，让他的大脑清醒了很多，头痛似乎也缓解了一点。

来到方若童家，他把车子停在院门口，然后走下了车子去按门铃。不一会儿，方若童就来开门了。

"中午好。"方若童冲他微微笑了笑，展韶华发现她的脸色有点苍白。

"嗯，你的脸色有点难看，是不舒服吗？"展韶华有点担忧地望着她。

"没事。"方若童撩开了一绺被风吹乱的头发，微笑着问："你午饭吃了吗？"

"还没。"虽然方若童没极力掩饰着，可是他还是察觉到方若童的心情似乎有点不好。

"那不介意的话就跟我们一起吃吧，我们也正要吃午饭。"方若童让开了身子，让展韶华走进来。

"好，那打扰了。"展韶华笑了笑，在门口换了拖鞋。

"你跟我客气什么呢，今天明明是我需要你帮忙。"

"你也跟我客气了呢。"

"呵呵！"两人相视一笑，走进了餐厅。

邱淑芬坐在餐厅里，神色有点茫然，两眼无神地望着桌子上的菜，思绪似乎飘到了很远的地方。

"伯母。"展韶华走过去叫了一声，等了好久，邱淑芬才缓缓地转过头，两眼无神地望着他。

"展少爷。"盯了展韶华好久，邱淑芬才认出他，"一起吃饭，没什么菜来招待你，你别介意。"她缓缓地说，声音有点沙哑。

展韶华发现她比之前看上去要老了许多，也多出了很多白头发，眼睑下有深深的黑眼圈，整个人看上去很空洞很茫然。

"您不用客气。"展韶华笑了笑在她身边坐下。

方若童盛了饭递给展韶华，然后又盛了一碗放到邱淑芬手中，最后才捧着自己的饭碗在展韶华对面坐下。

"吃吃看，我刚学会做菜没多久。"方若童夹了一块排骨放入展韶华的碗中，然后望着他。

"你做的啊？那我一定要多吃点了！"展韶华夹起碗里的排骨放入口中，嚼了嚼后点头称赞道，"味道不错，你插花和演戏的天分高，没想到做菜的天分也那么高！"

方若童笑了笑，脸颊上浮现了两抹红晕，她赶紧低下头扒着饭。

展韶华还是第一次看到方若童脸红，他觉得有趣极了。"不要光只吃米饭，你也吃菜。"展韶华也夹了块排骨放进方若童碗中。

方若童微微笑了笑，夹起排骨放进嘴里。

三个人静静地坐在一起吃着饭，餐厅里蔓延着一种温馨的气息，展韶华好久没有感受过了，这让他心里暖洋洋的，就像是塞满了晒过太阳的棉花，轻轻的，软软的，把他包围。

邱淑芬心不在焉地扒着碗里的饭，方若童怕她被鱼刺卡到，把鱼刺剔了才把鱼肉放进她碗里，又怕她被烫到，吹冷了才把汤递给她。

展韶华看在眼里，疼在心里。

这么好的一个女孩子，他真想一辈子都把她捧在手心里，永远都不让她受到伤害。

吃过午饭后，展韶华就开着车，带着方妈妈和方若童去医院。

心理医生对邱淑芬做了个检查后，微笑着对方若童说："病人的情况好转了很多，你们要继续多开导开导她，陪她聊聊天，带她出去走走，不要让她一个人闷在家里胡思乱想。"

"嗯，好，我会按照您说的做的。"方若童淡淡地点了点头，听医生这么说，她心里放心了许多。

"好了，没什么事了，你们可以回去了。"医生推了推银边眼镜，微笑着说。

"谢谢您，医生。"方若童扶着邱淑芬起身告辞。

"不客气。"医生微笑着点了点头。

走出会诊室，方若童看到展韶华站在走廊边，斜依着窗，阳光洒落在他身上，光影勾勒出一个美好的轮廓。

"让你久等了。"

"结束了吗？"

"嗯，我们走吧。"

展韶华扶着方妈妈，一起和方若童下了楼。

医院内很安静，院子里栽种着栀子花，白色的花朵在墨绿色的叶片的衬托下，洁白如雪。一阵阵清新的花香弥漫在空气中，让人闻着神清气爽。

"这里真安静啊，妈妈，我们在这里散散步吧？"看到这里环境清幽，方若童想起了医生的叮嘱。

"好。"邱淑芬微笑着点了点头。

方若童和展韶华陪着邱淑芬在花园里散起步来，鹅卵石铺的小路蜿蜒蜒蜒的，三人踩着鹅卵石慢悠悠地往前走。

走累了，三人在栀子花下的长椅上坐下休息。阳光透过枝叶丝丝缕缕地洒落下来，洒在身上暖洋洋的。

春日的午后，带着一丝慵懒的气息。

一个四岁左右的小男孩摇摇晃晃地追着一个红色的皮球，跑到他们面前时扑通跌了一跤，然后便扯开了嗓子哭起来。

"哦哟哟，乖，宝宝不哭。"邱淑芬蹲了下来，把小男孩从地上扶了起来，然后柔声哄着他。

"球，球球……呜呜呜……"小男孩指着远处的皮球，哭得特别委屈。

"不哭不哭，阿姨带你去捡球球好不好？"邱淑芬心疼地牵起小男孩的手，往那颗渐渐滚远的皮球走去。

方若童望着她捡起皮球，然后陪着小男孩在草地上踢皮球，两个人玩得很开心，欢快的笑声让着寂静的医院也变得生动起来。

好久都没有看到妈妈这么开心了，方若童也跟着高兴。

"医生怎么说？"看到方若童脸上漾开笑容，展韶华关心地问道。

方若童收回视线，转过头望着展韶华说："医生说妈妈已经好了许多，让我继续多开导开导她，多陪陪她。"

"嗯，我有空也会来多陪陪伯母的。"

"这段日子多亏了你。"

"跟我说什么话呢，见外。"

这个霸道而张扬的少爷，却为了她改变了脾气和性格，她知道展韶华是真的喜欢她。

他给了她所能给的一切，而她却什么都给不了他。

方若童望着天空，突然有点怅然起来。

一片白色的花瓣悠悠地从半空飘落，掉在方若童乌黑的发间。

展韶华伸出手捻起了那片花瓣，把它从方若童的发间拿开。这个举动格外亲昵，外人看来他们就像一对令人羡慕的情侣。方若童不好意思地低下了头，白皙透明的双颊浮起了两片红晕。

这一切都落入了瑞雪的眼中，展韶华出门后她就一直跟着他。她开着车尾随着他，看到他开车来到郊区，然后进入了一栋老旧的两层独立小楼。她在车里等了很久后才看到展韶华出来，还带着一个女孩子和一个中年妇女。她又看到他开着车带着她们来到医院，从头到尾都非常小心地呵护着那两个人，仿佛和她们有着很亲密的关系。

这所有的一切，刺痛了她的眼睛。

她终于知道为什么展韶华对她的态度变了，一定是因为那个女孩子。

她看到他在望着那个女孩子时，眼睛里流露出了她从来没有见过的柔情。

虽然他以前也对她很好，但是从来不会流露出这样的柔情，像是变了个人似的，没有了张扬跋扈，没有了骄傲自大，似乎把身上的刺都收了起来，用最柔软最柔软的一面对待那个女孩子。

瑞雪的心像被刀割似的，一下又一下地生疼着。

"我绝对绝对不会认输的！"瑞雪用力抓着面前的栀子花，脆弱的花朵被揉碎掉落在地上，染上了泥。瑞雪的眼底燃烧着红色的火焰，似乎要把眼前的温馨画面燃成灰烬。

第十二章 华丽空壳

1

瑞雪拽下枝头的一朵栀子花狠狠地摔在地上，然后用高跟鞋用力碾了几下。被碾碎在泥土的栀子花不再那么雪白，承载着瑞雪对方若童的仇恨。

我绝对不会放过你！

瑞雪恨不得把方若童像栀子花一样用力踩在脚下碾碎。

而这一切，坐在不远处的两个人却浑然不知。

"听说你在找房子？"展韶华的声音，在蔚蓝的天空下和栀子花的香味中，听起来格外清澈。

"嗯，医生说换个环境对妈妈的病情有好处，最好不要让妈妈看到和小奇有关的东西，所以我想搬家。"方若童微笑着点了点头，乌黑的眼珠倒影着蓝天白云，如透明的水晶，让人无法移开眼睛。

"要不要我帮你找房子？"想到方若童一个人承担着整个家庭的重任，展韶华就非常心疼。明明那么娇小柔弱的身躯，却要默默承受一切，再累再苦也不愿意对人诉说。

"不用了，我已经委托中介公司了，你这么忙，这点小事就不需要你代劳了。"方若童冲展韶华灿烂地笑了笑，似乎是在对他说，你想得太严重了。

展韶华被方若童灿烂的笑容震了一下，转而无奈地笑了笑："那好，找到新房子后告诉我，我来帮你搬家。"

"嗯。"方若童爽快地点了点头，然后从长椅上站了起来说道，"时候不早了，我们回去吧。"

"好的，你和方妈妈在这里等我一下，我去把车开过来。"展韶华站了起来，小跑着往停车场跑去。

当方若童的视线往邱淑芬的方向望去时，看到小男孩已经被他的妈妈带走，小男孩转过身，抱着球朝邱淑芬挥了挥手，然后牵着妈妈的手离开。

邱淑芬望着那温馨的一幕，久久都不能回神。

很久之前，她也总是去把跑到外面玩的小奇找回家。他的心脏不好，不能运动过度，所以每次都把他找回来后关在家里。看到他望着窗外的寂寞眼神，自己心里也很痛。

方若童走到邱淑芬身边，轻轻地叫了声妈妈，唤回了邱淑芬的思绪。

她知道妈妈又想起了小奇，她又何尝不是。很多次在街上看到了小奇的背影，可是每次追过去才发现只是自己的错觉。很多次梦里见到了小奇，醒来发现自己泪流满面。

小奇把心脏让给了她，所以她才会活到现在，而她却再也无法为小奇做任何事。

这时，展韶华的车驶来，停在了她们面前。

方若童收敛了下心神，然后扶着邱淑芬上了车。坐稳后，展韶华开着车离开了医院。

瑞雪狠狠地瞪着驶远的车辆，然后扭头走出了医院。只是在转身的那一瞬，所有的感情都变了，那受伤而又愤怒的眼神仿佛换了一个人。

回到家，瑞雪就上网打开了谷歌搜索网页，她在搜索栏里输入了"侦探事务所"几个字，然后按下回车键。很快页面上就跳出了很多网站，瑞雪点开了一家她曾经听说过的侦探公司。

她在页面上找到了公司的电话，然后就拨通了电话。

等待了没多久，对方就接起了电话。

"你好，请问有什么可以效劳的？"

电话里传来一个爽朗的声音。

"我需要一位私家侦探，帮我调查一点东西。"

瑞雪的声音有点紧张，她还是第一次请私家侦探。

"愿为您效劳，小姐，请问您需要我调查什么东西？"

"是这样的，我需要你帮我调查两个人的关系……"

瑞雪把她需要调查的内容告诉了私家侦探，对方听完后，说了句 No problem，把钱打到指定账户上，三天内帮你搞定，然后就挂上了电话。

瑞雪松了口气，打开了自己的电子银行，把钱汇入了刚才那位私家侦探告诉她的账户里。

做完这一切，她的心情才平复了许多。

明晃晃的天空下，一群十七八岁的少男少女聚集在电视大楼外。已经是初夏，午后的阳光酷热而毒辣，可是那些少男少女却丝毫不畏毒辣的阳光，坚定不移地守在电视大楼外。电视大楼外叽叽喳喳，喧闹不已。

因为今天有两位明星在电视台录制节目，这两位就是最近炙手可热的偶像方若童和易由希。

外界都知道方若童和易由希不和，拍摄电影《空城》时，因为两人有分歧，易由希更是退出了剧组，所以两人参加同一档节目的录制的机会可谓是少之又少。

连着拍了几天几夜的戏，方若童的精神不怎么好，所以在录制节目过程中话并不多，对于一些敏感话题也闭口不谈。

好不容易录完节目，方若童就在助理的陪同下直接走出了影棚。在电梯口等电梯时，易由希走了过来。他今天没有带助理过来，一副出门逛街般悠然自得的神情。

他两手插着口袋，精致的嘴角微微上扬着，噙着一个若有似无的笑容。经过精心打理的发丝，黑得如墨，折射着黑羽般的光泽。敞开的领口露出线条优美的脖颈，性感中又带着无法亵渎的美丽。

无论何时何地，他都看上去那么有魅力。

易由希冲方若童笑了笑，算是打招呼，方若童低下头，装作没有看到他。

"哎呀，方小姐，我忘记拿包了，你先下去，我马上赶过来！"助理小眉惨叫了一声，然后匆匆交代了句，就火速地冲回影棚。

小眉离开后，电梯口就只剩下方若童和易由希两人。两人站在电梯口，等着电梯，谁都没有开口说话。

叮！

这时电梯门应声打开。

方若童径直走进了电梯内，易由希双手插着裤袋，跟着走进了电梯内。

方若童站在电梯内，伸长了脖子往楼道的转角处张望了下，希望能看到小眉的身影。可是小眉还没有回来，而这时电梯门自动关上了。

跟易由希同处在一个狭小的空间内，这让方若童非常地不自在，她始终低着头，聚精会神地盯着自己的脚尖，像是脚上长了花似的。

2

哐！

电梯突然剧烈震动了一下，然后停在了半空。

"怎么了？！"方若童惊叫了起来，抬起头看着电梯上的数字。

电梯还处于十四楼，可是却停住了。

易由希伸出手按了几下按钮，可是电梯依旧纹丝不动，电梯门也紧闭着。

"电梯可能出故障了。"易由希镇定地说，脸上丝毫没有慌乱的神情。

方若童转过头，视线毫无预兆地和易由希撞在一起，那双黑白分明的眼睛如宇宙中孤寂的恒星，让她的内心如受了重击般的震撼。

方若童闪了一下神，忽然清醒过来，随即痛苦地扭开脸。

那张美得像妖精般的脸让她魂牵梦绕，可是又是她所有痛苦的源泉，像一杯毒酒，甘甜却又致命。

"你放心吧，小眉和电视台的员工很快就会发现我们，然后会叫维修人员来修电梯的。"易由希看到方若童紧锁着眉头，以为方若童是在担心困在电梯里出不去，所以出声安慰道。

"嗯。"方若童淡淡地点了点头，没有说话。

谁也没有再说话，电梯里安静得只剩下两人的呼吸声。

方若童默默祈祷着小眉能早点带维修人员来把电梯修好，好让她快点逃出这个令人窒息的地方。

倏地，电梯内的灯突然闪了一下，然后电梯内一片漆黑。

"啊！"方若童无法控制地尖叫起来，一时间像只被关在笼子里的小鸟般不知所措。她抱着脑袋，蹲在地上，心脏剧烈地怦怦直跳。

黑暗中，许许多多未知的恐惧像黑色的雾气向她袭来，然后丝丝缕缕地把她包围，像茧般把她包在中间，让她无法逃脱，然后一点点侵入她的身体，占据她的意识。

是谁把灯关掉了……快开灯啊……快开灯……

方若童死死地闭着眼睛缩成一团，在黑暗中瑟瑟颤抖着。从小到大她最怕的就是黑暗了。小时候，花流院的同门师兄师弟曾把她关在漆黑一片的仓库里，给她留下了难以抹去的阴影，从那以后她就非常怕黑。

啪！

倏地，电梯内亮起一点火光，像一团温暖的阳光，把整个电梯晕染成一片微弱的橙黄色。

"别怕，小童。"

方若童感受到一只温暖的手轻轻拍着她的肩膀，像是在安慰一个受到惊吓的小孩子。

方若童的心脏被触动了一下，心里最柔软的一块地方被融化了。

小童别怕，有我在……

别怕小童……

这掌心的触感实在太熟悉了。方若童惴惴地睁开眼……

易由希精致的脸在火光中如同一个美丽的幻影，漆黑不见底的眸子被晕染上了一层明亮的橘色。他一手举着打火机，另外一只手轻拍着方若童的肩膀。

方若童一下子哽咽了，无数的情绪浮上心头。

这样的画面实在太熟悉了，曾经无数次，易由希把她从黑暗中解救出来，然后温柔地把她搂在怀里，安慰她。

无论她怎么逃避，她都无法逃出过去的回忆；

即使把他当成仇人，无数次复习他对她的伤害；

就算站在人群涌动的街头，佯装陌生人冷冷地观望；

可是，却依旧无法在心里自欺欺人地骗自己——

她终究还是爱着他。

只需要这么小小的一个举动，他就可以这么轻而易举地击溃她所有的伪装。

害怕自己内心的感情被他看穿，方若童用力推开了他。

易由希踉跄后退了一步，稳住身子，漆黑不见底的眸子里流露出不解。

"我不需要你同情！"方若童扭开脸，冷冷地说。

易由希不以为然地笑了笑："你就不用伪装了，你的眼神告诉我你是喜欢我的。"

"你胡说！"方若童像被戳到了伤口似的，回过头大吼，"我恨你，我恨不得杀了你去祭奠小奇！"

"真的吗？你心里真这么想的吗？你真的舍得杀我吗？"易由希勾起精致的嘴角，俊美无瑕的脸上漾开魅惑的笑容，美得像朵致命的罂粟花。

"是的！我心里就是这么想的！"方若童的脸色苍白得如纸，纤瘦的身体在昏暗的电梯中颤抖着，却依旧强撑着伪装。

"你就算骗得了我，骗得了你自己吗？"易由希靠近了一步，伸出手捏住方若童的下巴，抬起她的头，望着她泪光点点的眼睛，用魅惑的声音说，"如果想跟我上床，我会给你留个位置的。不过我要提醒你一句。你不过是其中之一，我不可能是你一个人的。"

"你胡说八道什么！"方若童羞愤地挥开易由希的手，她真不敢相信易由希的口中居然能说出这么不堪入耳的话来。

易由希邪气地笑了笑，深不见底的眸子就像个神秘而又危险的黑洞，让人不知不觉深陷下去。"你们这些女人的心思我最清楚了，嘴里口口声声说讨厌我恨我，其实心里还是非常爱我的，只是想得到我的关注，所以才故意这么说，不是吗？"他盯着方若童的眼睛，犀利的目光仿佛能穿透方若童的心脏。

方若童的脸涨得通红，又羞又怒："易由希，你什么时候变得这么不知廉耻！我不是你的粉丝，你在我面前好好收敛你的水仙病！"

现在的易由希根本就是个痞子！

她真后悔当初自己怎么会喜欢上他，并且为他无法自拔！

这时，电梯内的突然亮了。

方若童和易由希的争执被打断。

接着电梯再次运作起来，快速地往下降。

方若童双手抱胸背对着易由希，脸上如覆了一层冰霜似的。

很快，电梯就到达了一楼，电梯门一开方若童就大步冲出了电梯。

"方小姐,你没事吧?"早已经守候在一楼多时的小眉,看到方若童脸色很难看,并不知道发生了什么事,以为是方若童被困在电梯里太久的缘故。

"没事,我们走吧。"方若童脸色苍白,黑白分明的大眼睛里闪烁着难以察觉的慌张。

"正门影迷太多了,方小姐,我们走后门吧。"小眉提醒道。

方若童不由分说就拉起小眉往后门走去。

易由希从电梯里走了出来。看到方若童的身影消失在大堂内,他才卸下伪装。

妖精般美丽的脸上弥漫着淡淡的忧愁。

要恨就恨得彻底点吧……

免得两个人都受伤。

他就像森林里美丽而孤独的妖精,受了伤也只能独自舐舐伤口。

只是那伤痕深得,连深不见底的眸子也隐藏不住。

午后,悠扬的古典音乐飘荡在宽敞而豪华的房间内。粉红色的墙纸,白色的蕾丝窗帘,宫廷柱大床,无一不透露着这是一间女孩子的房间。

瑞雪坐在化妆台前,用白色的 MacBook 上网浏览着邮件,她正阅读着法国皇家舞蹈学院发来的邮件,邮件是法国皇家舞蹈学院的教授发来的,希望她能回到学校,言辞中毫不掩饰地透露出挽留之意。可是瑞雪已经不想再回去了,所以她回了一封信拒绝。虽然法国皇家舞蹈学院曾经是她的梦想,可是她更加不能失去展韶华,跟展韶华来比的话,法国皇家学院根本不值得一提。

刚把回信发送出去,邮箱就提示她有一封新邮件。

瑞雪移动鼠标,点开了那封新邮件。她发现那是私家侦探发来的。

她立刻移动目光,阅读起邮件来。越读到后面,她的脸色就越难看。邮件中有很多照片,都是展韶华和上次她跟踪展韶华时看到的那个女孩子。

照片中两人看起来非常亲密,就像一对恋人。

而她现在才知道这两人早就在一起了,就在她去法国后不久。

从一开始展韶华和方若童传出绯闻,然后展韶华以集团名义投资电影力捧方若童,两人的关系连瞎子都看得出来。

瑞雪握紧了手里的鼠标，指甲在桌面上抠出刺耳的声音。

面前的资料和照片在她心里点燃了一把仇恨的火焰。

展韶华是我的，我绝对不会让任何人抢走他的！

她狠狠地盯着方若童的照片，在心里发誓道。

3

清晨，晨曦射破云层，丝丝缕缕地照射下来。花圃里的花朵娇艳欲滴，露珠在晨曦的照射下折射着七彩夺目的光芒。

展韶华一早就起床，打扮得神清气爽的，然后心情愉快地走下楼。

"少爷，您起床啦，叫佣人准备早餐吧？"管家一看到展韶华走下楼，就恭恭敬敬地展在楼梯旁迎候。

"不用了，我要出去。"展韶华挥了挥手，便要出门。

"少爷，您要出去？"管家惊讶道，随后露出为难的神色，喃喃道"可是今天老爷和夫人要回来。"

"什么？！爸妈回国了？"展韶华惊讶地停下脚步，随后恼怒地质问道，"为什么没有通知我？"

"昨晚夫人通知我的，可是少爷您昨晚回来太晚了，所以我没有告诉你。"

"嗯，我知道了。"展韶华不悦地抿了抿嘴，虽然管家告诉了他这个消息，可是他依旧不想打乱他的计划，于是他吩咐道，"等老爷夫人回来你打电话告诉我，我现在有事要出去。"

可是，他的话刚说完，门外就传来一个非常洪亮又带着点恼怒的声音——

"是什么事啊？比迎接我们还重要！"

展韶华和管家随着声音传来的方向望去，看到展云博和夫人翁美华已经来到门口。

"老爷、夫人！"

"爸、妈！"

两人立刻迎了上去，翁美华挽着丈夫的手一同跨进了大门，两人身上散发的威严和华贵，立刻让整栋大宅的空气都变得凝重起来。

"今天是星期天，你要去哪呢？"展云博望着比自己高半个头的儿子，一脸威仪地问道。

"我约了个朋友……有点事。"展韶华躲闪着展云博犀利的目光。

看到儿子这个样子，展云博就气不打一处来："什么狐朋狗友！整天鬼混，不干点正事！"

突然被骂，展韶华不服气地昂起头："我哪有鬼混？！您不在这段时间我把公司也打理得很好啊！"

"哼！看起来是很好，可是相比去年同季度的销售额，整整下滑了百分之十五！"展云博把销售表扔在茶几上。

"我……"展韶华望着茶几上的销售表，说不出话来。

"今天留在家里，哪里都不许去！"展云博说完，就往楼上走去去。

"乖，你爸爸刚回来，你别惹他生气。"翁美华拍了拍展韶华的肩膀，然后跟着展云博上了楼。

展韶华不悦地抿着嘴，心里非常着急。今天是方若童搬家的日子，他本来说好要去帮忙的，可是现在却去不了了，小童知道了一定会生气的。

这可怎么办呢？

展韶华急得像热锅上的蚂蚁，团团转。正想不顾一切地冲出门事，管家却笑嘻嘻地走了过来。

"少爷，老爷让您去书房，有事找您谈。"

看到管家笑嘻嘻的脸，展韶华有种无力感。

"知道了。"

他看了眼圆弧形的楼梯，无奈地走了上去。

艳阳高照，树叶静悄悄的一动不动，三十多度的天，一点风都没有。

搬家公司的工人正在忙忙碌碌地往外搬东西，小眉在一旁指挥着工人们，时不时地提醒他们小心别碰坏了。

方若童站在院子里，视线时不时地瞄向院外的道路。

今天展韶华说要来帮忙的，可是人却迟迟没有出现，也没有一个电话，这是怎么回事呢……

平时他从来不会这样。

方若童望着住了十几年的家，突然依依不舍起来。

这里是她从出生就一直居住的地方，承载了太多的回忆，而如今她就要和这个家告别了，就像跟亲人告别一样，让她难过。

可是没有办法，她和父母都需要新的生活。

等了好久，展韶华都没有出现。搬家公司的人已经把所有家具都装载妥当，就等着出发了。方若童也不打算等下去，于是对司机说了声开吧，车子就开动了。

方若童看了眼住了十几年的家，跟着小眉一起坐进了出租车，然后跟着前面的搬运车离开了。

展韶华走进书房，看到展云博正面无表情地坐在书桌前，展韶华关上门走到他面前，展云博抬起头望着他，问道："我和你妈在国外的一年你都干了什么？"

"我……我一直在兢兢业业地管理着公司。"展韶华心虚地下了头。

"兢兢业业地管理着公司？"展云博意味深长地瞄了展韶华一眼，冷哼道，"那你说说看，你都取得了什么成绩？"

展韶华想了想，回答道："我投资了一部电影，取得了很好的票房，我还让'缪斯'的香水成为了史上卖得最好的香水。"

"你就做了这些？你放着五十二家酒店和其他十九家公司不管，就去做了这些？"

"我……"展韶华张了张嘴，无言以对。

"你是未来展氏集团的继承人，你要清楚你自己的位置！"

"我知道我自己的位置，我也没有丢下酒店和其他公司不管。"

"你还在跟我狡辩！"展云博生气地站了起来，"你以为我不在国内就不知道你在做什么了吗！你做的这些不都是为了一个小明星！"

"你怎么知道？"展韶华惊讶地望着父亲。

"你真是鬼迷心窍了你！"展云博指着展韶华，气得手指都发抖了，"从明天开始，不需要你再插手公司的任何事了！"

"爸，你要相信我！我可以管理好公司的！"展韶华着急地拉住了父亲的袖子，可是却被展云博甩开了。

"我要再相信你展氏集团迟早要垮在你手里！"

展云博说完，就头也不回地走出了书房。

望着父亲绝情离开的背影，展韶华颓然地低下头。

他不知道置身国外的父亲是怎么知道他的一举一动的，或许他一直在派人监视着自己。

可是就算自己再怎么不务正业，他也把酒店和公司打理得井井有条，或许业绩是有点下滑，可也只是个别的下滑，父亲不至于生那么大的气。

他完全不知道他是哪里惹怒了父亲，才会让他把自己赶出公司。

这些问题都让他毫无头绪。

想着想着，他突然想起今天答应了要帮方若童搬家。

他看了看时间，暗叫了声糟糕，已经十点了！

展韶华赶紧掏出手机，打电话给方若童。

电话在响了十多响后被接起，那边的声音听起来有点嘈杂。

"小童，你现在还在家吗？我马上赶来！"展韶华非常着急，生怕方若童生气了。

"我们已经搬好了，现在在整理东西，你不用来了。"那边的声音听起来有点冷漠，让展韶华的心凉了半截。

"已经搬好了？对不起……我有点事耽搁了。"展韶华不知道该怎么解释，心里非常郁闷。

"没事，我找了搬家公司，也不需要帮忙，你要有事就先忙吧，我要整理东西了。"

听方若童这么说，展韶华非常失落。

"那好吧，我改天来你新家看你。"

"嗯，好的。"

说完，那边就挂上了电话。听着手机里传来的嘟嘟嘟的忙音，展韶华的心情跌到了谷底。

或许，他依旧还是没有走进方若童的心里；

或许，就算他再怎么努力也无法取代易由希在她心里的位置……

可是他还是无法放弃，无论受到多少次的冷漠对待和拒绝；

因为只有他自己最清楚——他是多么地爱方若童。

从来没有一个女孩让他如此地疯狂过，遇到她之后他才知道什么叫爱。

就算是飞蛾扑火，就算会粉身碎骨，他也无怨无悔！

4

方若童望着两百平米的新家，心里却空荡荡的，就像是这客厅，明明被她摆满了家具，可是依旧看起来空荡荡的。

想了很久，她终于知道，原来这个家缺少的是生气。

曾经，她和小奇非常盼望能搬到一个又大又华丽的新家住，现在梦想终于实现了，可是她一点都不快乐。

这里只不过是个美丽而豪华的空壳，而不是她所要的家。

再也没有小奇的笑声，再也没有全家聚在一起其乐融融的场面。

小奇离开后，整个家就像是散了。

只有她一个人努力维持着，可是她好累，而她的痛苦却无处诉说。

在外面她要强撑着笑容，扮演每一个角色，虽然外表光鲜，可是只有她自己知道内心有多么的空虚。

曾经信誓旦旦地要打败易由希，以为那样就能得到幸福，可是当她办到了，当她超越了易由希之后，她才知道原来她更加空虚。

现在的她已经不知道自己的目标是什么，她根本不喜欢这个娱乐圈，可是为什么要置身在里面。那里不是属于她的世界，她感觉自己就像是被放进一群金鱼中的小丑鱼，孤孤单单地望着那些和自己不一样的鱼群，找不到自己的归属。

小奇，告诉我，我该怎么办？

她在心里呐喊着，可是却得到不答案。

暑假来临，方若童不需要再学校和公司两边跑，一心一意地工作。

展韶华最近不知道怎么了，来找她的次数变少了，电话也少了，或许他对她的感情已经不像最初时那么火热了。

方若童坐在窗边，望着毫无动静的手机默默发呆。这时，经纪人走了过来，眉头紧锁着，似乎有什么烦心的事。

"怎么了，楚哥？"方若童望着他问道。经纪人名叫楚凡，大家都叫他楚哥，方若童也这么叫他。

经纪人想了想，有点为难地说："小童，广告商那边通知我们，这次你的合作对象换了。"

"换了谁？"方若童疑惑地皱了皱眉。她的合作对象是现在当红的偶像歌手杜泽，怎么会突然被换了呢？

楚经纪望着方若童，在她征询的目光中，还是硬着头皮回答："是易由希。"

"什么？！为什么要换成易由希？"方若童非常震惊，这对她简直就是个晴天霹雳。

"因为杜泽最近出现了很多负面新闻，对他的影响非常不好，厂商怕影响他们的形象，所以才决定换易由希。"楚经纪耐心地解释着。

"告诉他们我不拍了。"方若童扭开头，表情坚决。

"这不行的，我们已经签了合同。"楚经纪非常为难。

"那让他们把人换回来。"方若童的态度依旧非常坚决。

楚经纪暗暗地叹了口气，他就知道把这事告诉方若童，她肯定不会答应。她和易由希就像是有不共戴天之仇似的，不管是私下还是公共场合，只要一见面，就是一副有着深仇大恨似的表情。

楚经纪继续不屈不挠地劝说着："我也已经跟他们说过了，可是那边不答应，说是厂商那边决定的，坚决要用易由希。"

"怎么可以这样。"方若童咬着下唇，非常不乐意，但态度并不像刚才那么坚决了。

见此，楚经纪大喜，乘胜追击，软磨硬泡地说："你就忍忍吧，小童，反正就只是一支广告，很快就拍完了。"

说完，他也不管方若童答不答应，就逃似的转身离开了。

小眉一直站在一旁不敢出声，看到楚经纪离开，她才走到方若童身边。望着方若童不悦的脸色，小眉忍不住开口："方小姐，易由希的人气很高，其实你俩的合作对你很有利啊。"

方若童看了眼小眉，脸色更难看了，小眉以为自己说错话了，赶紧焦急地解释："不不不，我不是这个意思，方小姐你也很红，你根本不用借助易由希的人气，我……我只是想说……那个……"小眉一时找不到合适的话来解释自己想表达的意思，满头大汗。

"好了，小眉，我知道你的意思。"方若童不忍心地安慰道。

"嗯嗯嗯嗯！"小眉使劲点头，脸上绽开一个甜美的笑容，"方小姐，你能明白就好！"

似乎是被小眉温暖的笑容感染了，方若童也跟着笑了起来。

其实也就是工作而已，她根本没必要害怕跟易由希见面的，该躲的人是他，而不是自己。

广告的拍摄地点定在希腊的爱琴海，方若童没能打通展韶华的电话，于是发了条短信，就跟着摄制组上了飞机。

不知道是摄制组有意还是无意，方若童上了飞机后才发现她的位置被安排在易由希的身边。

易由希坐在窗边，看到她举起手，微笑着跟她打了个招呼，性感的笑容依旧是那么的迷人。

方若童没说一句话，在他身边的位置坐下。

"飞机就快起飞，请各位乘客坐到自己的位置，系上安全带，以免发生意外。"

广播里传来空中小姐提醒的声音。

方若童系好了安全带，然后拿出 Ipod，闭上眼睛，一心一意地听歌。

听着听着，方若童的思绪就像天边的云，越来越缥缈……

……

"姐姐。"

方若童突然看到方若奇出现在她面前，苍白柔美的脸，被忧郁晕染着，看起来让人心疼。

"小奇！"方若童震惊地望着突然出现在自己面前的弟弟。

"姐，我好痛苦，我的心好痛。"方若奇突然弯下了腰，双手捂着胸口，表情非常痛苦。

"小奇，你是不是心脏病犯了？！药呢？药在哪里？！"方若童焦急地在方若奇身上寻找着药。

"姐……我忘记带药了……"方若奇仰起脸，脸上都是血。

……

"啊！"方若童猛然从梦中惊醒，她茫然地望着前方，双眼迷离，思绪似乎还没从刚才的噩梦中苏醒过来。

"做噩梦了吗？"耳边突然传来一个富有磁性的声音，方若童才一下子回过神。

当她的焦距对上时，看到易由希放大的脸出现在眼前，妖精般美丽的脸，性感的双唇微微上扬着，呈现出一个神奇的弧度，让人的心情似乎也能跟着那道弧度乘上云霄飞车。

"你靠我那么近干什么！"方若童一把推开易由希。

易由希若有所思地看着她，她在他子夜般深邃的眸子里看到仓皇的自己，顿时窘得无地自容。

似乎看出了方若童的窘迫，易由希不再逗她，恢复了正经的表情，"我刚才听到你在叫小奇的名字，你是梦到小奇了吗？"刚才看到睡梦中的方若童露出痛苦和忧伤的表情，他的心就像是被狠狠地捅了一刀，痛得无法呼吸。在那一刻，他是多么想拥她入怀，好好地安慰她，好好地呵护她。

可是她却突然醒来了，看到他的那一瞬，眼神变得冰冷如冰刃，再一次狠狠地刺向了他的心脏，比前面一次还要犀利。痛得彻头彻尾，没有一丝挣扎的余地。

听到小奇的名字，方若童的眼中下了雪般冰冷刺骨。

"是啊，被你害死的小奇，你的心里终于激起一点内疚了吗？"她望着易由希的眼睛，一字一顿说道。她希望在他眼中看到愧疚和忏悔，可是没有，易由希在听了她的话后，依旧非常冷静。

"我觉得我不需要内疚。"易由希笑了笑说道，像在谈论天气般云淡风轻，"这或许是天注定的，而且死亡对于小奇来说或许是个解脱。"

"你真是铁、石、心、肠！"方若童咬牙切齿地瞪着他，"你这样的人根本不配有那么多粉丝喜欢你，你根本没有半点感情！"

她觉得自己是个傻瓜，企图相信易由希对于小奇的死一直怀有愧疚。而事实证明，她就是天下第一大傻瓜，傻得无药可救。

"谢谢你的赞美。"易由希对于她的话只是付之一笑。

方若童有一种想揍他的冲动，但是她忍住了，因为这里是公共场合，她不想引起骚动，更不想被保安架下飞机。

方若童忍着怒气，把头扭向一边。

气氛再次陷入尴尬。

第十三章　无声较量

1

当展韶华看到方若童的短信时，方若童早已坐上了飞机飞往了希腊。

他看了方若童的短信后，赶紧拨了方若童的手机，可是她的手机处于关机状态。展韶华挂上了电话，非常地懊恼。

最近他一直陪着父亲参加着公司的会议，忙得没有时间联系方若童，没想到连她出国拍广告的事都不知道。

他发现他和方若童的距离又越来越远了。

努力初见成效，又被打回原形，这让他很无力。

"韶华，你在干什么呢？"展云博看到儿子站在会议室外的窗边，用力握着手机，痛心疾首的样子，疑惑地问道。

展韶华放下手机，转过身佯装无事地对展云博说："没什么，给朋友打电话。"

展云博神色威严地打量了他一眼，问道："打完了吗？"

"嗯。"展韶华轻轻地点了点头，心情依旧不太好。

看到展韶华愁眉不展的样子，展云博就心里来气。

小小年纪，心事怎么那么重！

他望了眼展韶华，转过身说："那就走吧。"

"去哪？"展韶华惊讶地抬起头，望着背着双手往电梯口走去的展云博。

"我约了老朋友一起吃饭,你随我一起去。"展云博头也不回地说道。

"哦。"展韶华只好跟了上去。因为他知道父亲让他去肯定是有目的的,而且也是不容他违抗的,所以他也没有什么心思追究父亲的目的了。

展韶华坐着展云博的专车——一辆黑色的加长林肯车,来到了邻近江边的富恒国际大酒店。

坐着电梯来到酒店的顶层,是一家高档的西餐厅,是全市景观最好的西餐厅,可以俯瞰整个江景。

走进西餐厅,立刻就有服务生带领着他们来到指定的包厢。

走进包厢,展韶华才看到瑞雪坐在里面,看到他笑吟吟地向他招手。而她身边正坐着瑞氏集团的总裁瑞啸海和夫人尹柏芝。

展韶华突然有点感觉出来,今天的聚餐没有想象中那么简单。

"快叫瑞伯伯、瑞伯母。"看到展韶华像木头般站着,展云博板起脸提醒道。

"瑞伯伯,瑞伯母。"展韶华立刻遵照父亲的话,恭恭敬敬地行礼。

"不要拘礼了。"瑞啸海笑着招呼道。

"快坐吧。"一旁的瑞夫人也笑道。

展韶华便跟着父亲入座。

瑞啸海的眼睛始终没有离开展韶华,脸上流露着明显的满意笑容:"好久不见了,韶华,你真是越来越玉树临风了,真是年轻有为啊!"

"过奖了,犬子无能,以后还指望瑞总裁多指点指点呢!"展博云和瑞啸海交换着眼神,展韶华并没有注意到。

"我这个当伯伯的当然是能帮忙的尽量帮忙了,不过韶华这么能干,以后就算没我帮助也一定会大有一番作为的!"瑞啸海盯着展韶华意味深长地笑了笑。

这些场面上的话展韶华早就听腻了,所以只是敷衍地笑了笑。大家说着客套话,展韶华低着头,百无聊赖地把玩着手里的水晶杯。

忽然,瑞总裁望着展韶华,笑吟吟地说:"韶华,我们瑞雪从小被骄纵惯了,你要多让让她哦!"

"那当然。"展韶华抬起头,笑着说,"我一直把瑞雪当妹妹。"虽然他已经不爱瑞雪了,可是他俩从小一起长大,算是青梅竹马,所以他对瑞雪还是有感情的。

"那就好，韶华虽然和我们家瑞雪是一个年纪的，可是却比瑞雪懂事多了。"瑞总裁眉开眼笑地看向自己的女儿，"你要学学韶华，以后少任性，都是快嫁人的大姑娘了。"

"知道了，爸爸，你不要老是说我嘛！"瑞雪环着父亲的手臂，娇嗔道，瑞总裁顿时笑得合不拢嘴。

展云博笑着说："瑞雪长得漂亮又大方，舞又跳得那么好，以后一定是位艺术家，瑞总你真是有福气啊！"

瑞啸海笑着摇了摇手："哪里哪里，女儿长大了总是要嫁人的，哪有展总你有福气啊！哈哈哈！"说着笑了起来，爽朗浑厚的笑声让整个包厢都充满了回音。

"一样的一样的，手心手背都是肉！哈哈哈！"受到恭维，展云博也高兴地笑了起来，整个包厢充满了笑声，表面上看起来是和气融融。

笑了一阵，瑞啸海突然停了下来，认真地望着展云博，说道："我们两家是世交，要是能够亲上加亲就更好了。"

"我和我家夫人也是这么想的，我们竟然想到一块去了！果然这几十年的默契没白培养啊！韶华和瑞雪那是天造地设的一对啊！"展云博激动地伸出手握住了瑞啸海的手。

展韶华浑身一寒，望向自己的父亲，而展云博似乎没有看到儿子求救的眼神，依旧和瑞啸海谈得甚欢。

而这时，他感觉到有一道目光一直一动不动地注视着自己，他转过头，循着目光望去，看到瑞雪正含羞带怯地望着自己。

原来一切都是她策划好的！

展韶华突然意识道，浑身一寒。接着，一股怒意就从身体里冒出来，一股脑儿冲向大脑。

"爸，我身体不舒服，我先走了。"展韶华坐不下去了，站起身说道。

"你怎么那么没礼貌！"展云博恼怒地瞪向他。

"瑞伯伯、瑞伯母，你们慢用，恕不奉陪了。"展韶华没看父亲一眼，匆匆行了个礼，就转身毫不犹豫地离开了包厢。

离开酒店后，展韶华就一个人在江边散步。

天上飘着几朵浅灰色的乌云，低沉沉的，好像要压下来。

展韶华的心情就像天上的乌云那么低沉。

虽然他出生在豪门世家，表面上看上去无忧无虑，可是只有他自己知道，他是多么不自由，很多事都由不得他。他就像是身上绑满了线的木偶，被人牵着走。

2

下了飞机，摄制组直达早已预定好的宾馆。宾馆在爱琴海边上，站在阳台上能够俯瞰整个爱琴海，美不胜收。

沐浴在海风下，似乎可以忘记所有的烦恼。还有那一望无际的爱琴海，就像一杯薄荷酒，让人沉醉。

当易由希走进房间时，正好看到方若童站在阳台上，海风吹拂着她乌黑如墨的长发，白色的裙摆随风轻轻飘扬着，就像天使的翅膀。

她的脸沐浴在夕阳下，毫无瑕疵的肌肤散发着半透明的光泽。恍惚间，易由希觉得她就像是落入凡间的精灵，下一刻就会消失似的。

听到脚步声，方若童下意识地回过头，看到易由希的那一刻，脸上恬淡的表情立刻消失无踪，转而被冰冷的表情所替代。

"你来我房间干什么？！"方若童愠怒质问道。

"大家说要去吃海鲜大餐，我是来叫你的。"看到方若童眼中露出的敌意，易由希心里有点难受，但是并没有表现在脸上。

"那你为什么不敲门？"看到易由希脸上痞痞的笑容，方若童的怒意更加强烈了。

"我敲了，你没听到，然后我看你没锁门，就自己进来了。"易由希无辜地耸了耸肩。

"算了，下去吧。"方若童不想再跟他多说什么，白了他一眼，就转身离开阳台。

易由希看她离开，也不打算多留，跟了上去。

摄制组一行人来到了海边的一家风味餐厅。餐厅的装修跟周围的建筑一样很有地中海风情，弓形的门洞，半敞开式的回廊，墙壁上挂着鲜艳的水彩画和许多贝壳海星，让人感觉非常清凉舒爽，仿佛置身在爱琴海海底似的浪漫。

菜肴也非常丰盛，都是当日打捞上来的最新鲜的海鲜，螃蟹、大龙虾、蛤蜊等，让人食欲大开。还有芳香四溢的葡萄酒，摄制组的成员全都乐坏了。

可是方若童却没有什么食欲，飞机上的梦让她想起了小奇。她觉得小奇一定是在怪她忘记了仇恨，这让她非常懊恼和自责。

方若童拿起面前的红酒，仰头一饮而尽。易由希看到她的举动，低下头，小声提醒："这红酒度数挺高的，你小心别喝醉了。"

"关你什么事，你不要猫哭耗子假慈悲了。"方若童睨着易由希，冷冷地笑了笑。不知道为什么，今天的酒喝起来特别的苦特别的涩，可是，即便如此，依旧无法冲淡她心中一丝一毫的苦涩。

她多希望醉后能把一切痛苦都忘记。

可是，越喝越难受。

"由希哥，你怎么不喝酒啊！"广告的女配角蓝夕拉着易由希的胳膊嗲嗲地说。她对易由希一直非常有好感，这次能够和易由希合作，抓住了一切能和易由希亲近的机会，这让易由希非常头痛。

这时导演也举起了玻璃杯，劝道："是啊，由希，来来，干杯！"

"干杯！"易由希却之不恭，举起面前的杯子和大家碰了碰酒杯，然后一饮而尽。

放下酒杯，易由希看到方若童的脸色已经露出微微的粉红色了，似乎有点微醺了。他正想上前查看，却又被蓝夕拉住了胳膊。

"由希哥，你陪我玩游戏嘛，输掉的人喝酒怎么样？"蓝夕靠在他肩膀上，嗲嗲地撒娇，易由希头皮一阵发麻，却抽不开手。

"有好玩的你们怎么可以独自玩，大家一起玩！"导演也喝多了，兴致特别地高。

易由希盛情难却，只好和大家一起玩起"洛克船长"的游戏，游戏中方若童兴致很高，输掉时喝酒非常地爽快，大家高兴地拍手欢呼。

天空渐渐被漫天的星星所取代，不知不觉已经深夜了。

易由希感觉大脑有点昏昏沉沉的，身体也有点轻飘飘的。他望向方若童，看到她整个人趴在餐桌上，一动不动。

其他人也都喝得七仰八歪的，易由希掰开了蓝夕的手，然后起身摇摇晃晃地往方若童走去。

她似乎是喝了不少，趴在餐桌上一点知觉也没有。易由希伸出手，把她扶了起来，她的身体软绵绵地倒进他怀里。

易由希的喉头一颤，心中被一种温暖而潮湿的感觉瞬间填满。

他弯下腰，打横抱起方若童，然后走出了餐厅。

外面的夜色非常迷人，星星就像是撒落在天际的钻石，闪烁着无与伦比的光泽。海水在风中涌动着，传来一阵阵潮声。

方若童靠在他怀里，睡得非常安详，温热的鼻息喷在他脖颈上，痒痒的，暖暖的，让易由希想起小时候经常背着方若童爬到秋铭山山顶去看星星。

那时候的生活无忧无虑的，没有任何烦恼。小小的方若童就像个洋娃娃，心灵纯洁得像水晶。

笑起来露出两个小梨涡，盛满了幸福。而现在的她很少笑了，总是露出一副忧心忡忡的表情，让他看了心疼。

他抱着方若童回到了宾馆的房间。月光从落地窗洒落进来，给室内罩上一层朦胧而柔美的银纱。

易由希轻轻地把方若童放在床上，然后给她盖好被子。

他蹲在床边，凝望着睡梦中的方若童。好久没有看到她这么安静柔美的样子，不知道从什么时候开始，她看到他就条件反射似的露出一副如临大敌的表情，两片柔美的唇瓣也总是说出咄咄逼人的犀利语言，经常都让他伤痕累累体无完肤。

"或许你会一辈子恨我……如果，这能让你好过些……"易由希望着方若童的睡颜喃喃自语，月光让他的脸看起来美得妖异，可是这种美和忧伤糅合在一起，形成了异样的凄美。

可是方若童却看不到，就像看不到他内心的痛苦一样。

"晚安，好好睡吧。"像小时候一样，在方若童额头轻轻印上一吻，然后站了起来，可是当他想转身离开时，才发现衬衫的下摆被方若童紧紧地攥在手心。

"为什么要离开我……"方若童的话让易由希的心猛然一颤。

他以为方若童是在对他说话，可是当他低下头时才发现方若童的双眼依旧紧闭着。

她只是在说梦话。

"由希……"方若童轻轻呓语着，梦里叫着他的名字，让易由希心里一酸。许多情绪如海潮，排山倒海地涌上心头。

他突然开始怀疑，两年前选择离开方若童，是不是正确的选择。

可是如果不那么做，他又能怎么样呢？

"对不起……对不起，小童……"易由希跪倒在方若童床边，握着她娇小的手，不断地道歉，虽然睡梦中的方若童根本就听不到。

"由希……我恨你……可我又忍不住爱你……"

睡梦中的方若童流露出非常痛苦的表情，眼泪濡湿了她的睫毛，顺着洁白的脸滑落，一颗颗都落进了易由希的心里。

易由希震惊地望着方若童，脸色如纸般苍白。

小童爱着他！

他一直以为方若童对他除了恨，已经不剩下任何感情了。

他根本没有想到她会爱着自己，而且还爱得那么痛苦。

他到底做了什么？

"由希……我知道我不该爱你的……你是杀死小奇的凶手……如果我爱着你那小奇死也不会瞑目的……可是……可是我忍不住……我根本忍不住呜呜呜……"睡梦中的方若童伤心地哭起来，她的睫毛像两把小扇子剧烈地颤抖着，赢弱的身子也在被子底下瑟瑟颤抖着。

易由希伸出手，心疼地把她抱在怀里。

"对不起……我不知道我给你带来了这么多的痛苦……对不起……把所有的过错都算在我身上吧……要恨我就恨得彻底点吧……"

易由希多么想把所有的痛苦都揽下来，他多么希望看到以前那个快乐的无忧无虑的方若童。

如果时光能够倒流，他希望一切都不会是现在这个样子。

因为当初他那么做，绝对不是盼望着这个结果的。

为什么无论他怎么努力，两个人依旧都那么痛苦呢……

是不是他错了？

究竟是不是他做错了……

3

清晨，阳光透过窗帘洒落进来，白色的窗帘在风中轻轻翻滚着，就像是绵延起伏的海浪。

刺眼的阳光让睡梦中的方若童感觉非常不适，她皱了皱眉，缓缓地睁开眼睛。她发现自己躺在一个陌生的地方，望着房间内的陈设她才想起来这是宾馆。

她记得昨晚和摄制组的人员一起去吃海鲜大餐了，可是至于怎么回到宾馆的她已经不记得了。

脑袋昏昏沉沉的，涨得难受，她才记起自己昨晚好像喝多了。

宿醉真是痛苦啊……

方若童皱着眉，想从床上坐起来，却发现有一条胳膊横在她腰际，压住她，让她无法起身：

胳膊？人！

方若童猛然睁大眼睛，视线顺着那条胳膊往上移动……易由希毫无防备的睡颜映入她眼帘，吹弹可破的肌肤、浓密卷翘的睫毛、微微上扬的红唇，每一样都是那么诱人……

方若童以为自己在做梦，于是她用力眨了眨眼睛，希望再次睁开眼睛时眼前的一切幻景都会消失。可是，没有！

易由希依旧安静地睡在她身边，长长的手臂理所当然似的环在她腰间。

"嗯……"易由希动了动身子，舒服地呢喃了一声，虽然这一声呢喃非常轻，但也足够刺激方若童脆弱的神经了！

"啊——"

预感到不是做梦，方若童从床上弹了起来，并发出一声震天撼地的尖叫。

"别吵……我头好痛……"

睡梦中的易由希受到惊扰，皱着秀气的眉抱怨着。他毫无防备的睡颜就像新生婴儿般可爱，可是方若童并没有怜香惜玉的闲情逸致。

"你、你你怎么会在我床上！快起来！"

方若童指着易由希，气得手指忍不住颤抖。

"嗯……"易由希翻了个声，迷迷糊糊地说，"昨晚你喝多了，是我把你抱回宾馆的……"

"那你怎么会睡在我床上！"方若童使出"擒拿手"，一把把易由希从被窝里拽了起来。

易由希皱着眉眨了眨眼睛，当他睁开眼睛时眼神非常清澈，让人怀疑他刚才是真睡还是假睡。

他看了眼怒火冲天的方若童，似笑非笑地说："你拉着我不让我离开啊，我只好陪你一起睡了，昨晚……"他直勾勾地望着方若童，故意拖长了尾音，让方若童的心脏咯噔猛跳了一下，心里浮起一阵极度不祥的预感。易由希笑了笑，倾身附到方若童耳边，用极度暧昧的语气小声说，"你可真热情啊。"

"你说什么？！"方若童无法置信地瞪大眼睛，心里仿佛挂了十五桶水，七上八下的，"怎、怎……怎么可能！"

"用完我就把我一脚踹开，你可真忘恩负义啊。"易由希用极度哀怨的眼神瞥了方若童一眼。

"你你你你……给我滚出去！"方若童抖着手指着易由希，差点气结。

"那也总得先让我穿好衣服吧，不然别人看到我光着身子从你房间出去，不知道要怎么想了。"易由希无辜地耸了耸肩。

"那你就赶快穿吧！穿好马上滚！"方若童指着房门，脸色铁青。

"好好，女王陛下。"易由希无奈地笑了笑，然后钻出了被子，方若童赶紧转开了脸，但还是瞥到了易由希修长白皙的身体，整张脸顿时涨得通红。

耳边传来窸窸窣窣的声音，方若童脑海里不禁浮现易由希穿衣服时性感的样子，整张脸更加红了，心脏也怦怦直跳。

"那我走咯，八点要到大堂集合，你别迟到了哦！"易由希穿好衣服，叮嘱了方若童，这才大步走出了房间。

听到关门的声音，方若童才松了一口气，转回了头。

望着因为易由希的离开，而突然显得空旷起来的房间，方若童心里升起一股说不出的感觉，似乎……是有点失落。

难道昨晚她酒后乱性，真的和易由希发生了……

不可能不可能！

如果真的做了什么，不可能什么都不记得的。

方若童努力回想着昨晚的事，可是除了在餐厅和大家吃海鲜大餐的情景，其他什么都回想不起来了。她完全想不起自己是怎么回到宾馆，回到宾馆后又发生了什么事。

这时，放在枕边的手机突然响了起来。正在沉思的方若童吓了一跳，赶紧拿起手机，一看来电显示，是展韶华打来的。

方若童接起电话。

"上帝保佑，我终于打通你电话了，昨天打了你一晚上的电话都没人接，我以为你出事了，急死我了。"展韶华的声音听起来非常激动，听得方若童心里一阵愧疚。

"对不起，昨天走得很匆忙，所以没来得及跟你说一声。"

"没关系，你现在在哪里？已经到希腊了吗？"

"嗯，昨晚到的，到了希腊就和摄制组一起吃饭去了，忘记带手机，所以没有接到你的电话。"不知道为什么，想到昨晚的事她有点心虚，不敢把真实情况告诉展韶华。

那边的展韶华没有听出异样，声音里依旧透着关心："没关系，你没事就好，我也就安心了。你要在那边拍摄多久，什么时候回来？"

"大概三四天，顺利的话下星期就回来了。"

"回来前给我打个电话或者发个消息，我来机场接你。"

"嗯。"

"那你先忙吧，有空给我记得给我打电话报平安。"

"好的。"

挂上电话，方若童看到手机屏幕上显示出七十九通未接电话，全是展韶华打来的。方若童可以想象展韶华当时是多么焦急，她的心里再次泛起一阵强烈的内疚。

突然想起易由希临走时叮嘱的话，方若童看了看手机上的时间，已经七点半了！来不及多想，她赶紧跳下了床，然后冲进了卫生间。

来到宾馆大堂，摄制组的人员已经等候在那里了，易由希也坐在摄制组中间，看到她冲她笑了笑。方若童立刻冷冷地哼了一声撇开脸，当作没有看到他，易由希不以为意地笑了笑，并不和她计较。

"蓝夕呢？怎么蓝夕还没下来！"导演不耐烦地抽着烟。

"才刚刚到八点，应该快下来了。"蓝夕的经纪人笑嘻嘻地安抚道。

导演不再说话，坐在沙发上闷闷地抽烟。方若童趁等候的时间拿出剧本来背台词，她看到易由希跷着腿坐在一边听着 Ipod，非常悠闲，那样子说不出的讨厌，方若童白了他一眼，继续看剧本。

等了大概一刻钟，蓝夕终于从楼上下来了，穿着印花的洋装，戴着一顶夸张的草帽，脸上也画了精致的妆容。

"你怎么那么慢啊，全组就等你一个人！"导演一看到蓝夕就口气不好地质问道。

"才迟到了一刻钟而已嘛。"蓝夕不悦地嘟了嘟嘴，她看到易由希就两眼放光，然后就跑到他身边，挽起了他的胳膊，用让人骨头酥掉的声音说，"早啊，由希哥！"

"好了，既然人都到齐了，那我们就出发吧！"导演一声令下，所有人都站了起来，走出大堂。

取景就在爱琴海海边，所拍摄的产品是全球销量最好的饮料，这次的广告会在全世界同时播放，加上这支广告的投资非常高，所有制作都是电影级的，所以大家对这支广告特别重视。

"小童、蓝夕，你们就坐在这里，烈日炎炎下，表现出非常炎热的样子。"方若童和蓝夕坐在太阳伞下，导演站在旁边给她们讲着戏。

方若童认真地点着头，蓝夕摇着手里的扇子，漫不经心地听着。

导演看到蓝夕漫不经心的样子，就忍不住责备："蓝夕，你能不能认真点，一会儿开拍你不要出错。"

"这很简单嘛，导演，怎么会出错嘛。"蓝夕从包里拿出粉盒，然后对着镜子补着妆。

导演不悦地抿了抿嘴，指着她夸张的草帽说："你的帽子能不能拿下来，太扎眼了。"

"这可是我的造型，怎么可以拿下来呢？而且扎眼才好啊，我在镜头上看起来才会醒目嘛！"蓝夕看了眼镜子中完美的自己，然后才满意地盖上粉盒。

"好好，随便你。"导演不悦地撇了撇嘴。工作中会遇上各式各样的人，看来他早已经习惯了。

跟方若童和蓝夕说完戏后，导演就走到易由希面前，对他说戏。

易由希刚化完妆，原本精致的五官显得更加完美立体，仿佛是精雕细琢出来似的。他穿着白色的休闲西服，乌黑的头发经过打理闪烁着鸦羽般的神秘光泽。看起来就像是偷跑出皇宫，混在平民当中偷闲度假的王子。

蓝夕双眼一动不动地盯着他，时不时发出一声长长的赞叹声，一副少女怀春的样子。

4

"由希，你看到她俩非常炎热的样子，你就走过去，然后对她们说，小姐，天气这么炎热，需不需要饮料？"

导演对易由希说好戏，然后就拍了拍手让所有人准备起来。

"Action！"导演坐在监视器后大喊了一声。

方若童立刻进入状态，面对着炽热的太阳，皱着眉擦着额头上的汗。

"好热啊。"蓝夕摇着扇子，抱怨道。

"要是有杯冰镇饮料就好了。"由于天气非常的闷热，方若童的额头真切地流下了汗。

易由希端着空托盘走到她们面前，微笑着问："两位小姐，天气这么炎热，需不需要饮料？"只见他另外一只手在空托盘上比画了一下，像魔术师般优雅。

"哇！"方若童惊讶地张大了嘴，双眼睁得大大的，盯着他手中的托盘。

"卡！"导演怒吼了一声从椅子上跳了起来。

"怎么了导演？"蓝夕不悦地嘟起红唇。

"蓝夕你怎么一点表情都没有！"导演握着剧本砸了砸手心，心急如焚地说。

"那我应该有什么表情呀？"蓝夕不满地撇了撇嘴。

"惊讶的表情，惊讶！惊讶的表情啊！"导演双手比画着，他看到蓝夕露出迷茫的表情，急得快要跳脚了。

"我为什么要惊讶？"蓝夕不明所以地皱起精致的双眉，歪着头望着急得跳脚的导演。

"你看到由希托盘上变出一瓶饮料应该非常惊讶！"导演在易由希手中的托盘上比画着，解释给蓝夕听。

"可是托盘上什么都没有啊……"蓝夕摊了摊手，像在看白痴似的望着急得满头大汗的导演。

"后期会做上去嘛，但你得装出你看到了！"导演快要被她气死了。

剧组的其他工作人员也直翻白眼，纷纷在心里怀疑她是怎么进演艺圈的。

"Do you understand？"导演瞪着蓝夕大声问道。

"我知道了。"蓝夕委屈地咬着下唇。

"好了，准备就绪！"导演重新坐回监视器后，然后挥手说了声Action！

方若童再次进入状态，重演着刚才的情景。

"好热啊，要是有杯冰镇饮料喝就好了。"蓝夕用力摇着手中的扇子。

易由希端着托盘走上前，笑吟吟地问："两位小姐，天气这么炎热，需不需要饮料？"

"哇！"方若童和蓝夕惊讶地大叫起来。

"卡！"导演大叫一声，所有人都停了下来。

导演冲到蓝夕面前，暴跳如雷地吼道："蓝夕！你刚才的帽子挡住方若童的脸了！"

"噢……我不是成心的嘛。"蓝夕低着头，样子非常委屈。

导演叹了口气，对大家大吼了句再来，所有人再次准备。

就这样反复拍了五次，第一个场景终于拍完，所有人停下来休息，个个折腾得又热又累。

"蓝夕，你刚才台词多说了一句，那是我的台词。"趁着停下来休息的空隙，方若童小声对蓝夕提醒道。

蓝夕白了她一眼，没好气地说："我多说了一句关你什么事，只要演好了就行了！你不是在怪我抢你的戏吧？"

"我没有这个意思，我只是……"方若童非常地尴尬，不知道该怎么解释。

　　蓝夕双手抱胸，冷冷地斜睨着窘迫万分的方若童："别以为你资格比我老一点就教训我，我最讨厌你这种倚老卖老的人！"

　　方若童被蓝夕说得尴尬万分，一时间说不出话来，蓝夕冷冷地白了她一眼，然后转身往旁边的休息区走去。

　　小眉拿着矿泉水走过来，她把矿泉水递给方若童，然后鄙视地白了蓝夕的背影一眼："那个蓝夕，穿成这样，明显是想跟你抢戏。"

　　方若童喝了口水说："算了，哪个新人不想着出人头地呢，我们这些前辈让让他们也是应该的。"

　　"话是这么说，可是方小姐你这么让着她，她却一点感激之心都没有呢，还处处跟你过不去。"小眉不甘心地说。

　　其实方若童也知道小眉是在为她打抱不平，在这个复杂的娱乐圈，很多人都挤破了头想往上冒，一不小心就可能会被踩下去，永远都翻不了身。

　　当初她也是踩着泰蕾莎上来的，并取代了她的位置，虽然不是她的本意，但其实本质上来说她和蓝夕并没有什么区别。

　　想到这些，方若童也就觉得没有什么好不平衡的，于是便摇了摇头，淡然地说："算啦，小孩子而已嘛，不要计较那么多了。"

　　但小眉依旧不服气，冷冷地哼哼道："她还不是仗着自己有后台，真是欺负人！"

　　"好了好了，不要让她听到了。"不想多惹事端，方若童拍了拍小眉的肩膀，安抚道。

　　小眉仰起脸，望着方若童，叹了口气道："方小姐，你真是好人呢，不过你这样很容易吃亏的。"

　　听了小眉的话，方若童淡淡地笑了笑，并不多做表示。

　　"方小姐，我给你补妆吧。"这时，化妆师Amy拿着化妆箱笑吟吟地走到方若童面前。

　　"谢谢你，Amy。"方若童对她笑了笑。

　　Amy打开了化妆箱，拿出化妆品，正要打算给方若童补妆，旁边却传来一个冷嘲热讽的声音——

　　"你还没给我补妆呢，你是不是觉得她比我红就瞧不起我啊！"蓝夕双手抱胸，踱到她们面前。

"蓝小姐，我绝对没有这个意思的……我只是……"Amy 焦急地解释着，冷汗直流，粉刷上的粉都抖了下来。

方若童不忍心看到 Amy 为难，轻轻地拍了拍她的手说："算了，Amy，你就先给蓝夕补妆吧。"

"……那好吧。"Amy 望着方若童犹豫了会儿，才点头。

"哼！"蓝夕这才满意地扭头离开，Amy 赶紧收拾了化妆箱跟了上去。

小眉在旁边看得早就气得想咬人了，一看到蓝夕离开，就忍不住拉着方若童的袖子说："方小姐，你没必要受那个蓝夕的压迫吧，怎么说她也只是个新人！"

"算了，不过是补个妆，谁先谁后有什么关系呢？"方若童笑了笑，不以为意地说。

"我真是看不过去了嘛！"小眉气得直跺脚。

"多一事不如少一事，我不想为了那么点事而争吵，没必要。"方若童微笑着安慰道。

可是小眉没有方若童那么沉得住气，依旧难以消气。她叹了口气，对方若童说："方小姐，你真是个好人，在这个尔虞我诈的娱乐圈很少遇到你这么心地善良的人了。"

"我只是懂得明哲保身的道理而已。"方若童淡淡地笑了笑，不再说什么。

小眉也只能叹气，她一个小小的助理，虽然打抱不平，但也不能改变什么。

第十四章 生死相隔

1

拍摄的第二幕是三人在爱琴海海边嬉戏追逐，跟很多群众演员一起，形成一幅非常欢闹的画面。三人都换上了清爽的泳装。易由希换上了蓝白条纹的泳裤，光滑的肌肤如最好的白玉，修长的四肢和结实的肌肉线条仿佛大理石雕刻出来似的完美，仿佛是海中走来的海神之子，让人叹为观止。方若童换上了素白色的泳装，就像一朵淡雅的百合花。而蓝夕则换上了火辣的大红色比基尼，就像是盛开在西班牙烈日下的红玫瑰那么妖娆艳丽。

三人如同三道截然不同的风景，在蔚蓝的天空下，漂亮得让人移不开眼睛。

"方小姐，你这条项链和你的泳装有点不搭调，能不能解下来？" Amy看到方若童脖子上挂着的纯银项链，微笑着建议道。

"哎哟，这是哪里买来的廉价货呀？啧啧，你的品味可真低俗。"蓝夕瞥着方若童脖子上的小熊吊坠的项链，摇着头啧啧道。

方若童伸出手，摸着脖颈间的项链。这是去年生日时小奇送给她的生日礼物，虽然很廉价，但对她来说是无价之宝，因为这是小奇送给她的最后一件生日礼物，就算花再多的钱也买不到的。

方若童小心翼翼地把项链解下来，然后交到Amy手中："帮我保管好这条项链。"

"嗯，我会的，等会儿等你拍摄完我就还给你。"Amy慎重地接过项链，然后把它小心翼翼地放在化妆箱的最里层。因为看方若童的表情就知道，这条项链对她来说非常重要。

"谢谢。"方若童感激地笑了笑。

"哼。"蓝夕站在一边，不屑地瞥着她。

第二幕拍完后，是方若童和易由希两人坐在帆船上的最后收尾一幕。

帆船静静地漂浮在海面上，白色的风帆就像是巨大的翎羽，在湛蓝的海面上飘起一抹纯净的白色。方若童和易由希坐在船头，海风迎面吹来，如果忽略掉不远处的摄像机，很容易让人误会是一对情侣在泛舟浪漫。

最后一幕没有任何台词，两人交握着手，望着夕阳慢慢从地平线沉下去。

周围很安静，只剩下海浪静静翻滚的声音，和两人轻得几乎不可闻的呼吸声。

这一刻，方若童仿佛感觉到她和易由希拥有了不同的身份，似乎真的像剧本里所写的那样，只是偶然相遇，然后相恋的一对情侣。

如果没有经历那么多事，她和易由希会是怎么样呢……

"卡！非常完美！"导演的声音瞬间打断了方若童的思绪。

方若童缓缓回过神，看到易由希也静静地望着她，美丽的五官在夕阳下，如同镀了一层淡金色的边，闪烁着无比瑰丽的光芒。

脑海里忽然浮现早晨同床共枕的一幕，方若童的脸刷地通红，烫得快要烧起来。

"圆满拍摄完毕！收工！"在导演的吆喝声下，剧组工作人员开始收拾摄影工具。

"走吧，上岸吧。"易由希站起身，走下帆船。

方若童才发现帆船不知道什么时候已经靠到岸边了，望着易由希上岸的背影，方若童懊恼地真想一头栽进海里洗洗她的脑袋。

你这个白痴，在胡思乱想什么呢！

方若童在心里暗骂了自己一句，然后也赶紧起身下了帆船。

傍晚，海风有点凉意，小眉看到方若童上岸，赶紧拿着浴巾跑上去，裹在她身上。

"谢谢小眉。"方若童感谢地朝小眉笑了笑。

"你怎么搞的，笨手笨脚的！笨得像头猪，一点用都没有！"

这时，另外一边传来蓝夕责骂助理的声音，那个小助理被蓝夕骂得哭了起来。

"方小姐不要跟我客气，小眉能跟着方小姐是福气，要是跟着蓝夕那种人，那就是遭罪了。"小眉望了眼蓝夕那边，庆幸地说道。

方若童有点看不下去，走上前，对蓝夕说："COCO就算做错了什么，你也不需要这么训她啊。"

蓝夕本来就看方若童不顺眼，被方若童一训立刻就火了起来："我训我自己的人关你什么事？还是你方大明星太闲了？"

看到蓝夕这么嚣张跋扈的样子，方若童只能无奈地摇了摇头，语重心长地说："我只是看不过去，助理也是人，也是有自尊的，你不可以这么骂他们。"

"噢？"蓝夕冷冷地瞥了眼方若童，"你在这里充好人吗？你的意思我就是坏人了！"

易由希听到了这边的动静，赶紧跑了过来，问道："怎么了，发生什么事了？"

"没什么，我和小童姐在开玩笑呢！"看到易由希出现蓝夕立刻恢复了温柔可人的表情，笑吟吟地说道。

易由希看向方若童，可是方若童却扭开了头，当作没有看到他，他也只好自讨没趣地收回视线，对所有人说："那就好，导演说要去吃烧烤，你们快准备准备吧。"

说完，他就转身离开，蓝夕看到他离开，赶紧小跑着追了上去，在后面喊着："由希哥，等等，我和你一块儿走！"

这场争执这才被易由希轻巧地化解了。

"别哭了，COCO。"小眉拿出纸巾，帮COCO擦着脸上的眼泪，COCO点了点头，这才止住了哭泣。

方若童让小眉照顾COCO，然后自己朝Amy走去。Amy正在整理化妆箱，看到方若童停了下来。

"Amy，我的项链呢？"方若童微笑着问道。

"在化妆箱里，你等等，我拿给你。"Amy赶紧在化妆箱里翻找方若童的项链，可是才找了两下，她就惊叫了起来，"哎呀！项链呢？"

"怎么了，Amy？"方若童皱了皱眉。

Amy 抬起头，望着方若童，花容失色："项链不见了，我明明放在化妆箱里的！"

方若童赶紧安慰道："不要急，你再找找，说不定是化妆箱里东西太多了，被堆在里面你没看到。"

"好的，我再找找看。"Amy 把化妆箱里的所有化妆品都倒了出来，然后仔细再找了一遍，可是就是没有看到项链，Amy 急得满头大汗。

找了大半天，不知道把化妆箱和所有的化妆品翻找了几遍，依旧不见项链的踪影，仿佛那条项链凭空蒸发了似的。

"方小姐，对不起，你交给我的项链我没保管好，丢了……"Amy 急得声音都哽咽起来，豆大的泪珠从眼眶里滚落。

"没事，丢了就丢了吧，不过就是一条项链，别哭了，我不会怪你的。"方若童微笑着安慰道，伸出手帮 Amy 抹掉了脸上的泪。

"对不起，方小姐，你把项链交给我，可是我却……"Amy 非常懊恼，那条项链看起来对方若童很重要，可是她却把它弄丢了。而且方若童还不怪罪她，这让她更愧疚了。

方若童拍了拍她的肩膀说："好了好了，不要放在心上了，回去吧。"

Amy 也不知道该怎么办了，看到方若童似乎也不打算再追究的样子，于是点了点头，收拾好化妆箱，就跟着摄制组离开了。

2

等所有人都离开后，方若童就在海边寻找起项链。项链是放在化妆箱里的，化妆箱没有离开过海边，而且那条项链不值钱，没有人会偷，所以项链一定掉在了海边。只要认真寻找，一定就能找到。

一大半夕阳已经沉入了地平线，霞光把大海染成了橘黄色，海面闪烁着金灿灿的光芒，就像是撒满了金币。

四周非常安静，没有过往的游客，方若童一个人不厌其烦地在海边的每寸沙土每颗石块间寻找着。

海风突然猛烈起来，天边的云彩也快速地掠动着。

似乎是要变天了。

果然，不一会儿橘红色的天空就变幻成了深浅不一的灰色，就像是水墨画。

摄制组的人都洗了澡换了衣服，神清气爽地聚集到了烧烤餐厅。广告顺利拍摄完毕，导演心情特别好，叫了一桌的美食和饮料。待所有人坐下，易由希才发现方若童不在。

"小童呢？"易由希望着所有人问道。

"没有看到她。"导演边吃着烤生蚝，边含糊不清地说。

"拍摄回来后就一直没有看到她。"摄制组的其他工作人员也点头道。

"方小姐好像没有跟我们一起回来……"COCO咬着叉子，犹犹豫豫地说。

导演丢掉了生蚝的壳，抬起头说："她不会还在海边吧？"

"她一个人待在海边做什么？"易由希疑惑地嘀咕道，心里有股不好的预感，让他有点坐立难安。

"哎呀！"小眉突然大叫了一声，脸色非常难看，"方小姐的项链丢了，她不会是一个人在海边找项链吧！"

坐在人群里的蓝夕冷冷地笑了笑，置身事外地望着所有人。

"看这天气好像要刮风下雨了呢。"摄制组的一个工作人员望着窗外的天气说道。

听到这么说，易由希的心里更加不安心起来，他放下刀叉，站了起来，对大家说："你们先吃，我去海边找找。"

"我也跟你一起去吧！"小眉跟着站了起来。

"不用了，你在这里等我们。"易由希说完，也不等小眉回答就转身冲出了餐厅。

小眉望着易由希匆匆忙忙离开的背影，心脏怦怦直跳，总觉得有股不好的预感。好像有不好的事将要发生。

易由希冲出餐厅后，就迅速往海边跑去。当他气喘吁吁地跑到海边时，发现海边空无一人，海浪拍打着白色的沙滩，留下蜿蜒的湿迹。

"小童！"他把双手拢在嘴边，喊着方若童的名字，可是回应他的只有一波波的海浪声。

他在海边转了一圈，正要失落地离开时，听到哗啦一阵水声从背后响起，他一个激灵，回过身——只见方若童浑身湿漉漉地从海水里直起身，黑色的长发湿透了，像海藻般披散在身上。她身上单薄的连衣裙也被海水浸得湿透了，在暮色下呈现半透明的光泽。瘦弱的她看上去楚楚可怜，就像一朵脆弱的百合花，随时都会被海浪卷走。

"小童！"易由希心里一惊，赶紧跑了上去。他把方若童从海里拉了起来，望着像落汤鸡般狼狈的方若童焦急地说："你怎么把自己弄成这样！"

"关你什么事。"方若童甩开了他的手，并不领情。

方若童的冷漠就像一支利箭瞬间射穿了他的心脏，他望着弯着腰，涉着水，像海底捞针般不停在海里打捞的方若童，心痛得无以复加。

"小奇已经走了，你何必这么折磨自己呢？"明知这句话会伤害到方若童，但是他还是不得已说了出来，他希望方若童能够清醒过来，不要再折磨自己。因为这样的方若童让他看了好心痛。

听到他的话，方若童的身子明显僵了僵，易由希似乎还能看到那具瘦弱的身躯在海风中瑟瑟颤抖着。

"这件事不用你提醒我也知道……可是就算小奇已经不在这个世上了，他依旧活在我心里。"方若童用湿漉漉的手拍着自己的胸口。一想起小奇，她的心脏就像有一把利刃在一刀一刀割着，承受着凌迟般的痛苦，痛苦得快要窒息。

"小奇在天之灵要是看到你这个样子，他会很难过的。"看到方若童这个样子，他不知道该怎么安慰她，只能用笨拙的方法。

"我已经找不到维系我和小奇的东西了，唯有他去年在我生日时送给我的项链，可是……可是我居然把它弄丢了……那是小奇唯一留给我的东西……"方若童捂着脸，想掩饰自己内心的痛苦，可是泪水却沿着指缝流了下来。

易由希看了，心脏如被利刃割般难受。"你确信是掉在这里了吗？我陪你一起找吧。"易由希伸出手，把方若童搂进怀里。

"我不需要你帮忙！"方若童一把推开易由希，指着他厉声说，"收敛起你的虚情假意吧，我不会再被你欺骗了！"

易由希趔趄后退一步，稳住了身子抬起头望着方若童，乌黑的眸子难掩内心的受伤。

她不再信任他了，她再也不会像以前一样依赖他了，这一切到底是谁的错？

易由希伸出手，可是苍白的手指却在半空僵住了，他的脑海中顿时一片空白，有许多情绪想表达出来，却不知道该用什么方式表达。

方若童继续寻找着项链，不再理会一脸苍白的易由希。易由希站在原地，望着浑身湿透狼狈不堪的方若童，内心非常失落。

这时，灰色的天空划过一条银蛇，接着震耳欲聋的雷声响起，几乎是在同时，豆大的雨点从空中洒落下来。

"下雨了，我们回去吧，不要再找了！"易由希对着落汤鸡般浑身湿透的方若童大声说道。

"你要回去就回去吧，不找到项链我是不会离开的。"方若童的语气非常坚决，恐怕现在下的就算是硫酸，她也不会离开半步。

易由希和方若童是从小一起长大的，他非常清楚方若童的牛脾气，只要是她决定的，就无法改变。

易由希脱掉了衬衫，也蹚进了海水里，帮方若童一起找项链。海面开始涨潮，狂风暴雨激起了一波波怒浪，汹涌地拍打向他们。

易由希感觉到情况越来越不妙，停止了寻找项链，涉水走向方若童。他抓住方若童的胳膊，严肃地说："这样下去很危险，我们回去吧，明天再来找！"

"我不回去！"方若童甩开易由希的手，生气地大吼。

"你不要命啦！"易由希终于沉不住气，大声责备道。

"如果把小奇留给我的唯一的东西都丢了，我还不如去死算了！"方若童冲着易由希歇斯底里地大吼，眼泪随着她的情绪一起释放出来。她释放的不仅仅是丢失了项链的伤心，还有一直以来的压力，以及积压在内心的痛苦。许许多多的情绪激发出来，她一直以来强撑的伪装终于崩溃了，化作泪水宣泄出来。

易由希看了非常地心痛，他伸出手，把方若童揽进怀里，像安慰受伤的小猫似的，轻轻地抚摸着她的后背。

他现在后悔了，一直以来他都单方面地为方若童决定着一切，他以为他这么做是对的，谁知会让方若童越伤越深。她已经不再是他所认识的那个快乐而单纯的小童了。现在的她非常疲惫，清澈的眸子早已经布满了沧桑。这本不是他的初衷，却是他一手造成的……

易由希的怀抱是那么的温暖，就差那么一点点，她差点在他的怀抱中迷失了自己。不过她还是强抓住了理智，一把推开了易由希。

"我不需要你的同情！收起你的虚情假意！小奇是被你害死的，我这辈子和你势不两立！"方若童退开了一大步，像看着仇人似的瞪着易由希，瞳仁里跳跃着仇恨的火焰。

方若童眼眸深处跳动的仇恨火焰就像是一把利刃，狠狠地插在易由希的胸口。

这时一个巨浪打了过来，停泊在岸边的帆船被掀翻，像一座大山般压了过来。易由希眼疾手快，一把推开了方若童，可是他自己却躲闪不及，被帆船压在了下面。

3

方若童还没反应过来发生了什么事，就被迎面扑来的海水浇了一脸，等她睁开眼睛时，就看到前面他们拍摄广告的那艘帆船翻倒在她面前，而易由希的身影完全埋没在了帆船底下。

帆船就翻倒在她刚刚所站的位置。

难道……难道刚才易由希是为了救她，才把她推开！

方若童难以置信地睁大眼睛，还没完全从眼前的状况中反应过来。

怎么可能？易由希怎么可能牺牲自己救她？

这是不可能的……

可是眼前的事实却让她无法欺骗自己，易由希刚才确实救了她。

等她从这个事实中反应过来时，易由希已经不见了，她的心一下子慌乱起来。这样子的慌乱，就像当初感觉到小奇有生命危险一样，让她快要哭出来了。

"易由希！你在哪里？！"方若童对着茫茫大海，拼命地呼喊着易由希的名字。

可是回应她的只有汹涌的怒涛声，还有轰隆隆的雷鸣声。

难道易由希死了？

这个念头让方若童更加慌乱了，她拼命地呼唤起易由希。

"易由希！你快回答我！如果你听到了我的呼唤，赶紧回答我！"

"我……在这里……"

这时，一个虚弱的声音从帆船底下传出来，虽然微弱得几乎被淹没在雷鸣和海浪声中，可是方若童还是清清楚楚地听到了。

"易由希！"

方若童赶紧涉水跑了过去，看到易由希正被船体压在下面，虚弱得气若游丝。

"我马上救你出来！"方若童赶紧伸出手推帆船，可是船身很重，她用尽了浑身的力气，帆船依旧纹丝不动。

这时嘹亮的警笛声传来，像呜呜般让人心惊，划破了怒吼的浪涛和震耳欲聋的雷鸣声。

"不要管了……你快逃……好像要发海啸了……"

经常在外拍戏，易由希听到过这样的警笛声，这是海啸的预警，海啸马上就要来了，这里将被海水淹没，非常危险，多留一刻都可能丢掉性命。

"不行，我走了，你怎么办？"方若童用力摇着头，依旧不放弃地推着船体，可是现实往往非常残酷，无论她怎么努力都没有发生剧本中那种奇迹。

在餐厅吃饭的摄制组人员也听到了海啸的预警声，所有人停下了用餐的动作，听出是海啸预警声的人脸色一下子变得很难看，而不知道是海啸预警声的人则流露出疑惑的神色。

"这好像是海啸的预警声！"导演深沉的声音让所有人的神色为之一顿。

"易先生和方小姐两个人都还没回来，会不会有危险啊？"一听海啸要来了，助理小眉的脸色顿时苍白。

"得赶紧叫他们回来！"制片立刻感觉到事态的严重，从座位上站了起来。

"我和你一起去！"导演也站了起来。

"好的，其他人赶紧跟着别人一起去避难！"制片用不容置疑的语气对其他人说道。

"可是……导演你们……"小眉担忧地望着导演和制片人。

制片人用郑重的眼神望着所有人说："我和陈导找到易由希和方若童后会马上和你们会合的。"

"那你们要小心啊！"所有人忧心忡忡地望着制片人和导演。

制片人点了点头，和陈导一起冲出了餐厅，而剩下的人，也很快在当地人的引导下，一起去避难。

外面风雨交加，一走出餐厅，制片人和导演就被大雨扑了一脸。

海啸的预警声长鸣在空中，让人心里惶惶不安。

制片人和导演不顾危险，赶紧往前面拍摄的海边跑去。

而此时，方若童和易由希面临着有史以来最大的危机——

汹涌的海浪一个个拍过来，天空中乌云盘旋，夹杂着银蛇般扭曲的闪电。

海水涨潮非常明显，刚才还只到膝盖的岸边，此时已经涨到腰部了。

危险已经逼至眼前，易由希焦急地大吼："不要管我了！快跑——等一会儿就来不及了！"

连从来都没有遇到过海啸的方若童也感觉到眼前的危机，这样下去不但救不了易由希，连自己的命都要搭上。

为了一个害死自己亲人的仇人，值得吗……

有那么一瞬间，方若童动摇了，把易由希一个人留在这里，让他自生自灭的念头，从她的脑海里一闪而过。

可是这个念头很快又被她扼杀在脑海里，因为让她见死不救她办不到，平时就算是一只小猫小狗，她都不忍心，何况是个活生生的人，而且就算易由希和她有着深仇大恨，他总归是为了救自己才会被压在船下动弹不得的。

只是一瞬，方若童的内心却经历了激烈的挣扎，易由希看到她站在原地不动，更加着急了，"你怎么还不走！你不要命啦！快滚——我不要你的同情！"

易由希的怒气让方若童愣住了，她从来没有见过这么愤怒的易由希，他平时总是那么冷静沉着，做什么事都游刃有余，当了明星以后更是有点不近人情的冷酷。而此时的他是那么的惊慌，那么的愤怒，就像是情绪完全失控了似的。

方若童一下子慌了手脚，不知道该怎么办。

而这时，一个数丈高的巨浪从海中心掀起，正以吞没万物的势头朝他们盖来。

"快跑！快跑！"易由希焦急地大喊。

来不及了！真的来不及了！

方若童看着那个朝他们铺天盖地般盖过来的巨浪，知道以她的能力已经无法救易由希了，于是转身拔腿就跑。

就在她还没跑出多远时，那个巨浪一下子盖了下来，顿时把周围的一切都吞没了。方若童被海浪卷了起来，一下子七荤八素什么都不知道了。

等她挣扎着从海面上冒出头时，眼前的景物已经面目全非了。

易由希不见了，那艘帆船也被海浪拍了个粉碎，支离破碎地漂浮在海面上，而大海依旧怒浪翻滚，惊天骇浪一个接着一个。

周围的一切迅速地被吞噬。

方若童再也顾不得易由希，赶紧逃命。

他是罪有应得，就算是他为了小奇赎罪吧。

为了不让自己的心灵受到谴责，方若童这样安慰着自己。可是，不知道为什么，她一点也不高兴，反而好难受，心里说不出来的难受，仿佛整个世界在那一刻崩溃了。

天空乌云密布，电闪雷鸣，周围漆黑一片，当一道闪电从天空划过时，又骤然彻亮。大海愤怒翻滚着，数丈高的浪卷在半空。世界末日仿佛到来了，方若童在那一刻失去了所有的希望，不知道下一刻该去向哪里。

她只是盲目地往前跑，不断地往前跑，没有目的地，也不敢回头。

当制片人和导演赶来时，就撞上了失魂落魄的方若童，她跌跌撞撞地摔倒在他们面前，一身狼狈，精疲力竭。

"小童，你没事吧？"制片扶起了方若童，紧张地询问道。

她的脸色比纸还要苍白，双眼无神空洞，看起来十分的虚弱，"我没事……"她的声音非常缥缈，仿佛要被风吹散了。

制片人和导演心里升起一股很不好的预感。

"由希呢？他去找你了，你有遇到他吗？"制片人着急地问道。

方若童沉默地垂下了眼帘，过了好久才回答："他遇难了……"

"什么？！"这个消息就像一道晴天霹雳，劈在制片和导演的头顶，两人顿时脸色煞白地僵在原地。

"由希怎么会遇难的？！他在哪遇难了？！"制片人首先反应过来，抓着方若童的肩膀心急如焚地问道。

"在前面……他为了救我……被压在了帆船下面……海啸来时他来不及逃……被卷走了……"方若童心里很难受很难受，可是却哭不出来，她整个人都是麻木的，像梦游一样，眼前的一切都是那么不真实。连她自己都不敢相信易由希死了。

"你先去酒店避难，我们去找他！"制片和导演叮嘱了方若童，便向海啸袭来的方向跑去，可是立刻就被几个正在组织游客避难的警察给拦住了。

4

"你们是什么人？海啸就快来了，快去避难！"那几个警察指着他俩，用英文厉声说道。

"我们是游客，我们有朋友遇难了，我们要去找他。"制片人用流利而标准的英语着急地向警察解释道。

"太危险了，营救工作我们会做的，你们快去避难，再不走就来不及了！"那两个警察推着他们往相反的方向走，语气透着不容置疑。

眼前的情况确实非常严峻，他们也没有抵抗海啸的经验，犹豫了一下，便打算相信眼前的两位警察。

"我们的朋友也是中国人，二十岁，瘦高的个子，名叫易由希，你们找到他请立刻通知我们。"制片人努力向警察形容着易由希的样子，并不停叮嘱着警察。

"好的，如果找到他，我们一定立刻通知你们，你们快去避难吧！"情况紧急，警察们点着头，并催促着他们离开。

制片人和导演深深地望了海啸席卷来的方向一眼，然后带着诀别般的神情带着方若童离开。

回到酒店，三人和摄制组的其他人会合，不久之后又被转移到了其他地方避难。

昨天还风景秀丽美如仙境的希腊，此时如同人间地狱。

他们在政府安排的避难所等待了两天，依旧没有易由希的消息，制片人和导演曾多次向搜救人员询问搜救情况，却没有易由希的一点消息，遇难的人数不断在增加，情况非常不乐观。

等待了一个星期后，摄制组没有办法，只好离开希腊，返回中国。

关于摄制组在希腊遇到海啸，易由希失踪的消息在国内闹得沸沸扬扬，摄制组也倍感压力，不断有粉丝聚集在公司大楼外，质问摄制组为什么没有保护好易由希的安全。

参与广告拍摄的演员也被记者紧盯着，追问当时海啸的情形，以及对于遇难的易由希的感想。

迫于压力，摄制组安排了一场记者招待会，专门回答关于在希腊遭遇海啸的各种问题。

那天从海啸中逃脱之后，方若童就没有睡过一个安稳觉，只要她一闭上眼睛，就能看到易由希那张苍白的脸和诀别的眼神。易由希在风中破碎的声音，也不断在她耳边回响着，无时无刻，不论是在她吃饭时，工作时，还是睡觉时，没有一点预兆，苦苦地纠缠着她，让她生不如死。

虽然至今都没有找到易由希，可是大家心里都很清楚，他生还的概率几乎为零。在那样凶猛的海啸下，他还是在海啸席卷来的地方遇难的，当时又被帆船压在底下，几乎是不可能逃脱的。

易由希死了，她以为这一切都结束了，她的仇恨，她的痛苦，还有不想想起的过往。可是她没有想到的是，这只不过是她痛苦的开始，她比以往更加痛苦，罪恶感不断地纠缠着她，日日夜夜地拷问着她的良心。

虽然当初就算她不丢下易由希一个人逃走，她也不可能救下他，可是她丢下她一个人逃走的事，终究是事实。

制片人和导演并没有把她丢下易由希，一个人逃走的事告诉任何人，仿佛他们从来不曾知道这个真相一样。她知道，他们是在保护她，如果外界知道这个事，她的前程就完了，不会再有任何人喜欢她，她的粉丝也会唾弃她、抛弃她。

而这些都没有发生，制片人和导演都保护着她，她完全可以当这一切都没有发生，心安理得地生活着，可是她做不到。

她的良心一遍遍地审问着自己，在别人的牺牲下活下来，她能心安理得地生活吗？欺骗着所有人，隐藏着自己的自私丑陋，她能心安理得地生活吗？

答案是，不能。

她做不到，她连一天都做不到。

她要疯了，她感觉她的世界早在海啸中混乱崩溃了。

还有五分钟记者招待会就要开始了，方若童坐在化妆间内，望着镜子里那张精致得如同娃娃般的脸，愣愣地发着呆，镜子里那张脸，无论用了多少层粉，却依旧掩盖不了深深的黑眼圈，还有眼神中的疲惫。

方若童捂着脸，深深地呼吸着，她不知道等一会儿她要怎么面对记者，还有面对无数的质问。

"方小姐，你没事吧？"看到方若童消沉又疲惫的样子，小眉担忧地问道。

方若童放下了双手，深吸了一口气，才缓缓地说："我没事……"

"你是不是身体不舒服，等会儿的记者招待会没问题吧？"方若童的脸色非常难看，样子也非常疲惫，小眉依旧很不放心。

"没问题，我可以应付的。"方若童不以为然地摇了摇头，可是脸色并没有好转多少。她的状态骗不了任何人，小眉从来没有看到过方若童这个样子，一直以来她都是那么精神饱满，兢兢业业，再疲劳的时候也不会显露一点疲惫之色，小眉的心里惴惴不安着。

墙上的时钟已经指向四点三十分，记者招待会的时间到了。

方若童望着镜子里的自己，重整了一下自己的容颜，然后从座位上站了起来。

小眉担忧地望着她，嘴巴张了张，一副欲言又止的样子，就在她还在犹豫是不是要把嘴边话说出来时，方若童已经离开了座位，往化妆间外走去。

小眉没有时间再犹豫，匆匆忙忙地跟了上去。

来到记者招待会现场，记者已经坐满了，还有很多记者站在外围，会场被挤得水泄不通。摄制组的所有人陆陆续续地坐到招待席上，方若童的位置被安排在正中央，导演和制片人的旁边。

一看到摄制组的人员走进来，记者们就迫不及待地发问。

"请问你们对于易由希遇难的事情有什么看法？"

"请你们把当时的情形叙述一遍好吗？"

"同事遇难，请问你们现在是什么心情？"

"这是不是一个很好的炒作话题呢？"

……

一大堆问题连珠炮似的，像一支支犀利的箭，指向摄制组所有人，特别是坐在正中央的方若童。没有人比她更清楚易由希遇难的过程，也没有人比她更害怕被问到这些问题。

这又让她不受控制地想起意外发生的过程，以及易由希最后望着她时的诀别眼神。

方若童的脸色瞬间苍白，仿佛所有的血色都从她脸上褪尽。她僵硬地坐在位子上，浑身冰冷，连一根手指都动弹不了。这个位子就像是审判席，审判着她的罪行，而在座的所有记者都是审判官，宣布着她的罪恶。

她不受控制地战栗着，感觉周围的喧嚣一点点远去，自己仿佛被笼罩在一团漆黑的阴影中。

记者的问题一个比一个犀利，噼里啪啦地指向剧组人员，所有人一时不知道该如何回答，还是制片人经过的大风大浪多，他沉着地坐在招待席上，游刃有余地回答着记者们的问题。

本来咄咄逼人的记者也渐渐地安静下来，可是就在气氛刚刚缓和没多久时，有一个记者的问题再次掀起了一阵浪潮。

"方小姐，听说易由希是因为你而遇难的，是不是？"

这个问题就像是一支利箭射向坐在招待席中央出神的方若童，正在发呆的方若童的脸色瞬间苍白一片。

会场一下子静了下来，所有人无法置信地瞪大眼睛，一致望向方若童，骤然间，方若童成为了所有视线的中心。

方若童慌张地望着现场的所有人，在场的人都用炽热的眼神望着她，仿佛是在审问她。

第十五章 众矢之的

1

"方小姐，这是真的吗？"

坐在最前排的一位记者第一个反应过来，用无法置信的语气发问道。

方若童一动不动地坐在招待席上，紧咬着下唇，不知道该怎么回答。

可是记者们并没有这样放过她，一波波问题紧逼向她。

"真有此事吗，方小姐，这到底是怎么回事，难道易由希是为了救你才遇难的？"

"方若童，你不说话是不是表示你默认了？"

"那为什么你能够顺利脱险呢？当时的情况是怎么样呢？请你为我们描述一下好吗？"

"请大家保持冷静，一个个发问！"

眼看大家紧逼着方若童，导演赶紧站起来，试图维持现场的秩序，可是并没有任何人理会他，记者们的情绪反而更加激动了。

"方若童，你是不是在逃避我们的问题？"

"请你回答我们的问题好不好？"

"你不说话不代表事情就能过去！"

对于方若童回避的态度，记者们非常生气，有的甚至还用了威胁的口气。

方若童睁大了眼睛，望着面前针锋相对的记者，茫然的瞳孔里闪烁着彷徨和无助，她苍白的指尖冰冷而僵硬，瘦弱的肩膀瑟瑟颤抖着，仿佛随时都会从招待席上坠落似的。站在会场门口的小眉紧张地望着方若童，看到她这个样子急得团团转，不知道该如何是好。

"请大家冷静，保持理智！方小姐刚刚经历了一场灾难，情绪还非常不稳定，请大家务必要理解她！"

一直没有说话的制片人站了起来，用不容置疑的语气对大家说道，他的个子本来就比较高大，浑身上下又散发着强悍的气势。他的一席话，让所有人都停了下来，面面相觑，似乎是在考虑接下去该如何发言。

现场的气氛一下子冷却下来，只有细微的讨论声。

就在大家以为方若童不会开口时，她的声音却断断续续地响起，颤巍巍的，似乎是风中传来的破碎的只言片语。

"是……是的……易由希他……他是为了救我才……"

虽然她的声音是那么的微弱和无力，可是比任何一颗重磅的炸弹都有威力，现场炸开了锅。

"居然还有这样的内幕消息！"

"之前为什么你一直都没有说？方若童，为什么你一直要隐瞒这件事呢？"

记者们全用一副愤怒的表情望着方若童，仿佛深受欺骗似的。

"我……"

方若童望着情绪激动的记者，无言以对。

"你是不是心虚，这其中是不是还有不可告人的秘密？"

其中一个记者用刁钻的语气说道，冰冷的目光中透着仿佛能看透人心的犀利。

方若童浑身一颤，仿佛内心深藏的所有秘密都被看穿了似的惶恐不已。

眼前的记者仿佛变成了一只只鬼怪猛兽，张大了血盆大口，赤红的双眼贪婪地盯着她，仿佛要把她分食了似的。

方若童浑身冰冷，一下子感觉孤立无助，也没有任何地方可逃。她茫然地望着面前所有的人，恨不得此刻能够昏过去，好逃开这一场灾难。

可是没有，她还是很清醒地面对着这一切。

"请你描述下当时的情况好吗？"

"为什么你逃开了海啸，而易由希遇难了呢？难道你是丢下他一个人独自逃难？！"

记者们的问题咄咄逼人，方若童半张着嘴巴，不知道该如何解释。

她是个自私自利的胆小鬼，她确实是一个人逃走了，她还隐瞒了她最丑陋的一面，试图让这一切都成为过去。可是她想得太天真了，真相永远都不会被掩盖，纵使她一个字都没有说过，当初的事还是被挖掘了出来。

此时此刻，她就坐在审判席上，等待着宣判，没有任何挣扎的余地。

"你为什么不回答？你是不是根本就回答不出来！"

"难道你真的丢下他一个人逃难了！没想到你是这么无耻的人！"

"天哪，这真是个大新闻！"

质问声和惊叹声此起彼伏，记者们全从座位上站了起来，蜂拥向方若童。

就在满场沸腾的时候，记者会现场的大门被推开了，一个穿着黑色哥特风格连衣裙的女人逆着光冲了进来。

她一路冲向招待席，旁若无人，就在大家都还没看清她是谁时，她冲到了脸色苍白僵直地坐在座位上的方若童面前，举起了胳膊，狠狠地给了她一个耳光。

清脆的响声划破了整个会场，让原本喧嚣不已的会场顿时鸦雀无声。

"那不是息影了很久的泰蕾莎吗？！"

终于有人认出了那位不速之客，但是当大家认出她来时，现场更加混乱了。

"泰蕾莎小姐，请问你最近去哪里了？你是不是打算退出娱乐圈了？"

"蕾莎，据说你在外国结婚了是不是？这个消息到底是不是真的？"

"蕾莎，你是不是得到易由希遇难的消息才赶回国的，你和易由希现在在恋爱吗？"

记者蜂拥向前，争先恐后地向泰蕾莎提问，一下子场面一片混乱。

可是泰蕾莎置若罔闻，只是死死地盯住方若童，双瞳孔跳动着仇恨的火焰："由希呢？你把由希还给我！"

方若童左半边脸颊上印着五个清晰的手指印，微微浮肿着。她低着头，垂落的发丝掩住了眼睛，没人看到她脸上的情绪，只能看到她的肩膀微微颤抖着，过了好久，才听到她微弱颤抖的声音断断续续地响起，"……我不知道……对不起。"

她的回答，瞬间触动了泰蕾莎的怒火，她指着方若童厉声指责："一句对不起就能了事吗？为什么由希每次遇上你都没有什么好事！你是由希的克星是不是？！"

"我不知道……"方若童死死地低着头，冰冷而僵硬的十指死死地抓着裙子，脸上的疼痛已经感觉不到了，只有迟钝的麻木，一直蔓延到全身。

"到底发生了什么事？由希到底在哪里？！"泰蕾莎实在忍不住了，抓着方若童的肩膀焦急地质问。

"我不知道……我不知道……"方若童摇着头，像是只会重复一句话的玩偶，表情呆滞，眼神空洞，憔悴得不似活人。

见此情况，剧组的人赶紧把泰蕾莎从方若童面前拉开。

"今天的记者招待会到此结束，请大家陆续离开现场！"

眼看着情况已经完全失控，制片人站起来仓促地宣布一声结束，然后便催促剧组所有人在工作人员的保护下离开现场。

现场的焦点方若童被一群人围在中间，工作人员好不容易才保护着她逃离了会场。

第二天，泰蕾莎掴打方若童的新闻就上了报纸的头条，传得沸沸扬扬满城风雨，街头巷尾，人们茶余饭后的话题都围绕着这件事，他们对于其中的内情猜测纷纷众说纷纭。

自那天之后，方若童不敢上街不敢开工，整天都把自己关在家里，可是她家楼下也聚集了许多记者和易由希的粉丝，天天嚷着让她出面回答问题。方若童没有一分一秒能够得到清静，那些质问声就像是恐怖的噩梦纠缠着她，威胁着她，几乎要把她逼向绝境。

为了不让母亲受到牵连，她把母亲送到了附近的一个度假村，让小眉陪着。只剩下她一个人面对着这一切。

不敢开窗，不敢拉开窗帘，方若童不敢面对那一张张愤怒的脸和一个个指责的声音。虽然如此，她还是一刻都得不到安宁，她就像被隔绝在一座孤立无援的小岛上，没有任何人会来解救她。

全世界都在责备她，质问她，她不知道该逃往哪里。

"方若童，你想逃避到什么时候？！"

"方若童你出来——把由希还给我们！"

"把由希还给我们！把由希还给我们！"

窗子紧闭着，窗帘也紧紧地拉上了，可是楼上的叫嚷声还是源源不断地透过玻璃和半透明的白色窗帘传进来，在没有开灯的、光线暗淡的客厅里回响着。

方若童蹲在沙发边，双手紧捂着耳朵，她已经不知道自己在这里蹲了多久了，周围的一切都随她远去。她就像一个没有灵魂的木偶一样，一动不动地蹲在沙发边，双眼空洞一片。

哒哒哒——

敲门声突然响起，在空洞的客厅内显得尤其突兀。

方若童依旧一动不动地蹲着，她以为她听到的只是幻觉。因为她已经叮嘱过物业，不放任何人上楼，而公司里的人也因为她休假好几天都没有找过她了，说是放假，其实用放逐来形容更贴切。他们都希望她这个麻烦精现在都离他们远远的，不要妨碍公司的运作。

这个世界就是这么现实，当她事业蒸蒸日上时，所有人都围拢过来，而当她一落千丈时，大家都希望她离得远远的。

哒哒哒——

就在方若童独自发呆时，敲门的声音再度响起，而且比刚才更加的急促。

方若童终于意识到那不是幻听，她抬起头，愣愣地望着门扉，似乎是在犹豫是否要起身过去开门。

哒哒哒——哒哒哒——

敲门声一阵接着一阵，有着一种誓不罢休的气势，方若童无奈起身，往门前走去。

走到门前，她贴着门扉，从猫眼中窥探门外的人。

才看了一眼，她整个人都愣住了。

这个消失了好久的人，怎么会突然出现……

方若童犹豫了一下，打开了门。

门外的人穿着一件长至膝盖的米色风衣，把原本就修长的身材修饰得更加挺拔，随意的亚麻色短发显得有点凌乱，似乎是从风里来。

那张稚气未脱的脸依旧是如此的俊朗，只是似乎多了一份深沉，那份深沉是从那对乌黑深邃的眸子里透出来的。

不知道是什么改变了他。

"小童，我好想你！"一看到方若童，展韶华就伸出双臂抱住了她。

分外熟悉的怀抱，让方若童伪装了很久的防备一下子就松懈下来，这阵子所承受的委屈难过一下子从心底涌现，眼泪差点夺眶而出。

她以为他再也不会出现了，像那些人一样远远地从她身边逃离，没想到他居然会突然出现，就像从天而降般，让她措手不及。

2

"你、你怎么会过来……"

方若童望着展韶华，眼里闪烁着晶莹的泪光，她听到自己的声音有点生涩和沙哑，才发觉自己原来已经一个星期没有开口说话了。

"对不起，我早就该过来的，都是因为太多事缠身走不开。"

看到方若童整个人消瘦了一大圈，皮肤也苍白得有点病态，展韶华心痛得无以复加。

"没有关系。"

方若童讷讷地摇了摇头，眼中并没有半分责备，展韶华能够在这个时候出现她已经很感激了。在这个时候已经没有任何人关心她了，也只有他……依旧对她不离不弃……

"跟我走吧！"展韶华突然拉起她的手，对她说道。

"去哪？我现在不能出去，外面有很多人……"

方若童怯怯地望着展韶华，摇着头。

展韶华垂着眼深思了一会儿，忽又抬起头笃定地说："我有办法的！"说完他把方若童推进了客厅，然后关上了门。

进门后，展韶华就冲进了方若童的卧室，打开了衣柜翻箱倒柜。方若童疑惑地看着展韶华忙前忙后，只见他翻找了半天，从衣柜里找出了一块丝巾和一条宽大的连衣裙。

"把这个换上！"他把连衣裙丢给方若童，然后走出了卧室。

方若童不知道展韶华要做什么，不过还是按照他的话换上了。

换好裙子后，她走出了房间，等候在房门外的展韶华看了看方若童的样子，然后把手里的丝巾兜在她头上，做完这些后，他又打量了方若童一会儿，紧接着皱起了眉头，似乎在苦恼着什么。

方若童不知道展韶华在做什么，正当她打算开口询问时，展韶华又在客厅里转起圈来，他的视线在客厅里扫视着，很快他的视线就牢牢地盯住沙发，快步往沙发边走去，然后伸手拿起了沙发上的一个小靠垫。

他拿起靠垫，然后回到方若童面前，方若童愣愣地望着他。只见他突然在自己面前蹲下，然后撩起了她的裙子。

"你要干什么！"方若童惊呼了起来，谁知展韶华眉也不皱地把手中的靠垫塞进了她的裙子里！

方若童终于知道他要做什么，便不再挣扎，任由展韶华摆弄着自己。

一起都准备好后，展韶华拉着方若童的手走出了门。

站在电梯里时，方若童的心脏怦怦地跳着，她紧张得手心直冒汗。下面聚集了很多人，正围堵着她，如果看到她出现会怎么样呢？

她非常害怕，一星期前面对过的一切她已经不想再面对，也不敢再面对了。那一声声讨伐，就像是一次次的凌迟，令她恐惧。

"放心，有我在，不会有事的。"感觉到手心握着的手冰冷颤抖着，展韶华出声安慰道。

方若童讷讷地抬起头，看到展韶华正注视着自己，那双璨若星辰的眸子温润如水，让她的心也跟着一点点平静下来。

电梯在一楼停下，当电梯门打开时，展韶华拉着方若童的手坚定不移地走了出去。

"方若童——把由希还给我们！"

"方若童——你这缩头乌龟！快出来！"

"把由希还给我们！否则我们誓不罢休！"

大楼外聚集了很多记者和粉丝，讨伐和叫嚷声源源不断。方若童紧张得浑身僵硬，连双腿都不听使唤。

感觉到方若童的胆怯，展韶华伸出手，揽住了她的肩膀。

面前被围得水泄不通，连只蚂蚁都爬不出去，虽然展韶华一脸自信，可是方若童心里依旧忐忑不安着。

幸好脸上蒙着丝巾，外面的人都没有认出她来，可是按照现在的情况，想出去也非常困难。

就在方若童踟蹰不定时，只见展韶华搂紧了她，对着外面的人群大喊："不好意思，我老婆快生了，麻烦大家让出条道来！"

他的话让刚才还喧嚣不已的人群一下子安静下来，所有人面面相觑。方若童紧张地靠在展韶华的怀里，肩膀忍不住瑟瑟颤抖着。

她以为展韶华会带着她偷偷溜走，谁知道是带着她在众目睽睽下走出去，会不会被认出来呢？她一点把握都没有。

现在怎么办呢？要退回去，还是走出去？

似乎是感受到方若童的动摇，放在她肩膀上的手加重了力道，似乎是在给她勇气。

就在这时，面前的人群慢慢地向两边退开，很快他们的面前就让出了一条道来。

"谢谢大家。"展韶华朝众人点了点头，然后扶着方若童穿过人群走了出去。

一穿过人群，展韶华便打开了停在楼下的车，让方若童坐进去。坐定后，展韶华发动了车子，驶离了大楼。

当车子远离大楼时，方若童的心脏依旧怦怦直跳。她简直难以相信，她就这样在众目睽睽之下逃走了，没有任何人发现，简直就像是一场梦。

远处哗啦哗啦的海浪声平缓而有节奏地传来，就像是来自天国的天使的歌声，慢慢地把睡梦中的易由希唤醒。

当他睁开眼睛时，立刻又被从窗外流泻进来的阳光给刺痛了，转而又痛苦地眯起双眼。

视线从模糊一点点转为清晰，眼前的景物也一点点呈现出来。

木质的没有上漆的屋顶，撩开一半的竹帘，简陋的家具，白色的床帐……所有的一切都是那么陌生，他不知道自己此时置身何处。

他支着身体从床上坐起来，却差点被一阵晕眩给打败，慌忙地撑住沉重不听使唤的身子，却撞翻了放在旁边的脸盆。

在屋外忙活的女孩听到里面的动静，赶紧跑进来，看到床上坐着的人，无法置信地睁大眼睛，琥珀色的大眼里满是惊喜。

"你醒来啦？你觉得怎么样？"女孩的声音非常甜美，就像是阳光下新鲜而甘甜的蜂蜜。她的皮肤也是蜂蜜般的颜色，在阳光下闪烁着淡金色的光泽，硕大的眼睛就像漂亮的琥珀石。身上所穿的白色亚麻长裙，让她整个人仿佛是从天国走来的圣女。

"这里是哪里？我怎么了……"易由希扶着沉重而涨痛的脑袋，虚弱地问道。

"我爸爸出海打鱼时发现你搁浅在礁石上，当时你还有气，所以他就把你带了回来。你已经昏迷一个星期了，你现在感觉怎么样？"

"谢谢你们。"易由希浑浑噩噩的，女孩说的事他一点印象都没有。

"你叫什么名字啊？从哪来？"女孩好奇地问道，她早就想问他这些问题了，在照顾易由希的这些天里天天盼啊盼，现在他终于醒来了，她高兴极了。

"我？……名字？"易由希发现自己的大脑一片空白，任何讯息都搜索不到，他茫然地睁大眼睛，一股恐惧从身体里蔓延开来，"……我不知道……我叫什么？我从哪来？"

"喂，你怎么了？你不会是失忆了吧？"女孩难以置信地睁大眼睛。

"我是谁？我叫什么名字……从哪来……"他的大脑就像是被掏空了什么，什么都想不起来，他反复地思考着这些问题，可是没有得到任何答案，在他的脑海里只有虚无，让人恐惧的虚无。

"谢谢。"

车子驶出了市区，经过一条长长的河流，方若童的声音轻轻地响起。

河面波光粼粼的，反射着落日的余晖。

展韶华转过脸，望着方若童被夕阳映射得分外动人的脸，嘴角温柔地扬起："我应该早点来救你的，我是个不称职的骑士，没有保护好公主。"

方若童内心最柔软的部分仿佛被用力砸了一拳似的，陷下去一大块。

　　她泪光盈盈地望着展韶华，许久都说不出话来。只有他一直把自己当成公主，而其实她只是一直努力想变成白天鹅的丑小鸭。

　　车子在海边的一栋别墅前停下，展韶华熄了火，对方若童说了声下车吧，然后便走下了车。

　　方若童透过车窗打量着屹立在海边的那栋纯白色的别墅，纯木质的结构，面前的大海和周围的树林融为一体，如画般美丽。

　　展韶华帮方若童打开了车门，方若童才惊醒过来，愣愣地下了车。

　　"跟我来吧。"展韶华拉起方若童的手，往那栋纯白色的别墅走去。

　　"这是哪里？"方若童疑惑地问道。

　　"这是我们家的别墅，偶尔度假过来住一下，平时都没人。"展韶华打开了大门，然后带着方若童走进了别墅。

　　别墅内的装修非常时尚、现代化，通透高大的落地玻璃窗，能够将大海一览无遗，窗前摆放着一套灰色的沙发，非常适合躺在沙发上欣赏大海的景色。

　　"你暂时就住这里吧，不会有人来打搅的。"展韶华脱下外套，放在沙发上，然后走到冰箱前，从里面拿出了两瓶矿泉水，把其中一瓶递给方若童，又拧开另外一瓶，咕噜咕噜地喝了两大口。

　　方若童打开展韶华递给她的矿泉水，喝了一口，然后走到窗前，望着窗外的景色。

　　夕阳正一点点沉入大海，整个大海都被夕阳染成了橘红色，瑰丽无比。夕阳纵使美好，但是却那么短暂，就像人生，匆匆而过，不过就是一场梦。

　　"你大肚婆的样子，其实也挺美的。"

　　展韶华倚靠在冰箱上，指着方若童身上的装扮，意有所指地说道。

　　方若童低下头，看到自己身上还是出门时的装扮，顿时窘得满脸通红。

　　"原来你以后怀孕了是这个样子的，让我提早看到了你以后怀孕的样子，LUCK！"看到方若童娇羞的样子，展韶华调侃的兴味更加浓了。

　　"你不要拿我开玩笑了！"方若童转过头瞪了展韶华一眼，似乎有点恼怒了。

　　"哈哈哈哈，原来你也会有害羞的时候，我一直以为你天不怕地不怕，什么都不在乎呢。"方若童身上的孕妇装扮加上恼怒得满脸通红的样子，让展韶华忍不住捧腹笑起来。

"怎么可能什么都不在乎……"突然又想起失踪了好久的易由希，方若童的情绪一下子又低落起来。

敏感的展韶华一下子就看穿了方若童的心思，心里顿时涌现了一阵失落。

他不知道方若童去希腊的那段时间和易由希之间发生了什么事情，他很想知道，可是他开不了口问方若童。他的自尊心不允许他把心里的不安和不自信表现出来，他也怕惹来方若童的厌恶。

"我去房间里换衣服。"看到展韶华许久都没有说话，方若童交代了一句，便独走向二楼的卧室。

展韶华望着方若童的背影消失在二楼的转角处，到了嘴边的话再次咽回了肚子里。

3

走进卧室，方若童把身上的装扮全部换下，换上了一套粉色的卫衣。

换好衣服后，她坐到面朝大海的飘窗上，四周非常安静，人迹罕至，只有海潮的声音，远远传来。

许久都没有这么放松安静了，知道展韶华就在楼下守候着她，也知道展韶华安排的地方绝对不会有人打扰，方若童紧张的神经一点点放松下来，听着窗外海潮的声音，仿佛是回到了母体中，所有的烦恼一点点远离，方若童依靠在飘窗上，渐渐陷入了梦乡。

等了很久，方若童都没有从楼上下来，展韶华有点坐不住了，便从沙发上站了起来，走上了二楼。

他轻轻地敲了两下房门，里面却没有任何回应，也听不到房内的一丝声音。展韶华有点疑惑，便打开门，轻轻地推开。

映入眼帘的是方若童蜷缩在飘窗上安静熟睡的身影。落日的余晖洒落在她身上，她的脸在晚霞中透着樱花般的粉色，长长的秀发披散在后背，真丝般柔顺。她的呼吸非常轻浅，熟睡的样子毫无防备，就像个初生的婴儿般脆弱。

展韶华一瞬间有一种想把她拥入怀抱的冲动，可是他还是忍住了，因为他知道最近方若童都没有睡过一个好觉，他不忍心打搅到她。

他在飘窗边坐下，静静地观赏着方若童的睡颜。第一次看到她如此安静的样子，平时的她总是那么气势汹汹、浑身扬起刺，不让任何人靠近。纵使他做了那么多努力，依旧没有让她完全卸下防备。

真希望让时间停留在这一刻，他可以永远都这么安静地看着她，不会担心失去她。

坐了一会儿，展韶华担心方若童醒来后会肚子饿，便下楼给她去做晚饭。

走进厨房，他打开冰箱，冰箱里塞满了东西，是他事先吩咐好佣人准备的食物。他取出了几颗鸡蛋，一颗西兰花，一盒三文鱼以及两个番茄。

可是当他面对着这些食材时，他就苦恼了，从小到大，从来都没有下过厨房，他吃的都是佣人做的饭菜，可从来都没有看过冷冰冰的食材是怎么变成热气腾腾的饭菜的，更不可能无师自通了。

早知道让佣人把饭菜做好了放在冰箱了。

展韶华对面着食材哀叹了许久，最后捋起袖子，打算硬着头皮上。

方若童醒来时已经天黑了，窗外的天空已经变成了墨蓝色，天上挂着零星的几颗星子。

当她下楼时，就看到厨房里浓烟四起，展韶华在厨房里手忙脚乱，狼狈不已的情景。

方若童走进厨房，看到厨房里一片狼藉，料理台上全是切碎的菜，还溅了许多油，方若童甚至还看到几颗破掉的蛋，蛋液黏糊糊地一直流到地砖上。

"你在干什么呢？"方若童皱着眉问道。

听到方若童的声音，展韶华用袖子抹了一把额头上的汗，气喘吁吁地说："我在做菜。"说完，他把一堆黑乎乎的东西从锅里盛出来，放在白色的瓷盘里。

"你这也叫作菜？"方若童嫌弃地望着展韶华的"杰作"，非常肯定如果那盘东西吃进肚子里，他们立马就会躺着进医院。

展韶华满头大汗，脸上和衣服上全是黑乎乎的油烟，哪里像是在做菜啊，简直像是在打架。

"这是我第一次做菜，样子难看了些，不过应该能吃，你就将就着吃吧。你等着，我再做一个汤就能吃了！"展韶华非常起劲，拿出一个汤锅，准备做汤。

"行了行了，你就不要再做了，你再做下去厨房都要烧了。"展韶华才刚拿起桌子上的番茄，就被方若童夺了过去。

"你这不是小瞧人吗！你不相信我的厨艺，也要相信我的能力！我连一个公司都能打理，做顿饭还能难倒我吗！"感觉被小瞧了，展韶华非常不服气。

"可你做的这些能吃吗？我可不敢吃，我还年轻呢，我可不想英年早逝。"方若童指了指料理台上那几盘黑乎乎的、像炭一样的食物，嫌弃之情溢于言表。

"它们只是样子难看了些，所谓人不可貌相，你不能从外表就判断我做的菜难吃，其实味道还是不错的！"展韶华微笑着推销着自己的"料理"。

"你要吃自己吃，我可不敢吃！"方若童皱着眉摇头，她可不敢拿自己的生命冒险。

"自己吃就自己吃，小瞧人！"展韶华拿起筷子夹了一口，然后塞进嘴里。可是还来不及细嚼，他就忙不迭地吐了出来，"呸，这是什么啊！怎么那么难吃啊！简直就是炭啊！"

"哈哈哈——你不是说味道不错吗，怎么吐出来了！"看到展韶华狼狈的样子，方若童捧腹大笑。

"我怎么知道会这样！我以为做菜很简单的，没想到那么难！"展韶华看着自己千辛万苦做出来的那几盘黑乎乎的东西，就像只泄了气的皮球似的垂头丧气。

"以后不要自吹自擂了，你可不是无所不能的！"方若童扬起一个胜利的笑容。

展韶华瞪着她，气得说不出话来。

展韶华是个养尊处优的大少爷，估计从小到大连根勺子都没有洗过，别说下厨房做菜了。今天已经够难为他了，所以方若童也不再奚落他。

"你出去吧。"她对展韶华说道。

"那晚饭怎么办？"

"我来做。"方若童说着便开始收拾起厨房的残局。

"你会做菜吗？"展韶华有点不信任地望着她，他真怕方若童最后的下场也跟他一样。

"以前在家里时我经常做饭的，这种事难不倒我！"方若童笑了笑，笑容里非常自信。

原本展韶华还有点不相信的，可是看到方若童利落的样子，很快心里那份担忧就消除了。

感受到做菜的艰辛，展韶华怕方若童忙不过来，便问："那需不需要我打下手？"

"不用了，你在这里只会碍手碍脚。"方若童头也不抬地说道，说话间她已经把料理台上的垃圾清理掉，重新开始切菜配菜。

还是第一次被人说碍手碍脚，展韶华心里有点不爽，可是想到前面自己笨拙又狼狈的样子，他也不敢有任何怨言，只好乖乖地退出了厨房。

回到客厅，他看到茶几上的手机屏不停闪烁着，他走了过去，拿起手机，看到屏幕上显示着瑞雪的来电。来电显示了很久终于停下了，那边的人似乎终于放弃了。

手机被他调成了静音，上面显示着二十个未接来电，有两个是他母亲打来的，其他都是瑞雪打来的，展韶华打算不予理会。

他坐到了沙发上，打开电视机，电视里播放着无聊的偶像剧，他不停转换着频道，可是注意力却无法从厨房的动静中离开。

他很想看看方若童做菜的样子到底是什么样的，可是心里又有点犹豫。

就这样子折腾了很久，方若童却已经端着菜从厨房里走出来了。

"肚子饿了吧，可以吃饭了。"她把菜放在餐桌上，微笑着对展韶华说道。

"这么快？"展韶华简直不敢相信方若童的速度，这也不过十多分钟而已，她居然已经做好了？

"都是很简便的菜，因为已经很晚了，所以我随便做了点，你就将就着吃吧。"方若童微笑着走进厨房，又把其他菜端出来。

展韶华走到餐桌前，看到餐桌上放着一盘盐水虾，一盘青椒炒肉丝，一盘凉拌豆腐，他又看到方若童端出了一锅番茄蛋汤。

方若童盛了一碗饭给他，又给他舀了一碗番茄蛋汤。

4

展韶华拿起筷子夹了一口青椒炒肉丝放进嘴里，居然发现味道还不错，一点也不比他家里的厨师逊色。

"味道不错！看不出来你居然还有两手。"展韶华惊奇地望着方若童，仿佛她一下子变了一个人似的。

"我以前在家里也经常帮妈妈煮饭，所以这些难不倒我。"方若童微笑着端起饭碗，开始小口小口地吃起饭来。

"哪个男人要是娶到你真是太幸福了。"展韶华目不转睛地望着方若童。

展韶华的话让方若童的脸微微发烫起来，只能低着头吃饭。

吃完饭，方若童把桌子收拾好，又把碗筷也洗掉了，展韶华站在一边，什么忙都帮不上。

洗好碗筷，方若童从厨房里走出来，发现展韶华还坐在客厅，她擦了擦手疑惑地问："你还不回家吗？"

"我今晚留下来陪你。"展韶华没有半点要离开的意思。这段时间，他知道方若童承受了许多，所以他不忍心把她一个人丢在这里。

方若童抿了抿嘴，并没有说什么。

还是第一次和方若童两个人单独过夜，展韶华不知道为什么紧张起来。他的视线从电视机上游离开，偷偷瞄着方若童。只见她正目不转睛地看着电视剧，似乎是非常投入。本想开口和她聊些什么，可是看到她这么专心的样子，他还是放弃了。

两人在别墅里住了三天，每天都过着简单的日子，三顿饭都是方若童亲手做的，吃晚饭两人就在客厅里看看电视或者各自看小说，有时候一起到海边散步，日子过得非常安静舒服。仿佛这个世界上只剩下他们两个人，展韶华甚至幻想他们两个能够永远这么生活下去。

可是，美好的时光总是不能长久，五天之后展父便发信息给他，如果他再不回家，就派人把他绑回去。

展韶华犹豫了很久，他十分了解自己的父亲言出必行，所以便决定回家一趟。

　　吃完午餐，方若童收拾着碗筷，展韶华并没有像平时那样坐到客厅去看电视，而是依旧坐在餐桌边望着方若童。

　　"怎么了？"感受到展韶华似乎有话说，方若童停下了手边的动作，抬起头问道。

　　"我今天有点事要回家一趟，晚饭就不能陪你吃了。"展韶华眼中露出一丝歉疚。

　　"没事，你回去吧。"方若童不在意地摇了摇头，其实她一早就在厨房里煲着鸡汤，准备晚上给展韶华喝的。

　　"那我先回去了，有事打我电话。"展韶华站了起来，拿起沙发上的外套穿上。

　　他转过身望着方若童，她专心地做着家务，他依依不舍地看了她一眼，便走出了别墅。

　　展韶华离开后，别墅内非常安静，这几天里方若童第一次感受到孤独。望着那锅咕咕沸腾的鸡汤，方若童心里涌起一阵失落。

　　一直以来欠展韶华的实在太多了，她能为他所做的，不过也就是煲一锅汤。

　　开着车回到市郊的大宅，一进门，展韶华就看到展母那张心急如焚的脸。

　　"哎呀，韶华，你总算回来了，你爸都要被你气死了！"一看到展韶华出现，展母便冲到他面前，焦急地责备道，"你这几天都去哪了？听说你和一个小明星在一起？你怎么这么不长进，你父亲不是反对你和娱乐圈的人交往吗！瑞雪这么好的一位姑娘你放着不要，和那些乱七八糟的小明星牵扯不清……"

　　"爸呢？"听着展母的碎碎念，展韶华的脸上流露出疲惫。

　　"去公司了，还没回来呢，估计也快回来了。"展母看了看墙上的时钟说道。

　　"那我先上楼了。"展韶华不想听母亲念叨，便转身往楼上走去。

　　"妈妈给你炖了人参鸡汤，喝了鸡汤再上楼吧！"展母在他背后喊道。

"不用了。"展韶华头也不回地说，大步往二楼走去。

"那我等会儿让佣人给你端上来！"展母的声音不罢休地从背后传来，展韶华无奈地叹了口气。

傍晚，展父回到家，便把展韶华叫进了书房。

展韶华走进书房，就看到父亲那张满是怒意的脸，他抿了抿嘴，走到父亲对面。

"听说你这段时间跟一个小明星在一起。"展父坐在书桌后，隐忍着怒意问道。

听着父亲因为隐忍着怒意而特别低沉的声音，展韶华微微地点了点头。

"是不是又是那个叫方若童的女明星！"展父怒目瞪着他责问道。

"是的。"展韶华默默地点了点头，并不打算否认，因为就算他否认也没有用，父亲只要找人调查一下，便马上就知道了，到时候反而惹得他更加生气。

"我不是早就让你和她断绝来往了吗？！"得知儿子依旧还在和之前那个女明星纠缠不休，展父顿时气得怒火中烧。

"我喜欢她，我不会和她断绝来往的。"展韶华摇了摇头，态度非常坚决。

"你在说什么！"展父气得拍桌而起，"你看看你的样子，整天为个小明星晕头转向的，你有没有出息？！"

"我喜欢她，这有什么错？！"展韶华抬起头，坦荡荡地迎视着父亲的目光。

"娱乐圈这种龙蛇混杂的地方，能出什么好女孩，她不过是在利用你炒作自己！"展父指着展韶华，真是恨铁不成钢。

听到父亲这么说方若童，展韶华非常生气："小童她不是这样的人，是我一厢情愿地喜欢着她！"

"你怎么知道她不是这样的人，你有多了解她？！演艺圈那些人可现实了，他们哪个不想顺着有钱有势的人往上爬！你被利用了还不知道！"展父看到儿子根本就不听劝，气得血气上冲，一张脸涨得通红。

"小童不是这样的人，你连见也没有见过她，凭什么给她下判断！"看到父亲轻易地就把方若童全盘否定，展韶华非常不服气。

"凭我这几十年的人生经验！我的阅历比你多多了，这个世界的险恶我也比你看得多了，你还年轻，很多东西你都不了解，你想问题太天真了！"看到儿子这么固执，展父无奈地叹了口气。

"可能其他明星是像你说的那样的，可是小童是例外，她很善良，她跟其他明星是不一样的。"展韶华替方若童解释着，希望父亲能够改变对方若童的看法，可是展父没有耐心听他解释，一口否决道："天下乌鸦一般黑，你是鬼迷心窍了！"

"我没有鬼迷心窍，我会证明给你看的！"展韶华的性子非常倔强，别人越是不看好，他越是要证明给别人看，他的观点是对的。

可是展父并不给他机会，一挥手，坚决地说："不准你再和那个女人来往，我和你瑞伯伯已经商量好，让你和瑞雪订婚。"

"什么?！订婚?！"展父的话就像是当头一棒，让展韶华瞬间愣在原地。他睁大了眼睛，无法置信地望着自己的父亲，因为过分震惊脸色苍白如纸："爸……你怎么可以这样，这是我的终身大事，你们怎么可以擅自替我做决定！"

"父母之命媒妁之言，从古至今都是如此，瑞雪是我们展家理想的准儿媳，我和你妈妈都非常看好她。这件事我们已经决定了，你一定要和瑞雪订婚！"展父用不容置疑的语气对展韶华说道。

"我不同意！我不会和瑞雪订婚的，我只喜欢小童一个人，要订婚我也是和小童订！"展韶华的态度也非常坚决，不肯退让半步。

"我才不会让那种女人当我们展家的儿媳妇，我认的儿媳妇只有瑞雪一个人，你就死了那条心吧！"展父的语气里没有半分商量的余地。

"我不会和瑞雪订婚的！"展韶华不想再和父亲争执下去，把自己的决定说完就打开门冲出了书房。

"真是个孽子！"展云博气得拍桌子。

第十六章 偶像失踪

1

在楼下听到争执的翁美华走上楼，正好看到展韶华怒气冲冲地从书房里跑出来。

"韶华，你去哪？"看到展韶华飞快地冲下楼，翁美华焦急地问道。

可是展韶华并没有回答她，一阵风似的冲下了楼，不一会儿翁美华便听到了摔门的声音。

虽然只听到了几句争执，但是已经清楚发生了什么事，她推开了书房的门走了进去。

看到展云博正满脸怒容地坐在书桌前，双颊的肌肉因为愤怒而激动地颤抖着。

她走上前，伸出手，抚了他的背两下，然后用从容而温柔的语气安慰："你就不要气了，你还不知道你儿子的脾气吗，你越是反对他就越倔强，等找个机会我来开导开导他。"

听翁美华这么说，展云博的脸色才舒缓了许多，可是火气依旧没消，迁怒道："都是平时你太惯着他了，他才会这么任性。"

翁美华瞥了他一眼，一针见血地说："韶华的性子不还是像你，你们爷俩的性格简直就是一模一样。"

展云博被说得无话可说，只能无奈地叹了口气。

生气地离开家后，展韶华开着车回到了位于海边的别墅。

可是回到别墅后，他并没有看到方若童，客厅非常安静，也整理得非常整齐，二楼也没有灯光。展韶华在别墅里找了方若童一圈，都没有找到她人。

他拿出手机拨了方若童的电话，可是她的手机处于关机状态，展韶华霎时心急如焚。

难道小童生气离开了？

展韶华打开衣柜，发现她的行李还在，一下子松了一口气，可是接下去他又担心起来。天已经黑了，这里又荒无人烟的，她能去哪呢？

来不及多想，展韶华拿了钥匙就出门去找方若童了。

天空已经披上了深蓝色的帷幕，在不远处的大海沉静地涌荡着，和蓝丝绒般的夜空连成一片。展韶华在海边找了一圈，终于在夜色中看到了一抹小小的几乎要被夜色吞没的身影。

"小童！"展韶华跑了上去，在那一刻，他有一种强烈的感觉，他不能失去她，否则自己就要活不下去了。

正在海边独自散步的方若童吓了一跳，她转过身，却看到不该在这里出现的展韶华跑到她面前，脸上带着焦虑的表情。

"你怎么回来了？"方若童本来以为展韶华还要过两天才回来。

"我担心你，就回来了。"展韶华绽开笑容，眼中依然闪烁着最初的骄傲，只是里面似乎多了些什么，让那些光芒不再那么刺眼了。

方若童沉默了，抿着嘴不再说什么。

每当这时，她总是选择逃避，这让展韶华心里有点受伤，他知道，她的心里依旧没有他。但是他依旧不选择放弃，他相信只要他坚持，总有一天会感动她的。他扬起笑容，装作没事地问道："这么晚了，你怎么一个人在海边？"

方若童看了看天空，这才意识到已经很晚了，吃完晚饭后，她就独自来到海边散步，没想到不知不觉中时间过得那么快。

方若童呆呆地望着天空，没有回答展韶华的问题，仿佛陷入了沉思。最近她变得安静了许多，安静得让人心痛。

夜风微凉，展韶华看到方若童身上只穿了薄衫，怕她会着凉，便提议：

"太晚了，我们回去吧。"

方若童回过神来，望了展韶华一眼，温顺地点了点头。

展韶华脱下身上的外套，披在她身上，便带着她离开了海边。

天空澄澈而蔚蓝，和一望无际的大海连成一片，白色的云朵在天边缓缓移动着。

这是地中海北部的一个不知名的小岛，小岛虽然贫穷，但是岛上的居民生活得非常快乐自在。当地的居民以捕鱼为生，安逸而舒适地生活着。这里没有纷争，没有等级，所有人的关系都非常融洽，就像一个温暖的大家族。

海水轻轻涌动着，在白色的沙滩上留下蜿蜒的痕迹，几只寄居蟹在沙滩上爬来爬去。

易由希坐在沙滩上，望着无边无际的大海，微风撩起他鸦羽般的黑发，在风中轻轻飘扬着。

莎拉站在不远处，望着他的背影，他已经在海边坐了半天了，不动，也不和任何人说话，不知道他一个人在想什么。

在照顾昏迷中的他的那段日子里，她曾天天盼望他能够早日醒来，她也曾在好几个夜里对着上帝祈祷。可是当他真的醒来了，她却希望他还是不要醒来，因为醒来后的他反而离她越来越远，仿佛随时都会离她而去，这让她非常害怕。

望了他一会儿，莎拉提起裙摆，朝他走了过去。

"阿鲁，吃午饭了。"

莎拉甜甜地笑着，声音就像被阳光晒得融化的蜂蜜。

阿鲁是易由希在这里大家所叫他的名字，因为他已经不记得自己的名字了，所以莎拉给他起了个好记的名字——阿鲁。

大家都热情地叫他阿鲁，邀请他去家里做客，送他从海里打捞上来的鱼还有新鲜的水果，因为岛上很少来客人，难得有个岛外的人住在这里，居民们都非常高兴。可是易由希都拒绝了，他非常孤僻，不和任何人说话，总是一个人坐在海边沉思。

听到莎拉的声音，易由希缓缓地抬起头。稍长的刘海盖住他的眉，在额头上交织成一片光影，原本就白皙的皮肤因为过分苍白而接近透明。

因为昏迷了很久，他的身子显得非常瘦弱，和岛上那些长期在外捕鱼，身体非常健壮，皮肤也晒得黝黑的青年比起来，他纤细得像女孩子。

"妈妈已经做好午饭了，我们快回去吧！"看到易由希坐着不动，莎拉催促道，并且伸出手，抓着他的胳膊，把他从地上拉起来。

回到家，易由希看到餐桌上已经摆上了面包和烤鱼，穆莉夫人笑吟吟地端着一盘青豆从厨房里走出来。

"快洗手吃饭吧！"穆莉夫人看到易由希，亲切地招呼着。

"快来这边洗手！"莎拉用木勺舀起水缸里的水，招呼着由希过去洗手。

由希走了过去，伸出手，莎拉把水倒在他的手心，沁凉的感觉传递到全身，冲刷掉了酷暑的炎热。

洗完手，两人坐到餐桌边，饭菜非常简单，都是朴实的农家菜。

"这鱼是村口的奥利大姊送来给阿鲁的，阿鲁你要多吃点。"穆莉夫人笑嘻嘻地说道。

"阿鲁，大家都好喜欢你哦，你真受欢迎！"莎拉高兴地望着由希。

易由希淡淡地笑了笑，闷声地吃着自己盘子里的土豆。

"今晚你爸爸他们的渔船就回来了，明天晚上会举行篝火晚会。"午饭吃到一半，穆莉夫人放下叉子提道。

"太好了，肯定会很热闹！"听到篝火晚会，莎拉高兴地睁大眼睛，她拉起由希地胳膊，双眼放光地说，"阿鲁，我们晚上一起去吧？"

"我不想去，你去吧。"由希的脸上没有半点兴致。

看到由希想也不想就拒绝，莎拉不悦地噘起了嘴，可是她依旧不放弃，继续怂恿："你待在家里也没什么事做啊，而且我一个人去太无聊了，我们一起去嘛，一定会很好玩的！"

穆莉夫人也笑吟吟地说："是啊，阿鲁，晚上村里所有的年轻人都会去的，村长说晚上一定要带你过去，你不去大家会很失望的。"

"……那好吧。"易由希犹豫了一下，点了点头。

2

这天，展韶华带了很多花回来，方若童听到开门的声音转过头时，看到上半身几乎被鲜花淹没的展韶华，略显吃力地走别墅。

“你买这么多花干什么？”方若童赶紧从沙发上站起来，走上前帮他拿花。

“我怕你整天窝在厨房里变成黄脸婆。”展韶华把花束放在茶几上，方若童倒了一杯茶给他，他咕噜咕噜地喝了个底朝天。

“我有变成黄脸婆吗？”方若童紧张地捧起脸跑进卫生间，盯着自己的脸猛瞧，似乎是想从脸上找到一丝改变的痕迹，可是没有，她的脸依旧白皙光滑，没有一点瑕疵。

方若童立刻意识到——自己被骗了！

“哈哈哈——”客厅里传来展韶华爽朗的笑声。

“捉弄我很开心嘛……”方若童噘着嘴从卫生间里走出来，用责备的目光瞪着展韶华，可是当事人却毫无自觉。

“我还买了插花的花瓶。”说罢展韶华又跑出别墅，很快又抱着两个花瓶走进客厅。那是两个非常漂亮的花瓶，釉色非常鲜艳，上面描绘着野鹤和流云的图案。

“我把花插起来吧！”看着那两个漂亮的花瓶，方若童一下子非常有干劲。

没有专用的剪刀，她就用厨房里的剪刀，修剪掉多余的花枝，然后一枝枝插进花瓶里。

展韶华坐在地毯上，支着下巴，望着她专注的样子。她专注的样子非常恬静，非常美。那些鲜花在她手里又像恢复了生机似的，变得不可思议起来。

“明天有个晚会，你可以陪我去吗？”正当方若童目不转睛地插花时，展韶华盯着她问道。

方若童停下动作，抬起头：“是什么晚会？”

“是一个朋友举办的庆祝晚会，我至今都没有找到舞伴，想让你当我的舞伴。”展韶华躲闪着方若童清澈的目光回答道。

“你怎么可能找不到舞伴呢，不要拿我开玩笑了。”方若童轻盈地笑了笑，言语里没有嘲讽的意思，似乎只是在叙述一个事实。

"如果想随便找一个确实是找得到，可是我不想随便找一个自己一点感觉都没有的女孩去随随便便赴宴，因为这次的晚会很重要。"展韶华非常认真地望着方若童，言语非常真诚，没有半点开玩笑的意思。

方若童被他认真的样子吓到了，眨了两下眼睛，一时半会儿不知道该如何回答。

"答应我这个小小的请求吧！"展韶华恳求地望着方若童。

可是方若童心里还是有点担忧："这么重要的晚会带我过去没关系吗？"

她现在可是新闻人物，她真怕她的出现会搞得现场大乱，到时候就太对不起展韶华和那场非常重要的晚会了。

"没关系，你不去才有关系！"展韶华抓起她的手，用非常严肃的语气说道。

方若童望着真挚的展韶华，犹豫了一会儿，才微微地点了点头。

展韶华这才松了口气，展露了笑颜。

海边搭起了许多篝火，红色的火焰在风中摇曳舞动着，浓烟一路蹿向天空。

灯火下聚集了全村的人，大家喝着酒，唱着歌，跳着舞，热情高涨。少女的裙摆就像天边的晚霞，青年的鼓声就像下雨前的雷声。

易由希坐在远处，望着唱歌跳舞的居民，就像在看一出热闹的好戏，而自己却格格不入。

莎拉拒绝了所有向她邀舞的青年，端着酒杯走到易由希面前："你怎么不和大家一起跳舞呢？"

"我不喜欢。"易由希望着海边摇曳的火光，没有看她。

"多好玩啊，你一个人坐在这里不无聊吗？"莎拉捧着酒杯望着他。

"什么是无聊？"易由希的声音听上去有点缥缈有点悠远，仿佛是从远方传来的。

"无聊就是……"莎拉一下子被问住了，可是她聪慧的大脑不会被这么简单的问题给难住的，很快她就想出了答案，"无聊就是没趣，连时间的脚步也变得慢起来。"

易由希抬起头，终于正眼看着她，他望着她问："跳舞就不无聊吗？无聊的定义是什么？"

"无聊哪有定义？"她觉得易由希的想法很奇怪，嘬起嘴说，"跳舞怎么会无聊，可有趣了，我们岛上的人都喜欢跳舞，跳出一身汗，舒服极了！"

看到易由希沉默不语，莎拉一下子觉得无趣起来，她撩着裙子在他身边坐下，喝了一口杯子里的酒。她似乎是喝多了，双颊酡红，双眸也闪烁着异样的光彩。

远处很欢腾，可是他们这里却很安静，易由希望着璀璨的星空，没有要打破沉默的意思。

莎拉独自喝了一会儿酒，抬起头，望着易由希问："阿鲁，你会一辈子待在这个岛上吗？"

易由希微微僵硬了一下，莎拉看到他垂下了眼帘，长长而低垂的睫毛掩住了他的眼睛，除了那双眼睛，她从他大理石般冷峻的脸上找不到一丝情绪。

"我不知道……"

他的声音在夜空下显得非常落寞，这让莎拉非常心疼。

"那你会离开吗？"

莎拉着急地望着他，这些天来，她有一种强烈的恐惧，他会随时离她而去，然后再也不回来。虽然只有短短的接触，她也从来没有了解过阿鲁心里在想什么，可是她知道她再也不可能离开他，她的生命里已经不可能没有他。

易由希望着远处的星空，非常专注，似乎在找一个归属地："我不知道该去哪里，在这个世界上，我没有姓名，没有过去，也不知道自己的家和亲人在哪里。"

莎拉伸出胳膊抱住他，激动地说："你叫阿鲁，这里就是你的家，我们就是你的亲人。"

如果可以，她真希望他们是亲人，哪怕有血缘关系，这样他们之间的羁绊就无法割舍了。

"谢谢你，莎拉。"

3

方若童跟着展韶华走进会场前，根本没有想到今晚的晚会会这么隆重。

会场非常大，大约能容纳一千人，而且在场的嘉宾也将近有一千人，个个都穿得非常隆重。晚会比她平时参加的还要正式，而且在场的人员也比较慎重。

方若童终于知道，为什么展韶华带来之前要带着她上街，比对了将近十家礼服店，才挑选了一套礼服。

展韶华一走进会场，就有很多人跟他打招呼，个个都非常恭敬，只是当他们看到陪伴在他身边的方若童时，都流露出了诧异的神色。

这让方若童感觉有点尴尬，仿佛自己不该出现在这里。

"展少爷真是年轻有为，以后展老爷可以安享晚年了，展氏企业在展少爷手里肯定会更加壮大！"

"哪里，我还有许多不懂之处，伯父，以后还要你多多提携才是。"

一个穿着白色礼服的中年男子拉着展韶华的手，两人互相寒暄着。

方若童百无聊赖地望着场内来来往往的人，找不到一点感兴趣的东西。

"展少爷，许久不见，你真是越来越帅了！"

才和那位中年男子寒暄完，又有一位穿着酒红色拖地礼服的年轻女子叫住了展韶华。

展韶华立刻报以一笑，回礼称赞道："柯小姐才是越来越明艳动人了。"

"你还记得我呀？"那女子听到展韶华叫出了自己的姓氏，就像中了头等奖似的，惊喜地睁大了眼睛。

"当然。"展韶华点头笑了笑，然后拉着方若童不露声色地转身往前走。

才走了两步，又有几个年轻女子围了上来。

"展少爷，上周我的生日派对你怎么没来啊？"一个穿着象牙色礼服的女子嗔责道。

"实在不好意思，那天我出差了，没赶上。"展韶华嘴上这么说，但是看得出来并没有多少愧疚之情。

在场的人当然都看得出来，但是并没有谁显露出不悦的神色，那位穿象牙色礼服的女子依旧热情地说："这样子啊，那下周的联谊你要来参加哦！"

"是啊是啊！"旁边一位穿着宝蓝色紧身礼服的女子立刻附和道，"我有很多姐妹都想认识展少爷呢！一直缠着我让我把你介绍给她们认识！"

"荣幸之至，到时有空的话一定到。"展韶华点头答应着，然后拉着方若童离开。

方若童感觉到那几个女子的视线一直盯着她的背影，就像针般锐利。

展韶华似乎毫无知觉似的，拉着方若童一路往前走，碰到上来攀谈的人也只是随便敷衍两句。

"你是要带我去哪里？"边跟着展韶华急促的脚步，方若童边疑惑地问道。

展韶华回过头，望着她，认真地说："带你去见一个重要的人。"

"重、重要的人？"方若童似乎不太明白展韶华话里的意思，睁大了眼睛迷茫地望着他。

"嗯。"展韶华点了点头，没有多做解释，拉着她的手继续往前走。

"……那不是前几天上报纸头条的那个女明星吗……"

"……好像是的，前阵子她的丑闻还闹得沸沸扬扬的，怎么又和展少爷走在一起呀……"

"……好像是展少爷带她来的呢，她和展少爷的绯闻也一直传到现在呢……"

"……那女的似乎还和别人传着绯闻呢，真是不检点，展少爷怎么会和这样的女人在一起……"

周围传来断断续续的议论声，就像沙砾碎石打在方若童的身上，让她前进的脚步一点点地艰难起来，而展韶华充耳不闻，依旧拉着她毫不迟疑地往前走，穿过一波又一波的人群。方若童不知道他要带她去哪里，去见谁，这让她心里隐隐不安着。

"展氏集团开发的这批红酒销量非常好，占据了高档红酒百分之六十的市场呢！"

"这都是我们公司那些研发人员的功劳啊。"

"那也是展老爷带领得好啊！"

"哪里的话哪里的话，我已经老了！"

前面有几位中年男子端着酒杯寒暄着，展韶华不顾气氛地拉着方若童走到他们面前。

正在聊天的那几位中年男子看到他们前来全都停了下来，转身望着他们。

"这不是韶华吗？好久不见。"那几位中年男子看到展韶华都露出了和蔼的笑容。

"各位伯父好。"展韶华简短地打了个招呼，然后便望着其中一位穿着灰色西装的看起来有点威严的中年男子说，"爸，我有重要的话对你说。"

见此，其他人便识相地纷纷走开了。

这是展韶华的父亲？！

方若童难以置信地睁大眼睛，望着眼前这位略显威严的中年男子，她没有想到展韶华要带她见的重要的人就是他的父亲。

"有什么事？"看到展韶华这么不礼貌，展父露出了不悦的神色。

"我要给你介绍一个人，她就是方若童，我说过会带给你看的。"展韶华拉起方若童的手，向展云博介绍道。

闻言，展云博转过视线，打量起方若童。他的目光带着生意人独有的精明和老辣，像是审视般从上到下打量着她，这让方若童感觉非常不舒服，仿佛自己是件被估价的商品似的。

"伯、伯父您好。"虽然如此，但是方若童还是没有忘记基本的礼仪，在展云博犀利的目光下，方若童战战兢兢地打招呼。

可是展云博却皱起了眉，不做任何回应，也不做任何表态。只是自顾自地打量她一番，然后又望着展韶华，面若冰霜，"刚才几位伯父都在一起聊天，你怎么这么不懂礼貌。"

展云博对方若童的无视很明显，虽然心里非常不悦，可是为了让父亲能够接受方若童，展韶华只能忍下怒气，忍气吞声地说："对不起，下次我会注意的。"

"那我去招呼其他客人了。"展云博瞥了他一眼，便转身离开。

展韶华立刻抬起头叫道："爸！"

展云博转过身，脸上依旧是淡漠而冷峻的表情："等会儿你要上台演讲，做好准备。"

展韶华紧紧地攥着拳头，他的忍耐已经快到极限了，而这时，方若童暗暗地伸出手，扯了扯他的衣袖。为了不让方若童感到尴尬，展韶华不想在她面前和展云博吵架，于是忍着怒气说："是。"

叮嘱完，展云博毫不迟疑地转身离开。

方若童当然也感觉到了展云博对她的无视，她心里非常清楚，像展云博这样有地位有身份的人，是不会喜欢她这样身份的人的。

"我父亲就是这样的人，非常冷漠傲慢。"展云博离开后，展韶华向方若童解释道。

"我知道。"方若童淡淡地说道。

"你不要在意，也不要为此难过，他对很多人都这样的。"感觉到方若童的情绪不是很愉快，展韶华立刻焦急地解释。

说不在意是不可能的，总归是被别人当面给轻视了，可是难过还不至于。可是为了不让展韶华为难，方若童佯装无所谓地笑了笑，说："我不会在意的，也不会难过的。"

"那就好。"听方若童这么说，展韶华才松了一口气。

4

就在这时，现场的灯光一下子熄灭了，接着一盏聚光灯亮起，打在挂着红色丝绒帷幕的舞台上。

展云博站在舞台正中央，面前放着麦克风，他微笑着望着所有人："谢谢大家百忙之中抽空来参加展氏集团五十周年庆祝会，我代表展氏集团全体人员欢迎大家！"

话音刚落，在场所有的人都鼓起掌来。方若童这才知道今晚所举办的晚会是何目的，和展韶华所说的根本就截然不同。

感受到方若童质问的目光，展韶华连忙笑嘻嘻地道歉："对不起，我不是有意骗你的，因为如果我如实告诉你，你肯定不会来的。"

"我最讨厌别人骗我了！"展韶华蓄意的欺骗让方若童非常生气，她瞪大了眼睛，脸涨得通红，感觉自己被要弄了。

"小童，对不起。"展韶华伸出手，拉住方若童的手。没想到方若童的反应会这么大，展韶华一时之间不知道该怎么办。

"我不想理你！"方若童甩开他的手转身就走，展韶华刚想追上去，就被人从后面拉住。

"展少爷，接下去是您上台致辞。"拉住展韶华的是展云博的助理。

"我知道了。"展韶华看了方若童的背影一眼，跟着展云博的助理走上了台。

展韶华没有追上来，方若童穿过人群，一路往会场外走，却没想到撞上了展云博。

"展先生。"方若童有点吃惊地望着展云博，因为前面他的冷淡，所以她选择了更加疏离的称呼。

"方小姐要回去了吗？"展云博笑吟吟地望着方若童，笑容中饱含深意。

让方若童感觉到他笑比不笑还要可怕。

"是的。"方若童小心翼翼地回答。

"也是。"展云博扬了扬下巴，"这种场合根本不适合你，你自己是不是也感觉到了格格不入？"

他的话就像是当面给了方若童一巴掌，方若童的脸霎时煞白："展先生，你这是什么意思？今天并不是我想要来的，是展韶华带我过来的。"

展云博仿佛看穿了一切似的，冷冷地笑了笑："韶华还太嫩，根本不了解这个社会的阴暗，可是我活了这么多年了，很多事早已经看透了。"

明显感觉到展云博话里有话，而且怀有敌意，方若童有点沉不住气了："我不知道展先生说这些话是什么意思。"

展云博讽刺似的扯了扯嘴角冷笑道："我想你非常明白，展韶华不知道你是什么样的人，我可清楚得很，虽然我还是第一次见到你，可是像你这样的人我可看得多了。"

"那我到底是什么样子的人呢？"听到展云博越说越离谱，方若童也耐不住性子了。

展云博眯起了闪烁着精明目光的双眼，用审视的眼神盯着方若童："你精明得很，城府也深得很，不过你别以为你能隐瞒过我的眼睛，我不会让你利用和伤害韶华的。"

展云博话里侮辱的意味非常明显，可是方若童一向不是忍气吞声的人，她深吸了一口气，反击道："我没有利用他，也没有想过要伤害他，展先生你想多了，不知道是不是像你这样地位这样年纪的人都有被害妄想症。"

方若童的伶牙俐齿，更加加深了展云博对她的厌恶，他皱了皱眉，语气轻蔑地说："嘴巴倒是很厉害，怪不得把韶华骗得晕头转向的。"

自己的努力，自己的尊严，被这么任意地践踏，方若童非常地不服气，她拍着胸脯，坦荡荡地大声说："我没有骗他，也不想骗他，你们展氏集团是有权有势，但也不代表所有人都想要巴结你们。我活得坦荡荡，我有今天也是靠我自己的努力！"

展云博冷冷地笑了笑："很好，既然方小姐这么有骨气，那么请你以后离韶华远一点，我不想让你的那些流言蜚语玷污了韶华的名声。"

"不是我缠着你儿子，是你儿子缠着我，请你清楚这一点。并且好好管教自己的儿子，不要把所有过错都推到别人身上！"

方若童一口气说完，就转身跑出了会场。

第一次这么被人毫不留情地当众羞辱，方若童感觉非常委屈，才刚跑出会场，眼泪就忍不住流了下来。

她从来也不图展韶华一分一毫，更没有想要利用他往上爬的意思，展云博的话就像是蘸了盐水的鞭子抽在她身上，抽得她遍体鳞伤。

展韶华演讲完，下面传来雷鸣般的掌声，可是他根本没有心情享受这些掌声，他一心牵挂着方若童。

他在掌声中匆忙地跑下舞台，然后在场内寻找着方若童，可是他没有找到方若童，反而看到了瑞雪。

"韶华。"瑞雪伸出手，抓住了正想走开的展韶华。

"没事的话等会儿再说，我现在有点急事。"展韶华想从她的手中挣脱，可是瑞雪却紧抓着他的袖子不放。

她咬着下唇瞪着他，今天她打扮得非常漂亮，新烫了头发，穿了 Prada 最新款的礼服，可是他的目光并没有在她身上多停留一秒，这让她很伤心。

"我知道你在急什么，你是在找那个女人是不是？"瑞雪的语气里带着明显的怨恨。

展韶华抿着嘴唇不说话，现在他没有半点心情和她吵架。

看到展韶华不回答她的问题，她更加生气了："你怎么可以把她带到这里来，你这不是在羞辱我吗！"

"我把不把她带来，和你一点关系都没有。"展韶华沉着脸，愣愣地说道。

展韶华冷淡的语气，就像是当面给了她一个耳光，她捏着拳头，悲愤地说："怎么会和我一点关系都没有，我们都快订婚了！"

"我不会和你订婚的。"展韶华斩钉截铁地说道。

他的话就像是当头一棒，瑞雪踉跄地后退了一步，脸色如纸般苍白，脆弱得不堪一击，任谁看了都会心疼，可是展韶华却无动于衷，依旧一脸的冷漠。

她望着展韶华，战战兢兢地问："你说什么？伯父伯母都同意我们的婚事了。"

"他们同不同意和我一点关系都没有，我并没有答应要和你订婚。"展韶华毫不留情地陈述着事实。

瑞雪无法置信地睁大眼睛，嘴唇微微颤抖着，泪水在眼眶里打滚："你不爱我了吗？"

"我早就不爱你了，你不要再缠着我了。"展韶华说完，便毫不留情地转身离开。

看到展韶华绝情的样子，瑞雪的心里燃起了恨，她攥紧了拳头，对着他的背影用尽了力气大喊："展韶华——你会后悔的！"

可是她的话并没有阻止展韶华的脚步，他依然脚步坚定地离开了。

第十七章 坚定地爱

1

展韶华找遍了整个会场，都没有找到方若童。询问了在场的工作人员，才知道方若童已经离开了，展韶华赶紧冲出会场寻找方若童。

他开着车，焦急地在街头寻找方若童的身影，最后终于在路灯下，看到提着裙子一瘸一拐的方若童。

展韶华赶紧下车，跑上前，这时他才发现方若童在哭，眼泪弄花了精致的妆容，头发也乱了，看起来非常凄惨狼狈。

愧疚之意油然而起，展韶华赶紧脱下外套披在她肩膀上。

谁知道却被方若童用力甩开了，她用的力道非常大，白色的外套掉在旁边的绿化带，沾上了污泥。

展韶华以为方若童还因为他欺骗她的事而生气，于是赶紧真诚地道歉："对不起，是我不好，我保证以后再也不骗你了，这次随便你怎么样，只要你能够原谅我。"

"不用了，以后我们桥归桥路归路，不会再有任何牵扯了！"方若童心里的怒气未消，看到展韶华，便全部迁怒到他身上。

展韶华难以置信地睁大眼睛，他简直不敢相信自己的耳朵听到的："为什么？我不明白，我不过是骗了你一次，你不能因为这样而判我死刑，一次机会都不给我吧！"

"你们展家人高风亮节，我不配和你们展家人做朋友！"方若童闭着眼睛，宣泄似的大吼道。

展韶华突然意识到什么，连忙拉着方若童的手问："小童，发生什么事？是不是我父亲对你说什么了？"

方若童咬着下唇，透明的大眼睛里盈满了泪水："你父亲说得对，我根本没资格跟你做朋友，跟我在一起只会玷污你的名声。"

"不要听他胡说八道，什么有没有资格，一直以来是我纠缠着你，你是个好女孩，他根本就不明白！"展韶华急不可耐，他完全没有预料到，自己把方若童带来会导致这样的下场。他原本以为能够让自己的父亲认可方若童，接受她，没想到结果却是适得其反。

方若童摇着头，抽回了自己的手："不，我不是个好女孩，我自私又胆小，而且还非常虚伪。我利用了别人，牺牲了别人的生命活了下来，却一点愧疚感都没有。我根本就没有良心，我不值得任何人爱。"

看到方若童自暴自弃的样子，展韶华百感交集："不是，不是这样的！我知道，所有的一切我都知道！你不是外界所说的那种人，你心地很善良，你连路边一朵小野花都不会伤害，你爱这个世界，你对所有人都很宽容。"

"你了解我什么？！你什么都不了解！我不宽容！我心胸很狭窄，我很记仇，我也很任性……"方若童捧着脸，蹲在地上痛哭起来。

这场迟来的眼泪，仿佛是积聚了太久似的，是那么汹涌那么磅礴。

易由希死了，而她却还不知羞耻地活着。这一定是易由希对她的惩罚，让她活着受煎熬，让她活得比死还痛苦。因为这是她欠他的。

"小童……"

看到方若童哭得昏天黑地的，展韶华的心都快碎了，他弯下了身子，伸出手，抱住了她在夜风中微微战栗的身子。

"不管你是什么样的人，我都爱你。"

夜色深邃，晚风从林立的高楼上方吹过，他就这样一直拥着她，仿佛要化作一块岩石。

易由希失踪了很久，一直没有找到，随着时间的推移，他的新闻也渐渐淡去。

被雪藏了三个多月后，方若童又被招回了公司。接到公司的电话，方若童非常高兴，因为无所事事的日子会让她更加难受，忙一点，不用待在家里东想西想，对她来说，也是一种解脱。

"方小姐，你终于回来啦！"小眉看到方若童走进公司，高兴地迎了上去，看起来似乎比方若童还要高兴。

"她怎么回来了？我以为公司再也不要她了呢。"

"是啊，真是碍眼，不知道为什么老板唯独重用她，肯定是用了卑鄙的伎俩。"

"嘘，小心不要被她听到了，传到老板耳朵里就不好了。"

一直和方若童不和的几个女艺人看到她回来，就非常不爽地在一旁议论着，直到有人提醒，才闭上嘴，用不友好的目光瞥了她一眼，然后往楼上的练歌房走去。

"方小姐，你不要在意她们的话。树大招风，她们这是在嫉妒你。"看到方若童的脸色不是很好，小眉连忙安慰道。

"我明白的。"方若童勉强地挤出一个笑容。

"小童，你来啦。"这时，经纪人楚凡从会议室里走出来，看到方若童便停下了脚步。

"楚哥。"方若童有点紧张地望着楚凡。

"过来吧，我们刚刚在开会谈论你接下来的工作，已经确定下来了，我跟你说一下。"楚凡朝她招了招手，然后转身往办公室走去。

方若童跟着他走进了办公室，随后楚凡便关上了门。

两人在办公桌边坐下后，楚凡开门见山地说："因为前阵子的风波对你的影响不是很好，所以公司暂时不打算给你接影视作品和商业代言。"

"那我接下去要做什么呢？"方若童战战兢兢地问。

"有几家杂志邀请你去给他们拍写真和封面，我觉得你现在做这些也挺好的，很简单的工作，我想以你现在的心情也不适合接戏。"楚凡微笑着说道。

方若童想了想，楚凡说的也挺有道理，她现在心里乱糟糟的，情绪很糟糕，要她去拍戏她也投入不进去，反而会影响工作。做些简单的杂志拍摄的工作也没有什么不好的，就当是调整心情，也不会闲着没事做。于是便点了点头说："好的，听楚哥安排吧。"

"嗯。"楚凡微笑着点了点头。

计划制定下来后，方若童很快就展开了工作。

她的第一份工作是为某知名杂志拍摄封面，听楚凡说很多知名的女艺人都为这本杂志拍过封面，而且据说这本杂志的销量一直都很红火。

周六，方若童就在小眉的陪同下来到摄影棚。走进摄影棚，她看到工作人员正忙碌地在摄影棚内走来走去，布景已经搭建好了，旁边有两排长长的衣架，上面挂满了各式各样的衣服，有普通的休闲服，也有夸张的戏服和礼服。

接待她们的是杂志编辑，叫 Makiyo，是个年纪在二十五岁左右的年轻女子，穿着非常时髦，脸上化着精致的妆容。

"方小姐，今天要辛苦您了，我们邀请了业内的人气摄影师，他拍摄的照片都非常专业，而且有很高的时尚敏锐度，业内业外评价都非常高。"Makiyo 热情地朝方若童伸出手。她看起来是个很利落的女子，说话非常直爽，是比较典型的女强人。

"今天请多多关照了。"方若童伸出手，轻轻地和她握了握。

"哪里的话，对了，我先带你去换衣服吧。"简短地介绍完后，Makiyo 就对方若童说道。

"嗯。"方若童微微地点了点头，然后便让小眉在一旁等她。

2

Makiyo 带着方若童来到更衣室，然后把一件衣服递给方若童。

方若童接过衣服一看，脸上流露出疑惑，因为 Makiyo 递给她的是一件白色衬衫，是外面比较常见的白领穿的白衬衫，而且料子比外面看到的要薄许多。她望着 Makiyo，疑惑地问："没有裤子或裙子吗？"

Makiyo 仿佛早就预料到方若童会这么说，胸有成竹地笑了笑说："就穿这个，今天我们拍摄的主题是性感而独立的都市新女性，如果穿上裤子或者裙子就太呆板太普通了。"

"可是这样会不会太露了……"方若童望着手里单薄的白衬衫流露出了为难的神色。

"不会的！" Makiyo 伸出手，握着方若童的手，语气肯定地说，"这件衬衫挺长的，不会走光的，而且摄影师等会儿也不会给你拍得太露骨的。"

"真的吗？"方若童将信将疑地看着 Makiyo 的眼睛。

Makiyo 直视着方若童探询的目光，细长上扬的眼中充满了自信："那当然，我们可是正规的杂志，在行业内是具有一定影响力的！" Makiyo 突然捏住方若童的下巴，眼里闪动着耐人寻味的目光，用蛊惑的语气说，"你也不想一直走清纯淑女路线，不找点突破吧？"

"那、好吧……"方若童犹豫了一下，拿着衬衫磨磨蹭蹭地走进更衣间。

"快点哦，我在外面等你！" Makiyo 帮方若童拉上帘子，然后便走出了更衣间。

方若童望着手里的衬衫，踌躇了很久，才开始脱衣服。

当她换好衣服，望着镜子里的自己时，脸顿时涨得通红。镜子里的她只穿了一件刚刚盖住臀部的衬衫，修长而白皙的大腿完全裸露在外面，一览无遗。衬衫的质地很薄，隐约能够看到身体的线条，感觉比不穿还诱惑。她从来没有做过这样子的打扮，一下子不能适应，站在更衣间里，望着镜子里的自己许久，都没有勇气走出去。

"方小姐，好了没有？摄影师等得不耐烦了！"

这时，Makiyo 的声音从门外传来。

"哦，马上……"方若童仓促地回应着，可是依旧没有勇气走出去。她在镜子前挣扎着，真想不拍了，可是工作已经接下了，如果随便放弃不太好。

"怎么了？"

在外面等得不耐烦的 Makiyo 开门走了进来，看见方若童还在帘子后，没有出来。

"我这个样子……"

方若童的声音怯生生地从帘子后面传出来。

Makiyo 挑了挑眉，似乎是知道方若童在犹豫什么，刷地拉开了帘子。她望着方若童曼妙的身体，勾起线条完美的唇，微笑着说："很好看啊，真性感，和我们这次的主题太贴切了！"

"可是太露骨了啦……"方若童抓着领口，因为领口开得非常低，胸前大片的肌肤都露了出来。

"不会不会，拍出来的效果绝对不会露骨的！" Makiyo 笑盈盈地把方若童拖出了更衣室。

走出更衣室，方若童看到摄影棚内的灯光已经全部准备好了，她在 Makiyo 的推搡下，慢吞吞地走到布景前，可是握着领口的双手一直没有松开。穿这么少让她站在众人的目光下，非常地不自在，恨不得现在就撒腿逃走。

"放松点，放松点，我们要开始拍摄了哦！"摄影师用温柔的语气对方若童说道。

方若童涨红了脸，一时不知所措起来。

"把手放开，看着镜头。"摄影师笑眯眯地哄道。

方若童浑身僵硬，直冒冷汗，身体不由自主地战栗起来。她感觉自己就像是被脱光了丢在人群中，供人嘲笑和观赏，这种屈辱感让她生不如死。

"再自信点……身体不要太僵硬……"

摄影师说的话她渐渐听不见，大脑里的不安和恐惧感越来越强烈，甚至让她无法负荷。紧张的神经绷成一根弦，只要细微的一点刺激就会绷断。

"我……我不想拍了……"

终于，她鼓起勇气把心里的话说了出来。

"啊？"

摄影师无法置信地睁大眼睛。

就在大家还没反应过来时，方若童抓着领口冲进了更衣室。

"这是怎么回事？"摄影师惊讶得瞠目结舌。

"对不起，给我点时间！"

Makiyo 匆匆说完，就追了上去。

跑进更衣室，方若童就反锁上了门，然后从包里翻出手机，打给楚凡。

电话响了很久，才被接起。

"楚哥，这是怎么回事？为什么要我拍那样的照片？"电话一被接起，方若童就迫不及待地问道。

"没有办法啊，出了那样子的新闻，你不可能再走以前的青春路线了，如果不转型你没有办法再在这行混下去了呀！"那边的语气听起来非常理所当然。

这让方若童更加生气了："那你为什么不事先告诉我！"

"我以为你已经理解我的意思了呢。"

"你什么都不说……我怎么可能理解？"

"好了好了，小童，不要再闹情绪了，你也知道这行很残酷很现实的，你想继续走下去，就要接受现实。"

"我没有办法接受！那样子的照片我没有办法拍！"

"可是我们已经和对方签合同了，如果违反合同是要赔钱的，而且如果传出去对你以后的发展也很不利……"

那边还在絮絮叨叨地游说着，可是方若童已经听不下去了，她放下了手机，身子靠着门板，滑坐在地上。

眼泪不由自主地从眼眶里滚落，顺着面颊流了下来，现在的她感觉孤立无援，面前是座悬崖，而背后却没有退路。

砰砰砰！

门板传来巨大的震动声，Makiyo 在门外大喊："方小姐，请你出来，你这样子我们会很为难的！"

方若童怀抱着双膝坐在地上，对于 Makiyo 的喊声不理不睬，一个人默默地流着眼泪。

她感觉到公司已经把她抛弃了，楚凡也已经把她抛弃了，在这个圈子她已经无法立足了。

敲了好久，门那边都没有任何动静，Makiyo 没办法，就把小眉拉了过来。

"小眉，快帮我劝劝。"Makiyo 焦急地催促道。如果这期杂志的照片不能如期完成，她可是负不起这个责任的。她好不容易才爬到这个位置，可不想因为这而前功尽弃。

"可是……"小眉犹犹豫豫的，非常为难，她抬起头，恳求地望着 Makiyo，"你们就放过方小姐吧，她真的不想拍。"

Makiyo 霎时大怒，再也沉不住气："那怎么可能，我们合同都签好了，而且布景也准备好了，摄影师也请来了，下期杂志还等着我们的照片呢，这损失谁来负责！"

"这……"小眉一时找不到解决的方法，急得像热锅上的蚂蚁，眼泪都要流下来了。

3

Makiyo 恨铁不成钢地瞪了小眉一眼，然后扬起手用力拍着门板，用威胁的语气对门那边的方若童说道："你快出来，不然我可让人来踹门了！"

方若童的心扑通沉了一下，这时，脚边的手机传来震动声。

方若童低下头看了一眼，显示屏上闪动着展韶华的名字，她伸出手，拿起手机，按下了接听键。

"小童，工作还顺利吗？今天是什么工作啊？拍广告还是拍电影？"手机里传来展韶华爽朗的带着笑意的声音。

方若童霎时忍不住，哭了出来："快来救我，求求你了……"

"怎么了？发生什么事了？你在哪里？我现在马上过来！"听到方若童的哭声，展韶华顿时心急如焚。

"我在新世界大楼 B 座 21 楼，快来带我离开，拜托了……"方若童说完地址，便泣不成声了。

"你等着，我马上过来！"展韶华记下了地址，匆匆交代了一句便立刻挂上了电话。

听到展韶华的保证，方若童才放心不少，她抱着膝盖，战战兢兢地坐在更衣室里，焦急地等待着展韶华的到来。起码现在，她不是孤立无援了。想到展韶华此时正在赶来的路上，方若童安心了不少。

拍了很久的门，里面依旧没有传来任何回音，眼看着时间一分一秒地过去，再拖下去今天的工作就完成不了了。Makiyo 双手抱胸，转身离开了更衣室，她走到摄影棚，叫了两个身强力壮的工作人员过来。

带着人走到更衣室前，她指着门板，脸色冰冷地说："把门给我撞开！"

那两个工作人员朝 Makiyo 点了点头，然后便侧着身子，齐力撞向门板。背靠着门板坐在更衣室里的方若童受到了强烈的撞击弹了出去,摔倒到地上。

砰——砰——砰——

撞击一下接着一下传来，门板渐渐坚持不住，发出嘎吱嘎吱的声音,摇摇欲坠，可是撞击依旧没有停歇，直到门板轰然倒下。

方若童无力地跪在地上，惊恐地望着突然出现在门口的那两个高高壮壮的工作人员，心脏怦怦狂跳着。

Makiyo双手抱着胸，从那两个高高壮壮的工作人员后面走出来，气势凌人地望着方若童说："方小姐，请你配合我们把工作完成好吗？"

虽然用的是询问的语气，可是脸上却是不容反驳的强势表情。

"我不会拍的。"方若童扭开头，倔强地说道。

"那就不要怪我们不客气了，把她拖出去！"Makiyo早就失去了耐心，指着地上的方若童，对身边的两个工作人员命令道。

那两个工作人员就像是两个只会服从命令的机器人，一接到命令就面无表情地朝方若童走过来。他们伸出手，毫不怜香惜玉地抓住方若童，然后把她从地上拖起来。

"放开我！放开我！我不拍！"方若童用力挣扎着，可是那两个人的力气非常大，那两只手就像老虎钳般，牢牢地固定在她的手臂上，疼得眼泪都要流下来了。

"放开她！"

突然，更衣室外传来一声厉吼，接着一个人影像阵风一样冲进更衣室。那人抬起脚，闪电般迅捷地朝那两个工作人员的要害踢去。

"呃……"

那两个高高壮壮的工作人员闷哼一声，轰然倒在地上，像乌龟似的缩成了一团。

"展韶华……"方若童泪眼汪汪地望着突然出现在她面前的展韶华，心里一阵死里逃生般的释然。

"放心，没事了。"展韶华把外套脱下来，裹起方若童半裸的躯体，然后把她拥进自己的怀里，疼惜地安慰道。

听着展韶华沉重有力的心跳，方若童紧绷的神经才完全放松下来。

"你……你你你……你是谁！"Makiyo望着像龙卷风般突然出现，又把一切搞得乱七八糟的展韶华，气得青筋都冒出来了。

"我是来带这家伙走的！"展韶华竖起一根手指，指了指像只兔子般蜷缩在自己怀里的方若童。

看到展韶华不分青红皂白地冲进来打伤了自己的人，又听到他要带方若童离开，Makiyo 简直要气疯了："她还不能走，我们签了合约的，如果她今天不把工作完成就要赔偿我们的严重损失！"

"一切损失都包在我身上，人我现在就带走了，我会让我的律师来联系你们的。"

展韶华说完，就毫不犹豫地带着方若童走出了更衣室。

因为他浑身上下散发着不容违抗的气势，所以没有人敢拦他。Makiyo 感受到他身上散发着与生俱来的贵族气息，猜测他来头不小，所以也不敢说什么，任由他带着方若童离开。

小眉在原地呆愣了很久，才终于反应过来，跑着追了上去。

展韶华带着方若童走出了大楼，然后把她搋进车子里，接着迅速地发动了引擎。等小眉追出大楼时，正好看到展韶华的车子在她面前卷尘离开。

他把方若童带到了海边的别墅，方若童坐在别墅里的沙发上时，身子还是忍不住微微颤抖着。

展韶华看了非常心疼，早上她给他打电话说要回去工作时，还是那么的兴奋和期待，没想到会发生这样的事，如果他知道会发生这样的事，绝对不会让她去工作的。他早就知道这个娱乐圈非常肮脏混乱，可是他当初还是把她带了进来，一切都是他的错。

展韶华把不停颤抖的方若童搂进怀里，心疼得无以复加："对不起，我没有好好保护你，让你遭受了这一切。"刚才他冲进更衣室时，恨不得把在场的所有人都给杀了，但是他更想杀的是自己，自从进入这个圈子后，方若童遭受了很多事，当初他应该阻止她进来的。一切的一切，都是他的错。

方若童低着头，没有说话，长长的低垂的睫毛掩住了她的眼眸，展韶华看不到此时在她的眼眸里是什么样子的情绪波动，可是他知道，此时的她非常害怕、非常无助。前面的恐惧还没有从她脆弱的心灵里驱散，它会像噩梦一样纠缠她很久。

"退出娱乐圈吧，不要再工作了，以后由我来养你，你不用担心一切，你只要待在我身边就可以了。你的世界，由我来支撑起来，我会让你快乐，

让你幸福，不会让你遭受任何的痛苦。"展韶华用这辈子最真挚的语气，
望着怀里的方若童说道。

缩在他怀里的方若童浑身僵硬了一下，接着缓缓地抬起头，用无法置
信的表情望着展韶华。

展韶华的表情非常认真，没有一丝开玩笑的意思。如果是以前的他，
绝对没有勇气说这些的，可是现在的他，再也忍受不下去了。他没有办法
看到方若童再遭受一点点的痛苦，这会让他崩溃。他想独占她，想给她建
造一个只有幸福和温暖的世界，他只想看到她快乐的微笑，不想看到她再
落一滴眼泪。

4

"你、你不要开玩笑了……"方若童低下头，脸涨得比熟透的番茄还
要红，"我又不是宠物，照顾一个人一辈子的责任可是很重大的……"

"我知道。"展韶华坚定不移地望着方若童，目光里没有一丝退缩，"我
不是开玩笑，不是一时兴起，这件事我早就考虑了很久很久了，可是一直
没有勇气向你开口。因为我怕你会拒绝我，可是，现在我不能再逃避去了。
我不想再看到你在这个残酷的世界，一个人挣扎，我要保护你，照顾你，
给你幸福！"

"我不值得，我不是个好女孩，不值得你对我这么好。"方若童摇着头，
她不敢动摇，怕自己一旦动摇，就会陷入万劫不复的深渊。

展韶华拉起方若童的手，焦急地说："值得，在这个世界上只有你值
得我对你好，我愿意一辈子守护你，照顾你，这将是我唯一的幸福。"他
的眼睛就像是落满星辰的夜空，可以容纳一切。

方若童抬起头，望着展韶华无比真挚的双眼，心里涌起千丝万缕的情
意，几乎就在那一刻动摇了。可是就在那一刻，易由希苍白而脆弱的脸显
现在她的脑海里。

一股深深的罪恶感又把她打入了无形的地狱。

她不能接受展韶华的爱意，她没有这个资格。

她从展韶华的手掌中抽回了自己的手，展韶华像是受到了很重的打击
似的，脸上流露出受伤的表情。

方若童扭开脸，逼迫自己不要心软，她用冰冷的语气说："我卑鄙地牺牲了易由希的生命，无耻地活了下来。像我这样子的人根本没有资格拥有幸福，我应该生活在地狱中，体会和易由希一样的痛苦。"

"不是的！不是的！"展韶华抓着方若童的肩膀，强调道，"他救你一定是自己的意愿，你没有必要责备自己，也没有必要这样惩罚自己！"

方若童咬着下唇，似乎是在强忍着内心的痛苦。

展韶华松开一只手，从自己的口袋里摸出一个小盒子，递到方若童的面前。

那是一个黑丝绒的小盒子，非常精致，方若童的心里升起一种异样的感觉。她犹豫了一下，伸出手接过盒子，然后缓缓地打开盒盖。盒子里是一枚钻戒，款式独特，戒面的中间是一颗大约六克拉的钻石，旁边围了一圈小钻，拼成一个皇冠的造型，像是《罗马假日》中奥黛丽·赫本头戴的那顶公主皇冠。

"这……"方若童抬起头愣愣地望着展韶华，她绝对没有想到展韶华送她的是一枚钻戒。

"嫁给我吧，小童。"展韶华的眼神非常的真挚，一改往日的玩世不恭，仿佛一下子成熟了好几岁。

"我不能答应你。"方若童想也不想就回绝掉，她把戒指还给了展韶华。

"你不能因为对易由希的愧疚而放弃自己的幸福。"方若童的固执让展韶华有点生气也有点伤心。

"我没有办法忘记曾经的一切，一个人快乐地生活下去，这太自私了。"方若童收紧了搁在沙发上的手，紧紧地攥着，直到指甲抠进了手心。可是肉体上的痛苦依旧掩盖不了内心的痛苦，她想她永远也逃避不了内心的惩罚，直到死也不会得到解脱。

展韶华摇了摇头，执起方若童紧握的拳头，轻轻地掰开她的手指，不让她继续这种自虐的行为："我没有让你一个人快乐地生活下去，我不会强迫你改变自己的意愿。我只是希望你能够让我和你一起承担。"

展韶华的话让方若童非常惊讶，她转过脸疑惑地望着展韶华，似乎是在询问他话里的意思。

展韶华望着方若童的眼睛，坚定不移地说："让我和你一起承担，让我分享你的喜怒哀乐。答应嫁给我，然后我们一起去找易由希，我想以我的能力一定会找到他的。不管他是死是活，我一定给你个交代。"

"真的吗？"方若童睁大了眼睛，莹润的大眼睛里满是期待和不敢相信。

"我是不会骗你的。"展韶华视若珍宝地捧起方若童白皙稚嫩的手，然后把钻戒套在她的无名指上。

方若童捧着自己佩戴着钻戒的左手，眼中盈满了泪水。

窗外栽种的石楠花在微风中轻轻摇曳着，阳光穿透了粉嫩的花瓣，晕染出幸福的味道。海边是那么的安静，只有风和花枝摇摆的声音。

"我可以答应嫁给你，不过我有个要求。"

情绪平复后，方若童望着展韶华正色道。

展韶华脸上露出一个微笑，像是看着任性的小孩般看着她，眼中满是爱恋和宠溺："什么要求你尽管说吧，不要说一个了，就算是一千个一万个，我也会答应你。"

方若童淡淡地摇了摇头，不卑不亢地说："不，我的要求就只有一个。在我嫁给你之前帮我找到易由希，否则我不会安心的。"

展韶华低下头，似乎是沉思了一下，又抬起头，重重地点了点头说："我答应你，尽力帮你找到易由希，在找到他之前，我不会逼你和我结婚。"

"谢谢你。"方若童淡淡地笑了笑。

展韶华目光温柔地看着她，拉起她的手说："不要跟我说谢谢，我不希望你还是像以前一样对我见外，从今往后，你就是我的未婚妻了。"

"未婚妻"这个词是那么的陌生和敏感，方若童一下子涨红了脸，害羞地低下了头。衬得方若童如同一朵含羞带怯的桃花，让展韶华心神荡漾。

知道方若童在不好意思，展韶华也不强求她，等她慢慢地接受自己。他有这个耐心，只对她一个人，就算等一个世纪，他也愿意。

第十八章 青梅竹马

1 因为方若童的一句话，展韶华动用了展氏集团的所有人力和物力，在全世界的各个角落地毯式的搜寻，找寻易由希的踪迹。

希腊发生的那次海啸，明确的死亡人数为三百五十四人，失踪人数为七十六人，其中包括易由希。之后陆陆续续有寻到失踪的人，但是存活的概率几乎为零。展韶华不抱希望能够找到活着的易由希，但起码他要把易由希的尸体找回来，好好地安葬他，也让方若童内心的愧疚减轻一点，不要再那么自责，甚至是自我折磨。

时间一天一天地过去，展韶华派出去的人竭尽全力地寻找了一个月，可是依旧没有易由希的一点消息。每次派出去的人带回来的消息，都让方若童非常失望。

在寻找了将近三个月后，方若童已经绝望了。

活要见人，死要见尸，可是却连易由希的一根头发都没有找到，他就像是人间蒸发了似的，又像是被卷入了神秘的黑洞中似的，从这个世界上突然消失了，未留下一点一滴的痕迹。仿佛是非常仇视这个世界，想把他所有的痕迹都从这个世界上抹去。

"找不到了，不可能找到了，他一定是恨我，所以连死了都不想见我，连让我给他立块碑的机会都不给我。他不想给我赎罪的机会，他要我一辈子活在对他的愧疚之中，永不超生。"方若童捂着脸，痛苦地缩成一团。仿佛那痛苦是从她心里滋生疯长，像藤蔓般裹住她的全身，牢牢地束缚着她，不让她逃脱。

"小童，不要胡思乱想，一个人不可能凭空消失了，就算是死了尸体也不可能消失的。再给我一段时间，我一定会找到他。"

"不要找了，我不想一次次地给自己希望，又一次次地让自己的希望破灭。"方若童抓着自己的头发，用力摇着头。

等待是折磨，无止境地折磨，死反而更加干脆，是一种解脱。

"不要绝望，小童，没有找到易由希的尸体不是更好吗？或许他正在世界的某个角落好好地生活着，总有一天，我会把他带到你面前！"展韶华抓着方若童的肩膀，焦急地说道。当然这只是安慰方若童的话，而在寻找了三个月未果的情况下，他已经没有自信实现方若童的要求了。可能易由希已经沉入了大海，被鱼群给分食了，再也没有可能找到了。

但是他的话却给了方若童希望，她毫不怀疑地相信展韶华。只见她原本暗淡的眼眸一点点燃起亮光，那是希望之光，带着惊喜和渴望，如阴雨后破云而出的阳光，美得炫目。

"真的吗？"她期待地望着展韶华，仿佛所有的希望都寄托在他身上。

"嗯，真的。"展韶华重重地点了点头，方若童期待的目光也给了他希望，只要是方若童的要求，他一定会不遗余力地完成！

果然，功夫不负有心人，在寻找了四个多月后，派去寻找易由希的人员带回来了好消息。展韶华也在第一时刻，把这个好消息带到了方若童的面前。

一看到展韶华回来，方若童就冲到他面前，激动地问："有易由希的消息了？"

展韶华连鞋子都来不及换，微笑着点了点头："嗯，说来也真是巧，我派出去的人员在意大利的一家餐馆吃饭时，看到了墙上的照片，里面居然有易由希。他问了餐馆的老板，才知道那是他去一个小岛旅游时拍摄的照片，易由希出现里面绝对是偶然，他自己都不知道把易由希给拍进去了。不过，易由希很可能就在那个小岛上。"

"他没死……他没死！太好了，他没有死，一定是上帝的眷顾，太好了，真的太好了！"方若童激动得热泪盈眶，语无伦次地重复着相同的话。

"嗯，一定是上帝听到了我们的祈祷。"展韶华也跟她一样激动，心情久久都无法平复。这四个多月的搜寻，所有人都是身心俱疲，但是总算是找到了易由希的踪迹，功夫总算没有白费。

像是突然想到了什么，方若童抬起头焦急地问："那是什么小岛？"

"那是地中海北部一个不知名的小岛。"展韶华摸了摸下巴，他好像是没有得到那个岛的名字。

"那我们现在就去找他吧！"方若童迫不及待，恨不得现在就飞到那个小岛。

展韶华宠溺地笑了笑。安抚着说："也不急，我们收拾一下明天出发吧，我已经派人准备好飞机了。"

这夜，方若童一夜都没有睡，收拾好东西后，她躺在床上辗转反侧。过去的一点一滴在脑海里浮现，小时候她进花流院遇上易由希的情景，和易由希一起学插花的时光，以及在娱乐圈和易由希同台竞技的场面，都是那么的清晰，恍如昨日。

早上，当方若童跟着展韶华来到机场时，绝对没有想到眼前会出现这样的情景。

机长和乘务员都毕恭毕敬地站在扶梯前，一看到他们来到，深深地向他们鞠躬，而搭乘飞机的就只有他们两个人。

"欢迎少爷和方小姐，飞机已经等候多时了。"

整齐而有力的声音回响在蓝天白云下。

展韶华居然有私人飞机！

方若童浑身僵硬地望着眼前闪闪发亮的飞机，那是架小型的客机，保养得非常好，在碧蓝的天空下闪闪发光。

不过想想展韶华这样的富家子弟家里有架私人飞机也不是什么稀奇的事，想到这里，方若童也就平静了许多。

"走吧。"展韶华牵着方若童的手，走上了扶梯。

上了飞机后，两人被安排在靠窗的位置，面对面地坐着。整个客舱内，只有他们两个人坐着，旁边站着一位乘务员，那是一位脸蛋非常漂亮，身材非常好的女乘务员，穿着熨烫得笔挺的制服，始终面带着职业性的微笑。

飞机起飞后，乘务员给他们倒了红茶，还在桌子上摆上了各色饮料、点心和水果。然后说了一句"有什么需要请随时吩咐"，接着便鞠了个躬退下了。

客舱内只剩下她和展韶华两个人，虽然没有任何陌生人，可是反而让方若童感觉不自在起来。可能她还没有适应这样奢侈的贵族生活。

"这里到小岛需要六个多小时，如果觉得无聊你可以看点书，或者去影院舱看点电影什么的。"

飞机上居然还有影院舱！

方若童无法想象，她皱了皱眉，想了想说："我看会儿书吧。"

展韶华按下了墙上的服务铃，很快，那位漂亮的乘务员又回到了他们的面前。

"请问有什么吩咐？"乘务员微笑着问，声音像蜜糖般甜美温柔。

展韶华手支着下巴，对乘务员说："给方小姐拿几本书过来。"

乘务员微笑地转过身，望着方若童语气亲切地询问："请问方小姐想看什么类型的？我们这里有小说类、传记类和摄影类的。"

方若童想了想："小说类吧。"

"请问方小姐喜欢哪位作家的作品呢？"

"张爱玲的。"

"好的，请稍等，很快就给您拿来。"乘务员鞠了个躬，很快又消失了。

没多久，乘务员就拿了几本张爱玲的小说回到方若童的面前。她把书放在方若童面前，微笑着说："这是您要的书，希望您能喜欢，有什么需要请按服务铃。"说完，便脚步轻盈地离开了。

方若童拿起桌子上的书看了看，张爱玲比较出名的几本代表作基本都拿来了，比如《半生缘》、《赤地之恋》，还有《小团圆》。

方若童拿起那本《半生缘》，翻开封面，然后津津有味地看起来。

展韶华看着她专注的样子，也不想打扰她，端起茶杯喝了口茶，然后看着窗外和飞机平行的白云。

此行的结果他无法猜测，其实他并没有信心，保证方若童找到易由希后，不会动摇，依旧愿意待在他身边。因为只有在易由希面前，他才毫无胜算，因为他爱上了方若童，而方若童的心在易由希那边，注定是场不公平的战争。

2

沉思了一会儿，他转过头望着方若童，她还在专注地看着小说，她专注的样子非常美，阳光投射在她脸上，几绺发丝散落在脸侧，衬得她的肌肤更加晶莹剔透。

长长的、低垂的睫毛，在眼睑处投下淡淡的阴影，小巧而立体的鼻梁，就像白玉雕刻出来般精致。

娇艳欲滴的双唇，就像雨后最娇嫩的花瓣，让人垂青。

展韶华看着看着，居然就出神了。

方若童翻页时，不经意地抬起头，看到展韶华正愣愣地望着她出神，她的脸微微一红，耳根渐渐发烫。

展韶华才猛然回过神，他连忙转开脸，又忙端起桌子上的茶，想佯装自然地喝一口，却在慌张间，把茶水倒在了自己的身上。

"哎呀！"被茶水烫了一下，展韶华反射性地跳了起来。

"噗嗤——"方若童噗的一声笑了出来，接着笑声就像是开了闸似的停不下来，"哈哈哈哈哈哈……"

看到方若童笑得那么开心，展韶华也释怀了，他坐回座位上，用纸巾擦了擦衣服上的水，无奈地笑着："能逗你开怀一笑，我再挫也值得了。"

方若童的笑容霎时僵硬在脸上，接着胭脂般的红色在透明无瑕的脸上慢慢晕染开，她拿起看到一半的书本，挡住自己的脸，装作专注地看起书来，耳根子却不易察觉地越来越红。

展韶华笑了笑，不去戳穿她，把水果盘挪到自己面前，开始吃起盘子里的草莓。

飞机穿破云层，一路往地中海飞去。那片遥远的海域，此时却承载着他们所有的希望。

在岛上生活了快半年了，易由希对岛上的生活已经非常熟悉，他不再是个无所事事的游客，而是成为这个岛上的一份子。经常也会随着船队一起出海打鱼，帮助岛上的居民一起接待远道而来的游客。

这天，易由希从早上开始就心神不宁，天空依旧是那么澄澈蔚蓝，岛上的居民依旧是那么爽朗开怀地欢笑着，工作依旧繁忙但是愉快，可是他却始终不能像平常一样投入进去。

似乎有什么他期待已久的东西要到来……

"阿鲁！"

正在易由希站在甲板上发呆时，一个甜美而嘹亮的声音唤响了他的名字，让他猛然回过神来。

易由希低下头，看到莎拉气喘吁吁地跑到她面前，额头布着一层细密的汗珠，在阳光下像水晶般闪闪发光，衬着那蜜色的肌肤，如秋日阳光下的小麦般健康。

"阿鲁，你干了一天了，下来吃点东西吧！我给你带了点心过来！"莎拉举了举手里的草编篮子，笑容像天边飞翔的海鸥，无拘无束。

易由希微笑着点了点头，单手支着栏杆，纵身一跃，从甲板上跳了下来。

他踩着沙子走到莎拉的面前，逆着光，面容有点模糊，全身似乎镀了一层淡金色的光边。那一刹那，莎拉的双颊微微一烫。

阿鲁是她在这个世界上见过的最美的男人，他在这岛上显得是那么与众不同，岛上那些身材壮实、长相宽厚的男人跟他是不可相比的。虽然阿鲁也穿着粗糙的麻布衣裳，身上没有任何的装饰品，可是他却有一种独特的气质，显得是那么的高贵，就像神话传说中的王子。

易由希走到她面前，为了掩饰不自然，莎拉蹲下身子，把篮子放在地上，然后拿起水壶，对易由希说："洗下手吧。"

易由希很自然地伸出手，放在莎拉的面前，莎拉把水壶里的水倒在他手心里。洗完后莎拉把一块布巾递到易由希手中，然后打开篮子，拿出自己做的苹果派。

"尝尝，我刚刚烤好的苹果派，还热气腾腾的。"莎拉切了一块苹果派递给易由希。

易由希微笑着接过，然后咬了一口，薄脆的外皮咬破后，里面的苹果馅料流了出来，香甜的味道溢满了口腔，让人回味无穷。

"真好吃，莎拉，你的厨艺真好，以后谁娶到你一定很幸福。"易由希微笑着望着莎拉，脸上的表情是那么的纯净，就像毫无杂质的天空。

易由希不经意的一句话，让莎拉的脸微微发烫起来，透着淡金色光泽的双颊隐隐浮现出两抹绯红。她低着头，犹豫了一会儿，含羞带怯地问："那……阿鲁愿意娶我吗？"

易由希愣了愣，脸上露出一抹对现实无奈的忧伤，他伸出手撩开莎拉侧脸被风吹乱的一缕发丝，望着她如琥珀石般透明美丽的大眼睛说："我是个连过去都没有的人，我给不了你幸福，莎拉。"

"我不在乎你的过去，阿鲁，我只在乎你，不管你过去是什么样子的人，乞丐也好，杀人犯也好，小偷也好，我都不在乎。我爱你，阿鲁……"莎拉深情而执着地望着易由希，眼里盈满了激动的泪水。

易由希不忍心，可是他又不得不狠下心，他撇开脸，不再去看莎拉楚楚可怜的脸，望着茫茫大海说："没有过去的人是不完整的，我不可能让有缺陷的我去接受一个女孩子的爱意，这是不公平的。"

"我不在乎！我不在乎这些！"莎拉拉着易由希的胳膊，用力摇着头，眼神似乎是在哀求他。

"可是我在乎。"易由希抽回了自己的手，固执地说道，然后站起身，离开了海边，独留莎拉一个人。

风中似乎夹杂着清脆的响声，似乎是心碎的声音。

透明的泪水顺着莎拉的面颊流下来，一颗一颗，如晶莹的水晶，落入沙子里，最后消失不见，就像莎拉心里那道看不见的伤口。

太阳渐渐西斜，把她的影子拉得长长的，她一个人静静地坐了很久，感觉不到时间的流逝。

飞机在希腊的亚妮娜机场降落，随后他们又换了交通工具，改乘游艇，往小岛前进。

大概开了半个多小时，方若童的视线里渐渐出现被棕榈覆盖的一个海中小岛，看起来有点荒凉。

方若童无法把那座小岛和易由希联系起来，印象中的他总是那么星光闪耀，被光环和荣耀环绕着，不可能和这座贫穷的小岛有什么关系。

带着这种疑问，游艇渐渐靠岸，整座小岛尽收眼底。

"我们下去吧。"展韶华对站在甲板上愣愣出神的方若童说道。

望着眼前的小岛，方若童突然胆怯起来，她不知道找到易由希后该怎么面对他，他会恨她吗？看到她后会是什么表情。

而且自从知道易由希还活着的消息后，她心中也有一个很深的疑问，那就是，易由希既然活着的话，为什么不回来？为什么要独自躲在这个贫穷的小岛上将近半年。难道他就那么不喜欢自己的过去，想抛弃以往的一切，重新生活吗？

那又是为什么？

一直以来易由希所做的很多事她都无法理解，为什么当年他要离开花流院，以他的才华就算不踏入娱乐圈，也会有一番很大的作为。而现在他为什么要抛弃过去一切的荣誉和成就，躲在这个与世隔绝的小岛。

而她永远都追逐着他的脚步，不管是学插花，还是踏入娱乐圈，甚至是来到这个小岛。她注定要追逐着他的背影一辈子吗？

3

上了岛后，展韶华和方若童就拿着易由希的相片，开始寻找易由希。

他们走了一段路后，来到了一个小村，展韶华拿出相片，走到村口一个正在晒咸鱼的老年人面前，把相片递到他面前问道："请问，你见过这个人吗？"

"这不是阿鲁吗？你们是阿鲁的什么人？"老者抬起头，望着跟易由希一样肤色和发色的展韶华和方若童。

"阿鲁？这个人叫阿鲁？"方若童忍不住问道，心里也涌起了一阵不安。难道他不是易由希，只是和易由希长得非常像的一个陌生人吗？

"是啊，我们都叫他阿鲁。"老者笑嘻嘻地回答，提到阿鲁时态度亲切了许多。

"那他现在在哪里你知道吗？"展韶华又问道。

"不知道，不过他住在村子西南面一栋白色屋顶的房子里，房子前面栽种着一棵苹果树，你们可以去他家找找看。"老者指着西南方向说道。

"谢谢。"方若童感激地笑了笑。

谢别之后，展韶华和方若童就根据那位老者的指示，往村子的西南方向走去。

村子很小，不难找，走了大约十五分钟后，两人就看到了那位老者说的白色屋顶的房子，门前果然有一棵苹果树。

房子不大，只有矮矮的一层，是岛上常见的那种当地建筑，用全天然的木头和稻草搭建。窗口像其他人家一样晒着鱼干和海藻类的绿色植物。典型的一户渔民家住处。

两人相视一下，然后有默契地走向了那栋房子。

展韶华抬起手，敲了敲门，原以为这个时候来打扰家里会没有人，谁知道很快就有人从里面打开了门。

一位四十多岁的妇人出现在他们面前，脸上带着亲切的微笑："你好，请问有什么事吗？"

"请问……阿鲁，在吗？"展韶华语气有点生涩地问道。因为阿鲁这个名字叫起来非常别扭，怎么都和易由希联系不起来。

"你们是来找阿鲁的？"穆莉夫人惊讶地望着眼前衣着光鲜的这对男女。他们一看就不是岛上的人，看起来也不像是游客，而且有着和阿鲁一样的肤色和发色，难道是阿鲁的亲人？

"请问阿鲁在吗？"看到妇人望着他们发了许久，展韶华又重复问了一遍。

穆莉夫人这才反应过来，发现自己失态了，有点羞愧地说："哦，阿鲁出去打扫渔船了，还没回来。请问你们是阿鲁的什么人？"

"呃……"展韶华一时不知道该怎么描述自己和易由希的关系，而且他还不确定这个叫阿鲁的人是不是易由希，所以一时哑然，望着穆莉夫人，不知道该怎么回答。

"他真的叫阿鲁吗？没有其他名字吗？起码有个姓吧！"这时，方若童按捺不住，冲到了穆莉夫人面前，焦急地连声问道。

穆莉夫人被方若童一大串急促的问题给吓到了，一下子愣在原地，不知道该先回答哪个。而方若童和展韶华此时早就急疯了，却又不想吓到眼前这位和蔼的妇人，于是只能耐心地等待她回答。

理了半天的思绪，穆莉夫人才吞吞吐吐地说："我、我们不知道他姓什么……他被我丈夫救起后就失忆了，阿鲁是我们给他起的名字，因为他已经不记得自己的名字了，为了叫他方便点才擅自给他起了个名字。"

　　听了穆莉夫人的回答，方若童和展韶华惊讶地睁大了眼睛，他们现在已经可以肯定阿鲁就是易由希，可是易由希失忆的消息，又给了他们一个沉重的打击。

　　易由希失忆了？！

　　怎么会……

　　那他还记得我吗？还认得出我吗？

　　方若童震惊地摇着头，似乎是无法接受这个事实。

　　展韶华看到方若童的脸色骤然变成一片苍白，知道她是承受不了打击，抓着她的肩膀安慰道："小童，不要担心，说不定他见到我们就会想起什么，失忆症也就恢复好了。"

　　"真的吗？"方若童皱着眉望向展韶华，就像是个不知所措的小孩，期待大人给她解答。

　　展韶华不忍地搂着她的肩膀，点了点头说："嗯，相信我，我们一定会有办法让他想起来的。"

　　方若童咬着下唇沉默不语，脸上是将信将疑的表情。

　　"你们是特地赶来找阿鲁的吗？你们是他的什么人？"

　　穆莉夫人的提问打断了他们，方若童转过脸，望着穆莉夫人说："我们是他的朋友，我们找了好久好久才打探到他在这里的消息，我们这次过来是想把他带回去。"

　　"这我不能帮阿鲁决定，既然你们是阿鲁的朋友，又特地远道而来，就在这里等他回来。等他回来后看他的回答吧。"穆莉夫人说完就让开了身，邀请展韶华和方若童进屋。

　　展韶华和方若童说了声谢谢，然后走进了屋子。

　　屋子里的家具非常简陋，只有一张木头桌子和几把木头椅子，靠墙摆放着简单的木头架子，除此之外别无其他家具。

　　方若童不能想象这半年来，易由希就住在这么简陋的地方，过着拮据的日子。

　　"没有什么好招待你们，希望你们不要见外。"穆莉夫人端上了自己煮的胡萝卜茶，放在展韶华和方若童的面前。

　　"不，给您添麻烦了。"方若童拘谨地笑了笑，然后端起茶喝了一口。

她看到展韶华也微微一笑，然后端起穆莉夫人的茶津津有味地喝着。方若童发现这段时间展韶华改变了许多，少了许多傲气，变得平易近人了。

边喝茶，方若童和穆莉夫人边聊着一些生活琐事，话题大多围绕着易由希，聊着他平时做着什么工作，工作之外都在做什么，和岛上的居民之间的相处状况之类的。

穆莉夫人说起易由希时脸上总是带着慈祥而温暖的笑容，就像是在说起自己的儿子。

这让方若童心里产生了点小小的罪恶感，因为她此次过来是要把易由希带走的，穆莉夫人嘴上虽然这么说，但其实心里很不舍吧。

这真是一位善良的妇人。

方若童看着面容和蔼的穆莉夫人，心里这么想着。

一杯茶的工夫后，房门突然被推开了，易由希毫无预兆地出现在方若童和展韶华的面前。

所有人一下子愣住了，屋里静得连一根针落地的声音都清晰可闻。

门口的人穿着粗陋的麻布衣裳，未经打理的头发显得略微有些长，子夜般乌黑眸子带着点茫然。纵使如此，方若童还是一眼就认了出来，没错，这就是易由希，化成灰她都认得出来。

他，就是易由希。

一点都没有变，眼里那份孤傲和疏离，纵使在这个偏僻贫穷的小岛上做着劳苦的工作，他还是一点都没有晒黑，依旧是那么白皙纤细，介于男生和女生间那种中性的妖艳之美。

身上粗陋的衣服让他反而显得像个落难的贵族，让人更添同情和怜悯。

方若童一动不动地望着站在门口的易由希，眼里溢满了泪水。在心里感叹着，他没死真是太好了，真是太好了！他还活着，还好好地活着，毫发未损，这真是太好了！

"阿鲁，你回来啦，外面热不热，快进来喝点水，有朋友来找你了。"

还是穆莉夫人首先打破了沉默，笑吟吟地对站在门口一动不动的易由希说道。

4

易由希望着突然出现在自己家里的两个陌生人，内心涌起了一阵异样的感觉。

面前的两个人一看就不是岛上的居民，他也从来没有见过，可是他们有着和自己一样的肤色和发色，一样的眼睛颜色，这表明他们很可能和自己来自同一个国度。

而且虽然他从来没有见过他们两人，可是，可是心里却有一种非常怀念的感觉。特别是对那个女孩……

她为什么要用那么忧伤和痛苦的眼神望着自己，被她这么望着，他的心脏随之产生了一种异样的感觉。仿佛是被她的眼神给牵动着，隐隐作痛，甚至呼吸都有点困难。

为什么……会这样？

"阿鲁，愣在门口干什么，快进来啊，你的朋友来找你了……"

穆莉夫人的话还没说完，方若童就从椅子上站了起来冲到易由希面前，她激动地望着易由希，一时之间竟然不知道该说什么才好："由希……你还记得我吗？你……你对以前的事还有印象吗？"

她伸出的手在半空微微颤抖着，想触碰又似乎不敢触碰他，仿佛他是梦幻的影子，轻轻一触碰就会化为泡沫。

易由希被她的举止给吓到了，一时不知道该如何反应。展韶华连忙跑到方若童的身边，抓着她的胳膊说："他现在失忆了，你不要吓到他。"

"我知道……"方若童有点无奈地点了点头，转过脸继续望着易由希，"你真的什么都不记得了吗？"

"嗯。"易由希淡淡地点了点头，望着方若童和展韶华问，"你们是我的什么人？"

漆黑的眸子像玻璃珠般冰冷透明，里面透着孩童般的茫然和纯洁，方若童想，他是真的失忆了，易由希是不会流露这种眼神的。

"我是你的青梅竹马。"方若童简单明了地介绍着自己，也打算把两人的恩怨暂时隐瞒。

"我们以前工作上有过合作，算是朋友吧。"展韶华笑了笑，有点牵强地说道。

"哦。"易由希木讷地点了点头，似乎对他们的自我介绍有点失望，他低下头，似乎是思考了一下，又抬起头问，"那我的亲人呢？"

"你的亲人在你很小的时候就出事故过世了，你是由师傅带大的。"方若童回答道。

"师傅？"对于这个词似乎有点陌生似的，易由希重复了一遍。

"嗯，你小时候就被送到了花流院，我们从小一起在那里长大，师傅和师兄妹们就是你的亲人。"虽然你已经背叛了师门，被大家逐出花流院了，这句话方若童只放在心里，并没有说出来，因为她不想让他再次失望。

"原来是这样……"易由希露出了怅然的表情，只是叹息了一声，并没有说什么，似乎要慢慢消化方若童告诉他的事实。

"跟我们回去吧，很多人都在等你回去。"方若童望着独自出神的易由希说道。

"谁在等我呢？我又没有亲人……"后面那句话易由希说得很小声，似乎对这个事实感觉很伤心。失忆的他变得脆弱了许多，这个对以前的他来说是件稀松平常的事，而对现在的他来说却是件打击非常大的事。

这个问题难住了方若童，她一时也不知道该如何回答，易由希的亲人也只有师傅和花流院的弟子，可是现在大家都非常憎恨他，绝对不可能等他回去。而除了这些人，方若童也想不起来易由希有什么朋友。想了半天，方若童突然想起来，激动地说："泰蕾莎，你还记不记得泰蕾莎？她是你很好的朋友，她找了你很久很久，都快急死了。还有你的粉丝，他们也天天呼唤着你，盼望着你回到他们面前！好多好多人都在等你！"

"泰、蕾、莎？"易由希默念着这个名字，试图在脑海里搜寻一丝痕迹，可是什么都没有，他对这个名字毫无感觉，毫无印象。于是他又考虑方若童说的另外一些人，"我的粉丝？"他有点不解地望着方若童。

"嗯，你是个大明星，非常非常红的偶像明星，你有很多很多的粉丝，他们都非常爱你！"方若童用力地描述道。

这些话正好让刚巧回到家的莎拉给听见了，她一动不动地站在门口，如遭雷击般震惊得连手里的篮子都掉到了地上。

重物落地的声音，让所有人回过头，这才发现莎拉不知道什么时候站在了门外。

她的脸如石灰般苍白，两眼惊恐地圆睁着，似乎无法接受这个事实。她完全没有想到阿鲁在原来的世界是个明星，而且还那么红，她很少看电视，也不看报纸，对外面的世界几乎是一无所知。

远道而来的这个女孩又是那么漂亮，如同童话故事里的白雪公主，拥有着雪白的肌肤，乌黑的眼睛和漆黑的头发。自己和她比起来，就像是个丑小鸭。而且刚才这个女孩还提到了一个名字，似乎是个女孩子的名字。阿鲁在原来的世界是那么受欢迎啊，她又有什么资格把他留在自己身边，束缚在这个贫穷偏僻的小岛上呢？

"莎拉，有客人过来了，你怎么愣在门口，这么没礼貌。"穆莉夫人有点责备地对像木头般杵在门口的莎拉说道。

谁知莎拉突然倔强地转身，然后含着泪跑开了，留下一屋子不知所措的人。

状况忽然有点混乱，不适合再继续刚才的话题，于是穆莉夫人微笑着对方若童和展韶华说："天色有点晚了，不如两位今晚就在寒舍住下吧，你们说的事也给阿鲁一晚上时间好好考虑，你们说合不合适呢？"

展韶华看了看窗外的天色，只见太阳已经落下，天边已经泛起了霞光，便点了点头说："那今晚就打扰了。"

"没事，见外了，不过家里比较简陋，就怕你们住不惯。"穆莉夫人和蔼地笑道。

"不，这里挺好的，风光秀丽，还有乡土风情。"展韶华微笑着说道，眼神非常真诚，一点都没有客套的意思。

"你们习惯就好，多住几天也无妨，家里很久没客人了，也很久没这么热闹了。"穆莉夫人笑吟吟地站起身，然后说，"那我去做晚饭，你们先坐会儿。"

"我来帮忙吧！"方若童赶紧站了起来。

"不用，都是些简单的菜，我很快就做好了，你们做着，喝点茶吧。"穆莉夫人笑了笑，转身走进了厨房。

就这样，屋子里只剩下了方若童、展韶华和易由希，三个人。

三人面对面坐着，一时竟然不知道该说什么。

这样的气氛让展韶华有点难受，他支着下巴，望着方若童和易由希两人，期待着他们能说些什么，来打破这让人尴尬的沉闷气氛。

沉默了很久，方若童才仿佛鼓起了勇气似的，抬起头望着易由希说："由希，这段日子你生活得好吗？"

易由希愣了愣，他似乎还不习惯别人叫他由希，但是惊讶的情绪只持续了短短的一秒时间，转瞬又恢复了平静的表情，淡淡地说："挺好的。"

看到易由希这个样子，方若童心里的仇恨早就没了，只剩下对他的愧疚。她望着穿着粗陋衣服的易由希，难受地说："在这里吃得习惯住得习惯吗？"

"醒来就在这里，吃着这里的东西，对于以前的事也一点都不记得了，我也不知道是不是习惯，反正就是这样。"易由希用不带任何感情的语气说道。

方若童听了心里更难受了，她如果能够早点找到他，他也不用受这么多苦了。

说到这里时，穆莉夫人端着刚刚做好的鱼从厨房里走了出来，她笑吟吟地把鱼放在餐桌上，对方若童和展韶华说："我们这里只有这些东西，不知道你们吃不吃得惯。"

"新鲜的鱼是最好的食物了。"展韶华笑着说道，这才让穆莉夫人脸上紧张的表情一下子缓解了。

"那你们就多吃点，不要客气，把这里当作自己的家，我去把其他菜端过来。"穆莉夫人笑吟吟地说完，又转身进了厨房。

穆莉夫人做了很多菜，摆了满满的一桌，虽然几个人都各怀心思，可是在穆莉夫人的招呼下，还是热热闹闹地吃完了晚餐。

第十九章 寻找过去

1

吃完晚餐，方若童才突然想起前面哭着跑出去的那个女孩子，好像……叫莎拉……

"不去找莎拉没关系吗？"方若童望着收拾着餐桌的穆莉夫人，怯怯地问道。

"没关系，她饿了自然会自己回来的。"穆莉夫人边擦着餐桌边说道。

"可是……已经这么晚了。"方若童望着窗外漆黑的天色，有点担心。

"没关系的，她从小在这个岛上长大，对这里非常熟悉。你不用为她担心了。"穆莉夫人笑着说完，便端着餐盘走进了厨房。

收拾好餐具后，穆莉夫人把莎拉和自己的房间收拾了一下，腾给了展韶华和方若童。穆莉夫人带方若童来到了面朝海的房间，给她铺好了床，准备好了毯子。

"住这里可以吗？"穆莉夫人铺好毯子后，笑吟吟地问道。

"嗯，可以。"方若童微笑着点了点头。

"隔壁是阿鲁的房间，你有什么事的话可以叫他。"

"好。"方若童犹豫了下，点了点头。她知道穆莉夫人把她的房间安排在易由希的旁边，是为了让她能够亲近易由希。

穆莉夫人看了方若童一眼，微笑着说："那我出去了，你休息吧。"

"嗯。"方若童点了点头，看着穆莉夫人走出房间。

房间的布置很简洁，但是很少女，原木的架子床上挂着白色的纱，一直垂落到地上，里面藏了多少个少女梦呢？

方若童站在房间里发了一会儿愣，然后从行李箱里拿出了一套换洗的衣服，走进了浴室。

外面已经漆黑，没有灯火了，可是莎拉还没有回来。易由希有点担心，便出门去找莎拉了。

他知道莎拉心情不好时，就会躲到树林里，所以很快，他就在树林里的小池塘边找到了莎拉。她正一个人坐在池塘边，烦闷地拔着地上的小草，无辜的草地已经被她拔得光秃秃一片，就像个可怜的秃顶老头。

"怎么不回家？"易由希走了上去，微笑着问道。

"我不想看到那两个人！"莎拉像个任性的孩子，发着脾气说道。

"为什么？"易由希在她身边坐下，耐心地问道。

莎拉转过头，似乎是非常生气地瞪着易由希，一脸"你问了个很明显的问题"。易由希不解地望着她，莎拉受不了地大嚷："因为他们要带走你啊！"

易由希突然沉下脸说："我要留还是要走，都是我自己的事，没有人能够决定。"

莎拉咬着下唇，一脸不相信的表情，她瞪着易由希强硬地问："那你会跟他们走吗？"

这个问题一下子问住了易由希，他垂下了眼帘，许久都没有说话。莎拉一下子被伤到了，眼中流露出受伤的神情。

"你是不是动摇了？你想找你的过去是不是？"莎拉咬着下唇，盯着易由希的侧脸问道。

"每个人都应该有过去，不是吗？"易由希避开正面问题，反问道。

"我不是说过我不在意你的过去吗？"莎拉难过地望着易由希，心里有一种强烈的感觉，他马上就要离开自己而去，以后再也见不到了。

"可是没有过去的我是不完整的，一直以来我都感觉自己的心里缺了一块，很空虚，很迷茫……"易由希努力地形容着自己的感觉，可是却怎么都无法准确而完整地形容出来。

"过去就有这么重要吗？将来才是最重要的，不是吗？"莎拉抓着易由希的胳膊，强迫他望着自己，深情地说，"你不想和我一起创造一个美好的将来吗？"

易由希摇了摇头，他很生气莎拉不能体会他的感觉，他避开莎拉炽热的目光，语气冷硬地说："没有过去的人是没有将来的。"

莎拉一下子愣住，就像是被人打了一个耳光似的震惊，只见她的脸色由白转红，琥珀色的大眼睛中雾气迅速聚集起来。

望着冷漠的易由希，莎拉那颗炽热的心就像是被狠狠地摔在地上，一下子粉碎了。她站了起来，对易由希大吼："随便你，要走你就走吧，越远越好，永远都不要回来！"

吼完，她就流着泪转身跑开了。

易由希转过身，看到她是往家里的方向跑，便没有追上去。

他知道自己不可能给莎拉幸福的，所以也不想给她希望，以免将来莎拉更加伤心。

洗好澡出来，方若童看到易由希的房门紧闭着，里面一点声音都没有。

吃完晚饭后易由希就出去了，好像是去找那个叫莎拉的女孩子了，他俩似乎感情挺好的，下午莎拉哭着跑出去没回来吃晚饭，易由希吃饭时也闷闷不乐的，都没吃多少。他俩在一起生活了半年，是不是已经产生感情了呢？易由希犹豫着要不要离开，是不是也是因为那个女孩呢……

方若童突然发现，易由希失踪的这半年时间她完全都不了解，他到底变成了什么样子，心里在想什么，她完全都不知道。他一直都是这样，离她越来越远，越来越让她摸不透。就算是在这个单纯而贫瘠的小岛上。

在易由希的门口站了很久，方若童失落地垂下眼帘，然后转身回到了自己的房间。

莎拉哭着跑开后，易由希一个人坐在池塘边，他仰着头，愣愣地望着夜空。

夜空上点缀着点点繁星，如同璀璨的钻石镶嵌在黑色的丝绒上，熠熠生辉。可是易由希却没有心情欣赏眼前美丽的景色，他的心里很烦很乱，就像被搅乱的一汪湖水，无法平静。

望着浩瀚的星空，他的眼前却慢慢地浮现起来岛上找他的那个女孩，她的脸庞那么的清晰，仿佛每一个细节，每一个线条都铭刻在他的脑海里，一个不留神，就会清晰地浮现出来。

她到底是什么人？为什么对她的印象会那么深，可是却什么都想不起来。

倏地，他的心脏微微地刺痛起来，那疼痛的感觉仿佛是被蝎子骤然蛰了一下，毒液侵入心脏，随之迅速扩散至全身，疼痛剧烈地放大，令他不知所措起来。

为什么心那么痛，那么难受……

下午见到那个女孩时，他的心也痛了起来，从来都没有过的感觉。就算是知道自己失忆那一刻，心也没有痛过。到底是为什么呢？

他们真的仅仅是从小一起长大的青梅竹马吗……

易由希不断在内心寻问着，可是却得不到答案。

2

翌日清晨。

太阳才初升，方若童和展韶华便起床了，来到餐厅，他们看到穆莉夫人已经准备好了早餐，在等他们，莎拉在一旁帮忙，不再像昨天那样子任性，虽然看到他们时态度依旧冷淡，但还是尽到了主人的义务，招呼着他们吃早餐。

"吃吧。"莎拉把抹了黄油的烤面包片递给方若童，脸上的表情冷冷的，没有正眼瞧方若童一眼。

方若童默默地接过面包，她不知道莎拉为什么不喜欢她，而且很明显地对她抱有敌意。虽然莎拉并没有做出明显的举动，可是女人的直觉告诉她，莎拉对她怀有敌意。可是她和莎拉也只是初次见面，而且她也没有做什么得罪莎拉的事，这让方若童心里很不是滋味，有种被误会的委屈。

屋里的人并没有察觉方若童的心思，各自吃着早餐。

莎拉把面包分好后，吃起自己盘子里的那份，可是唯独漏掉了易由希。易由希知道莎拉还在跟他怄气，在心里叹了口气，自己拿起面包，往上面抹了点黄油，然后吃起来。

吃饭间，莎拉始终低着头，没有看他一眼，仿佛当他不存在似的。她还是第一次那么安静，平时的她脸上总是充满了笑容，叽叽喳喳地说个不停，就像是活泼的小麻雀。餐厅第一次这么安静，明明坐满了人，却如同空无一人似的静默。

空气中流转着一种沉默而冰冷的气氛，连穆莉夫人都话少了起来。

展韶华突然抬起头，盯着易由希，表情认真地问："你考虑好了吗，要和我们一起走吗？"

这突如其来的问题让所有人一下子愣住了，其实大家都知道这个问题迟早要面对的，可是大家却都在逃避似的，谁都没有开口说出来，而此时的默契一下子被展韶华打破了，一时间，所有人都不知道该说什么了。

所有人都紧张地看着易由希，一时间忘记了所有的动作和表情，大家的心里都在打鼓，不管易由希是去还是留，总有一方会失望和伤心。

易由希望着展韶华的脸，沉默了一会儿，接着轻轻地点了点头。

方若童欣喜若狂，可是她还来不及说什么，一声巨响就在耳边响起。

哐啷——

清脆的响声打破了一室的平静，是莎拉手中的叉子从手里滑落，摔在了瓷盘里。她的脸如刷了石灰般苍白僵硬，圆睁的大眼睛无法置信地望着易由希，大颗大颗的泪珠在眼眶里滚动着，脆弱得不堪一击，任谁看了都不忍心。

方若童不知所措地望着莎拉，她似乎明白了莎拉为什么对她抱有敌意，因为她深爱着易由希，她怕自己会把易由希从她身边抢走。

而莎拉此时的表情她再也明白不过了，那是心碎的表情，连她看了都心痛。

可是，在她的立场上，她不便于说什么。易由希总归得回去的，不可能永远待在这个小岛上，他天生是明星，是要被众人给环绕的，是要发光发热的，不该默默地埋没在这个小岛上。

于是方若童选择了沉默。

粗神经的展韶华并没有察觉莎拉和方若童的心思，高兴地拉着易由希说："那我们等会儿就起程吧，你有什么需要收拾的吗？"

"也没什么需要收拾的，就几件衣服。"易由希淡淡地说道。

方若童收拾了一下心情，望着易由希微笑着说："衣服也不用收拾了，你回去也穿不到这些衣服了，你是回自己家，那边什么都有。"

砰！

莎拉突然站了起来，双手撑着桌面，一脸忍无可忍的表情瞪着易由希，所有人都被她的样子吓到了，不知所措地望着她。

"我知道你就是看不起这个贫穷落后的小岛是不是？！"莎拉流着泪，对易由希大吼道。

没有想到莎拉会突然发火，所有人都忘记了反应，呆呆地望着她。

易由希望着莎拉，暗暗地收紧了垂在身侧的拳头，沉默了好久，他重重地点了点头说："是的。"

莎拉咬着下唇，愤恨地瞪着易由希，双眼通红，似乎是要把他整个人都看穿似的，易由希扭开脸，脸上的表情冰冷而绝情。

莎拉的心在那一刻彻底碎了，所有的希望和期待也一下子破灭了，她付出了半年的感情，就这样被随意地否定和拒绝了。那一刻，她深刻体会了，什么叫心灰意冷。

"莎拉，不要任性了。"沉默了好久的穆莉夫人终于开口了，搂着莎拉的肩膀心疼地安慰道，"我们要尊重阿鲁的决定。"她何尝不知道莎拉的心思，她知道自己的女儿从看到这位落难少年的第一刻，就深深地爱上了他，她从来没有看到过自己的女儿对一个男孩子这么好过。可是这个少年终归不属于这个小岛，总有一天他是要离去的，只是早晚的问题而已。只是没想到来得那么快，而且他的去意居然会这么绝决。

"上午八点半会有船去希腊，我们现在走的话来得及。"展韶华看了看手腕上佩戴的表说道，来时他早就问过了行船的时间表，所以非常清楚。

"这么急？那我收拾点东西给你们带去。"穆莉夫人没想到他们会说走就走，一下子反应不过来，在原地转了半天都不知道要给阿鲁准备什么带走。他也不用带衣服，也没其他行李，最后穆莉夫人为他包了一点自己做的奶酪和一些新鲜的水果，以及两个早上烤的面包。

莎拉跑进了自己的房间，然后砰的一声摔上了门。

穆莉夫人走到莎拉的房门前，抬起手敲了敲，然后对门那边的莎拉说：

"莎拉,阿鲁要走了,你不送送他吗?"

"他要走就走吧,关我什么事,我干嘛要送他!"房里传来莎拉任性的声音,似乎还带着哭过后的沙哑。

"唉……"穆莉夫人无奈地叹了口气,然后转过身对易由希他们说,"那我们不要管她了,走吧,免得错过了船。"

易由希他们点了点头,然后穆莉夫人才拿起包裹,依依不舍地送易由希他们离开。离开前,易由希转过头,深深地望了一眼莎拉的房门,然后在心里对她说了句再见。

莎拉竖着耳朵,听到门外的脚步声越来越远,最后消失不见,整颗心就像落入了冰冷的湖里,一下子冰凉。她抱着枕头难以自抑地哭了起来,哭得是那么的伤心,那么的声嘶力竭。

她是多么地不希望阿鲁走,可是她留不住他,她没有什么可以留住阿鲁的东西,这让她很绝望。带走阿鲁的女孩子是那么漂亮耀眼,在她面前,她就像是个丑陋的野丫头,自惭形秽。

而且外面的世界是那么的美丽精彩,阿鲁所在的世界有那么多人环绕着他,是那么的多姿多彩,她又有什么权利把他束缚在这个贫穷而粗糙的小岛上呢?

她听过一句话,爱一个人就要让他幸福,而不是自私地占有他,现在她体会了这句话,阿鲁的幸福并不在这里,她应该放他追逐自己的幸福,而不是自私地占有他。给他自由才是真正爱他,她爱阿鲁,所以她要给他自由,不绊住他。

可是这样的爱好痛苦,好痛苦,她感觉自己的心仿佛被撕成了一块块似的,痛得无法呼吸。

3

大海一望无际,港口边停着一艘白色的船,上船前穆莉夫人把包裹递给易由希,然后依依不舍地望着他,这一去可能再也没有机会见面了。

"路上要小心,到那边后要好好照顾自己,我们……随时欢迎你回来。"穆莉夫人的声音有点哽咽,生活了半年,她早就把易由希当作了自己的儿子。现在他要离开，她跟莎拉一样的难过、不舍得。

"嗯，穆莉夫人，你要保重身体。"易由希不舍地望着穆莉夫人。其实他也一样不舍得离开他们，他们给了他家庭的温暖，他早就把这里当作了自己的家。可是他又不能割舍自己的过去，如果他不知道自己的过去，以后都不能心安理得地生活。他愧疚地望着穆莉夫人，无以回报。

"快开船了，我们走吧。"方若童走到易由希身边轻轻地说道。

"上船吧。"穆莉夫人纵使心里有万般不舍也只能忍着，含着泪催促易由希上船。

易由希深深地望了她一眼，然后转身上了船，方若童朝穆莉夫人鞠了个躬，当是感谢她一直以来对易由希的照顾，然后也跟着上了船。

趴在床上痛哭的莎拉挣扎了很久，突然从床上跃了起来冲出了家门，她还是办不到，她还是无法那么无私伟大，她的爱就是那么自私渺小，她只想把阿鲁留在身边。

可是当她冲到港口时船已经开了，莎拉奔跑着追逐着缓缓远去的船只，大喊着："阿鲁——不要走！阿鲁——不要离开我！"

"莎拉，阿鲁已经走了！"穆莉夫人看到莎拉这个样子，不放心地追了上去。

易由希最后还是没有听到莎拉的呼唤，船只越来越远，最后变成很小的一点，莎拉身子一倾，无力地跪倒在地上。

眼泪顺着她的脸流下，一颗一颗砸在地上，晶莹地粉碎，就像她碎了一地的心。

"莎拉，你不要这样……"穆莉夫人蹲下身子，难过地把她搂进怀里，她用低沉而温柔的声音说，"阿鲁不属于这里，就让他走吧。"

"可是我好爱好爱他，爱得不得了，没有他我活不下去！"莎拉毫无顾忌地放声大哭起来，凄厉的哭声回响在寂寥的天空下，任谁听了都要难过。

"阿鲁不属于我们这里，你也有你的生活，就算没有阿鲁你也要坚强地活下去。"穆莉夫人也是过来人，怎么可能不知道女儿的心情呢，可是她也没有办法，只能这么安慰她。

"妈妈，你说得容易，可我怎么办得到呢？"

"莎拉，你一定办得到的，你是个坚强的女孩子，我相信你一定办得到的。"

"不，我办不到，我办不到！没有阿鲁我什么都办不到！"她早就把所有的感情和自己的未来寄托在阿鲁的身上，而他突然离开，她就像失去了重心一样不知所措，连明天在哪里都不知道。她很迷茫，就像一只失去了方向的海鸥，寂寥地在天空盘旋。

船越行越远，易由希看到生活了半年的小岛离自己渐渐远去，心里有种无法诉说的怅然和不舍，也有点对未来的迷茫。

他就这样跟着两个不熟悉的人离开了，为了去寻找自己的过去，而他对他即将要去的地方至今也一无所知。

方若童看出他有点害怕，坐到他身边，微笑着对他说："你不用害怕，那边是你生活了二十年的地方，到了那边你可能很快就想起一切了。"

方若童的话让易由希稍微安心了点，他也很期待，希望到了那边就能恢复记忆。失忆的这段日子让他很迷茫，生活没有重心，整天空空落落，却不知道该找寻什么。

为了消除易由希的忧虑，方若童从包里拿出了一张照片，递到易由希的面前，微笑着说："这是你在花流院时大家一起照的合影。"

易由希接过照片，上面是一群十四五岁的少年，还有一位面容慈祥而华美的中年女子，大家都笑得很开心，虽然不知道当时大家心里在想什么，处于什么情景，可是能够感觉到一种幸福的氛围。而其中一名少年和自己很像，只是比自己稚嫩年轻许多，而站在他身边的女孩分明就是坐在他身边的方若童。

看了照片，易由希渐渐相信了方若童说的话，在那边有许多人等着他，他有个温暖的大家庭。望着手中的照片，易由希情不自禁地流露出一个微笑。

方若童很久都没有看到他这么笑过了，竟一下子看呆了。

那个笑容是那么美好，如同雨露下的栀子花，散发着淡淡的纯净香气，是这个世界上最纯洁的美好，她不知道已经遗忘了多久。

靠岸后他们又搭乘了私人飞机，然后马不停蹄地往国内飞去。经过了六个多小时的旅程，飞机终于在凤阳市的土地上着陆。

下了飞机后，易由希面对着眼前这个陌生的城市，有种说不清的迷茫，本应很熟悉的城市，他却一点印象都没有。

方若童带着易由希回到了他的家，打开门，里面空荡荡的，一个人都没有，非常安静。

"这是你的家，你看看，能不能想起什么。"方若童带着易由希走进去，然后站在一边静静地观察着他。

易由希望着自己的家，却找不出一丝熟悉的感觉，里面所有的家具和摆设都是那么井然有序，就像没有人住似的，找不到一丝的生气。他不敢相信，自己以前居然住在这样安静寂寞的地方。以前的他是个什么样子的人呢？为什么会住在这样的地方呢？这里虽然很宽敞，装修很精致华丽，可是却没有一点温暖的气息，就像是个豪华的酒店，无论怎么华美，都不可能有家的感觉。

这真的是他的家吗？

易由希望着宽敞而华丽的公寓，茫然了。

就在这时，没有关上的大门突然被砰地推开，一名穿着黑色蕾丝连衣裙的少女冲了进来。

"由希！"她二话不说就伸出手抱住了易由希，非常用力，易由希因为过度惊讶居然愣在了原地，忘记该如何反应。

"由希，你活着真是太好了……我以为你死了，我好难过……"易由希感觉到少女的身子微微颤抖着，如同一只受惊的麻雀，易由希那刻被她感动了，竟然不忍心推开她。

"不过你能回来真是太好了……"泰蕾莎兀自抱着易由希哭了一会儿，仿佛是发泄完了才慢慢地放开他，然后她抹了一把眼泪，微笑着望着易由希。

"你……是谁？"易由希望着面前这个陌生的少女，茫然地问道。

泰蕾莎睁大了眼睛，无法置信地望着易由希，如同遭受了一个晴天霹雳，整张脸如石灰般苍白。

"你不认得我？"泰蕾莎颤抖着问道，她接到方若童的电话就十万火急地赶了过来，没想到会遭受这样的待遇，一下子无法接受。

"由希失忆了。"方若童走到泰蕾莎身边，小声对她说道。泰蕾莎听到易由希回来的消息太高兴，没听她把话说完就挂了电话，所以她根本没来得及把这个消息告诉她。

"失忆了？怎么会这样？"泰蕾莎转过头，不敢相信地望着方若童。

"好像是因为遇难时撞到了头，他被救起来以后就什么都不记得了，连自己叫什么都不知道。"方若童把从穆莉夫人那边了解的情况告诉泰蕾莎。

泰蕾莎听完又控制不住哭了起来，她拉起易由希的手，心痛地望着他说："我一定会帮你找最好的医生治好你的。"

易由希沉默默地望着她，轻轻地点了点头。他不知道面前这个少女为什么哭得那么伤心，为什么对他那么好。可是这个少女对他的好是那么的自然，连为他流露出来的伤心也是那么真切自然，所以他也默默地接受了。

4

"由希，你去房间里看看，看看能不能找到熟悉的感觉。"平复了心情后，泰蕾莎微笑着对易由希说道。

易由希点了点头，走进了面朝客厅的第一间房间。

把易由希支开后，泰蕾莎一脸严肃地望着方若童，眸子犀利而冰冷："好了，既然由希已经回来了，那你们可以走了。"

泰蕾莎突如其来的驱逐让方若童一下子愣住了，她不解地望着泰蕾莎，为难地说："可是由希现在失忆了，没人照顾怎么行。"

"我会照顾他的，我也会帮他恢复记忆的，已经没你什么事了。"泰蕾莎双手交叠在胸前，冷冷地说道。

"可是……"虽然泰蕾莎这么说，可是方若童还是放心不下。毕竟易由希变成这样也是因为她而起，她又怎么可能什么都不管，把失忆的易由希就这么丢给泰蕾莎呢。

"你害得他还不够吗？你这个扫把星，由希遇上你就准没好事！"泰蕾莎瞪着方若童，眼底闪烁着赤红色的光芒。

泰蕾莎眼底的怨毒让方若童整个人呆在原地，她不知道泰蕾莎为什么会用这样的眼神看她，泰蕾莎的眼底明明就表露着怨恨，很深的怨恨。

可能是因为她差点害死了易由希，所以泰蕾莎还记恨着她。

这么想着，方若童也觉得自己没有资格再待在这里，或许易由希也不想看到她，可能她离开对易由希的病情有好处。在泰蕾莎的照顾下，他可能很快就会恢复记忆。

"那……由希就拜托你了。"方若童说完，朝易由希的房间深深地看了一眼，然后和展韶华转身离开了。

因为易由希失忆，所以关于他生还归来的消息并没有对外公布，为了让他能够得到更好的静养，泰蕾莎要求易由希的经纪公司保守易由希回来的消息，与此同时，泰蕾莎也寻访各地的名医，帮易由希找回记忆。

"从脑部的 CT 我们可以看到病人的这里有一小块瘀血，正是这块瘀血压迫着他的神经，才会导致他失忆。"医生指着 CT 图像，对泰蕾莎说，"病人的脑部可能受到过外力的撞击，才会产生这块瘀血。"

"那怎么办？这块瘀血要不要紧？需要动手术吗？"泰蕾莎皱着眉望着医生，紧张地问道。

医生微笑着摇了摇头，安慰道："如果瘀血不扩散就不要紧，不过病人的记忆会由此受到影响。"

"那他还能恢复记忆吗？"泰蕾莎满怀期待地望着医生。

医生微笑着说："我开些药，帮助他脑部的瘀血散去，至于他的记忆，可能要你们帮助他一点点回忆起来。"

"我们应该怎么做？"泰蕾莎紧张地望着医生。

医生推了推眼镜，缓慢地说："带他去些熟悉的地方，对他多讲讲过去发生的事，触发他回想起来。"

"嗯，我会努力的。"泰蕾莎重重地点了点头，默默地记下了医生的话。

"那你等一会儿取了这些药，就可以带他回去了。"医生写了一张药方递给了泰蕾莎。

"谢谢您了，医生。"泰蕾莎接过药方，然后谢别了医生。

她来到了医院的一楼大厅，取了药，然后便带着易由希离开了医院。

离开医院后，泰蕾莎并没有带着易由希直接回家，而是来到了一家位于街角二楼的隐蔽的小咖啡馆。

易由希随着泰蕾莎走进咖啡馆，咖啡馆很安静，因为是工作日的下午，所以基本上没什么人。只有一两位客人坐在角落里上着网看着书。

咖啡馆的装修是朴实的西式风格，深红色的墙纸和淡咖色的沙发，给人很舒适很休闲的感觉。

泰蕾莎和易由希找了张靠窗的位置坐下，然后各自点了一杯咖啡。

喝着香浓的现磨咖啡，泰蕾莎望着易由希，微笑着说："还记得这里吗？我们就是在这里偶然相遇，然后越走越近的。"

易由希望着咖啡馆内的布局和摆设，试图找到一丝回忆，可是他的大脑一片空白，还是什么都想不起来。

"我最怀念和你在这里喝咖啡消磨午后时光的日子，是那么的悠闲舒适，无忧无虑……"泰蕾莎兀自说着，似乎是陷入了回忆中，双眼闪烁着耀目的光泽，白瓷般无瑕的脸上流露出幸福的笑容。

"在这个竞争激烈的娱乐圈，像我这种性格的人，几乎没有什么朋友，娱乐圈里谁都不值得信任。可是不知道为什么，第一次见到你你就给我一种特别的感觉，我在你面前无话不说，毫无顾忌。看着你一点点红起来，后来甚至超越了我，我心里比你还高兴。可是……"泰蕾莎顿了一下，又接着说，"可是我也开始担心起来，担心你会离我越来越远，到我够不到的地方。"

泰蕾莎甚至自私地觉得，易由希失忆反而更好，这样他就可以忘记方若童，永远待在她身边。可是她并没有把这个想法告诉易由希，她怕易由希会厌恶这样的她，不再让她接近他。

泰蕾莎凝视着易由希，眼中分明透着忧伤，易由希愣住了，不知道该说什么。

"我……是什么样子的人？"犹豫了很久，易由希吞吞吐吐地问道。从他们的述说当中他只知道自己是个明星，没有亲人，可是关于他的为人和性格，他到现在都一无所知。

"嗯……"泰蕾莎抿着唇，似乎是用力思考了一下，然后表情认真地望着易由希说，"你是个很有吸引力的人，你有一颗坚强的心，你也很善良。

可是你很固执，也很执着，固执得甚至有点自虐。"

　　泰蕾莎的形容让他很愕然，特别是"固执得有点自虐"这句形容更是让他困惑不解。他困惑地望着泰蕾莎，可是泰蕾莎并没有要为他解释的意思，兀自端起咖啡，然后开始津津有味地喝着咖啡。

　　"我……"易由希刚开口，突然又意识到自己的话有点不到位，又纠正道，"以前的我是不是给你们带来困扰了？"他凝视着泰蕾莎，表情有点窘迫。

　　"嗯，是啊，很大的困扰呢。"泰蕾莎煞有介事地点了点头，用很重的语气说道。

　　听泰蕾莎这么说，易由希的脸微微一红，心里也不知所措起来。

　　"哈哈，开玩笑的啦！"泰蕾莎笑着摆了摆手，她没想到易由希会这么容易上当，以前的他可是很狡猾的，自己从来都是吃他的亏，而反过来可是一次都没占过便宜。

　　易由希望着坐在对面开怀大笑的泰蕾莎，心里有种被骗的感觉。

　　笑了一阵泰蕾莎停了下来，微笑着望着易由希："你很厉害，似乎什么都能搞定，我倒希望你能给我添点麻烦，让我帮你分担点。"

　　易由希没想到泰蕾莎对自己的评价会这么高，惊讶地望着她。泰蕾莎微微侧过脸，眼神温柔地望着易由希，脸上流露出心疼的表情："你什么都自己扛，把什么责任都揽在自己身上，以后我不会让你这个样子的，我会保护你，不让你受到任何伤害。"

　　泰蕾莎伸出手，握住了易由希搁在桌面上的手，深情地望着他。

　　易由希不知道泰蕾莎每次望着他时都会流露出这么深情的眼神，这让他不知道该怎么招架。他微微地缩回手，避开了泰蕾莎深情的目光。

　　泰蕾莎并没有在意，因为她知道自己一定能一点点感化易由希的，这次再也没有方若童的插手，她一定能够得到易由希的回应。

第二十章 订婚危机

1

窗外淅淅沥沥地下着雨，方若童坐在落地窗边插着花，脑海里却浮现出了易由希的身影。

许多天不见了，也不知道他怎么样了……

方若童叹了口气，停下动作，望着窗外灰暗的天空。

所有的景物都在雨幕下变得模糊而遥远起来，全世界只剩下哗啦啦的雨声，几个行人打着伞在路边快速赶路，车辆驶过后溅起一滩泥水。窗外的几棵树被风吹雨打得东倒西歪。

这样的天气总是让人的心情也沉重起来，容易想起悲伤的事。

展韶华端着茶走进客厅时，看到方若童正望着窗外怔怔发呆，他端着茶走到她身边。

"在想什么呢？"他在她身边坐下，轻声问道，带着磁性的声音柔柔的，听起来很舒服。

"没什么。"方若童淡淡地摇了摇头。

展韶华的脸色有点黯然，但也没有强求她，他知道他需要耐心，慢慢地打开她的心。

他把茶放在茶几上，目光扫到上面摆放的插花作品，那是一盆日本红枫，火红的枫叶就像红色的蝴蝶，可是却带着一种颓废凄凉的感觉。他想起了第一次追着方若童到比赛现场，看到她的作品在诸多参赛作品中胜出，是那么的震撼，那也是一盆红枫。可是那时候她的作品是那么有冲击力，而现在的作品却都感染着忧伤凄凉的色彩。

是她的心老了，凄凉了吗……

展韶华突然心痛起来。

他拉起方若童的手，感觉到她的手冰冷毫无温度，他把她冰冷的手心疼地握在手心，然后抬起头，深情地望着她。

方若童面无表情地望着展韶华的一举一动，并没有说话。

展韶华望着她美丽而纯洁的脸，似乎是挣扎了一会儿，才开口："你对我曾经承诺，如果找到了易由希，就嫁给我。"

"是的。"方若童面无表情地点了点头，眼里不带任何喜怒哀乐，就像一个精致但是没有灵魂的人偶。

展韶华不知道她心里在想什么，这让他很痛苦，他永远都捉摸不透她的心思。可是，他也不会因此而放开她，只有方若童才是他一辈子的执着。他握着她的手，微笑着说："那你现在是不是该兑现承诺？"

"我会嫁给你的，可是，你的父亲会答应吗？"方若童想起那天晚宴上展云博对她说的话，心里就一阵发凉。她怕再次受到羞辱，也怕她的介入会影响展韶华和他父亲的关系。当初鲁莽地答应了展韶华的求婚，现在却不知道该怎么收场，展韶华对她的奋不顾身，让她心里涌起愧疚。

"我的婚姻由我做主，我父亲那边我会去说服的，你不用担心。你是个好女孩，我想他总有一天会明白，会解除对你的误会的。"展韶华非常有信心，他相信只要他有诚心，一定就能说服自己的父亲。

方若童垂下了眼帘，抿着双唇没有说话，虽然展韶华这么说，可是她的心里还是很忧虑。事情真的像展韶华说得那样简单吗……

得到方若童的默许后，展韶华高兴地回到家中。可是刚进家门，就看到展云博一张忍着怒意的脸。

"这阵子你都去哪里了？你还记得回家啊？！"展云博涨红了脸对展韶华吼道。

"爸。"展韶华心虚地叫了一声。

展云博看到他这个样子，心里有股恨铁不成钢的郁闷。他背着手，绷起脸严肃地对展韶华说："过两天就是你和瑞雪订婚的日子了，这两天你就不要随便乱跑了，好好准备准备，不要再丢我们展家的脸了。"

展韶华震惊地睁大眼睛："爸，我不是说过我不可能和瑞雪订婚的吗？你为什么还要我们两个订婚！"

"你必须和瑞雪订婚，这事由不得你使性子！"展云博斩钉截铁地说道。

展云博的固执，气得展韶华浑身颤抖："可是这是我的终生大事啊！你们怎么可以不顾及我的感受！我不喜欢瑞雪，我和她结婚不会幸福的！"

展云博背过身，不想再听他解释，背对着展韶华冷冷地说："瑞雪是个好女孩，我不会看错的，总有一天你会明白我们的苦心的。"

"不！我不会和瑞雪订婚的，我要和小童结婚，我已经向她求婚了，她也已经答应了。我们是真心相爱的，除了小童我谁也不会娶的！"

啪！

展韶华的话还没说完，就被展云博狠狠地捆了一巴掌，用力之大，让他整个人都偏了过去。

"你是不是疯了！你要娶那个女人！她是什么人啊，她也配进我们展家的门吗？！"展云博气得涨红了脸，额头上的青筋都凸了出来。

虽然被打了，可是展韶华依旧不妥协，他迎视着父亲，义正辞严地说："人和人都是平等的，虽然她家里平凡，又是娱乐圈的艺人，但那又怎么样！我就一定要娶有钱人家的小姐吗？小童虽然出身一般，但是绝对不比她们差！她在我心里是最好的！"

"我吃过的盐比你吃过的米还要多，我会比你没眼光吗？瑞雪是我从小看到大的女孩，不管是人品长相学历，都是数一数二的。那个方若童只是个小明星，怎么跟瑞雪比？"展云博努力地劝导道。

"是啊。"这时翁美华也走过来附和道，"瑞雪既聪明又乖巧，又是我们从小看到大的，你们的感情不也一直很好吗？那个叫方若童的来历不明，又是个明星，不三不四的，怎么适合当我们家的媳妇？"

连自己的母亲都这么说，展韶华急得一张嘴都不够用："妈，你根本不了解小童就不能这么早下判断，小童的学历和家境确实没有瑞雪好，可是她也有她的长处啊。"

"韶华，你这次就不要任性了，爸妈也是为了你好。"翁美华伸出手，拍着展韶华的肩膀温柔地说道。

展云博和翁美华两人软硬兼施,展韶华简直有口难辩,只能独自叹气。

"好了,后天就是你和瑞雪订婚的日子,这几天你就待在家里,不要再到处乱跑了。"展云博说完就背着手上了楼。

他的话无疑是给展韶华下了软禁令,展韶华站在原地气得直跺脚。

"乖点,不要再气你父亲了,他身体也不好,你要体谅体谅他。"翁美华安抚着展韶华,依旧耐心地劝说着。

"我体谅他,那谁来体谅我呢?"展韶华拍着自己的胸膛,气愤地说,"谁来听我的心声呢?你们就这么独裁,也不顾及我的感受!"说完,他扭头冲上了楼。

"唉……"

翁美华望着他的背影消失在楼梯转角处,无奈地叹了口气。

2

窗外有保安把守,门外有佣人把守,到处都安装有监视器和警报器,就算是一只苍蝇也别想从房间里飞出去。展韶华烦躁地在卧室里踱来踱去,他在房间踱步了很久都没有想到逃出去的办法。

没错,他被软禁了,不到订婚那天他是踏不出家门半步的,这简直就是赶鸭子上架。

走得脚都酸了,展韶华烦躁地抓了抓头发坐在床上。他不能和瑞雪订婚,他已经向小童求婚了,他的整颗心早就被方若童给占据了,容不下任何其他女人。

无论如何,他都不能和瑞雪订婚!

展韶华掏出手机,然后拨通了方若童的电话,电话在响起两下后就被接起。

"很晚了,你今天不回来了吗?"电话那边传来方若童温柔的声音,让展韶华的心头为之一暖。

"我今天回不来了,这两天可能都回不来了。"

"怎么了?有事吗?"

"嗯,有点重要的事脱不开身。"

"没关系,你忙你的事,工作要紧。"方若童没有听出展韶华语气里的不对劲。

"嗯，谢谢你的谅解，你一定会成为一位好妻子的。"

电话那边突然没了声音，连呼吸声都听不到。展韶华想，或许是自己的话吓到了方若童，她太害羞了，还不适应这样的玩笑。

展韶华兀自笑了笑，继续说："那个……有件事拜托你，希望你能帮我个忙。"

"你说吧。"电话那边的声音终于再次响起，不似刚才那么温柔，似乎还透着些冷淡。

展韶华想，方若童可能是生气了，他笑了笑说："后天你开着车到皇后大街 99 号……"展韶华报了个地址给方若童。

"嗯，没问题，然后呢？"那边的声音听起来很干脆，没有任何怀疑，似乎是对展韶华抱有百分百的信任。

这让展韶华心里很开心，他莞尔一笑："之后的事到时再说，你按照我说的做就行了。"

"嗯。"方若童郑重地应了一声。

"小童，你是这个世界上我唯一一爱的女人，我一定会给你幸福的。"展韶华对电话那边的方若童严肃地说道，并在心里暗暗地下了一个决心。

那边的方若童被惊了一下，接着怯怯地问："为什么突然间说这样子的话……"

"给你个许诺，也让自己有点使命感，呵呵。"展韶华说完兀自笑了起来，虽然他依旧用着玩笑式的语气，可是那句话听起来就是别有用意。

心里最柔软的那块地方被触动了。方若童非常不习惯这样的感觉，有点慌张地对展韶华说："那就先这样，挂了。"

"好的，自己照顾好自己。"挂电话之前展韶华还不忘叮嘱方若童一句。

"嗯。"方若童应了一声，便挂上了电话。

听到电话被挂断，展韶华也挂上了电话。

和方若童聊过之后，心情一下子舒畅了许多。

哒哒哒——

这时，房门被敲响。

"全都给我滚远点，别来惹本少爷！"

展韶华对着房门咆哮了一声。

可是敲门的人并不识相，不但没有滚远，反而还推门走了进来。

展韶华愤怒地朝来人瞪了过去，发现走进来的是穿着白色洋装的瑞雪。她笑吟吟地走了进来，对坐在床上的展韶华说："怎么这么大火气啊？"

展韶华依旧恼怒地瞪着她，一副"明知故问"的表情。

看到展韶华生着闷气不说话，瑞雪知道他是因为被软禁了，所以在发火呢。瑞雪了然地笑了笑，坐在他身边，从随身携带的礼品袋里拿出两张碟，然后笑吟吟地对展韶华说："怕你闷，所以我给你买了两张 DVD，都是近期评价很高的电影，帮你打发打发时间。"

"我没兴趣。"展韶华扭开脸，看都没看一眼。

瑞雪暗暗地叹了口气，语重心长地说："伯父也是怕你又失踪，延误后天的订婚仪式，所以才不让你出门的。"

展韶华转过头，愤恨地瞪着瑞雪，咬牙切齿地说："我根本没想要跟你订婚，是你们逼我的。"

看到展韶华用仇恨的目光瞪着自己，瑞雪露出受伤的表情："你以前不是一直说要娶我吗？"

瑞雪的执拗让展韶华气愤，他愤愤地说："那是以前！我早就不爱你了，你不要再跟我提以前的事了，过去的事都过去了！"

瑞雪听他这么说，拉住了他的胳膊，大声说："不，没有过去，我知道你还是爱我的。"

看到瑞雪根本没有把他的话听进去，反而依旧一厢情愿，展韶华失去了耐心，烦躁地甩开她的手："你脑子有问题是不是？我早就跟你说过我不爱你了。当初我对你用情至深时，你抛下我去了法国，还坚持要跟我分手，伤了我对你的感情，也伤了我的自尊。现在我不爱你了，你却苦苦纠缠我，你到底想怎么样？"

瑞雪一脸无辜地望着他，大眼里闪动着泪光："我后悔了，我当初不该伤害你，之前我不成熟，一心追逐着自己的梦想。后来独自在异国他乡，我忽然明白了，梦想舞蹈什么的根本就不重要，你才是最重要的，我可以失去一切，但是不能失去你。对不起，求你再给我一次机会，这次我绝对不会再任性！"

可是她楚楚可怜的样子并没有感动到展韶华，展韶华早就铁了心，"爱情不是儿戏，你想要就要想不要就不要的，你已经没有机会了，我现在心里已经没有你了。"展韶华斩钉截铁地对她说道。

"不可能！"瑞雪用力摇着头，一脸的执着，"我们从小一起长大，我们的感情比任何人都要深厚，不可能说没就没的。你现在只不过是一时新鲜，才会跟那个女人在一起，等过段时间你就会明白，你最爱的那个人还是我。"

"瑞雪，你有幻想症是不是？"展韶华已经被她搞得火大了，站了起来，毫不留情地对她说，"我跟你说了我不爱你，我一点也不爱你！过去的事情已经过去了，你不要再抓着过去不放了！你这样子自己不好受，我也不好受！"

看到展韶华发火，瑞雪反而露出了小女人的姿态，微笑着望着他，善解人意地说："你现在说的都是气话而已，我知道你还在生气，故意跟我怄气，我不怪你。"

"神经病！"展韶华受不了地白了她一眼，仿佛是在看一个疯子似的。

瑞雪当没听到，拿起床上的蛋糕盒子，笑吟吟地说："韶华，我还带了你爱吃的提拉米苏，吃一点好不好？"

"我不要吃。"展韶华烦躁地扭开头。

"那我放电影，我们一起看好不好？"瑞雪依旧充满了耐心。

"我不要看！"展韶华头也不回地吼道，他都要被瑞雪搞得神经衰弱了。

"那你想做什么？"瑞雪温柔地问道。

展韶华回过头，表情冷若冰霜："我想睡觉，你出去行不行？"

"……"没想到展韶华会这么对她，瑞雪的呼吸凝滞了一下，脸上掠过一抹忧伤。但随之她又用微笑掩饰，仿佛什么都没有发生似的，微笑着站了起来，"那我先走了，你好好休息吧，明天我再来看你。"

说完，她恋恋不舍地看了展韶华一眼，可是展韶华依旧冷冷地坐在床上，一脸赶人的表情，瑞雪无奈地叹了口气，转身走出了房间。

"真烦。"展韶华抱怨了一句，翻身躺在床上，然后拉过被子蒙头睡大觉。

"咦？怎么这么快就要走啦？"翁美华看到瑞雪才上楼没多久，就打算离开，疑惑地问道。

瑞雪攥紧了手提包，隐忍着心里的难过，强颜欢笑道："韶华累了，我就不打扰他休息了。"

"喊，这孩子可真不懂事。"翁美华拉起瑞雪的手，看着她美丽娇艳的脸，满眼欢喜，"还是瑞雪乖巧懂事，韶华能娶到你真是他上辈子修来的福气。"

瑞雪笑了笑："那我先走了，伯母你也早点休息吧，就不要送我了。"

翁美华放开瑞雪的手，微笑着说："那好，我让管家送你，明天礼服会送过来，你记得要过来试礼服哦。"

"好的，我不会忘记的，那明天见，伯母。"瑞雪向翁美华微微鞠了个躬。

"嗯，好的，路上小心。"翁美华微笑着叮嘱了一句，然后让管家送她出了门。

3

第二天，礼服一早就送到了，翁美华收到礼服后就打电话给瑞雪，让她来试礼服。

瑞雪看到礼服时，脸上流露出惊艳的表情，她从来没有看到过这么美的礼服，层层叠叠的纱，如羽毛般轻盈无瑕，琳琅满目的施华洛世奇水钻，就像是漫天的星辰都簇拥在一起，只为衬托这件礼服。

"好漂亮……"瑞雪摸着礼服，忍不住感叹道。

"漂亮吧，你穿上后一定会很美。"翁美华望着穿在模特身上的礼服，微笑着说，"这是我找法国最好的服装设计师，特地给你设计定做的，明天你一定是众所瞩目的焦点。"

瑞雪用力点了点头，满心的喜悦："谢谢伯母，我太喜欢了。"她望着面前的礼服，心里充满了自信，展韶华如果看到她穿着这件礼服，一定会再次爱上她的。她在心里，无比肯定。

翁美华看到瑞雪爱不释手地摸礼服，心里也很喜悦。

瑞雪突然想到了什么，放下礼服，转过头问翁美华："韶华的礼服呢？"

"在这里呢。"翁美华把一旁罩着的丝绸撩开，露出了一套白色的西式礼服。

"哇，好好看啊。"瑞雪抚摸着裁剪精致面料名贵的礼服，惊讶地睁大了眼睛。

"很帅气吧？"翁美华献宝似的问道。

"嗯，一定很适合韶华。"瑞雪用力点着头，满心喜悦之情。她已经在心里想象着明天和展韶华穿着这两套礼服举行订婚仪式的情景了，一定很美很浪漫。

"我也是这么想的，呵呵。"翁美华像个孩子似的笑着，难得露出天真的表情。

"我去叫韶华来试礼服吧。"瑞雪满脸迫不及待的表情。

"嗯，赶紧试试，要是不合身还来得及改。"翁美华笑着点头。

瑞雪抿着嘴笑了笑，然后转身上了楼，步调轻盈，透露着她心里的喜悦。

翁美华看到她上了楼，伸出手整理着礼服的领子，心里洋溢着愉快。整个家充满着订婚前的喜悦气氛。

瑞雪在展韶华的房间没有看到展韶华人，便来到书房。书房的门关着，她伸出手轻轻敲了敲，等了一会儿没有任何回应，可是房里却传来惨叫声。

瑞雪拧开了门锁，推门走了进去，看到展韶华正坐在电脑前，打着CS，电脑音箱里不时传来惨叫声。

"等会儿再打游戏吧，先下楼试试礼服。"瑞雪走到展韶华身后，笑盈盈地说道。

"我不想试。"展韶华头也不回地说，操作着键盘的动作毫不迟疑。

"不试如果明天穿了不合身怎么办？"瑞雪伸出手搭在展韶华的肩膀上，感受到展韶华的肩膀微微一僵。

"不合身就不要订了呗。"说话间展韶华又杀死了两个敌人。

展韶华孩子气的话让瑞雪又好气又好笑，她蹲下身子，把双手放在他的腿上，然后仰望着他，眼里盈动着温柔似水的目光："我知道你在跟我怄气，可是明天是很重要的日子，我希望能和你留下一个美好的回忆。"

展韶华嘲讽似的冷哼一声，冷冷地说："这是你单方面的想法吧，我不想和你订婚，你要我重复多少次？"

瑞雪的笑容微微一僵，仿佛被迎面甩了一巴掌似的脸色苍白，纯净的大眼睛中也浮起了雾气。

展韶华不想看到她楚楚可怜的样子。

忧伤的情绪只维持了一时，很快瑞雪又坚强地抬起头，脸上露出倔强的笑容："可能现在的我在你眼中很讨厌，可是就算你恨我我也不会把你让给任何人的。因为，你是我一个人的，永远都是。"

瑞雪的眼神让展韶华觉得有点可怕，痴狂，对，他在瑞雪的眼中看到了痴狂，不顾一切的痴狂。她一直是这个样子，从小到大，只要是认定的事就会很执着，当初对舞蹈的执着让她放弃一切，甚至是他。而现在她对他流露出来的执着也让他觉得很可怕，他知道她执着起来甚至会不择手段。这就是他认识的瑞雪，从小一起长大的他再了解不过了。

展韶华不想再和她伤神争辩，站起身走出了房间，瑞雪高兴地跟了上去。

两人一起下了楼，翁美华正在整理礼服，看到他们并排走下楼，以为他们和好了，脸上露出喜悦的笑容。

天气晴朗，易由希和泰蕾莎在湖里泛着舟，可是易由希一直不怎么开心，甚至连湖边的柳树花朵也跟着失了色。

"怎么了，今天不开心吗？"泰蕾莎关切地问道。

"不是，我想去秋铭山看看。"方若童曾告诉他，他在秋铭山的花流院有很多师弟师妹，还有像亲人般的师傅，他真想回去看看。

泰蕾莎的脸色微微一变，但转眼又掩饰得很好，微笑着望着易由希，伸出手把他身上的一根杂草拈了下来，漫不经心地说："医生说你要注意休息，不能舟车劳顿，秋铭山太远了，现在你还去不了。等你身体好些，我再陪你去好不好？"

"嗯，那好吧。"易由希并没有对泰蕾莎的话产生怀疑，轻轻地点了点头，只是神情有点落寞。

"饿不饿？吃点我做的三明治吧。"泰蕾莎打开脚边的草编篮子，笑盈盈地拿出一块新鲜的三明治。从轻轻飞扬的柳条间漏下来的阳光，洒落在她的头发和肩膀上，如一个个调皮的精灵轻轻闪动着，衬托得她如林间仙子般美丽梦幻。

"谢谢。"易由希接过三明治咬了一口，三明治里面夹了鸡蛋和三文鱼，吃起来非常鲜美。

泰蕾莎微笑着从保温壶里倒了一杯红茶递给他，易由希喝了一口红茶，突然想到了什么，停下动作，望着泰蕾莎问："那位方小姐最近怎么都没有来了？"

听到易由希提起方若童，泰蕾莎的脸色微微一变，冷淡地说："她可能最近比较忙吧。"

听了泰蕾莎的话，易由希脸上流露出孩子般的失落，他不知道自己在期待什么，也不知道对那个叫方若童的女孩子抱着什么感情，只是偶然间会想起她，想念她对他的微笑，想念她温柔的声音。那声音仿佛在他梦里呼唤了无数次似的，让他一直魂牵梦绕。

泰蕾莎似乎是看出了易由希的心思，化着精致妆容的脸上掠过一丝不悦。她没想到就算是易由希失忆了，方若童在他心中依旧占着这么重要的地位。

难道爱情就是这么根深蒂固吗？

可是就算如此，她也不会把由希让给方若童，因为方若童只会给他带来不幸和伤害。她爱由希胜过任何人，她要好好守护他，不让任何人再伤害他。

4

转眼，订婚的日子就来到了。

展氏集团和瑞氏集团结亲，不管对商界还是娱乐圈来说，都是一件大事。消息满城风雨，大家都翘首以盼，等待观看这场世纪典礼。

虽然不是正式结婚，而只是订婚，可是仪式也布置得很大很华丽，展氏集团包下了位于凤阳市唯一一家，也是国内唯一的一家六星级酒店，邀请的宾客有数千人。所有宾客盛装出席，场面堪称震撼。

但是这些都不是真正的焦点，真正的焦点是随着舒缓的音乐携手缓缓走进会场的两位主角。华丽的礼服衬托着被上帝祝福的两位幸运儿，在美酒砌成的水晶塔的映射下，如同是从天堂的云端漫步而来，芬芳馥郁的玫瑰花把这一切烘托得如此唯美浪漫，比电影中的场景还要梦幻。

瑞雪头上戴的皇冠璀璨夺目，盘起的云鬓如公主般优雅美丽，身上由顶级设计师设计制作的礼服更是把她的身材衬托得婀娜多姿，今天的她比以往任何一天都要美丽夺目。而挽着她手的展韶华也毫不逊色，白色的礼服把他模特般的身材展现得淋漓尽致，举手投足间散发的贵族气质，让人折服。

所有人羡慕地望着他们缓缓走进会场，甚至忘记了呼吸，有的甚至控制不住眼中流露出的嫉妒。

"展韶华好帅啊，好像王子啊……"一旁观看的少女双手交握在胸前，眼前的憧憬和向往，甚至幻想走在展韶华旁边的是自己。

"瑞雪小姐也好美，真是天造地设的一对，我根本没法跟瑞雪小姐比啊。"旁边的少女比她要现实点，看到走在展韶华旁边的瑞雪时，心里产生了自卑的想法。

"拍照拍照，把这值得纪念的一刻记录下来！"有些少女并不管这些乱七八糟的事，只顾着掏出手机和卡片相机，咔嚓咔嚓地把眼前唯美的一幕拍摄下来。

不仅是女生，男生个个脸露羡慕，一个穿着灰色礼服的男生，边喝着酒，边欣赏着穿着礼服美得不似凡人的瑞雪，感叹道："瑞雪今天好美哦，展韶华这小子运气可真好，可以娶到这么漂亮优秀的老婆，嫉妒死人了！"

"你也只能嫉妒了，谁叫你在展韶华面前只是只青蛙呢！"旁边的男生用手肘捅了捅他，笑着揶揄道。

闻言，那名穿着灰色西装的男生竖起了脖子大吼："我哪里像青蛙了，我怎么说也是年轻有为实力雄厚好不好！"

看到旁边投来责备的目光，跟他开玩笑的男生赶紧安抚道："好啦好啦，我跟你开玩笑而已，你那么当真干嘛，也不看看这是什么场合。"

展韶华挽着瑞雪的手，走上了台，台下响起一阵如雷般的掌声。展云博今天红光满面，看起来简直年轻了十多岁，他接过助手递过来的话筒，开始致辞。

就在大家认真地听着致辞的时候，展韶华裤袋里的手机震动了起来，他掏出手机，发现是方若童发来的短信。短信上写着："我已经到了，接下去要做什么？"

展韶华脸上露出一丝不易察觉的笑容，然后快速地回了一条短信，"把车停在正门口，然后进来。"他把短信发了出去，然后把手机放回了裤袋里。

方若童看完展韶华发来的短信，脸上露出一丝疑惑，她不明白展韶华为什么要让她开着车过来，而且还特别叮嘱她要穿着礼服过来。他神神秘秘的，到底想做什么呢？

方若童这几天没看新闻也没看报纸，所以不知道展韶华今天订婚。

虽然心里充满了疑惑，但是她还是按照展韶华的话做了，她把车停在门口，然后下了车。可是刚下车就有保安赶了过来，对她用礼貌而客气的语气说："小姐，不好意思，这里不能停车。"

"我马上就走，就停一会儿。"方若童并没有听他的，还是关上了车门，锁上了车。

保安看到她这个样子，倍感头痛："不好意思，今天这里有重要的仪式，来往的人会很多，你这样会造成困扰的。"

"可是我穿了太高的高跟鞋。"方若童撩起长及脚踝的裙摆，露出高达九公分的鞋跟，然后可怜兮兮地瞅着保安，用娇滴滴的语气说，"帮帮忙，我就停一会儿，我进去一下马上就出来，行吗？"

方若童把她职业水平的演技发挥得淋漓尽致，方若童本身就长得美丽脱俗，又配上楚楚可怜的表情，保安很快就心软了。

保安无奈地叹了口气："那好吧，你可要快点哦，不然我会被骂的。"

"没问题，谢谢。"方若童比了个"OK"的手势，然后昂首阔步走进了酒店。

大堂里人来人往，所有人都穿着打扮隆重，脸上散发着光彩，昭示着今天是个不一样的日子，里面也正举行着特别的仪式。

今天是什么日子？

方若童怀揣着疑问，跟着服务员穿过大堂，走进了会场。

一走进会场，方若童就被眼前的阵势给吓呆了，黑压压的一群人，全都穿着华丽隆重，会场布置得华丽而喜庆，满眼的粉色玫瑰，还有粉色的纱。

今天这里有婚礼吗？

方若童还没从眼前的阵势中反应过来，以为是自己跑错了会场，正想转身离开，却看到展韶华在不远处朝她招着手。

她没走错？确实是这里？难道展韶华要她陪他参加婚礼，所以才让她穿礼服过来吗？那他为什么搞得那么神秘，还要她把车子停在门口？

怀揣着大堆的疑问，方若童挤过人群，朝展韶华的方向走过去。因为在场人太多了，又都在听展云博的致辞，所以并没有谁注意到方若童。

直到方若童走到舞台边上，周围才有人开始注意到她。正满脸洋溢着幸福的瑞雪脸色一僵，手中的捧花都掉在了地上。

这个女人怎么会出现在这里？

她简直不敢相信自己的眼睛，以为是眼花看错了。

可是下一秒发生的事，让她瞬间清醒，只见展韶华放开她的手，走到了舞台边。

他在方若童面前蹲下身子，然后在她耳边轻声说："把手伸给我。"

"嗯？"方若童不明所以地瞪大眼睛，然后愣愣地按照展韶华的话伸出手。

展韶华一把抓住她的手，把她拉上了舞台，方若童大惊失色，可是已经来不及，人被拉到了舞台上。

她站在舞台上，看到所有人的目光都投射在她身上，脸上全都是震惊的表情，仿佛她是从动物园逃出来的大猩猩，根本不应该出现在这里。

方若童转过头，正想质问展韶华，谁知他却拉起她的手，望着所有人，笑着说："我爱的人在这里，我要娶的人也是她。"

展云博难以置信地瞪大眼睛，气得满脸通红，眼珠子都快凸出来了。而瑞雪更是脸都绿了，二十年来，这是她最丢脸的一次，她的未婚夫居然在订婚典礼上，对所有人说他爱的是另外一个女人。这让她颜面尽失，也完全践踏了她作为女人的自尊。

"谢谢大家今天来参加我们的订婚仪式，我们还有事，先走一步了，祝大家玩得愉快！"展韶华匆匆说完，然后拉着方若童跳下了舞台，飞奔出了会场。

展云博气得胸口一滞，眼前一黑，还好翁美华及时扶住了他，他才不至于在众人面前晕倒在地。

方若童在跑出会场的那一刻还是没反应过来到底发生了什么事，她的脑子里甚至还在想车停了这么久保安会不会被骂这件事。

第二十一章　最初记忆

1

因为展韶华的突然出逃，场面顿时一片混乱。宾客们议论纷纷，更有偷偷混进来的狗仔队高兴地向报社发送即时新闻和抢拍的照片。

瑞雪气得浑身颤抖，踩着掉在地上的捧花，泄愤似的用力碾着。她没有想到展韶华和那个女人会联合起来用上这一招，她太客气了，应该把事情做得更绝一点的。怪就怪她低估了那个女人在展韶华心目中的地位，她以为只要她和展韶华订婚了，那个女人就会心灰意冷，乖乖离开展韶华。没想到那个女人这么厉害，居然会怂恿展韶华逃婚。她绝对不会原谅那个女人的！她一定会让那个女人死无葬身之地！

"快、快把这个孽子给我抓回来！"看着这一片混乱的场面，展云博对着助理大吼道，他气得浑身颤抖，在翁美华的搀扶下才勉强站立。

"刚刚那个女的不是一直在和展少爷闹绯闻的明星吗？展少爷居然带着她逃婚了！"

"展韶华居然抛下瑞雪和其他女人逃婚了，他有没有搞错啊？！"

"在我的有生之年居然可以看到现场版的逃婚！无憾啊！"

所有人议论纷纷，有气愤的，有惊奇的，有幸灾乐祸的，瑞啸海的脸色一阵红一阵白，他走到展云博面前，脸色铁青地质问："这到底是怎么回事！韶华到底在搞什么？！"

展云博一脸尴尬道："韶、韶华一时昏了头，我一定会把他抓回来，好好教训他，然后让他给你和瑞雪赔礼道歉。"

瑞啸海抽了抽嘴角，冷笑道："搞成这样，我们的脸都被丢尽了，赔礼道歉就行了吗？！"

"这……"展云博甚是为难，面子上也挂不住，但却想不出更好的办法。

"哼！展云博，我们两家以后还是不要来往了，我们家高攀不起你们家！"瑞啸海说完，拉起一旁手足无措的瑞雪大步走出了会场。

"这个孽子！孽子！"看着这个烂摊子，展云博气得直跺脚。

风和日丽，酒店前面的花坛里栽种的蝴蝶花在微风中轻轻摇摆着。

酒店门口的保安正因为方若童的车子堵在门口，在被上级骂，突然听到背后一阵咆哮。

"少爷——不要走！"

一群保镖在背后追赶着，展韶华拉着方若童的手，头也不回地拼命往前跑，两人身上都穿着精致高档的礼服，和这慌张逃窜的情景格格不入，就像是在上演好莱坞惊险大片。

一冲出酒店，他就拉着方若童钻进了车里，然后毫不犹豫地发动引擎，在大门口以特技般的技巧打了个一百八十度的转弯后，嗖的一声冲上了车道。

在他身后的一群保镖也毫不犹豫，赶紧叫人开来了车，然后开车追了上去。

突然上演这么一场豪车狂飙，被骂的保安和正在训人的酒店经理都看傻了，半天都没有反应过来。

当车子驶上公路，方若童才渐渐缓过神来。玻璃窗外的景物不断倒退，展韶华充分地展示了他的车技，把后面追赶的保镖远远地甩在后面。

似乎是很得意似的，他边开着车，边用鼻音哼着轻快的曲子。

看着展韶华微笑的侧脸，方若童犹犹豫豫地问："……你，刚才是在订婚？"

"不，是我们。"展韶华转过头，纠正她的措辞。

"我、我们？"方若童以为展韶华是在开玩笑，瞪大了眼睛怀疑地观察着他。

"是的，刚才已经在很多人面前见证了我们私定终身的许诺。"展韶华微笑着说道，眼里闪烁着狡黠。

"难道我刚才协助你逃婚了？"从头到尾想了半天，方若童才发现了这个事实，她张大了嘴巴，难以置信地望着展韶华。

"在别人看来是你带着我逃婚了。"展韶华用开玩笑的语气说着这个事实。

"天哪……"方若童难以置信地捂住嘴，这才意识到自己犯了个多么严重的错误，"那你的未婚妻怎么办？她不是很可怜？"方若童心里非常担忧。

展韶华恢复了冷峻的表情，他盯着方若童的眼睛，严肃地说："我是被逼着订婚的，在我心里，我的未婚妻只有你。"

虽然她相信展韶华，可是她心里还是非常不安。订婚对一个女孩子来说多么重要的一件事，女孩子只有遇到了自己心爱的人，才愿意托付一生。

而她决定托付一生的人，在她最重要的日子弃她而去，这对她的伤害该有多大……

"怎么了？"展韶华看到她的脸色不太好，关切地问道。

"只是有点愧疚感……"方若童如实地把自己心里的想法说了出来。

展韶华靠边把车子停下熄了火，然后转身，拉起方若童的手，望着她的眼睛，温柔地说："你不用愧疚，该愧疚也是我，你并没有做错什么，是我一开始就态度不够坚决。要是当初我能让瑞雪彻底死心，现在也就不会发生这些事了。"

"下次不要再做这么任性的事了，好不好？"方若童皱着眉望着展韶华，恳求道。

"嗯。"展韶华重重地点了点头。

嘀铃铃……

这时方若童的手机响了起来，她从包里拿出手机，看到手机屏幕上显示是小兰的来电。

小兰怎么会突然打电话给她？

不知道为什么，方若童的心里突然有种不好的预感。

她疑惑地接起电话，里面立刻传来小兰焦急的声音——

"小童姐，你快回来，师傅快不行了。"

"什么？！"方若童的脸色顿时苍白，简直怀疑自己是不是听错了。

"医生说师傅顶多只能熬一两天了，你快回来见师傅最后一面吧。"小兰的声音明显带着鼻音，很显然是在哭。

她的话让方若童眼前一黑，这个噩耗就像一个晴天霹雳，差点让她承受不住。

方若童深吸了一口气，勉强稳定心神，然后对电话那边的小兰说："我现在就回来，一定要让师傅等我。"

"发生什么事了？"察觉到方若童那边似乎发生了很严重的事，展少爷也跟着担忧起来。

方若童强忍着心里的悲痛，转过头，对展韶华严肃地说："我要回秋铭山一趟，我师傅时日不多了。"

展韶华的表情一滞，也没想到突然会发生这样的事，但是很快他就反应了过来，表情郑重地说："我送你回去。"

"好的，拜托你了。"这个时候方若童也顾不了那么多，只想快点赶到楚爱荷的身边。

展韶华拉起方若童的手，握在手心，心疼地说："不要跟我说这么见外的话，你的事就是我的事，无论发生什么事，我都会跟你在一起。"

"去之前你还要陪我去接一个人。"方若童微微地垂下眼帘，似乎是在心里默默安排着。

"易由希吗？"不用方若童暗示，展韶华就轻易地猜了出来。

"嗯。"方若童慎重地点了点头，"不管他是不是已经背叛了花流院，他都是花流院的弟子，也是师傅曾经最得意最看重的门生，他应该送师傅最后一程的。"方若童显示出了前所未有的成熟，让展韶华感到吃惊。

他重重地点了点头，然后一脸严肃地发动车子，掉头往市中心的方向开去。

2

方若童冲进订婚现场，带着展韶华逃婚的消息传得满城风雨，各大报纸头条都争相刊登这则新闻。

瑞雪看着报纸头版上展韶华和方若童两人拉着手冲出会场，右上角是她气得脸部都扭曲的大幅照片，气得脸都绿了。

她把报纸揉作一团，然后愤恨地扔在地上，可是依旧不解气，心里仿佛有一团火在燃烧，那团无名火无处燃烧，积压在胸口，她整个人都感觉要爆炸了。

"展韶华你怎么可以这么对我……你怎么可以这么对我！"瑞雪拿起壁柜上摆放的名贵花瓶，毫不怜惜地扔在地上。

价值不菲的花瓶就这样摔成了碎片，无辜地香消玉陨。

易由希和泰蕾莎坐在客厅的沙发上，不透光的窗帘被拉得严严实实，投影幕占据了大半面的墙壁。上面正在放映一部唯美浪漫的爱情片，片子里美丽绝伦的男女主角，演绎着惊天动地的爱情。缠绵悱恻的爱情，若即若离的关系，误会和不解，让原本深爱的两个人变成了仇人，互相猜忌互相伤害，直到死的那一刻才恍然大悟。可是时光不能倒流，悔悟已经来不及，两人最后只能含恨而终……

易由希看着看着，似乎是被电影里演绎的爱情给感染了，胸口闷闷的，似乎有什么东西堵在了里面，让他喘不过气来。

片尾曲响起，易由希依旧久久回不过神来。

"怎么样？是不是被感动了？"泰蕾莎转过头，微笑着望着易由希，眼里闪烁着得意。

"嗯，有点。"易由希坦白地点了点头。虽然只是一部虚构的爱情片，可是他真的被打动了，被凄美的爱情给打动了。

"这是我们第一次合作的电影，也是我最喜欢的一部电影。"泰蕾莎望着缓缓滚动着演员表的投影幕，非常感慨。

"没想到我还会演戏，感觉那个人都不像我，简直难以置信。"易由希回想着电影中的男主角，感觉那个人和自己好遥远，他难以把自己和电影中的男主角重叠在一起。

"就是你，你有一种与生俱来的魅力，你也很有天分，只要一面对镜头，你就是任何一个人。跟你一起对戏很有感觉，和你一起演戏我从未有过地投入，我感觉我就是女主角，你就是戏中的男主角，我们在谈一场生死恋。"泰蕾莎的目光是那么执着和专注，就像月亮永远按照轨迹围绕着地球一样坚定不移。

"我哪有什么魅力……"易由希黯然地低下头，对失忆的他来说，人生就是一场空白，他的生活没有重心，他没有过去，也没有将来，他就像一只渺小没有目的的蜉蝣，苍白地活着，连喘息都没有意义。

叮咚——

这时门铃突兀地响起，打断了两人的对话。

泰蕾莎不情愿地站了起来，然后走过去开门，当她看到方若童的脸时，脸上的表情顿时冻结。

"你来做什么？"泰蕾莎冷冷地望着方若童，堵在门口，并不打算让方若童和展韶华进门。

"我有事找由希。"方若童一脸焦急的神情。

可是泰蕾莎并没有为此而给方若童让道，她冷冷地说："有什么事你跟我说就可以了。"

"我有很重要的事，必须亲口跟由希说。"这次方若童并没有那么轻易妥协，她坚定地站在门口，一副不见易由希就誓不罢休的样子。

"蕾莎，是谁？"

泰蕾莎很久都没有回来，易由希听到动静走了出来。

"由希，快收拾一下跟我去秋铭山！"看到易由希走过来，方若童踮起脚，目光越过泰蕾莎，对易由希大声喊道。

"你带由希去秋铭山做什么？你搞不清楚状况是不是？！"泰蕾莎睁大了眼睛，狠狠地瞪着方若童。她真恨不得掐死眼前这个女人。

"现在不是说这些的时候。"方若童没时间跟泰蕾莎解释，转过头焦急地对易由希说，"由希，师傅时日不多了，医生说她顶多还能熬一两天，跟我回去送师傅最后一程吧。"

方若童的表情看起来不像是开玩笑，易由希立刻意识到事情的严重性。"你等我一下，我马上就好。"易由希说完就跑进了自己的房间，去收拾东西了。

"方若童，你真的带由希回去，你就不怕花流院那些人……"话说到这里泰蕾莎噤了声，转过头朝易由希的房间看了一眼，生怕他听到。

方若童的脸上也闪过一丝犹豫，但是很快她的眼中就闪烁着坚定的光芒："都这个时候了，我想师弟师妹们应该不会为难由希的。师傅怎么说也一手栽培了由希，由希曾经是他最重视也是最得意的弟子，我想师傅临走之前一定很想见由希一面的。"

方若童的话晓之以理动之以情，泰蕾莎想了想，也确实找不到阻止易由希过去的理由。便郑重地对方若童说："那好吧，那我就把由希托付给你了，就这么一次，你绝对不能给我出任何差错。"她眼里的警告意味很明显。

方若童明白泰蕾莎有多么重视易由希，她重重地点了点头，诚恳地说："嗯，我向你保证，我一定会照顾好由希的。"

泰蕾莎不再说什么，只是重重地叹了口气。

易由希很快就收拾好了，提了个轻便小型的旅行箱，回到方若童他们面前。"走吧。"他对方若童说道。

"嗯。"方若童点了点头，转身往电梯走去，易由希也提着行李跟了上去。

"由希！"眼看着易由希跟着方若童离开，泰蕾莎忍不住失声叫了出来。

"怎么了？"刚跨出门的易由希回过头，疑惑地望着泰蕾莎。

泰蕾莎依依不舍地望着易由希，却一时不知道该说什么，只能小声地叮嘱道："路上小心。"

"嗯，你放心吧。"易由希淡淡地笑了笑，跟着方若童出了门。

泰蕾莎望着易由希的身影消失在电梯，心里有种莫名的失落和不舍。

经过两个小时的飞行，方若童三人终于踏上了秋铭山的土地，方若童已经不记得自己有多久没回来了，可是之前每次回来她的心情都是很愉快的，而此时，她的脚步却无比沉重。

秋铭山的枫叶依旧红得像火焰，浓得化不开，可是此情此景看起来却甚为凄凉，就像快要沉入地平线的落日。

走进花流院，方若童感受到院内的气氛很沉重，天空阴霾一片，天边堆积着大块大块的浅灰色乌云，大雨将至的预兆。

庭院里栽种的花草也不似以前那么茂盛了，池塘里的鱼儿好像也少了许多，不似以前那么活泼。

"小童姐，你终于回来了！"小兰一看到方若童眼眶就湿了，马上从屋里跑了出来，当她看到方若童身边站着的易由希时，整个人都愣了一下，"由希师哥……"

易由希已经不记得所有人了，所以只是淡淡地点了点头。

小兰抿了抿唇，一副欲言又止的表情，她看上去瘦了许多。

方若童走上前，心疼地摸了摸小兰的头顶，然后问："到底是怎么回事？为什么师傅突然间会……"

"小童师姐，其实师傅去年就确诊得了胃癌晚期，可是师傅不让我对你说，这段时间师傅一直在治疗，可是病情恶化得很快，现在连医院都无能为力了，前几天医生宣布师傅已经没有多少时间了……"小兰说到这里捂着嘴泣不成声。

方若童听了非常震惊，眼泪情不自禁地落了下来。她没想到楚爱荷会一直对她隐瞒着病情，明明师傅一直在经受病痛的折磨，却在这段日子一直关心着她鼓励着她。楚爱荷在她心里就像母亲一样重要，甚至在她心里早就把楚爱荷当成了母亲。而她居然一直都没有察觉到这么严重的事情，她非常懊悔，如果她能够多留点心，就不会这样了……

在一旁的易由希似乎也被气氛给感染了，心里跟着难受起来，也不自觉地流露出忧伤的表情。

看到方若童哭得那么伤心，展韶华伸出手把她瑟瑟发抖的身子搂进怀里，轻声安慰："不要太难过了，听天由命，这也是没有办法的事。"

看到展韶华那么自然亲昵地搂着方若童，易由希不知道为什么，心里隐隐地刺痛，就像被无数根针连续刺着，疼得无法躲闪。

他不知道自己为什么会有这样的感觉，伸出手摸着自己的胸口，眼中流露出茫然。

3

控制了自己的情绪后，方若童擦了擦眼泪问小兰："师傅呢？"

"刚吃了药，在房间里休息呢。"小兰指了指后院的方向。

一想起楚爱荷，方若童心里就一阵难受，她忍住眼泪，收敛了一下情绪，对小兰说："带我去看看。"

"嗯。"小兰点了点头，然后便领着方若童他们朝后院走去。

来到楚爱荷的房门前，小兰轻轻地推开门，里面光线很暗淡，弥漫着一股浓浓的中药味。

房间内很安静，微微能听到楚爱荷的喘息声，她的喘息声有点短促，听起来似乎是很累的样子。

方若童走到楚爱荷的床前，看到她正在闭目休息，她的脸色很苍白，原本风华绝代的脸此时就像枯萎的花朵，毫无生气，找不到当初的一丝神采。她很瘦，瘦得仿佛是秋风中的一片落叶，方若童眼睛一酸，眼泪差点落了下来。

她忍住眼泪，轻轻地叫了一声师傅。

楚爱荷听到方若童的声音，缓缓地睁开眼睛，当她看到方若童的脸时，立刻流露出欣喜的表情。

"小童……你回来啦……"楚爱荷从被褥里伸出手，颤巍巍地想去握方若童的手。

方若童见此，立刻伸出手，握住了楚爱荷半空中不停颤抖的手，感受到她的手冰冷，瘦骨嶙峋。她深深地意识到楚爱荷已经灯枯油尽了。

"师傅，对不起，我现在才来。"方若童心里非常愧疚，一直以来她都忙着自己的事，忽视了身边所有人。此时的她好想陪着楚爱荷，可是却发现时间已经不多了。

"没事……师傅走之前能够看到你好好的……就已经很欣慰了……"楚爱荷淡淡地笑了笑，笑容很虚弱，仿佛随时都会化为泡沫消失似的。

"师傅，您现在想吃什么想要什么，告诉我，我替您办。"方若童紧紧地握着楚爱荷的手，生怕一松手楚爱荷就会远去似的。

"师傅现在吃不了东西……不过我想最后看一眼秋铭山的枫叶……"楚爱荷望着窗外，从窗口看出去，只能看到栽种在庭院里的柱子，还有琉璃瓦围墙，秋铭山的风景被隔绝在外墙外。

"好，好的，我带你去看枫叶，快来，由希，扶师傅去外面看枫叶。"

方若童的声音都哽咽了，努力忍着泪水朝易由希用力招手。

易由希看到方若童朝她招手，抬起脚往床边走过去。

楚爱荷听到易由希的名字震惊地睁大眼睛，当她看到易由希向她走近时，激动得热泪盈眶："……由希……真的是你吗……"

易由希站在楚爱荷床前，默默地点了点头。虽然他已经不记得面前的人是谁，可是当他看到虚弱得只剩一口气的楚爱荷看到他激动得眼眶都湿了时，心里异常地难受。

"由希……我以为我再也见不到你了……由希……你好吗……"楚爱荷并不知道易由希失忆了，颤巍巍地仰望着他，似乎是想把他身上所有的细节都看个遍，判断他过得好不好。

"我很好。"易由希的眼眶也情不自禁地红了，鼻子酸酸的，心里堵得难受。

方若童捂着嘴，强忍着抽泣的声音，早就已经哭得泪眼模糊了。她很庆幸自己把易由希带来了，她没有猜错，这些年来师傅一直都很惦记易由希，只是师傅逞强爱面子不肯说而已。要是这次她没带由希过来，师傅一定会死不瞑目的。

"由希……对不起……希望你能原谅师傅……"楚爱荷泪眼婆娑地望着易由希，到最后她依旧在易由希面前用师傅来称呼自己，在她心里，其实一直把易由希当弟子，从来没有改变过。

"嗯。"易由希用力点着头，眼泪控制不住掉了下来，他不明白自己为什么会那么伤心，他心里很自然地不希望面前这位慈祥和蔼的长辈死去。

方若童曾经告诉他，他没有亲人，师傅是他的亲人，像他母亲一样关爱他的亲人。易由希想到这里再也控制不住，抓着楚爱荷的手，跪在她床边，叫了一声师傅。

楚爱荷听到易由希再次叫她师傅，脸上绽放出欣喜的笑容，恍然间脸色都明亮了许多。

天依旧灰蒙蒙的，极其阴沉，天边的乌云似乎要压下来似的低矮。

楚爱荷坐着轮椅，身上盖着厚厚的羊毛毯子，方若童和易由希推着她来到了花流院外的山崖上，从这里能够把整个秋铭山的景色尽收眼底。

　　楚爱荷的身子非常虚弱单薄，仿佛一阵风就会被刮跑似的。天气有点冷，楚爱荷不时地咳嗽两声，听得方若童心里隐隐阵痛着。

　　"这里还是跟以前一样的美啊……"楚爱荷望着眼前的景色，深深地感慨着，"只是我一直忙着院里的事……都不知道多久没有欣赏秋铭山的景色了……"

　　"师傅，只要你高兴，我天天陪你出来看山景。"方若童忍着哽咽，蹲在楚爱荷面前对她说道。

　　"嗯。"楚爱荷望着方若童青春而美丽的脸，微笑着点了点头。

　　"师傅，谢谢你一直以来的培育之恩，小童没有什么能够回报你，小童心里非常愧疚。"方若童握着楚爱荷的手，心里非常不舍和难过。虽然极力忍着，不想在楚爱荷面前流眼泪，可是眼泪就是不听使唤，啪嗒啪嗒地争先恐后落下来。

　　"师傅不需要你们回报什么……只要你们都好好的……活得快乐……师傅也就高兴了……"楚爱荷叹了口气，爱怜地摸着方若童的脸，"师傅只是放心不下花流院……还有那些弟子们……小童……师傅走后花流院就托付给你了……"

　　方若童惊讶地睁大眼睛，用力地摇着头："师傅你还可以活好久好久的，花流院还需要你，师弟师妹们都需要你！"

　　"师傅心有余……而力不足了……花流院以后就拜托你了……小童以后你就是花流院的掌门了……你要帮师傅照顾好师弟师妹们……帮我料理好花流院……"楚爱荷轻轻地拍着方若童的手背，郑重地嘱咐道。

　　"嗯，师傅您放心吧，小童不会让您失望了。"方若童含着泪用力点着头。

　　"由希……"楚爱荷突然转过头，对站在旁边的易由希说，"师傅有个不情之请……"

　　"您说吧，师傅。"面对面前这个病弱的女人，即使已经不记得她对自己的恩惠，易由希也找不出拒绝她最后一个要求的理由。

　　听到易由希这么说，楚爱荷颤巍巍地伸出手，抓着易由希的手说："请你一起协助小童……她有什么困难……请你一定要帮助她……"

　　"我会的，您放心吧。"易由希握着楚爱荷的手，重重地点了点头。

得到易由希肯定的答案后，楚爱荷脸上露出欣慰的表情，可是接着她脸上的神情一点点暗淡下去，双眼也缓缓地合上。方若童感觉到楚爱荷的手渐渐失去了力气，一下子握不住，从她的手中滑落了下来。

似乎是意识到了什么，方若童内心一阵惶恐，"师傅！"她用力喊着楚爱荷，可是楚爱荷已经永远地沉睡了，再也听不到方若童的呼唤了。

风依旧吹着，秋铭山的枫叶红得似火，可是很多事物却在潜移默化地改变着。

4

楚爱荷死后，方若童还没来得及举行继承师门的仪式，就以掌门的身份，带领着花流院的弟子们给楚爱荷举办葬礼。

花流院里里外外挂满了白色的麻布，灵堂里布置着楚爱荷生前最喜欢的白菊，遗照中的楚爱荷在白菊的簇拥下看起来是那么的美丽慈祥。

方若童跪在楚爱荷的遗体前，感觉身心疲惫，眼泪都枯竭了。

两年之内连续失去了两位至亲，方若童还没复原的心再次受到了重创。

望着楚爱荷的遗照，方若童心里甚是难受，她没想到这次回来，只匆匆地见了楚爱荷最后一面。

她以为楚爱荷还会陪伴她很久，她甚至都来不及陪她好好聊个天。

噩耗总是那么措手不及，小奇和师傅的离开，都是让她那么难以接受，感觉像是一场噩梦，却一直都醒不过来。

她已经不知道人生是什么，活着是为了什么……

小兰看到方若童一直怔怔地跪在灵堂里，轻手轻脚地走过去，在她耳边小声提醒："师姐，该出殡了。"

因为变化太快，小兰还不喜欢叫方若童掌门，经常忘记，还是像以前一样叫她师姐。

方若童淡淡地点了点头，然后从地上站了起来。

天上淅淅沥沥地下着绵绵细雨，楚爱荷死后，天空就没有放晴过，整座秋铭山似乎都在为楚爱荷哭泣，连枝头的枫叶也失去了生气，一片片耷拉着。

方若童捧着楚爱荷的遗照，和易由希并排走在一起，带领着花流院所有的弟子走出了院子，然后沿着石阶，缓缓走下山去。

石阶湿漉漉的，在岁月的打磨下，像鹅卵石一样光滑。枫叶上积攒的雨水，顺着叶尖大滴大滴地滴落下来，一直凉到人的心里。

方若童捧着楚爱荷的遗照，麻木地一步步往下走，心里像压了一块大石般沉重。所有人的表情都一片肃然，撒向半空的纸钱和大家身上穿着麻衣，在火红的秋铭山中格外扎眼。

此时这火红的景色，看起来只剩下凄然和萧条。

刚到山脚，大家就听到一阵引擎声，当大家回过头时，已经来不及。因为有一辆鲜红色的跑车像支离弦的箭般不顾一切地冲了过来，而目标正是走在最前面的方若童。

所有人连叫都来不及，就看到那辆跑车已经离方若童近在咫尺，就在千钧一发的时刻，只见易由希猛然推开了方若童，而他的身子就像一个破布偶般撞在了迎面冲来的跑车上，然后被狠狠地撞飞了出去，而那辆红色的跑车也失去了方向，砰的一声撞在了旁边的岩壁上。

这一幕就发生在一瞬间，所有人都还没反应过来时，易由希就被撞飞出去了。方若童的大脑一片空白，只看到被撞飞到远处的易由希滚落在地上，刺目的红色从他的身上蔓延开来，比秋铭山的枫叶还要鲜艳。

"快叫救护车！"

不知道是谁大叫了一声，所有人才反应过来，手忙脚乱地开始打电话。

方若童颤巍巍地走向易由希，她的嘴唇剧烈颤抖着，整张脸比身上的麻布还要苍白。她简直不敢相信眼前所看到的，这一切都发生得太快了，快得让她难以接受。她跪倒在易由希的身边，颤巍巍地伸出手，摸着从他后脑勺流出来的血，温热黏稠的触感，浓重的铁锈味，无一不提醒着她，眼前的一切不是梦。

大颗大颗的眼泪毫无准备地从方若童的眼眶里争相滚落下来，她努力伸出手捂着易由希的后脑勺不让血流出来，可是无济于事。

"……不要死……不要死……求求你不要死！"

方若童嘶哑的声音到处回荡着，她的心里充满了恐惧，她好怕易由希像师傅还有小奇一样离她而去，她的心已经伤痕累累了，再也承受不起任何的伤痛了。

易由希缓缓地睁开眼睛，两眼没有焦距地望着方若童，吃力地张开嘴巴，血从他的嘴角汩汩流下来，"……小……小童……"声音从他的口中模糊不清地传来，方若童立刻低下头，努力地听着他的话。

她听到易由希吃力地说："我……我……终于想……想起来了……"

"由希，你一定要撑下去，求求你一定要撑下去！"方若童抱着易由希大声哀求道。

易由希凄然地笑了笑，笑容脆弱得仿佛一碰就碎，他望着方若童说："就……就算……我死了……你也要坚强地……活……活下去……"

方若童用力摇着头："不，我不许你死！你死了我怎么办！你为什么这么傻，你为什么要救我……"她抱着易由希，她的心都快碎了。

易由希缓缓地闭上了眼睛，手也无力地垂落了下去。

当泰蕾莎接到电话疯了一样地赶到医院时，易由希正在手术室紧急抢救着。

手术室的门紧闭着，泰蕾莎不知道易由希的情况怎么样，她急得都快疯了。看到方若童正掩面站在一边，泰蕾莎冲了过去，抓住她的领子大吼："由希现在怎么样？！"

"医……医生说他的伤势很严重……很危险……能、能存活的几率只有两成……"方若童几乎泣不成声。

泰蕾莎一听，血气上涌，口里涌起一阵血腥味。她一把推开方若童，指着她大吼："你当初怎么答应我的？！为什么会搞成这个样子？！"

"我也不知道……我也不知道怎么会变成这个样子……"方若童无力地滑到在地上，抓着自己的头发，整个人已经在崩溃的边缘。

救护车和警车来到后，发现红色跑车里的驾驶员是瑞雪，当时她已经处于昏迷的状态，方若童不知道她为什么要开车撞自己，她甚至都来不及质问瑞雪，人就已经被抬走了。

"方若童……你真是个灾星！灾星！你真要害死由希才罢休是不是？！"泰蕾莎气得对她拳打脚踢。

"我不想的……我也不想这个样子……"方若童用力摇着头，她泪水涟涟，披头散发，身上还穿着丧服，看起来狼狈不已。

"你知道由希为你付出了多少吗？！如果由希死了，你还有什么脸面活下去！"泰蕾莎已经崩溃了，她跌倒在地上，伸出手用力摇着方若童，喊得声音都嘶哑了。

"你说由希他为我什么……"方若童不明白泰蕾莎话里的意思，睁大了噙满泪水的眼睛，茫然地望着她。

"当年你因为要做心脏移植手术，由希为了给你筹钱才和经纪公司签约进入了娱乐圈。"泰蕾莎说到这里深吸了一口气，然后用憎恨的目光盯着方若童，咬牙切齿地说，"他怕你不肯接受，怕伤到你骄傲的自尊，所以一直瞒着你，一个人背负着背叛师门的罪名，被插花界所有人辱骂和不齿。"

方若童听了泰蕾莎的话整个人僵在原地，如遭了雷击一样，脑袋一片空白。

她简直难以相信易由希离开花流院进入娱乐圈的内情是因为自己，而她还一直误会他，甚至憎恨他，向他展开报复。

现在，她这些年来的憎恨到底算什么？

她到底在干什么……

方若童抱着自己的头，恨不得手里有把刀，插向自己的胸口。

"我不知道，我什么都不知道……为什么一直瞒着我……"方若童低着头，用力抓着自己的头发，声音也嘶哑了，就像一只受伤的鸟儿，悲伤地哭泣着。

泰蕾莎双眼赤红地瞪着她，恨不得把她千刀万剐："易由希还在少年时就在插花界声名鹊起，那时候多少经纪公司向他发出邀请，他都没同意。因为他的梦想，是做一位一流的插花家，可是后来，为了你，他毫不犹豫地放弃了插花和经纪公司签约。他为了你，可以说是什么都可以放弃。方若童……我好恨你……为什么由希这么爱你！你根本不配！根本不配！"

尾声

　　天气分外晴朗，梅雨季节已经过去，空气像被洗涤过一样清新，花园里的花草也开得格外明艳。

　　阳光从半拉开的窗帘流泻进来，洒落在病房内。虽然是病房，可是里面却布置得非常温馨。茶几和床头柜的花瓶里插着新鲜的雏菊和康乃馨，壁柜上摆放着轻便的影碟机和音响，旁边还整齐地摆放着许多 CD。

　　易由希静静地躺在病床上，双眼轻合着，神态很安详。

　　方若童走进病房，把刚买来的书放在床头柜上，然后拿起其中一本，坐在易由希的床边。

　　她望着病床上的易由希，微笑着说："由希，今天出门时我看到我家窗口的燕子窝里有小燕子孵出来了，好可爱，它们一个个都跟手指头那么小，可是生命力好旺盛。由希，你什么时候能够醒过来呢？我真想给你看看……"

　　说到这里，方若童的神情暗淡了下去，可是很快她又恢复了精神，微笑着对沉睡中的易由希说："今天我带了玛格丽特·米切尔的《飘》过来，我记得你很喜欢，我给你读吧。"说着，方若童便翻开小说，开始给易由希念起来。

　　车祸之后易由希便一直都没醒过来，可是方若童坚持不懈，每天都来照顾他。她每天都给他放放音乐，念念小说，讲些生活中发生的琐事，像他醒着一般和他交流着。因为她相信，易由希总有一天会醒过来的。

离开医院已经是下午三点多了，方若童在医院门口碰到了展韶华。

展韶华看了看她手中捧着的书，脸上闪过一抹淡淡的不舍："两年了，你还没放弃吗？"

"由希一定会醒过来的。"方若童的语气非常坚定。

展韶华暗暗地叹了口气，然后似乎是想到了什么似的，犹豫了一下，愧疚地望着方若童说："我今天来找你，是想告诉你，我明天就要离开这里去意大利了。"

方若童似乎一点都不惊讶，只是淡淡地问："还回来吗？"

"可能不会回来了，我和瑞雪要到那边定居，医生说换个环境可能对她会好些。"展韶华的表情有点无奈也有点忧伤。那次事故后瑞雪失去了右腿，再也不能跳舞，绝望中的她曾经几度自杀过，都被他劝了下来。对瑞雪来说，她就只剩下他了，瑞雪根本离不开他。这一切可以说都是他造成的，要是他当时再用成熟一点的方式解决问题，就不会造成今天的后果。所以怀着对瑞雪的愧疚，他决定陪她去意大利生活，希望能减轻一点她的痛苦。

"嗯。"方若童淡淡地点了点头，然后微笑着说，"祝你一路顺风。"

"小童，你要保重。"展韶华握住方若童的手，心里十分不舍。

方若童淡笑着望着他，没有说什么。

告别展韶华后，方若童一个人往家里走去，经过路边的花坛时，她看到花坛里栽种的金鱼草开花了。

方若童停下脚步，蹲下身子望着花坛里的金鱼草，嘴角轻轻地上扬。

由希，我知道金鱼草真正的花语了，金鱼草的花语不是欺骗，它的花语是——请察觉我的爱意。

完